EN CAS DE FORTE CHALEUR

DU MÊME AUTEUR

Quand tu es parti, Belfond, 2000 ; 10/18, 2003
La Maîtresse de mon amant, Belfond, 2003 ; 10/18, 2005
La Distance entre nous, Belfond, 2005 ; 10/18, 2008
L'Étrange Disparition d'Esme Lennox, Belfond, 2008 ; 10/18, 2009
Cette main qui a pris la mienne, Belfond, 2010 ; 10/18, 2013

Vous pouvez consulter le site de l'auteur à l'adresse suivante :
www.maggieofarrell.com

MAGGIE O'FARRELL

EN CAS DE FORTE CHALEUR

Traduit de l'anglais (Irlande)
par Michèle Valencia

belfond

Titre original :
INSTRUCTIONS FOR A HEATWAVE
publié par Tinder, une marque de Headline Publishing Group, Londres

Cet ouvrage a été traduit avec le concours de l'Ireland Literature Exchange (Translation Fund), Dublin, Irlande.
www.irelandliterature.com
info@irelandliterature.com

Retrouvez-nous sur
www.belfond.fr
ou www.facebook.com/belfond

12, avenue d'Italie, 75013 Paris.
Et, pour le Canada,
à Interforum Canada Inc.,
1055, bd René-Lévesque-Est,
Bureau 1100,
Montréal, Québec, H2L 485.

ISBN 978-2-7144-5435-5

Belfond | un département **place des éditeurs**

place
des
éditeurs

Pour S, I et J
et B, bien sûr

JEUDI

15 juillet 1976

IV – 1) … l'utilisation de l'eau sera autorisée aux seules fins de :

a) consommation ;
b) lessive et toilette ;
c) fonctionnement des W.-C. publics et privés.

Loi adoptée par le Parlement en 1976 pour faire face à la sécheresse et à la pénurie d'eau au Royaume-Uni.

Highbury, Londres

LA CHALEUR, la chaleur ! Elle réveille Gretta juste après l'aube, la sort du lit, la force à descendre au rez-de-chaussée. Tel un invité qui s'incruste, elle a envahi toute la maison, stagne dans les couloirs, s'enroule autour des tentures, s'abat sur les canapés et les fauteuils. Dans la cuisine, l'air emplit tout l'espace, entité solide qui plaque Gretta au sol, la pousse contre le rebord de la table.

Il n'y a vraiment qu'elle pour cuire du pain par un temps pareil.

La voici maintenant en chemise de nuit, ses bigoudis sur la tête, qui ouvre le four et sort le moule. Le souffle brûlant lui arrache une grimace. Elle recule de deux pas et renverse dans l'évier la miche fumante dont le poids, comme toujours, lui rappelle un nouveau-né emmailloté, chaud et humide.

Durant toute sa vie conjugale, elle n'a jamais manqué de préparer, trois fois par semaine, du pain brioché levé au bicarbonate de soude. Pas question qu'une petite canicule l'en empêche. Bien sûr, quand on habite à Londres, on ne peut pas se procurer de babeurre, si bien qu'elle se débrouille avec une mesure de lait et une mesure de yaourt. À la sortie de la messe, une femme lui a dit que ça marchait, et c'est vrai jusqu'à un certain point, mais pas tout à fait.

En entendant craquer le lino derrière elle, elle demande :

« C'est toi ? Le pain est prêt.

— Il va encore faire... », commence à dire Robert, avant de se taire.

Au bout d'un instant, Gretta se retourne. Planté entre l'évier et la table, ses grandes mains ouvertes comme s'il portait un plateau, il regarde fixement quelque chose. Peut-être le chrome terni du robinet, les rainures de l'égouttoir, ou le poêlon émaillé en train de rouiller. Autour d'eux, tout est tellement familier qu'il est parfois impossible de dire sur quoi les yeux se portent, de la même façon qu'on ne distingue plus chaque note d'un morceau très connu.

« Il va encore faire quoi ? » demande Gretta.

Il ne répond pas.

Elle s'approche de lui et pose une main sur son épaule. « Ça va ? »

Depuis quelque temps, elle parvient de moins en moins à oublier qu'il n'est plus tout jeune, que son dos s'est soudain voûté, que ses traits prennent souvent une expression légèrement désorientée.

« Quoi ? » Il sursaute presque à ce contact, et tourne la tête pour la dévisager. « Ah oui ! Je disais seulement qu'il allait encore faire une chaleur étouffante aujourd'hui. »

À pas traînants, il s'approche, comme elle s'en doutait, du thermomètre fixé par une ventouse de l'autre côté de la vitre.

C'est le troisième mois consécutif de sécheresse. Depuis dix jours, la température dépasse les trente-trois degrés. Il y a des jours, des semaines, des mois qu'il n'a pas plu. Par ici, pas un seul nuage ne passe au-dessus des toits avec la lenteur majestueuse d'un vaisseau.

On entend un cliquetis métallique qui fait penser à un coup de marteau, et une tache noire atterrit sur la vitre, comme attirée par une force magnétique. Robert, qui consulte toujours le thermomètre, tressaille. C'est un insecte au ventre strié, avec six pattes étirées. Un deuxième apparaît dans le coin opposé de la vitre, puis un autre, et encore un autre.

« Voilà que ces bestioles reviennent », murmure-t-il.

Gretta s'approche en chaussant ses lunettes. Pétrifiés, tous deux observent les insectes.

La semaine précédente, des nuées de pucerons à dos rouge ont envahi la ville. Ils s'agglutinent dans les arbres, sur les pare-brise des véhicules, se prennent dans les cheveux des enfants qui reviennent de l'école, s'introduisent dans la bouche de qui est assez fou pour rouler à vélo par cette chaleur ; leurs pattes adhèrent aux bras et aux jambes tartinés de crème solaire des gens allongés dans leur jardin.

Au même moment, comme si un signal secret les avait alertés, les pucerons détachent leurs pattes de la fenêtre, s'envolent et disparaissent dans le ciel d'azur.

Soulagés, Gretta et Robert se redressent de concert.

« Les voilà partis », dit-il.

Elle le voit jeter un coup d'œil à l'horloge – il est 6 h 45. Pendant plus de trente ans, Robert a quitté la maison à cette heure précise. Il décrochait son manteau de la patère, près de la porte, attrapait sa sacoche, disait au revoir à sa famille en train de brailler dans la cuisine, et claquait la porte derrière lui. C'était réglé comme du papier à musique : tous les jours, il partait à 6 h 45, quoi qu'il arrive, même si Michael Francis refusait de se lever, si Aoife piquait une colère à propos de Dieu sait quoi, si Monica voulait surveiller la cuisson du bacon. Ce genre de choses, ce n'était pas son rayon et ça ne l'avait jamais été. À 6 h 45, il franchissait la porte et disparaissait.

C'est comme s'il avait des fourmis dans les jambes, remarque Gretta, un besoin à la fois urgent et ténu de s'en aller, de partir et de se retrouver dehors semble l'animer. D'un moment à l'autre, elle le sait, il ira acheter le journal.

Une main posée sur sa hanche douloureuse, elle se sert de son pied pour éloigner la chaise de la table.

« Je vais juste au coin de la rue acheter le journal, dit Robert.

— C'est bon, répond-elle sans lever les yeux. À tout à l'heure. »

Puis elle s'attable. Robert a sorti tout ce dont elle a besoin : une assiette, un couteau, un bol de sucre avec une cuillère, une motte de beurre, un pot de confiture. Ces petites attentions vous font prendre conscience qu'on vous aime. À notre âge, c'est vraiment rare, se dit-elle en poussant le sucre sur le côté. Tant de ses amies se plaignent que leur mari les néglige, se détache d'elles, ne les remarque guère plus que de vieux meubles. Ce n'est pas son cas. Robert tient à savoir à tout moment où elle se trouve, s'inquiète si elle quitte la maison sans l'avertir, s'énerve si elle file en douce, et téléphone aussitôt aux enfants pour leur demander s'ils savent où elle peut bien être allée. Au début de leur mariage, cette attitude la rendait folle – elle aurait bien aimé être invisible de temps en temps, jouir d'un peu de liberté –, mais à présent, elle y est habituée.

Après avoir tranché le bout de la miche, elle le tartine de beurre. Si elle ne mange pas à heures fixes, elle a les jambes en coton. Il y a des années, après avoir lu un article dans le journal dominical, elle a dit à un médecin qu'elle pensait souffrir d'hypoglycémie. Ce qui expliquerait son besoin de manger toute la journée, n'est-ce pas ? Mais le médecin n'a même pas levé les yeux de l'ordonnance qu'il rédigeait. « J'ai bien peur que vous n'ayez pas cette chance, madame Riordan », a répondu cet effronté, et il lui a prescrit un régime.

Ses enfants adorent son pain brioché. À chacune de ses visites, elle en prépare un et l'enveloppe dans un torchon pour le transport. Elle a toujours fait de son mieux pour que ses enfants, nés à Londres, n'oublient pas l'Irlande. Les deux filles ont pris des cours de danse irlandaise. Elles devaient se rendre en bus jusqu'à Camden Town. Gretta emportait un moule de *barmbrack*[1] ou de pain d'épice pour le partager avec les autres mères – exilées comme elle de Cork, Dublin, Donegal – et elles regardaient leurs filles sautiller et frapper du pied au rythme du violon. Au bout de trois cours, la prof avait trouvé Monica douée. Elle était sûre qu'elle avait l'étoffe d'une championne et elle ne se trompait jamais pour repérer les meilleurs éléments. Mais Monica ne voulait pas devenir une championne ni participer à des compétitions. « Je déteste que tout le monde me regarde et que les membres du jury prennent des notes », avait-elle murmuré. Cette gosse avait toujours été craintive, prudente, elle ne voulait jamais se mettre en avant. Était-ce la faute de Gretta ou certains enfants naissaient-ils comme ça ? Difficile à dire. Bref, il avait fallu permettre à Monica d'abandonner la danse, ce qui était révoltant.

Gretta avait insisté pour que ses enfants aillent régulièrement à la messe et communient (et pourtant, regardez un peu ce que ça avait donné !). Tous les étés, ils se rendaient en Irlande, au début chez sa mère et ensuite dans le cottage de l'île d'Omey, même si, plus grands, ils renâclaient. Enfant, Aoife adorait attendre,

1. Pain aux raisins. *(Toutes les notes sont de la traductrice.)*

tout excitée, que la mer se retire en révélant un sable lisse, brillant, et alors ils pouvaient traverser à pied sec. « Parfois, c'est seulement une île, hein, maman ? » avait-elle fait remarquer lorsqu'elle n'avait que six ans. Gretta l'avait serrée dans ses bras et lui avait dit qu'elle était très intelligente. Cette petite était étrange, elle vous sortait souvent des choses étonnantes.

Ils étaient parfaits, ces étés, songe-t-elle à présent en mordant dans sa deuxième tranche de pain. Monica et Michael Francis restaient dehors jusqu'au soir, et, après la naissance d'Aoife, un bébé dans son berceau lui tenait compagnie pendant qu'elle s'activait dans la cuisine avant que vienne l'heure d'appeler les deux aînés pour le repas.

Non, elle avait fait son possible. Et pourtant, Michael avait donné à ses enfants des noms on ne peut plus anglais. Même pas un deuxième prénom irlandais, comme elle le lui avait demandé. Elle préférait ne pas penser à ses petits-enfants qui grandissaient en vrais païens. Lorsqu'elle avait signalé qu'elle connaissait une charmante école de danse irlandaise à Camden, tout près de chez eux, sa belle-fille lui avait ri au nez. Et elle avait demandé… comment avait-elle tourné la chose, déjà ? Oui, si c'était celle où on n'avait pas le droit de remuer les bras.

Quant à Aoife, bien sûr, mieux vaut ne pas en parler. Elle est partie pour l'Amérique. Jamais un coup de fil. Jamais un petit mot. Gretta est persuadée qu'elle vit avec quelqu'un. Personne ne le lui a dit, non, c'est l'instinct maternel qui parle. « Laisse-la tranquille », lui répond Michael Francis chaque fois qu'elle le questionne sur sa sœur. Et pourtant, si quelqu'un est au courant, c'est forcément lui. Malgré leur différence d'âge, ces deux-là ont toujours été comme cul et chemise.

La dernière fois qu'Aoife les a contactés, c'était à Noël, elle leur a envoyé une carte. Une simple carte postale ! Une reproduction de l'Empire State Building. « Pour l'amour du ciel ! s'est exclamée Gretta quand Robert la lui a montrée. Elle ne peut pas faire au moins l'effort d'envoyer une carte de Noël ? Comme si je ne lui avais pas donné une bonne éducation ! » a-t-elle pesté.

Dire qu'elle avait passé presque trois semaines à lui coudre une robe de communiante dans laquelle elle ressemblait à un ange. Tout le monde le disait. À l'époque, en la voyant sur les marches de l'église dans sa robe blanche et ses socquettes en dentelle blanche, avec son voile qui flottait au vent, qui aurait pensé qu'elle manquerait à ce point de reconnaissance, de considération, et enverrait à sa mère la photo d'un bâtiment pour célébrer la naissance du Christ ?

En reniflant, Gretta glisse son couteau sous le couvercle rouge du pot de confiture. Aoife ne mérite pas qu'on pense à elle. Ce jour-là, la sœur de Gretta l'a traitée de mouton noir. Gretta est sortie de ses gonds et lui a dit de tenir sa méchante langue, mais elle doit bien avouer que Bridie n'avait pas tort.

Vite, elle se signe et récite à voix basse une rapide prière pour sa benjamine, sous l'œil vigilant de Notre Dame qui la surveille, de là-haut, accrochée au mur de la cuisine. Elle se coupe une autre tranche de pain et observe la vapeur qui s'évanouit dans l'air. Non, elle ne pensera pas à Aoife maintenant. Mieux vaut se concentrer sur des choses agréables. Monica appellera peut-être ce soir – Gretta lui a dit qu'elle serait près du téléphone à partir de 18 heures. Et puis Michael Francis a plus ou moins promis de lui amener ses enfants ce week-end. Elle ne veut pas penser à Aoife, elle ne veut pas regarder sa photo de communiante posée sur le manteau de la cheminée, non, pas question.

Après avoir placé le pain sur l'égouttoir pour le laisser refroidir à l'intention de Robert. Gretta mange une cuillerée de confiture, juste une pour se donner du courage, puis une deuxième. Elle lève les yeux sur l'horloge. Déjà 7 h 15. Robert devrait être revenu. Il est peut-être tombé sur une connaissance et a fait un brin de causette. Elle voudrait lui demander s'il veut bien l'emmener au marché dans l'après-midi, une fois la foule du stade de foot dispersée. Il lui faut quelques petites choses, de la farine, par exemple, et puis des œufs ne seraient pas de trop. Où pourraient-ils aller pour échapper à la chaleur ? Peut-être dans ce salon de thé qui sert de si bons scones. Tous deux pourraient descendre la rue bras dessus, bras dessous et prendre l'air. Parler à des gens. Il est bon que Robert soit occupé. Depuis qu'il est à la retraite, il s'ennuie et broie du noir s'il reste trop longtemps enfermé à la maison. Gretta aime bien organiser des petites sorties avec lui.

Après avoir traversé le séjour pour passer dans le couloir, elle ouvre la porte d'entrée et sort dans l'allée en contournant la carcasse rouillée de la bicyclette qu'utilise Robert. Elle regarde à droite et à gauche, voit le chat des voisins arquer le dos, puis longer le mur à petits pas maniérés de félin et, arrivé au bouquet de lilas, se mettre à faire ses griffes. La rue est déserte. Personne. Un peu plus haut, Gretta aperçoit une voiture rouge en train de manœuvrer. Une pie jase avec des inflexions funèbres en tournant dans le ciel, une aile orientée vers le sol. Au loin, un bus grimpe la côte en grinçant, un gamin traîne son scooter sur le trottoir, quelqu'un, quelque part, allume un poste de radio. Gretta met les mains sur les hanches. Une fois, deux fois, elle appelle son mari. L'écho lui est renvoyé par le mur du jardin.

Stoke Newington, Londres

MICHAEL RENTRE À PIED DE LA STATION FINSBURY PARK. Par cette chaleur, c'est de la folie, même à cette heure de la journée. Mais il y avait des embouteillages quand il est sorti du métro, les bus étaient à l'arrêt, leurs roues immobiles sur le goudron ramolli, si bien qu'il s'est faufilé à pied entre les maisons de briques qui semblaient transpirer et transformer les rues en rigoles étouffantes dans lesquelles on peinait à avancer.

Haletant, suant, il s'arrête un instant à l'ombre des arbres qui bordent Clissold Park. Après avoir retiré sa cravate et sorti sa chemise de son pantalon, il évalue les dégâts causés par cette interminable vague de chaleur : le parc n'est plus le poumon vert vallonné qu'il aimait tant. Tout petit, il venait déjà ici. Sa mère préparait un pique-nique – des œufs durs bleuâtres sous leur coquille effritée, de l'eau qui avait le goût du récipient Tupperware, une tranche de pain brioché par personne. En descendant du bus, elle remettait un petit sac à chacun, même à Aoife. « Pas de tire-au-flanc », disait-elle très fort lorsqu'ils attendaient l'ouverture des portes, si bien que tous les passagers se retournaient. Il se rappelle avoir promené Aoife dans sa poussette rayée sur le chemin qui longeait les grilles en faisant tout pour qu'elle s'endorme ; il se rappelle que sa mère essayait de convaincre Monica d'entrer dans la pataugeoire. Il revoit les différentes nuances de vert qu'offrait cet espace : pelouses émeraude, vert-de-gris fissuré de la pataugeoire, tilleul doré de la lumière filtrant à travers les arbres. À présent, l'herbe est d'un ocre roussi, la terre apparaît par endroits, et les feuilles molles des arbres constituent un vivant reproche dans l'air stagnant.

Michael Francis prend une grande inspiration et se rend compte que l'air sec lui brûle les narines. En regardant sa montre, il constate qu'il est juste un peu plus de 17 heures. Il ferait bien de presser le pas.

Cette journée, la dernière du trimestre, marque le début des longues vacances d'été. Il vient de boucler l'année scolaire. Pendant six semaines, plus de devoirs à corriger, plus de cours à donner, plus besoin de se lever tôt le matin ni de sortir de chez lui. Son immense soulagement se traduit physiquement par une sensation d'apesanteur, presque de vertige au niveau de la nuque. Il a l'impression qu'il pourrait trébucher s'il marchait trop vite tant il se sent délesté d'un poids, libéré.

Empruntant le chemin le plus direct, il traverse la pelouse grillée par un soleil impitoyable, passe devant le café où il aurait bien voulu manger quand il était petit mais ne l'a jamais fait. « C'est de l'arnaque, là-dedans », disait sa mère en sortant des sandwichs du papier sulfurisé dans lequel elle les avait enveloppés.

La transpiration sourd à la racine de ses cheveux, coule le long de sa colonne vertébrale, ses pieds avancent à un rythme saccadé et, pour la énième fois, il se demande comment les autres le voient. Un père de famille qui a fini sa journée de travail et regagne un domicile où l'attendent les siens et son dîner ? Ou un homme qui a chaud, transpire, est en retard et trimballe trop de livres et de documents dans sa serviette. Un homme qui n'est plus de la première jeunesse, dont les cheveux s'éclaircissent un peu sur le dessus de la tête, dont les chaussures auraient besoin d'être ressemelées et les chaussettes ravaudées. Un homme accablé par la chaleur, parce que, avec ce temps, mettre une chemise, une cravate et un pantalon pour aller travailler, pour l'amour du ciel ! Et puis, comment se concentrer quand les Londoniennes se promènent dans les rues et vont travailler vêtues de shorts riquiquis, croisent leurs jambes nues et bronzées devant lui, portent des corsages à fines bretelles qui dégagent les épaules, avec, entre leurs seins et l'air étouffant, un tissu fin comme tout ? Ou encore un homme pressé de rejoindre une épouse qui refuse désormais de le regarder dans les yeux, évitant son contact, une épouse dont la froide indifférence fait monter en lui un sourd affolement, au point qu'il a du mal à dormir dans son propre lit, à s'asseoir tranquillement sous son propre toit.

La lisière du parc est maintenant en vue. Il est presque arrivé. Une dernière pelouse à traverser en plein soleil, une rue à remonter, un coin à tourner, et il sera devant chez lui. Déjà, en se haussant sur la pointe des pieds, il peut distinguer les toits de ses voisins, les ardoises de sa maison, la cheminée, la lucarne sous laquelle, il en est sûr, sa femme est assise.

Il écrase une goutte de sueur sur sa lèvre supérieure et fait passer sa serviette dans son autre main. Au bout de sa rue, il y a la queue devant la fontaine. Plusieurs voisins, une dame du bas de la rue et quelques autres qu'il ne reconnaît pas sont regroupés sur le trottoir et la chaussée, des bidons vides à leurs pieds. Certains se parlent, un ou deux lui adressent un signe de tête ou agitent la main quand il passe. L'idée de proposer son aide à la dame lui traverse l'esprit ; il devrait s'arrêter, lui remplir son bidon et le porter jusque chez elle. C'est ce qu'il faudrait faire. Elle a l'âge de sa mère, peut-être même plus. Il devrait prendre le temps de l'aider. Comment va-t-elle se débrouiller sinon ? Mais ses pieds ne ralentissent pas. Il faut qu'il rentre, il est incapable de s'attarder davantage.

Lorsqu'il ouvre son portillon, il a l'impression de s'être absenté de longues semaines. Une bouffée de joie l'assaille à la pensée de ne pas être obligé de sortir avant un mois et demi. Il adore cette maison. Il adore l'allée de dalles noires et blanches, la porte d'entrée peinte en orange, avec un heurtoir à face de lion et un panneau vitré aux petits carreaux bleus. S'il le pouvait, il s'étirerait au maximum pour atteindre les briques gris-rouge. Le fait que ses économies lui aient permis d'acheter cette maison – ou plutôt ses économies et un prêt important – ne cesse de l'émerveiller. En outre, il y a là en ce moment les trois personnes qui sont pour lui les plus précieuses au monde.

Il ouvre la porte, pose les pieds sur le paillasson, jette sa serviette par terre et s'écrie : « Coucou ! Je suis rentré ! »

Pour l'instant, il est exactement celui qu'il est censé être : un homme qui revient du travail et, sur le seuil de sa maison, s'apprête à retrouver sa famille. Il n'y a pas de différence, pas d'opposition entre la manière dont le monde pourrait le voir et la personne qu'il se sent être en son for intérieur.

« Coucou ! » répète-t-il.

La maison reste silencieuse. Il referme la porte derrière lui et se faufile entre les cubes, les vêtements de poupée et les tasses en plastique qui jonchent le sol du couloir.

Dans la salle de séjour, il aperçoit son fils affalé sur le canapé, un pied en équilibre sur le porte-revues. Seulement vêtu d'un slip, il fixe l'écran de télévision où un être bleu grimaçant, carré, fait les cent pas devant un paysage jaune.

« Coucou, Hughie. Comment s'est passé ton dernier jour d'école ?

— Bien », répond Hughie sans retirer son pouce de sa bouche. De son autre main, il triture une mèche de cheveux.

Comme d'habitude, Michael Francis est à la fois peiné et ému de constater à quel point son fils ressemble à sa femme. Les mêmes front haut, peau laiteuse et nez criblé de taches de rousseur. Hughie a toujours été proche de sa mère. Tout ce qu'on raconte sur la solidarité des fils envers leur père, sur ces liens masculins invisibles, ne s'est jamais vérifié pour lui et son fils. Dès sa sortie de l'utérus, Hughie prenait la défense et le parti de Claire, il était son allié. Tout petit, il s'asseyait à ses pieds, comme un chien. Il la suivait dans toute la maison, guettait ses allées et venues, était à l'affût de ses conversations, de ses humeurs. S'il entendait son père grommeler qu'il ne trouvait pas de chemise propre ou demander où était le shampooing, il se jetait sur lui et le bombardait de ses petits poings, furieux qu'on puisse formuler la moindre critique, même implicite, contre sa mère. Michael Francis a toujours espéré que les choses évolueraient à mesure que Hughie grandirait. Mais son fils a bientôt neuf ans et rien n'indique que son favoritisme va prendre fin.

« Où est Vita ? »

Hughie sort son pouce de sa bouche, le temps de répondre : « Dans la pataugeoire. »

Michael Francis est obligé de s'humecter les lèvres avant de demander : « Et maman ? »

Cette fois, son fils détourne les yeux de l'écran pour le regarder. « Au grenier », dit-il d'une voix claire, précise.

Tous deux se dévisagent un instant. Hughie se doute-t-il que c'est ce que son père redoutait depuis qu'il a quitté son travail, s'est engouffré dans un métro bondé, étouffant, et a marché dans cette ville brûlante ? Sait-il qu'il espérait contre toute attente trouver sa femme dans la cuisine, en train de servir un repas alléchant et équilibré à des enfants habillés, propres, assis à la table ? Que comprend au juste Hughie de ce qui se passe ces derniers temps ?

« Au grenier ?

— Au grenier, répète Hughie. Elle a dit qu'elle avait beaucoup de travail et qu'il ne fallait pas la déranger sauf pour une question de vie ou de mort.

— Je vois. »

Michael Francis se dirige vers la cuisine. La cuisinière est vide, la table couverte d'un amoncellement d'objets : une bassine dans laquelle il croit deviner des petits morceaux de papier journal pris dans de la colle séchée, plusieurs pinceaux qui semblent collés, un paquet de gâteaux entamé dont l'emballage est sauvagement déchiré, la jambe d'une poupée, un chiffon trempé avec ce qui paraît être du café. Dans l'évier, des assiettes, des tasses, des gobelets empilés, et une autre jambe de poupée. Par la porte de derrière restée ouverte, il distingue sa fille assise dans la pataugeoire vide, un arrosoir dans une main, la poupée sans jambes dans l'autre.

À présent, il a le choix. Il peut sortir, attraper Vita, lui demander comment s'est passée sa journée à l'école, la persuader de rester à l'intérieur, peut-être préparer à ses enfants un plat surgelé. À supposer qu'il y ait quelque chose dans le congélateur. Ou bien il peut monter voir sa femme.

Le regard fixé sur sa fille, il hésite un instant, attrape un petit gâteau, se le fourre dans la bouche, puis en prend un deuxième, un troisième, avant de se rendre compte qu'il n'en apprécie ni le goût sucré ni la texture friable. Il se dépêche d'avaler la bouchée qui irrite sa gorge. Puis il pivote et monte l'escalier.

Sur le palier, le passage est bloqué par une échelle en aluminium qui donne accès au grenier. C'est Michael Francis lui-même qui l'a installée quand ils ont emménagé ici après la naissance de Hughie. Le bricolage n'est pas son fort mais il avait acheté l'échelle parce que, dans son enfance, il avait toujours rêvé d'avoir un grenier pour y jouer. Un espace sous les combles où il pourrait se réfugier, un endroit sombre qui sentirait les souris et le bois attaqué par les éléments. La cacophonie qui régnait dans sa famille aurait été moins forte, ainsi tenue à distance, imaginait-il. Une fois là-haut, il aurait pu retirer l'échelle de façon à interdire toute intrusion. Il avait toujours voulu que son fils puisse disposer d'un tel refuge. Sauf qu'il était loin de se douter que ce lieu serait réquisitionné par sa femme – et réquisitionné est bien le terme qui convient pour cette opération quasi militaire. Alors, non, le grenier n'est pas du tout tel qu'il le souhaitait. Au lieu d'un petit train, il y a un bureau couvert de documents ; au lieu d'un endroit intime, bricolé avec des coussins et des vieux draps, ce ne sont qu'étagères de livres. On n'y voit pas le moindre modèle d'avion accroché aux chevrons, pas la moindre collection de papillons, de coquillages, de feuilles ou de ce que convoitent les enfants, seulement des livres de poche, des carnets, et des dossiers en cours.

Il agrippe les barreaux de l'échelle. Sa femme est là, juste au-dessus de sa tête. En se concentrant, il pourrait presque l'entendre respirer. Il s'apprête à aller la rejoindre quand quelque chose l'arrête, là, sur le palier, les doigts refermés sur l'aluminium, le visage pressé contre ses jointures.

Ce qu'il trouve le plus difficile à supporter dans la vie de famille, c'est que, au moment où on croit enfin avoir prise sur les choses, elles changent. Il lui semble que, aussi loin que remontent ses souvenirs, lorsqu'il revenait du travail, il trouvait sa femme avec au moins un gosse collé à elle – sur le canapé, à demi cachée par les corps agglutinés de leur fils et de leur fille, ou dans le jardin, Vita sur la hanche, ou encore assise à table, Hughie sur les genoux. Le matin, il se réveillait pour découvrir l'un ou l'autre de ses enfants enroulé autour d'elle comme du lierre, en train de lui murmurer des secrets en lâchant dans son oreille un souffle chaud qui sentait encore le sommeil. Si elle entrait dans une pièce, c'était en portant un enfant dans ses bras ou en le tenant par la main, à moins qu'une petite silhouette ne soit accrochée à ses jupes ou à sa manche. Il ne distinguait plus ses formes. Elle était devenue une de ces poupées russes aux longs cils et aux cheveux peints en volutes, dans lesquelles s'emboîtent des modèles plus petits.

Voilà à quoi ressemblait la vie chez eux : Claire était deux, voire trois personnes, et sans doute le pensait-elle aussi. Quand Vita avait eu quatre ans, le spectacle qui l'accueillait avait changé : sa femme seule dans la cuisine, debout, une main posée sur la table, ou assise devant le bow-window, les yeux fixés sur la rue. Soudain, il la voyait en entier, dans sa surprenante singularité, tandis que les enfants, au loin, menaient leur vie d'enfant à l'étage, faisaient du bruit dans leur chambre, gloussaient tous les deux sous une couverture ou bien éraflaient les murs extérieurs, farfouillaient dans les plates-bandes. On aurait pu penser que ce changement la soulagerait, après dix ans consacrés exclusivement à élever ses gosses, que ce serait une trouée dans les nuages. Pourtant, quand il l'observait dans ces moments-là, elle semblait désorientée. Elle avait l'expression de quelqu'un qui s'est trompé de chemin, ou qui était sur le point de faire quelque chose d'important mais vient d'oublier de quoi il s'agissait.

Il cherchait une façon de lui dire qu'il regrettait lui aussi le passé, ce besoin effréné que les jeunes enfants ont de leurs parents, ce désir impérieux de se coller à vous, de vous observer pendant que vous pelez une orange, faites la liste des commissions, lacez vos chaussures, cette envie de vous étudier pour savoir comment devenir à leur tour des êtres humains. Il cherchait une façon de lui dire : oui, c'est fini, mais la vie nous réserve autre chose, quand, de nouveau, tout a changé. Quand il rentrait, Claire n'était plus dans la cuisine ni devant le bow-window, mais ailleurs dans la maison, à l'étage, hors de vue. Le dîner ne mijotait pas sur la cuisinière ni ne rôtissait dans le four. Il a alors remarqué d'étranges objets qui traînaient. Un vieux cahier d'exercices portant le nom de jeune fille de sa femme écrit d'une manière appliquée. Un exemplaire corné, souvent feuilleté, de *Madame Bovary* en version originale française, avec les notes sérieuses, adolescentes, de Claire dans les marges. Une vieille trousse usée en cuir rouge, contenant des crayons bien taillés. Il attrapait ces objets, les soupesait, puis les reposait. Claire a commencé à avoir besoin qu'il garde les enfants car elle s'est soudain mise à sortir le soir ou le week-end. « Tu es là ce soir, hein ? » disait-elle en se dirigeant vers la porte. Une nouvelle expression est apparue dans ses yeux – une agitation mêlée à une sorte d'étincelle. Une nuit, en trouvant le lit vide à côté de lui, il s'est levé pour se mettre à sa recherche et l'a appelée dans l'obscurité. Quand elle a répondu, sa voix était étouffée, désincarnée. Il lui a fallu plusieurs minutes pour comprendre qu'elle se trouvait dans le grenier, qu'elle avait quitté le lit en pleine nuit pour y monter. En constatant qu'elle avait retiré l'échelle, il est resté planté au milieu du palier et l'a suppliée de le laisser monter. Qu'est-ce qu'elle fichait donc là-haut ? « Non, a répondu la voix de sa femme, pas question, tu ne peux pas monter. »

Un soir où, une fois de plus, elle s'était mystérieusement absentée, il a ouvert un courrier administratif adressé à Claire et s'est aperçu qu'elle s'était inscrite à un cours d'histoire à l'Open University[1]. Quand elle est revenue, il a lancé la lettre dans sa direction. Qu'est-ce que c'était que ça, nom de Dieu ? Pourquoi suivait-elle ce cours ?

« Parce que j'en ai envie, a-t-elle répondu d'un air de défi en triturant la bandoulière de son sac.

— Mais pourquoi à l'Open University ?

— Pourquoi pas ? » Elle a serré son sac, le visage tendu, pâle.

« Parce que tu as un niveau bien trop bon pour eux, et tu le sais. Tu as brillamment terminé tes études secondaires, avec d'excellentes notes dans trois matières. L'Open University accepte tout le monde et ses diplômes ne valent pas grand-chose. Pourquoi ne pas m'en avoir parlé ? Nous aurions pu en discuter au lieu de… »

1. L'Open University dispense des cours par correspondance.

Elle l'a interrompu. « Tu veux que je te dise pourquoi je ne t'en ai pas parlé ? Peut-être parce que je savais que tu allais réagir comme ça. »

Peu après, plusieurs nouvelles amies sont apparues chez eux, dans le sillage des crayons taillés et du livre de Flaubert. Elles aussi suivaient un cours à l'OU et la plupart habitaient tout près. Formidable, non ? Dorénavant, elles pourraient aider Claire dans son travail. Michael a réussi à ne pas rétorquer : Pourquoi ne pas m'avoir demandé de t'aider ? Après tout, je suis prof d'histoire. J'ai une licence et j'ai commencé un troisième cycle. Soudain, ces personnes étaient presque tout le temps là avec leurs notes de cours, leurs devoirs, leurs dossiers et leurs discussions sur le développement personnel. Elles ne ressemblaient en rien aux autres amies de Claire – des mères de jeunes enfants, dont les maisons regorgeaient de gobelets, de jouets et d'albums de peinture à doigts, des mères que Claire avait croisées devant l'école, dans des petits déjeuners pour mamans ou des rencontres organisées entre femmes au foyer. En partant, ces étudiantes laissaient flotter une atmosphère électrique dans la maison. Et lui, Michael Francis Riordan, ne se sentait pas à l'aise, ah, ça, pas du tout.

Il prend le temps de se ressaisir avant de grimper à l'échelle. Il lisse ses cheveux, rentre sa chemise dans son pantalon.

À mesure qu'il monte dans l'espace qu'il a créé en installant cette échelle, en clouant du carton sur les poutres, en ôtant les feuilles mortes de la lucarne, il distingue sa femme, tout d'abord ses pieds aux orteils nus, ses chevilles fines, puis ses jambes croisées, son postérieur sur un tabouret, son dos arqué au-dessus de la table à tréteaux, ses minces bras blancs dénudés, sa main crispée sur un stylo, sa tête penchée.

Il se campe derrière elle, s'offre à elle. « Coucou !

— Ah, Mike, dit-elle sans se retourner. Je me disais bien que je t'avais entendu. »

Elle continue à écrire. Il réfléchit un instant à ce « Mike ». Pendant des années, sa femme l'a presque tout le temps appelé par ses deux prénoms, comme sa famille le fait depuis son enfance. Claire a repris cette habitude empruntée à ses parents et ses sœurs – et un vaste réseau de cousins, cousines, oncles et tantes. Ses collègues, ses amis, ses connaissances, son dentiste l'appellent Mike, mais pas sa famille, pas les femmes qu'il a aimées. Comment le lui dire ? Comment lui dire : S'il te plaît, appelle-moi par mes deux prénoms, comme avant ?

« Qu'est-ce que tu fais ? lui demande-t-il plutôt.

— Je... » Elle griffonne frénétiquement. « ... termine un devoir sur... » Elle s'interrompt, barre quelque chose, puis se remet à écrire. « Quelle heure est-il ?

— 17 heures, à peu près. »

En l'entendant, elle lève la tête mais ne se retourne toujours pas. « Tu as travaillé tard, c'est ça ? » murmure-t-elle.

La silhouette de Gina Mayhew semble traverser le grenier, tel un esprit frappeur, et le dévisage de ses yeux logés sous un front carré, puis disparaît par la trappe. Il déglutit – du moins, il essaie. Il a la gorge serrée, sèche. Depuis quand n'a-t-il rien bu ? Il ne s'en souvient plus. Il se rend compte qu'il a une soif terrible, insupportable. Des verres d'eau, des fontaines, des pelouses jaunes, grillées, ces images mentales l'assaillent.

« Non, parvient-il à dire. C'était le dernier jour de classe et... le métro... Du retard, tu comprends, une fois de plus.

— Le métro ?

— Oui. » Pour souligner ses paroles, il incline la tête avec vigueur même si sa femme ne le regarde pas. « Alors, sur quoi est-ce que tu travailles ? demande-t-il d'un trait.

— La révolution industrielle.

— Ah ! C'est intéressant. Quel aspect particulier de la révolution industrielle ? » Il avance pour jeter un coup d'œil par-dessus son épaule.

« La révolution industrielle et l'émergence des classes moyennes. »

En se tournant pour lui faire face, elle cache sa page avec son bras. Il sent quelque chose se répandre dans son ventre. Pour partie il s'agit de désir sexuel, pour partie d'un sentiment d'horreur suscité par ses cheveux courts. Il ne s'y est toujours pas habitué, il ne peut toujours pas le lui pardonner. Quelques semaines plus tôt, il est rentré à la maison et a ouvert la porte sans se douter de ce qui s'était passé ce jour-là. Il pensait retrouver la personne qu'il connaissait, n'imaginait pas qu'elle ait pu changer de coiffure. Ses cheveux miel accrochaient magnifiquement la lumière. Ils reposaient sur ses épaules et, la nuit, s'étalaient en éventail sur leurs deux oreillers. Il les rassemblait dans sa main comme une corde en soie et aimait les voir former une tente autour d'eux dans l'obscurité quand elle bougeait sur lui. Il avait remarqué ses cheveux propres, lisses, inondés de soleil, au début de son troisième cycle, lors d'une conférence sur l'Europe d'après-guerre. Jamais il n'avait vu de tels cheveux, et il n'en avait certainement jamais effleuré de semblables.

Dans sa famille, les femmes étaient brunes, rousses, frisées ; elles avaient des cheveux indisciplinés, fins, difficiles à coiffer, des cheveux qui exigeaient des mises en plis, des lotions capillaires, des épingles et des filets ;

qui leur arrachaient des plaintes, des gémissements, des larmes. Pas des cheveux remarquables comme ceux de Claire, qu'elle laissait pendre et osciller dans leur magnificence anglo-saxonne, leur épaisseur et leur absence de complications. Ce jour-là, sur le seuil de la salle de bains, à l'étage, les clés encore à la main, il a constaté que les cheveux qu'il adorait tant avaient disparu. Coupés, massacrés. Ils jonchaient le linoléum en formant d'étranges motifs poilus. Et, à la place de sa femme, il y avait un petit garçon presque tondu, en robe.

« Qu'est-ce que t'en penses ? a dit le lutin avec la voix de sa femme. C'est joli, et puis, j'aurai moins chaud en été, hein ? » Et le lutin a ri comme sa femme, puis s'est regardé dans la glace avec un mouvement de tête soudain, nerveux.

Il la considère, là, assise devant lui, et éprouve de nouveau ce sentiment de perte irréversible. Il aurait envie de lui demander si elle accepterait de les laisser repousser pour lui faire plaisir, combien de temps ça prendrait et s'ils redeviendraient comme avant.

« Quels effets de la révolution industrielle est-ce que tu traites ? demande-t-il à la place.

— Tu sais bien, répond-elle en bougeant le bras pour mieux cacher sa page. Divers effets. »

Pour sa part, ce qu'il voit, c'est l'effet qu'elle recherchait avec cette coupe : un côté gamine, espiègle, comme cette fille dans le film sur Paris. Mais ça ne va pas avec son visage rond, avec son nez plat. On dirait une convalescente victorienne.

« Surtout, mentionne bien l'exode rural, s'entend-il conseiller. L'essor des grandes villes et…

— Oui, oui, je sais. »

Elle se retourne vers le bureau, et c'est peut-être pure imagination, mais il a l'impression qu'elle grince des dents. Il voudrait lui dire : Laisse-moi t'aider, laisse-moi au moins essayer. Sauf qu'il le dirait sur un ton qu'Aoife qualifierait de désespérément idiot. Pourtant, il aimerait que ce travail les réunisse, leur donne l'occasion de s'épauler comme ils le faisaient avant que…

« Et le chemin de fer », s'entend-il ajouter. Se trompe-t-il ou s'exprime-t-il avec la voix autoritaire dont il use en classe ? Pourquoi le fait-il ici, dans le grenier de sa maison, en s'adressant à sa femme ? « La manière dont le réseau ferré construit par les Irlandais, bien sûr, a facilité et accéléré les transports, et… »

D'un geste vif, irrité, elle se gratte la tête, s'apprête à annoter sa page, puis éloigne son stylo.

« Et je recommanderais la lecture… »

Elle lui coupe la parole. « Tu ne crois pas que tu ferais mieux de lui répondre ?

— De répondre à qui ?

— À Hughie, voyons. »

Il tend alors l'oreille vers le reste de la maison pour écouter quelqu'un d'autre que sa femme, et il perçoit la voix de son fils qui l'appelle.

« Papa, papa ! Tu reviens ? »

Lorsque Claire l'a amené pour la première fois dans sa famille, ce qui l'a le plus frappé, c'est la gentillesse que tout le monde se témoignait. Une politesse, une considération extraordinaires. Ses parents s'appelaient entre eux « mon chéri » et « ma chérie ». Au dîner, la mère de Claire lui a demandé si elle pouvait l'ennuyer horriblement en le priant de bien vouloir lui passer le beurre. Il lui a fallu un moment pour décoder le message perdu dans ces détours sémantiques. Quand la mère a laissé échapper qu'il faisait frais, son mari est allé lui chercher un foulard (en soie imprimée de cadenas cuivrés). Le frère n'a pas eu besoin d'encouragements pour parler du match de rugby qu'il avait disputé ce jour-là à l'école. Ses parents ont posé des questions à « Claire-petite-ourse », comme ils l'appelaient, sur ses devoirs, ses cours, la date de ses examens. Les plats étaient présentés dans de la porcelaine, chaque récipient muni d'un couvercle, et chacun servait son voisin une première, puis une seconde fois.

Stupéfait, Michael Francis avait presque eu envie de rire. Personne ne hurlait, ne jurait, ne quittait précipitamment la table, ne boudait, ni ne se jetait sur les pommes de terre pour être sûr d'avoir sa part. Personne ne lançait sa cuillère à travers la pièce, n'attrapait de couteau pour se le mettre sous la gorge en s'écriant : Vous voulez que je me tranche la gorge, là, devant vous ? Il était persuadé qu'aucun membre de sa propre famille n'avait ne fût-ce qu'une vague idée de son sujet de thèse, ni ne se serait soucié de noter sur un calendrier les détails relatifs à ses examens, et encore moins de lui préparer une liste d'ouvrages qui pourraient lui être utiles, sans parler d'aller les emprunter à sa place à la bibliothèque.

Les questions qu'ils lui posaient sur son domaine d'études, sur le nombre d'heures qu'il passait à enseigner, craignant qu'il n'ait pas suffisamment de temps à consacrer à sa thèse, suscitaient en lui un léger affolement. Il aurait préféré qu'ils l'ignorent pour engloutir autant de bouffe que possible, regarder à loisir les peintures à l'huile accrochées au mur et, par le bow-window, la belle pelouse, et enfin digérer ce qu'il venait d'apprendre : il couchait avec une fille qui appelait encore ses parents « papa » et « maman ».

Mais ils ne cédaient pas. Combien de frères et sœurs avait-il ? Que faisaient-ils ? Où avait-il grandi ? Le fait que son père travaille dans une banque semblait les satisfaire, mais savoir qu'il passait l'été en Irlande les surprenait.

« Les parents de Michael sont irlandais, a expliqué Claire et, se trompait-il ou y avait-il dans sa voix une note d'avertissement qui tendait un peu l'atmosphère ?

— Ah bon ? » Le père l'a scruté comme s'il cherchait à repérer une caractéristique physique de son origine.

Michael a été pris d'une folle envie de réciter un « Je vous salue, Marie », juste pour voir leur réaction. Oui, annoncerait-il pendant qu'ils dégustaient des artichauts, ces horribles trucs pointus immangeables, je suis un *Paddy*[1], un catholique, un *Mick*[2], un *Fenian*[3], et j'ai défloré votre fille.

« Oui, s'est-il contenté de répondre.

— D'Irlande du Nord ou du Sud ? »

Il a failli un instant corriger le père de Claire. C'est la république d'Irlande, voulait-il préciser, pas l'Irlande du Sud. « L'Ir… euh… du Sud.

— Ah ! Mais rien à voir avec l'IRA, n'est-ce pas ? »

La main que Michael portait à sa bouche avec une feuille d'artichaut s'est figée à mi-parcours. Une goutte de beurre fondu est tombée dans son assiette. Il a dévisagé l'homme placé en face de lui.

« Vous êtes en train de me demander si je suis membre de l'IRA ?

— Papa ! » a murmuré Claire.

---

1. Diminutif souvent péjoratif de Patrick, le saint patron de l'Irlande.
2. D'après Michael, prénom très courant en Irlande.
3. Membre d'une organisation secrète irlandaise qui luttait contre les Britanniques au XIXe siècle.

Aussitôt, l'homme a esquissé un faible sourire. « Non, seulement si vous ou votre famille…

— Si ma famille est membre de l'IRA ?

— C'était juste pour savoir. Je ne voulais pas vous froisser. »

Cette nuit-là, à 1 heure du matin, il a pris Claire sur le couvre-lit à fleurs, sur le tapis, sur les coussins de la banquette sous la fenêtre. Dans sa main, il a rassemblé ses cheveux en un cordon soyeux, doré, qu'il a approché de son visage. Les yeux fermés, il l'a baisée sans retenue et, quand il s'est rendu compte qu'il n'avait pas utilisé de préservatif, il a été saisi d'une joie mauvaise. Le lendemain, il était toujours content en regardant Claire assise sur une chaise à dossier droit, irréprochable dans une robe d'été à ramages, en train de se servir des œufs brouillés et de demander à son père s'il voulait qu'elle lui passe quelque chose.

Trois semaines plus tard, il était moins content quand elle est venue lui dire qu'elle n'avait pas eu ses règles. Et encore moins content, un mois après cette nouvelle, lorsqu'il est allé annoncer à ses parents qu'il se mariait. Sa mère l'a jaugé d'un bref regard, puis s'est assise à la table.

« Oh ! Michael Francis ! a-t-elle soufflé, une main sur le front.

— Quoi ? a dit son père, en dévisageant tout le monde à tour de rôle. Qu'est-ce qui se passe ?

— Comment t'as pu me faire ça ?

— Quoi ? a répété son père.

— Il a engrossé une fille, a marmonné Aoife.

— Hein ?

— Il a engrossé une fille, papa, a répété Aoife plus fort, affalée sur le canapé, ses jambes impeccables de gamine de quatorze ans étendues sur l'accoudoir. Il l'a fichue en cloque, il lui a mis un polichinelle dans le tiroir, il lui a flanqué le ballon, il…

— Ça suffit comme ça », lui a dit son père.

Aoife a haussé une épaule, puis a regardé Michael avec plus d'intérêt que d'habitude.

« C'est vrai ? a-t-il demandé en se tournant vers son fils.

— Je… »

Michael a écarté les bras. Je n'avais pas prévu ça, voilà ce qu'il voulait dire. Ce n'était pas elle que je comptais épouser. Je voulais passer mon doctorat, coucher avec toutes les filles possibles, et ensuite filer en Amérique. Mariage et bébé ne faisaient pas partie du programme.

« Le mariage aura lieu dans quinze jours.

— Dans quinze jours ? » Sa mère s'est mise à pleurer.

« Dans le Hampshire. Vous n'êtes pas obligés de venir si vous n'y tenez pas.

— Oh ! Michael Francis ! a répété sa mère.

— Où ça, dans le Hampshire ? a voulu savoir son père.

— Elle est catholique ? » a demandé Aoife tout en balançant un pied nu et en imprimant dans son gâteau l'arc de ses dents.

Leur mère a lâché dans un halètement : « Alors ? Elle est catholique ? » Elle a jeté un coup d'œil au Sacré-Cœur accroché au mur. « S'il te plaît, dis-moi que oui. »

Il s'est éclairci la gorge en fusillant Aoife du regard. « Non.

— Qu'est-ce qu'elle est, alors ?

— Je… Je ne sais pas. Anglicane, je suppose, mais je ne pense pas que ce soit un élément très important dans… »

Sa mère a poussé un gémissement et s'est écartée de la table. Son père s'est frappé une main avec son journal plié. Sans s'adresser à personne en particulier, Aoife a lâché : « V'là-t-y pas qu'il est allé foutre une protestante en cloque !

— Ferme ton fichu clapet, Aoife, a rétorqué son frère, furieux.

— Ne dis pas de grossièretés, a braillé son père.

— Vous voulez ma mort ! s'est écriée sa mère dans la salle de bains en entrechoquant ses flacons de tranquillisants. Autant me tuer tout de suite.

— D'accord, a murmuré Aoife. Qui veut commencer ? »

Hughie est né et les vies de Claire et de Michael Francis ont bifurqué. Sinon, Claire aurait passé sa licence d'histoire et exercé le genre de boulot que les filles comme elle acceptaient après leur diplôme : travailler pour un magazine ou peut-être se charger du secrétariat d'un notaire. Elle aurait partagé un appartement à Londres avec une amie, un endroit plein de vêtements et de maquillage. Chacune aurait pris des messages pour l'autre et elles auraient invité à dîner leurs petits amis dans la minuscule cuisine. Elles auraient lavé leur petit linge dans l'évier et l'auraient fait sécher sur le radiateur. Au bout de quelques années, Claire aurait épousé un notaire ou un homme d'affaires et ils se seraient installés dans une maison semblable à celle de ses parents, dans le Hampshire ou le Surrey. Claire aurait eu plusieurs enfants bien élevés et elle leur aurait parlé de sa vie de jeune fille à Londres.

Michael aurait passé son doctorat. Il aurait tenté sa chance avec les plus belles filles de Londres – et il semblait y en avoir une multitude au milieu des années 1960 : des filles avec des yeux fardés de khôl et des cols roulés ; des robes flottantes, des jupes invraisemblablement courtes et des cuissardes ; des chapeaux et des lunettes de soleil ; des chignons et des manteaux en tweed. Il les aurait toutes essayées, l'une après l'autre. Et puis il aurait décroché un poste de professeur dans une université américaine. À Berkeley, pensait-il, ou alors à New York University, Chicago, ou Williams. Tout était planifié : il quitterait le pays pour ne jamais revenir.

Sauf qu'il a dû laisser tomber sa thèse. Impossible de subvenir aux besoins d'une épouse et d'un enfant avec le montant de sa bourse. Il a obtenu un poste de prof d'histoire dans un lycée de banlieue et loué un appartement à proximité de Holloway Road, non loin de l'endroit où il avait passé son enfance. À tour de rôle, Claire et lui préparaient les biberons sur le réchaud à gaz. Le week-end, ils allaient dans le Hampshire et discutaient sans fin pour savoir si Michael devait laisser son beau-père lui prêter de l'argent pour acheter un « logement décent ».

Il tourne la cuillère en bois dans la casserole, puis verse les rigatonis dans deux assiettes.

Parfois, quand il surprend une expression distante sur le visage de sa femme, il se demande si elle pense à la maison qu'elle aurait pu avoir, dans le Sussex ou le Surrey, avec un mari notaire ou avocat.

Dans l'une des assiettes, il fait bien attention à séparer les pâtes et le toast – Hughie refuse de manger si deux choses différentes sont entrées en contact. « Faut pas que ça se touche ! » braille-t-il. Il empile ceux de Vita sur le toast beurré. Elle n'est pas difficile.

Au moment où il pose les assiettes devant les chaises des enfants, il sent que quelque chose lui donne des petits coups sur la jambe, quelque chose de dur et de chaud. Vita. Elle est revenue du jardin et, telle une petite chèvre, glisse sa tête bouclée entre ses genoux.

« Papa, chantonne-t-elle. Papa, papa, papa. »

Il se baisse et la prend dans ses bras. « Vita ! » En ce moment, il est de nouveau complètement celui qu'il est censé être : un homme qui, dans sa cuisine, porte sa fille. Il pose la cuillère en bois, la casserole et enlace l'enfant. Il est submergé par… quoi ? Quelque chose de plus que l'amour, de plus fort que l'affection. Quelque chose de si puissant, de si primaire que ça ressemble à un instinct animal. Pour l'instant, il se dit que la seule façon d'exprimer ce qu'il ressent, c'est le cannibalisme. Oui, il a envie de manger sa fille, en commençant par les plis de son cou et en descendant sur la peau lisse, opalescente de ses bras.

Elle arque le dos, agite les jambes. Vita a toujours aimé sentir le sol sous ses pieds. Pour manifester son affection, elle vous entoure les jambes. Elle déteste qu'on la porte. Contrairement à Hughie, elle a toujours possédé un corps solide, ferme. Hughie est un lutin, un être léger, un roseau. Avec ses cheveux trop longs qui flottent derrière lui, il est diaphane, c'est un Ariel, une créature aérienne, tandis que Vita serait plutôt un animal proche de la terre. Un blaireau, peut-être, ou un renard.

Avec un soupir, il la libère et elle se met à courir autour de la table de cuisine en s'écriant mystérieusement : « Heureux pour le restant de leurs jours. » Elle répète cette phrase plusieurs fois sur des tons différents.

« Vita ! dit-il en s'efforçant de ne pas élever la voix malgré ce chahut. Vita, assieds-toi. Vita ? »

Hughie entre et s'affale sur sa chaise. Il attrape une fourchette et triture ses rigatonis dont la sauce orange refroidit et se fige. Il fronce les sourcils, en enfile un, puis deux et trois sur une dent de sa fourchette et Michael Francis ne sait s'il doit lui dire qu'il regrette de lui servir une fois de plus des pâtes ou lui demander de manger au lieu de jouer.

La dernière fois que sa mère est venue – elle vient tous les quinze jours –, c'était seulement pour le thé, elle refuse de rester plus longtemps car elle ne veut pas « déranger Claire ». Un jour, en voyant son fils préparer un repas, elle a fait remarquer que, pour un homme qui enseignait à temps complet, c'était étonnant qu'il cuisine autant. Claire se trouvait dans la salle de séjour, mais elle a entendu. Il l'a compris à la manière dont elle a posé bruyamment le livre qu'elle lisait.

« Vita ! » Il tente une nouvelle fois de la calmer.

Vita se pavane autour de la table, nue, couverte de poussière, en chantonnant « Heureux pour le restant de leurs jours ».

Hughie se frappe le front et pose sa fourchette. « Tais-toi, Vita !

— Tais-toi, toi ! riposte Vita. Tais-toi, tais-toi, tais… »

Michael attrape sa fille au passage et la hisse au-dessus de sa tête. Elle hurle et donne des coups de pied. Dans l'état où elle est, il sait qu'il a le choix entre deux méthodes : lui ordonner d'un ton sévère de se calmer et de s'asseoir tout de suite. Il pourrait ainsi relâcher une partie de la frustration qu'il a accumulée pendant la journée, mais Vita risque de se rebeller et de crier encore plus fort. Ou alors, il peut essayer de sortir de l'impasse par la rigolade. Il décide de choisir la seconde solution, plus rapide et moins risquée.

« Miam, miam, dit-il en faisant semblant de manger le ventre de Vita. Je suis un monstre et je vais te dévorer. » Il la hisse sur sa chaise. « J'ai tellement faim que, si tu ne manges pas ce qu'il y a dans ton assiette, je vais devoir te manger. Si tu veux t'en sortir vivante, il faut manger. »

Vita se met à rire mais, par magie, elle reste assise. Il retient son souffle jusqu'au moment où il la voit attraper sa fourchette.

« Un monstre comment, papa ?

— Énorme.

— Tout poilu ? hurle-t-elle.

— Oui. Très poilu. Avec des poils verts partout. »

Et comme elle n'a pas encore avalé une seule bouchée, il lui prend doucement la fourchette des mains et approche des pâtes de sa bouche au moment où elle demande :

« T'as des grandes dents ?

— Gigantesques. Les plus grandes que tu aies jamais vues.

— Le requin, déclare soudain Hughie, a plusieurs rangées de..

— Et aussi des griffes ? reprend Vita en aspergeant la table de bouts de rigatonis mâchonnés.

— J'étais en train de parler ! proteste Hughie. J'étais en train de parler ! Papa, elle me coupe la parole !

— Vita, n'interromps pas les gens. Attends qu'ils aient fini de parler. Oui, j'ai des griffes. Vas-y, Hughie, dis-nous ce qu'a le requin.

— Il a plusieurs rangées de dents qui…

— Tu habites dans une grotte ?

— Elle recommence ! » Hughie tremble de rage. « Papa ! »

Claire choisit ce moment pour entrer dans la cuisine. Elle s'est changée, remarque-t-il, et porte une jupe et un chemisier plutôt transparent noué à la taille.

« Coucou, mes chéris. C'est bon ?

— Tu sors ? » demande Michael

Elle laisse ses yeux errer sur les plans de travail, les étagères, le sol. « Quelqu'un aurait vu mon…

— Maman, Vita m'a coupé deux fois la parole », dit Hughie en pivotant vers sa mère.

Claire passe la main sur le dessus du placard, s'immobilise, fait un pas vers la porte de derrière, puis s'arrête de nouveau. « Je regrette de l'apprendre, mais toi, tu viens juste de m'interrompre.

— Où tu vas ?

— Non, je t'ai pas interrompue.

— Si, à l'instant. Il faut que tu attendes que les gens aient fini de parler.

— Tu ne m'as pas dit que tu sortais. »

Elle tourne brièvement le regard vers son mari. « Si. Nous allons regarder en groupe une émission de l'Open University et ensuite nous viendrons dîner ici. Je te l'ai dit hier, tu ne te rappelles pas ? Tu n'aurais pas vu mon… » Elle semble renoncer à lui demander son aide. « Bon, laisse tomber.

— Ton quoi ?

— Rien.

— Si, dis-moi.

— Papa ! » Vita pose sur sa manche une main collante pleine de sauce tomate. « T'as deux yeux ou t'en as des tas ?

— Rien, répète Claire. Aucune importance. »

Elle ramasse sur le sol un sac en tissu qu'il ne connaît pas et il a un bref aperçu du devant de son chemisier, avec, dessous, la dentelle de son soutien-gorge et les renflements de ses seins. Il lui vient à l'esprit que d'autres personnes peuvent voir le même spectacle dans son groupe d'études ou d'autre chose, il ne sait plus comment elle l'a appelé.

« Je file. » Elle embrasse chaque enfant sur le dessus de la tête. « Je vous dis déjà bonne nuit, mes chéris, parce que vous dormirez peut-être quand je rentrerai…

— À quelle heure comptes-tu rentrer ? demande-t-il.

— Deux yeux, papa, ou des tas ? Des tas à des endroits bizarres comme les bras ou les oreilles ?

— Qui c'est qui va me border ? » demande Hughie en prenant sa voix d'orphelin délaissé.

Claire agite une main. « Je ne sais pas au juste à quelle heure je vais rentrer.

— Ou alors sur les pieds ? Des yeux sur les pieds, ça serait utile, tu trouves pas, parce que…

— Et mon bain ? Qui va me donner mon bain ?

— Papa, bien sûr. » Claire serre brièvement Hughie dans ses bras. « De toute façon, tu ne peux pas prendre de bain à cause du rationnement d'eau. Tu l'avais oublié ?

— À quelle heure à peu près ? Tu dois bien le savoir.

— Non. Je m'attarderai peut-être ou…

— Ou sur les mains. Comme ça, tu verrais les choses que tu veux attraper, tu pourrais les voir en les attrapant, un petit bonhomme que tu veux manger, par exemple, ou un… »

Pendant que Claire sort de la pièce, Hughie tend un triangle de toast à son père.

« Au revoir, mes chéris ! lance Claire du couloir.

— Je ne peux pas manger ça. Il y a de la sauce sur la croûte.

— Papa, tu m'écoutes pas. Où ils sont, tes yeux ? »

Le téléphone se met à sonner. Vita parle de plus en plus fort. Hughie retire de la nourriture de son assiette en expliquant qu'il ne peut pas manger ceci ou cela, et Claire dit quelque chose dans le couloir.

« Quoi ? » Michael Francis se dépêche de traverser la salle de séjour pour atteindre le couloir. Sa femme est immobile sur le seuil. « Je n'ai pas entendu. »

Elle se tient dans l'encadrement de la porte, le soleil illumine le tissu de son chemisier, ses cheveux sont embrasés autour de son petit visage criblé de taches de rousseur. Ce spectacle lui porte un coup au cœur. Reste, a-t-il envie de lui dire, ne t'en va pas. Reste avec moi.

« Je disais que c'est sûrement ta mère. Elle n'a pas arrêté d'appeler tout l'après-midi.

— Oh !

— Elle a perdu ses clés, un truc comme ça.

— D'accord. »

Derrière lui, il entend la sonnerie s'arrêter et Hughie dire : « Allô ?

— Claire !

— Oui ?

— Ne t'en va pas.

— Quoi ?

— S'il te plaît. » Il lui prend le poignet à l'endroit où, rassemblés, les os de sa main rejoignent les longs os de son bras.

« Michael…

— Juste ce soir. Reste avec moi ce soir. Ne va pas à ce truc. Je te dirai tout ce que tu as besoin de savoir sur la révolution industrielle. Reste avec moi. S'il te plaît.

— Je ne peux pas.

— Si, tu peux.

— Non. Je leur ai promis…

— Qu'elles aillent se faire foutre. »

Grosse erreur. Elle grimace de colère et le fusille du regard. Dans son dos, il entend Hughie expliquer à sa grand-mère que papa ne peut pas venir au téléphone parce qu'il crie après maman à l'entrée de la maison. Claire fait mine de parler, mais baisse la tête, pose son autre pied dehors et referme la porte derrière elle.

Il lui faut un moment pour comprendre qu'elle est partie. Ses yeux fixent la porte, le cuivre terni de la serrure, le panneau vitré si bien ajusté au bois. Puis il se rend compte que Hughie est à côté de lui et hurle :

« Papa ! Papa !

— Quoi ? » Il baisse les yeux sur la version miniature de sa femme, celle qui vient de partir, qui a franchi le seuil et les a tous laissés.

« Grand-mère est au téléphone. Elle dit… »

Il traverse la salle de séjour et prend l'appareil. « Maman ? Désolé, j'étais… »

Déconcerté, il s'aperçoit que sa mère est au milieu d'une phrase, peut-être même d'un grand discours. « … alors j'ai dit au bonhomme, non, je n'ai pas besoin de boisson gazeuse aujourd'hui, il faudra revenir jeudi, et tu sais ce qu'il m'a dit ? Il m'a dit…

— Maman, c'est moi.

–… d'ailleurs, il n'en avait pas tellement dans sa camionnette et…

— Maman ! »

Il y a un blanc. « C'est toi, Michael Francis ?

— Oui.

— Je croyais parler à Vita.

— Non, c'était Hughie.

— Bon, cet après-midi, j'ai dit à Claire… et elle avait l'air occupée à un point, tu peux pas savoir… le problème, c'est qu'il a la clé de la remise et…

— Qui ça ?

— Et je lui ai dit que le petit déjeuner était prêt, mais tu sais comment il est avec le journal…

— Quel journal ?

— Le problème, c'est que le congélateur est dans la remise, comme tu le sais. »

Il porte une main à son front. Les conversations avec sa mère sont des forêts labyrinthiques dans lesquelles personne n'a de nom et les gens entrent et sortent sans prévenir. Vous devez vous raccrocher à quelque chose, à la moindre bribe de sens pour vous orienter, reconnaître tel ou tel personnage, et alors, avec un peu de chance, le reste suit.

« … elle m'a dit qu'elle n'avait pas le temps aujourd'hui, mais…

— Qui ? Qui n'avait pas le temps ?

— Je sais qu'elle est toujours occupée. Elle a tant de fers au feu. »

Voilà un indice. Il n'y a qu'une personne pour laquelle sa mère emploie cette expression. « Monica ? Tu parles de Monica ?

— Oui. » Sa mère semble vexée. « Bien sûr. Elle n'avait pas le temps aujourd'hui à cause du chat et je me demandais si tu…

— Moi ? » Il sent les vannes de sa colère céder et c'est avec un magnifique soulagement qu'il libère la rage réprimée jusque-là. « Dis-moi si j'ai bien compris. Tu me demandes, à moi qui ai une famille et un boulot à temps complet, de venir t'aider à retrouver la clé de la remise. Tu ne le demandes pas à ma sœur qui n'a pas d'enfant et ne travaille pas, parce que tu estimes qu'elle a trop de fers au feu ? »

Comme il déteste cette expression. Aoife et lui l'utilisaient parfois entre eux pour plaisanter. N'empêche, le favoritisme de sa mère pour sa cadette, son indulgence infinie envers elle, sa capacité à tout lui pardonner ne sont pas des plaisanteries. C'est agaçant. C'est ridicule. Il serait temps que ça cesse.

Il entend sa mère prendre une brusque inspiration. Un silence tombe entre eux. Comment va-t-elle réagir ? Va-t-elle s'emporter à son tour ? Elle a toujours été capable de répondre du tac au tac, tous deux le savent.

« Bon, dit-elle d'une voix tremblante, et il constate qu'elle a choisi de paraître vexée et un tout petit peu courageuse. Je croyais que tu pourrais m'aider. Je me disais que je pourrais faire appel à toi dans ma dé...

— Maman...

— Écoute, ça fait onze heures qu'il est parti et je ne sais pas ce que je dois faire... »

Il fronce les sourcils et colle l'appareil à son oreille. Voilà autre chose qui arrive quand on parle avec sa mère. Elle ne sait pas établir de hiérarchie entre les informations décisives et les détails insignifiants. Pour elle, tout est crucial : des clés de remise égarées et un mari absent ont la même importance.

« Ça fait onze heures que papa est parti ?

— ... c'est pas comme s'il avait déjà fait ça et je ne savais pas vers qui me tourner. Monica est tellement occupée, alors j'ai pensé...

— Attends, attends. Tu as dit à Monica que papa avait disparu ? »

Il y a un silence. « Oui, répond sa mère d'une voix hésitante. Je crois bien.

— Ou est-ce que tu lui as seulement dit que tu ne savais pas où était la clé de la remise ?

— Michael Francis, je crois que tu ne m'écoutes pas. Je sais où est la clé de la remise. Elle est accrochée au trousseau de ton père, mais il est parti, alors la clé aussi, et...

— D'accord. » Il décide de prendre la situation en main. « Voilà ce que tu vas faire. Tu vas attendre près du téléphone. J'appelle Monica, je lui explique ce qui se passe et je te rappelle, dans dix minutes environ. D'accord ?

— Très bien, mon chéri. J'attends ton coup de fil.

— C'est ça. Tu ne bouges pas. »

Gloucestershire

POUR MONICA, TOUT A COMMENCÉ AVEC LA MORT DU CHAT. Pendant des années, elle l'a associée à la disparition de son père.

En plus, elle n'aimait même pas ce chat, elle ne l'avait jamais aimé. Les filles de Peter, en revanche, l'adoraient car elles avaient grandi avec lui. Le vendredi soir, Peter allait les chercher chez leur mère et, dès qu'ils arrivaient à la maison, elles s'élançaient dans l'allée, franchissaient la porte d'entrée et, sans prendre le temps de retirer leur manteau, cherchaient l'animal partout en faisant un chahut monstre. Quand elles l'avaient trouvé, roulé en boule sur le canapé ou allongé de tout son long près de la cuisinière, elles se jetaient sur lui, enfouissaient le visage dans son flanc, répétaient son nom d'une voix enjôleuse, trituraient les doux triangles de ses oreilles.

Elles menaient avec lui d'interminables conversations, lui fabriquaient des maisons en papier journal, exigeaient qu'il dorme sur leur lit la nuit, ce que Peter autorisait. Elles le trimballaient partout comme un sac en fourrure, l'habillaient avec des vêtements de poupée et, après l'avoir installé dans un vieux landau grinçant déniché dans la grange, elles le promenaient dans le jardin. Monica ignorait l'existence de ce landau (elle évitait d'aller dans la grange, un endroit sombre envahi de toiles d'araignée et de formes bizarres, tordues et rouillées), mais pas les filles. Par la fenêtre de la cuisine, elle les a vues sortir ce landau comme si elles l'avaient déjà fait nombre de fois. En constatant que ces gamines, qui étaient pour elle presque des étrangères, connaissaient sa maison mieux qu'elle, elle a éprouvé une curieuse tension.

D'un ton léger, amusé, pensait-elle, elle le leur a dit pendant qu'elles faisaient ensemble de la pâtisserie sur la table de cuisine (à moins que Monica n'ait frénétiquement découpé la pâte avec le moule en forme de chat qu'elle avait acheté quelques jours plus tôt, et essayé de ne pas voir les filles assises bras croisés, en train de la fusiller du regard ?). Monica ne parvenait pas à trouver une manique propre (elle en avait brûlé une de plus sur cette fichue cuisinière). Jessica, l'aînée, a glissé de sa chaise pour aller ouvrir un tiroir du buffet, en a sorti une et la lui a tendue sans un mot.

« Tu connais cette maison mieux que moi, hein ? » a lâché Monica avec un sourire forcé.

Jessica l'a considérée un long moment sans ciller. « Nous avons passé toute notre vie ici. Florence est née juste là, par terre. » Elle montrait le sol de la cuisine, à sa gauche. « Maman criait des tas de gros mots. Papa a eu le droit de couper le cordon. »

Figée, un chat en pâte molle entre les doigts, Monica était incapable de détourner les yeux du parquet, sous la fenêtre. Depuis, elle ne pouvait se résoudre à marcher sur ces lames.

Pourtant, elle faisait des efforts avec les filles de Peter. De gros efforts. Les jours de semaine, qu'elles passaient chez leur mère, avaient chacun une cadence particulière pour Monica. Le lundi, jour de leur départ, elle était encore sous le choc et, affolée, se sentait inutile et broyait du noir ; le mardi, elle essayait de récupérer ; le mercredi, désespérée, elle se disait que Florence et Jessica la détestaient. Oui, elles la détestaient, malgré ce que Peter pouvait dire. Elle le lisait dans leurs yeux, elle s'en apercevait à la façon dont elles s'écartaient si elle avait le malheur de s'approcher un peu trop, comme des chevaux apeurés. La situation était intenable, désastreuse, Monica ne ferait jamais une belle-mère acceptable, sans même parler de compétence. Le jeudi, elle se réveillait tôt et se sermonnait : elle se débrouillait pourtant bien avec les enfants, elle avait pour ainsi dire élevé Aoife qui n'était vraiment pas ce qu'on pourrait appeler une gosse facile, alors comment conquérir les deux enfants de Peter ? Le vendredi, elle se préparait à les accueillir en achetant albums à colorier, boîtes de couleurs, tricotins, pelotes douces. Elle plaçait un vase de fleurs sur chacune de leurs tables de nuit, posait sur la table basse des presses pour faire sécher les fleurs, des livres sur la nature, des bandes dessinées, de la colle, de la pâte à modeler, des fils à broder de couleurs vives. Elle pourrait leur apprendre à broder, à coudre ! Ensemble, elles prépareraient des cadeaux de Noël : étuis à lunettes, boîtes à cirage, sacs à pyjama, mouchoirs brodés de monogrammes. Elle s'imaginait que Peter les trouverait toutes les trois serrées sur le canapé en train de coudre un étui pour sa tabatière afin de lui en faire la surprise. Comme il serait heureux de savoir qu'elle avait triomphé, qu'elle avait fini par gagner le cœur de ses filles !

Et puis, le vendredi soir venu, elle était confrontée à deux gamines vêtues de blouses identiques en velours côtelé, des lots commandés par correspondance et dont les ourlets n'étaient jamais bien ronds – Monica avait une envie folle de les découdre pour les refaire correctement, ce qui ne lui prendrait que quelques minutes –, deux gamines qui couraient dans toute la maison pour chercher leur chat adoré.

Jenny, leur mère, s'était empressée de s'assurer que Peter se chargerait du chat lors de leur séparation, en insistant pour qu'il reste dans les lieux qu'ils avaient occupés. Monica n'avait pas tardé à comprendre pourquoi. Cet animal n'avait aucune notion de ce qu'il pouvait manger ou non. Il avalait morceaux de papier, élastiques, ficelle, étiquettes de vêtements. Elle n'avait jamais rien vu de tel. Si des renards déchiraient les sacs-poubelles dehors, il grignotait des vieux os, des têtes de poisson à moitié pourries, du pain moisi, léchait les pots de yaourt en verre cassés et les lacets usés. Ensuite, il miaulait comme un fou à la porte de derrière jusqu'à ce que Monica cède et, une fois entré, rendait sur le tapis, le parquet fraîchement ciré, le kilim du couloir ou la table de cuisine ce qu'il avait ingéré sans discernement.

Quelques jours plus tôt, elle avait averti Peter : si elle devait une fois de plus nettoyer le vomi du chat, elle piquerait une crise.

Ce lundi-là, elle devait s'occuper de lui. C'était le jour où elle aimait faire le ménage, effacer toute trace du passage des filles, mettre de l'ordre, brosser la fourrure du chat pour en ôter morceaux de feuilles et gravier. Sauf que, bizarrement, elle n'a pas réussi à le dénicher. Elle l'a appelé au bas de l'escalier, à la porte de derrière, à l'entrée de la vieille grange pourrissante. Elle a agité les croquettes puantes dans leur paquet et ouvert le réfrigérateur en faisant le plus de bruit possible. Mais non, rien.

Irritée, elle a claqué la langue. Elle avait passé le tablier réservé à la toilette du chat, préparé les gants en caoutchouc et fait tremper dans du Dettol le peigne aux dents métalliques. Où était donc passée cette bestiole ?

Après avoir appelé encore plusieurs fois, elle a renoncé, retiré tablier et gants, et, armée d'un chiffon à poussière, s'est attelée au manteau de la cheminée.

Un peu plus tard, en sortant les ordures, elle a sursauté en voyant une forme sombre dans une platebande. Au début, elle a cru que l'une des gamines avait fait tomber un objet quelconque ou que quelqu'un avait lancé quelque chose par-dessus le mur – un chapeau, une chaussure, peut-être. En s'abritant les yeux du soleil, elle a compris qu'il s'agissait du chat, pelotonné d'une curieuse façon au pied du jasmin jaunissant.

« Ah ! te voilà ! » La voix de Monica s'est altérée.

Les yeux du chat étaient voilés, sa poitrine se dilatait et se contractait à un rythme rapide, fébrile, sa tête pendait. Monica s'est accroupie et a vu, sur la patte arrière, la peau déchirée comme du tissu, une flaque rouge coagulée, quelque chose de blanc. Lâchant un petit cri, chancelante, elle a descendu l'allée, regardé dans la rue à droite et à gauche, comme si elle cherchait de l'aide, puis a couru dans la maison en triturant son tablier.

Au moment où elle s'élançait dans le couloir, le téléphone a sonné. Elle a brusquement décroché.

« Allô, Camberden 3834... »

Sa mère était en plein milieu d'une phrase. « ... alors je me demandais si tu n'aurais pas une idée de l'endroit où il pourrait être allé parce que...

— Maman, je ne peux pas te parler maintenant. Écoute, c'est terrible et...

— Qu'est-ce qui est arrivé ? » En sentant intuitivement sa fille en danger, Gretta a aussitôt interrompu son monologue. « Qu'est-ce qu'il y a ? C'est Peter ?

— Non, c'est le chat.

— Qu'est-ce qu'il lui est arrivé ?

— Sa patte est cassée et saigne. Il est devant la maison, blotti dans une position bizarre et je ne sais pas quoi faire.

— Ah ! le pauvre. Une voiture l'a peut-être heurté. Il est vivant, hein ?

— Oui. En tout cas, il respire. Je ne sais pas quoi faire, a répété Monica.

— Bon, il faut l'amener chez le vétérinaire.

— Le vétérinaire ?

— Oui. C'est là qu'on pourra l'aider. Pauvre bête. »

Monica était toujours surprise par la sensibilité exacerbée de sa mère dès qu'il s'agissait de petits mammifères, de préférence réduits à l'impuissance.

« Je ne peux pas.

— Pourquoi ?

— Je ne peux pas le ramasser. Pas dans cet état.

— Il le faut, ma chérie. Pose une serviette sur lui si tu n'arrives vraiment pas à le toucher. Mets-le dans un carton et emmène-le.

— Un carton ?

— Oui, ma puce. T'en as un ?

— Je suppose, je n'en sais rien.

— Tu vas très bien t'en sortir. Tu te rappelles quand Aoife a trouvé ce chaton ? Elle…

— Maman, je ne peux pas parler maintenant. Il faut que je…

— Avant que tu partes, j'aimerais te demander une chose à propos de la clé de la remise. Tu comprends, ton père…

— Il faut que j'y aille ! Je te rappellerai. »

Monica a raccroché et ouvert la porte de la cave. Elle allait sauver le chat, elle, et personne d'autre. Ce serait son heure de gloire. Une sensation d'excitation vertueuse l'a submergée. Le week-end prochain, elle raconterait cette histoire aux filles et elles l'écouteraient avec reconnaissance, peut-être même en versant une larme. Elles verraient alors le chat, docile désormais, la patte bandée, assis près de la cuisinière, et sauraient que Monica lui avait sauvé la vie.

À tâtons, elle a descendu l'escalier dans l'obscurité humide. Elle était sûre d'avoir conservé un carton depuis Noël.

Monica ne comprenait pas ce que lui disait le vétérinaire. Il ne semblait pas du tout avoir envie de l'aider. Malgré la chaleur insupportable, elle avait réussi à venir avec le chat. Elle l'avait mis dans un carton qu'elle avait emporté jusqu'à l'arrêt du bus et, pendant le trajet, elle avait regardé droit devant elle malgré le raffut horripilant que faisait le chat. Et tout ça pour entendre parler de moelle épinière.

« Quoi ?

— Il faudrait mettre un terme à ses souffrances, disait le vétérinaire d'une voix très douce qui n'augurait rien de bon.

— Mettre un terme à ses… »

Le vétérinaire a hésité, a paru la considérer avec attention. « Il faudrait le piquer.

— Le piquer ? »

Monica ne parvenait pas à organiser les mots de façon à leur donner du sens. Endormir, souffrir, ne pas s'acharner, disait le vétérinaire. Elle avait l'impression qu'il faisait encore plus chaud là-dedans que dehors. La transpiration perlait à la racine de ses cheveux, sur sa lèvre supérieure, sous la taille de sa jupe. À l'idée que, si elle levait les bras, le vétérinaire, un homme qui avait à peu près son âge et n'était pas dénué de charme, verrait les taches sombres sur ses aisselles, elle était terrifiée. Le chat n'était qu'une masse de fourrure poisseuse posée sur la table entre eux.

« Madame Proctor, disait le vétérinaire, le chat est gravement atteint et… »

Atterrée, Monica a cessé de se tamponner le front avec son mouchoir.

« Vous voulez dire qu'il faudrait le tuer ? Mais non, vous devez le guérir, il le faut… Mes belles-filles vont… Vous devez remettre ce chat sur pied. Je vous en prie.

— Hum… » Arraché à son scénario habituel, le vétérinaire a hésité, décontenancé. Puis il s'est ressaisi. « Le processus est très rapide, très paisible. Bon… Certaines personnes tiennent à être présentes à ce moment-là. »

Monica a baissé les yeux sur le chat qui agitait pitoyablement ses pattes antérieures pour essayer de retourner dans le carton. Elle avait passé dix bonnes minutes à l'y faire entrer – il refusait absolument et se débattait avec des mouvements désespérés de batracien. Et maintenant, tout ce qu'il voulait, c'était y retourner. Comprenait-il la situation ? Savait-il qu'on parlait de sa mort imminente ? Non, semblait-il dire, pas maintenant, pas tout de suite, j'ai encore des tas de choses à faire. Soudain, Monica a pensé à Aoife. Qu'elle avait pleuré quand ce chaton était mort ! Dans le jardin, les genoux écorchés au-dessus des chaussettes d'écolière, elle tenait dans les bras le petit corps minuscule enveloppé dans une serviette. Leur père creusait un trou. « Fais-le profond, Robert », avait chuchoté leur mère avant de serrer Aoife contre son tablier. Son heure était venue, voilà, lui avait-elle dit. Mais Aoife ne pouvait pas s'arrêter de sangloter. Depuis le début, ce chaton avait été souffreteux, ce qui n'avait pas empêché Aoife de pleurer comme une fontaine.

Les mains sur l'échine du chat, Monica sentait les pointes de ses vertèbres, les triangles de ses omoplates sous la fourrure. Comme toujours, elle était décontenancée par la fragilité des os. Ce chat paraissait gros, costaud, mais quand vous l'aviez dans les mains, on aurait dit un oiseau, un être tellement léger, presque immatériel. Et étonnamment chaud. À présent, il ronronnait, frottait son museau contre les doigts de Monica d'une façon qu'elle n'avait jamais permise auparavant. Il la regardait d'un air confiant, rassuré. Tant que tu es là, semblait-il dire, tout va bien. Elle était incapable de détourner les yeux, de rompre ce lien entre eux, même si elle se rendait compte que le vétérinaire remplissait sa seringue, glissait une longueur traîtresse de métal argenté dans la fourrure. Et pourtant, tout en en étant consciente, elle continuait à regarder le chat et à lui parler. Il ronronnait pendant qu'elle caressait les arêtes de sa nuque, puis il a paru tracassé par une idée soudaine, comme s'il se rappelait quelque chose d'important, et Monica se demandait à quoi il pouvait bien penser quand elle s'est aperçue que sa tête retombait dans sa main, que ses yeux n'étaient plus fixés sur elle, mais semblaient regarder quelque chose derrière elle, une chose horrible qui fondait sur elle sans qu'elle sache de quoi il s'agissait.

« Oh ! » a-t-elle lâché en même temps que le vétérinaire disait : « C'est fini. »

La rapidité du processus était terrifiante, le glissement de la vie à la mort trop facile. Vous étiez là et, tout de suite après, vous n'y étiez plus. Monica a eu toutes les peines du monde à ne pas regarder autour d'elle. Où était parti le chat ? Il devait bien être quelque part. Il ne pouvait pas s'être évanoui dans la nature.

Curieusement, Aoife lui est alors revenue à l'esprit. Adulte à présent, non plus en chaussettes d'écolière, mais à l'hôpital. Aoife penchée sur le bassin avant que l'infirmière ne vienne l'emporter.

La tête baissée, Monica avait envie de secouer le chat, de le ramener à la vie, elle voulait désespérément qu'il étire les pattes et lui agrippe la manche. On aurait pu croire que passer de vie à trépas se ferait en luttant, en se débattant. Mais non, pas forcément. Peut-être se laissait-on toujours dériver, glisser vers la mort.

C'était horrible de se dire que ça arrivait aussi facilement.

Aoife s'était penchée et avait regardé dans le bassin. Monica l'avait prévenue : « Ne fais pas ça, Aoife, ça porte malheur ». Mais sa sœur ne l'avait pas écoutée, bien entendu. Elle avait regardé un long moment.

D'une main, Monica caressait la mâchoire aussi fragile qu'un bréchet, de l'autre, elle touchait le chat sous l'oreille, à l'endroit où elle avait toujours trouvé que la fourrure était la plus douce, d'une douceur invraisemblable qui rappelait le duvet de pissenlit.

Tout allait tellement vite. Voilà qu'Aoife était soudain adulte. Monica avait l'impression qu'un jour, sa sœur était encore une petite fille, avec des lacets défaits et des tresses qui se dénouaient, et que, le lendemain, c'était une femme aux vêtements drapés et aux innombrables colliers, cette femme qui était venue la voir à l'hôpital. Elle ne l'avait pas écoutée quand elle avait dit : « Aoife, ne regarde pas. » Ses cheveux avaient glissé sur son visage si bien que Monica ne pouvait pas voir son expression. Elle avait regardé longtemps, puis déclaré d'une voix grave : « Il est mort avant d'avoir pu vivre. » Alors Monica s'était redressée sur son lit, avait abattu son poing sur son genou et rétorqué : « Non, pas du tout. Il a vécu. » Car pendant toutes ces semaines, elle avait senti qu'il vivait, sa présence courait dans ses veines ; les curieux vertiges matinaux, la nausée provoquée par les cigarettes, les gaz d'échappement et l'encaustique attestaient son existence. « Il a vécu », avait-elle affirmé à sa sœur qui avait levé la tête et répondu : « Bien sûr qu'il a vécu, excuse-moi, Monica. »

Cet enfant aurait presque trois ans à présent.

Inutile de ressasser ces pensées. Monica a lâché le chat, s'est détournée, mouchée, a remis en place son sac sur son épaule, remercié le vétérinaire, réglé à la réception, emporté le carton qui lui a paru très léger (est-ce l'âme qui pèse le plus ? se demandait-elle). Elle est sortie dans la rue, a regardé à droite et à gauche, puis s'est dirigée vers l'arrêt du bus.

Une fois de retour à la maison, elle est allée ouvrir les fenêtres. Un peu d'air frais, pour l'amour du ciel. Sauf qu'il ne semblait pas y avoir d'air, ni dedans ni dehors. La chaleur paraissait s'insinuer par les étroites fissures, de même que la fumée se glisse sous une porte. Monica a donc refermé les fenêtres, s'est tamponné les poignets et les tempes avec de l'eau de Cologne, puis recoiffée. Gretta et Aoife avaient des cheveux épais qui poussaient dans tous les sens, mais les siens étaient fins comme de la gaze, raides comme des baguettes. Autrefois pâles, ils avaient pris une teinte gris-beige indéterminée. Impossible d'en tirer quoi que ce soit. Sauf à aller chez le coiffeur une fois par semaine et à dormir avec un filet.

Monica a traversé le couloir pour aller dans la salle de bains. Après avoir regardé autour d'elle, affolée, elle a arraché au rouleau un mouchoir en papier et se l'est plaqué sur le nez. Sa gorge était à vif, douloureuse – le rhume des foins, peut-être ? –, ses yeux piquaient. Elle a jeté le mouchoir dans les toilettes et descendu la fermeture à glissière de sa robe. Il fallait qu'elle se rafraîchisse pour Peter. Il allait bientôt rentrer et c'était important de plaire à son mari, tout le monde le disait.

Elle allait prendre un bain. Oui, voilà.

Qu'il soit interdit de gâcher de l'eau en ce moment lui était bien égal – elle avait absolument besoin de prendre un bain. Que le gouvernement et ses sinistres restrictions aillent se faire foutre, que tout le monde aille se faire foutre. Elle a bouché l'évacuation et ouvert les deux robinets. L'eau a jailli. Pendant un instant, elle est restée figée devant la baignoire, hypnotisée par ce spectacle, furieuse, frissonnante. La fermeture à glissière était coincée à mi-hauteur. Monica a juré, tiré dessus, et n'a même pas réagi en entendant le bruit du tissu qui se déchirait. Il fallait qu'elle ôte cette robe, qu'elle prenne un bain, il fallait qu'elle soit jolie, calme pour demander à Peter de dire que c'était lui qui avait décidé de piquer le chat. Elle devait le convaincre que la seule solution était d'annoncer aux filles que c'était lui qui l'avait trouvé et l'avait accompagné dans ses derniers moments. Accepterait-il de mentir pour lui faire plaisir ? Elle n'en avait aucune idée.

Enfin, une fois la robe retombée en une flaque de coton tiède autour de ses chevilles, elle a renversé la boîte de sels de bain que la mère de Peter lui avait offerte pour Noël – quel drôle de cadeau à faire à sa belle-fille, quand même ! Monica n'avait pas ouvert la bouche quand Jessica avait laissé échapper que grand-mère avait offert à Jenny une écharpe en cachemire, mais ça lui avait fait mal. Très mal.

Elle est entrée dans le bain interdit. La température était parfaite, tiède, agréablement rafraîchissante. En se glissant dans l'eau soyeuse, elle a senti sous son corps les cristaux non dissous qui crissaient et râpaient, mais d'une manière qui n'avait rien de déplaisant.

Cette année encore, Aoife n'a pas donné de ses nouvelles à Noël. Pourtant, elle lui a pour sa part envoyé une carte à son travail. On ne peut pas ne pas remarquer certaines choses. Sa mère a reçu une carte, même si ce n'est qu'une carte postale, Monica l'a vue. Et Michael Francis en a reçu une lui aussi. Mais elle s'est abstenue de tout commentaire.

La baignoire était en fonte, assez grande pour y tenir allongée. Monica aurait aimé faire installer une salle de bains moderne mais, bien sûr, Peter ne veut pas en entendre parler. Voilà ce qui se passe quand on épouse un antiquaire. Peter discourait sans fin sur… quel était le terme qu'il employait, déjà ? l'intégrité des maisons. C'est une maison qui date du début de l'ère victorienne, répétait-il, pourquoi la dénaturer avec de la camelote moderne ? Elle aurait aimé lui demander comment une maison pouvait se sentir dénaturée. Et pourquoi il était impossible d'avoir une moquette de salle de bains. Mais elle gardait ses opinions pour elle. La réticence qu'il éprouvait à modifier un tant soit peu cette maison s'expliquait surtout, à son avis, par son désir de la garder telle qu'elle était du temps de Jenny, pour donner aux enfants l'illusion que rien n'avait changé. Comme disait toujours Gretta, mieux valait ne pas remuer certaines choses.

Donc, elle avait une salle de bains à la baignoire écaillée par endroits, posée sur des pieds griffus. Des toilettes avec un siège en bois effrité et une chaîne de chasse d'eau qui se cassait sans arrêt. Des étagères sur lesquelles, au lieu de bain moussant et de shampooing, on pouvait admirer quelques flacons de médicaments du XIXe siècle, que Peter collectionnait. Sur leur lit en fer rouillé, le matelas en plumes affaissé la faisait éternuer. Elle n'avait pas le droit d'utiliser un beau four électrique comme tout le monde, mais devait se débrouiller avec l'antique cuisinière que Peter avait trouvée sur un terrain vague, rapportée à la maison, nettoyée et barbouillée de noir, ainsi qu'une grande partie du sol par la même occasion. Ce gros monstre à la gueule rougeoyante avalait des quantités phénoménales de bois et, quand les filles étaient là, Monica devait déployer des efforts incroyables pour préparer les repas. Le couloir, l'allée, la grange et le jardin, derrière la maison, étaient encombrés de chaises empilées, canapés esquintés, plateaux de table que Peter passait son temps à restaurer pour les vendre dans sa boutique. Que des gens puissent vouloir acheter des trucs pareils, voilà qui dépassait Monica, et pourtant, ils les achetaient.

La sonnerie du téléphone la fit se redresser. Jenny, peut-être ? Non. Ses coups de fil larmoyants avaient cessé ces derniers temps. Peter ? Sa mère qui rappelait ? Elle considéra le tapis de bain, la distance qui la séparait de la serviette. Pour l'instant, elle n'était pas prête à parler du chat. Elle avait encore la gorge nouée en songeant à l'expression de plus en plus vague de ses yeux, à cette boîte en carton qui attendait dans la grange. Qu'est-ce qu'il lui arrivait ?

Cet automne, il aurait eu trois ans.

Elle s'est rallongée dans l'eau, a fermé les yeux tandis que le téléphone continuait à sonner et ne les a rouverts qu'au moment où la maison est redevenue silencieuse.

C'est avec un collier ancien que tout a commencé entre Peter et elle. Pendant quelques semaines, elle avait travaillé comme intérimaire dans une école de Bermondsey, où elle tapait des lettres adressées aux parents d'élèves pour les informer de la journée du sport ou de l'uniforme exigé, tenait la comptabilité et préparait la paye des enseignants. Ces premiers mois après le départ de Joe, après ce qui s'était passé à l'hôpital, avec les factures à régler, le loyer qui augmentait, l'appartement si terrifiant, si vide, et toute l'histoire avec Aoife… Monica n'aimait pas repenser à cette période. Ce matin-là, elle avait mis le collier en émeraude que la grand-mère de Joe lui avait donné quand ils s'étaient mariés. Elle ne le portait pas souvent, mais Joe avait emporté ses bagues et le pendentif qu'il lui avait offert pour ses vingt et un ans. Dans l'intention de les revendre, supposait-elle. Ils avaient toujours été à court d'argent.

Donc, elle avait mis le collier en émeraude, qu'elle n'aimait d'ailleurs pas particulièrement. Trop tarabiscoté, trop vieillot à son goût. Mais elle pensait qu'il irait bien avec la ceinture verte de sa jupe. Dans le bus qui l'emmenait au sud de la Tamise, elle était restée debout sur le marche-pied. Le matin, il y avait toujours des embouteillages. Un homme lui avait proposé sa place. Quand ce genre de chose arrivait, elle repensait toujours à Aoife. Parce que, un jour où elles prenaient toutes les deux le métro, un homme non pas vieux, mais sans doute d'âge mûr, s'était levé et, juste au moment où Monica allait le remercier et s'asseoir, Aoife l'avait prise par le bras, entraînée plus loin et avait dit au monsieur : « Non, merci, ce n'est pas la peine. »

Bref, cet homme lui avait cédé sa place. Avec un signe de tête, elle avait accepté – en repoussant de son esprit Aoife et ses principes. Au moment où elle s'asseyait, l'homme s'était exclamé : « Quel beau collier ! »

Surprise, elle s'était retournée, son ticket à la main. Se tenant à la barre, il se penchait pour examiner sa gorge avec le plus grand intérêt. Monica avait trouvé extraordinaire qu'on la regarde avec autant d'attention, de concentration. Aussi, lorsqu'il lui avait demandé si elle aimait les filigranes des années 1900, elle avait soufflé : « Oh, oui. » Dès que le siège voisin s'était libéré, l'homme s'était assis à côté d'elle et lui avait parlé du travail du métal, des artisans, de l'influence vénitienne et, lorsqu'il lui avait demandé, les yeux écarquillés, s'il pouvait toucher cette « pièce », elle avait répondu : « Oui, bien sûr. »

Tout en se savonnant les épaules, Monica a songé qu'elle devrait ressortir ce collier. Le téléphone a sonné de nouveau, moins longtemps, cette fois. Elle a ouvert le robinet pour ajouter de l'eau et baissé les yeux sur son corps. Pas mal, a-t-elle estimé, pour une femme qui approche des trente-cinq ans. Sa taille était encore bien marquée, contrairement à la plupart des femmes de son âge. Elle était restée mince, surveillait son alimentation depuis quelque temps et gardait du céleri à portée de la main dans la cuisine pour les petites fringales. Pourtant, elle avait l'impression que, dorénavant, tout était attiré vers le bas, comme si sa chair percevait soudain la force de gravité. La dernière fois qu'elle avait vu Aoife – ça faisait combien de temps maintenant, trois ans, presque quatre ? –, la jeunesse de sa sœur l'avait frappée. La peau parfaite de son visage, la manière dont la chair adhérait aux os, la vigueur de sa gorge lisse et de sa poitrine, la souplesse de ses bras… Monica en avait éprouvé un choc. Tout le monde affirmait qu'elles se ressemblaient, mais ce n'était pas son avis, non, pas du tout. Enfants, elles n'auraient pas pu être plus différentes, Aoife si brune, elle si blonde. Soudain, elle a pris conscience que leurs différences s'estompaient avec le temps, qu'elles convergeaient toutes les deux vers un unique destin, une identité commune. Si elle se sentait nettement séparée d'Aoife, en tous points différente, lorsqu'elle a repensé à elle ce jour-là dans la cuisine, Monica a néanmoins eu l'impression de se voir dix ans plus tôt.

Pour leur deuxième rendez-vous, Peter l'avait emmenée dans un pub de Holborn[1], un endroit aux murs sombres auxquels étaient accrochées des têtes de cerf, et lui avait appris qu'il avait des enfants. Monica avait alors éprouvé un choc qui n'était pas entièrement désagréable. Bien sûr, elle avait posé son verre et attrapé son sac en expliquant qu'elle n'était pas du genre à sortir avec des hommes mariés. Ça, vraiment pas. Au contraire, elle était du genre à sortir avec un gentil garçon, puis à l'épouser, à habiter avec lui au-dessus d'un magasin et à rester mariée jusqu'à la fin de ses jours. Voilà comment elle était. Pourtant, la question se posait de savoir ce que faisaient les filles dans son genre lorsque, depuis leur enfance, leur destin tournait horriblement mal.

Bien entendu, elle n'en a pas soufflé mot à Peter dans ce pub de Holborn, elle a seulement fait mine de partir. Sauf qu'il lui a posé une main sur le bras et s'est contenté d'un : « Je comprends. » Juste ces deux mots : je comprends. C'était très gentil et, en outre, dit avec beaucoup de conviction, en la regardant au fond des

1. Dans le quartier huppé de West End.

yeux. Bientôt, elle avait oublié à quel propos il avait prononcé ces mots-là qui sont devenus l'expression d'une splendide position de principe. Peter comprenait. Tout. Il la comprenait dans ses plus infimes particularités. Monica se sentait enveloppée dans de grandes couvertures douillettes. En la regardant dans les yeux, il lui avait dit qu'il comprenait.

Bien entendu, elle avait repris place pour écouter son explication. Jenny et lui n'étaient pas mariés et pensaient que, dans un couple, personne ne possédait l'autre. Depuis quelque temps, il avait l'impression qu'ils étaient arrivés à la fin de leur histoire. Monica l'avait questionné sur ses enfants. Quand Peter avait décrit ses deux filles, Florence et Jessica, et raconté qu'il leur construisait une cabane dans le chêne du jardin, son visage s'était adouci, avait pris une expression qu'elle ne lui avait encore jamais vue. Monica s'était alors imaginée dans un berceau de verdure, avec de l'herbe sous les pieds, des feuilles au-dessus de la tête, et un homme à ses côtés. Mentalement, elle mettait dans un panier des gâteaux, de la citronnade et des sandwichs pour que les deux petites filles perchées dans l'arbre le hissent. Elles portaient des sandales, des robes imprimées et avaient de ravissants visages ouverts, si bien que, le jour où Peter lui avait demandé si elle aimerait se promener au bord de la Tamise pour voir le coucher de soleil sur le pont Waterloo, elle avait répondu oui. « Oui, j'aimerais bien. »

Monica s'est vigoureusement frotté les talons avec une pierre ponce. C'était agaçant de constater que, plus on avançait en âge, plus la corne épaississait. En outre, sous l'effet de la chaleur, la peau se fendillait, des ampoules se formaient, on était sans cesse à l'étroit dans ses chaussures. Pourtant, non, elle vieillissait plutôt bien. Les rares cheveux blancs qu'elle avait, elle les arrachait. Le moment venu, de toute façon, elle les teindrait. Elle avait toujours plus ou moins la même taille qu'au début de son mariage, le premier, à l'époque de ses dix-huit ans. Peu de femmes pouvaient en dire autant. Bien sûr, elle n'irait pas le crier sur les toits, mais avec un mari beaucoup plus vieux, on se sentait plus jeune, et les autres aussi vous trouvaient plus jeune en comparaison. Et puis ne pas avoir d'enfant était un avantage pour ce qui était de garder la ligne, entre autres choses. Lorsqu'elle s'était trouvée dans des situations où des femmes se déshabillaient les unes devant les autres – dans des vestiaires, par exemple, les rares fois où elle avait fréquenté une piscine municipale –, Monica avait été prise d'une fascination horrifiée devant les ravages que provoquaient les grossesses : plis flasques sur le ventre, marques grisâtres sur les cuisses grasses, seins en gants de toilette.

En sortant de l'eau, elle a frissonné et rejeté en arrière ses cheveux aux pointes mouillées. Non, avoir des enfants, ce n'était pas pour elle. Elle le savait, l'avait toujours su.

Quand Monica a eu neuf ans, quelque chose est arrivé à sa mère pendant l'été. Gretta n'avait jamais été du genre effacé. Elle faisait beaucoup de bruit en bougeant, en mangeant, en respirant. Quand elle se chaussait, elle se sentait obligée de parler, que ce soit toute seule, avec l'air qui l'entourait ou avec la chaise sur laquelle elle était assise, et même avec ses chaussures. « Allons, vous deux, disait-elle aux souliers marron à lacets. Que je ne vous entende pas vous plaindre. »

La présence de sa mère ne se faisait donc pas oublier. En revenant de l'école, Monica savait toujours, à la densité de l'air, si elle était là ou non. Lorsqu'elle était sortie, l'atmosphère était étrange, la maison semblait attendre quelque chose, on aurait dit la scène d'un théâtre avant que les projecteurs ne s'allument et que les acteurs ne sortent des coulisses. Monica avait l'impression que les meubles, les vases, la vaisselle étaient de simples accessoires, et les murs, les portes, un décor peint qui pouvait s'écrouler si on s'y appuyait.

En revanche, lorsque Gretta était là, on percevait une sorte d'agitation, de frénésie. La radio était allumée, ou le tourne-disque passait des ballades chantées par ce ténor à la voix vibrante. Monica trouvait parfois sa mère en train de vider un placard, avec bocaux de confiture, tasses à thé, soupières, bougies presque entièrement consumées dispersés un peu partout sur le sol. En berçant une cuillère en argent terni sur ses genoux, elle marmonnait toute seule ou s'adressait à la cuillère et, quand elle apercevait sa fille, elle souriait et disait : « Viens ici, que je te parle de la vieille femme qui m'a donné ça. » Ou elle taillait avec énergie dans une de ses robes qu'elle voulait transformer pour sa fille. Ou encore s'adonnait à un de ses passe-temps éphémères, crocheter un couvre-bouteille de lait, vernir un pot de fleurs, enfiler des boules sur de la ficelle pour fabriquer un « magnifique » collier, broder des mouchoirs de guirlandes de marguerites, pensées et myosotis. Quelques semaines plus tard, ces ouvrages étaient abandonnés, inachevés, et fourrés dans un tiroir. Les passe-temps de Gretta ne l'enflammaient qu'un moment. Des années plus tard, en la voyant faire ses comptes en moins de cinq minutes, Joe, le premier mari de Monica, avait déclaré que, si sa mère était un peu fêlée, c'était parce qu'elle n'avait jamais trouvé à utiliser son intelligence.

« Ce que je veux dire, c'est qu'elle n'est jamais allée à l'école, hein ? »

Mais, cet été-là, apparemment, Monica avait perdu toute intuition lorsqu'il s'agissait de sa mère. Elle se rappelait très nettement le jour où, dès la porte d'entrée, elle avait senti l'air calme, humide, et supposé que sa mère était sortie pour s'occuper des fleurs sur l'autel de l'église, allumer un cierge à la place de quelqu'un, ou rendre visite à une voisine un peu plus bas dans la rue. Elle a laissé glisser son cartable à terre, mâchonné le bout de sa tresse et avancé vers le salon où elle a été confrontée au spectacle de sa mère étendue sur leur plus beau canapé, endormie en pleine journée, les mains croisées sur la poitrine, les pieds posés à même le siège. Monica n'aurait pas été plus surprise si elle l'avait vue en train de servir du thé et des scones au pape en personne.

Patientant un moment sur le seuil, elle a observé la silhouette endormie comme pour s'assurer qu'il s'agissait bien de sa mère, qu'elle dormait vraiment, que ce n'était pas une de ses plaisanteries farfelues, qu'elle n'allait pas bondir à tout moment en criant : « Je t'ai bien eue, hein ? »

Mais non, sa mère dormait. À 4 heures de l'après-midi. Le journal était replié à côté d'elle. Sa poitrine se soulevait et retombait, sa bouche, légèrement entrouverte, prenait des petites respirations. Quand, un peu plus tard, Michael Francis a déboulé dans la maison par la porte de derrière, Monica n'avait toujours pas bougé et elle a fait de grands signes à son frère pour lui signifier de se taire. Tous deux restaient bouche bée devant ce spectacle incroyable : leur mère en train de roupiller au milieu de la journée.

« Elle est morte ? a soufflé Michael Francis.

— Bien sûr que non, voyons ! a répliqué Monica, terrorisée. Regarde. Elle respire.

— Si j'allais chercher Mme Davis ? »

On leur avait dit qu'en cas d'urgence, il fallait appeler leur voisine la plus proche. La tête penchée, Monica a réfléchi à cette suggestion. Son frère avait beau avoir dix mois de plus qu'elle, c'était le plus souvent elle qui prenait les décisions. À l'école, ils étaient dans la même classe et les gens les croyaient jumeaux. Il était plus âgé, mais elle avait davantage le sens des responsabilités. Ils s'étaient ainsi réparti les tâches sans jamais remettre cet arrangement en question.

« Non. » Elle a secoué la tête. « Ça ne plairait pas à maman.

— Alors, qui va nous préparer à manger ? »

Monica s'est gratté la tête. « Moi. »

Michael Francis s'est mis à laver les pommes de terre dans l'évier et Monica à les peler et à les trancher. Tout en fronçant les sourcils et en dansant d'un pied sur l'autre, il frottait la peau terreuse collée à la chair.

« Qu'est-ce qu'on va faire si elle se réveille pas ? a-t-il chuchoté d'une voix affolée.

— Elle va se réveiller, a répondu Monica en repoussant les cheveux qui lui tombaient devant les yeux.

— Il faut préparer à manger pour elle ou juste pour nous ?

— Pour elle aussi.

— Qu'est-ce qu'on va manger avec les pommes de terre ? »

Monica a réfléchi un instant. « Des œufs sur le plat », a-t-elle dit, d'un ton décidé parce qu'elle savait qu'il y avait des œufs, elle les avait vus le matin dans le plat pourvu d'un couvercle, et parce qu'elle était sûre de savoir comment faire cuire des œufs sur le plat. Elle avait vu sa mère en préparer bien assez souvent.

« Des œufs sur le plat », s'est répété tout doucement Michael Francis, satisfait. Dans sa petite vie, tout allait pour le mieux dès lors qu'il savait ce qu'il allait manger le soir. Il a frotté les pommes de terre avec une vigueur accrue et son coude a heurté la casserole qui est tombée sur le lino avec un grand bruit.

« Michael Francis ! a protesté Monica tout bas.

— Excuse-moi. »

Elle se doutait que les larmes lui montaient aux yeux. Il n'avait pas le cuir épais, leur mère le disait toujours. Mieux valait éviter de l'enguirlander si on ne voulait pas le rendre malade. Il suffisait d'un oiseau mort ou d'un poney boiteux pour le faire pleurer. Son père le traitait parfois de femmelette et lui conseillait de s'endurcir. À plusieurs reprises, Monica avait été obligée de passer un savon, comme disait leur mère, à certains garçons de leur classe, qui n'étaient pas toujours tendres avec lui, le trouvant trop studieux et, quoique grand pour son âge, peu doué pour la bagarre. Monica a soupiré et lui a donné une petite poussée.

« C'est pas grave. Je ne crois pas que maman… »

Une voix leur parvenait du salon. Une petite voix douce, très différente de celle de leur mère, tonnante. « Mes petits chéris sont en train de préparer le repas là-bas ? »

Le frère et la sœur se sont regardés. Michael Francis s'est essuyé le visage avec la manche de son tricot. Puis ils ont couru au salon. Leur mère était toujours allongée mais elle avait ouvert les yeux et leur tendait les bras.

« T'es un amour, et toi aussi, t'es un amour. Imaginez un peu, mes deux enfants qui me préparent à manger.

Après ça, vous avez mérité une bonne glace. L'un de vous veut bien aller en chercher un litre au magasin ? »

Tout semblait revenu à la normale. Ils ont fini de préparer le repas, l'ont mangé et ont eu droit à une glace rayée découpée en tranches rose-marron-jaune. Leur père est rentré et a soupé. Mais, le lendemain, en revenant de l'école, ils ont de nouveau trouvé leur mère endormie. Et le week-end, leur père les a emmenés tous les deux au parc pour que leur mère puisse « se reposer ». Juchée sur la balançoire, Monica grattait le sol du bout du pied et observait son père, assis sur un banc, caché derrière un journal. Elle a jeté un coup d'œil à Michael Francis, qui lançait une balle en l'air et la rattrapait avec sa poitrine. L'envie la tenaillait de descendre de la balançoire et de traverser la pelouse pour aller demander à son père ce qui se passait, ce que sa mère avait. Mais ses jambes refusaient de la porter, les mots ne venaient pas et, même si elle les avait trouvés, elle n'aurait pas été capable de les prononcer devant son père, d'écouter sa réponse.

Quelques semaines plus tard, c'est lui qui leur a appris que sa mère attendait un heureux événement. Assis sur la carpette, devant l'âtre, Michael Francis et Monica ont levé les yeux vers lui. Il semblait plus grand que jamais, là, au fond de la pièce, les cheveux dressés sur la tête comme une flamme au bout d'une allumette. Sa mère attendait donc quelque chose. L'image d'une gare pleine de gens guettant l'arrivée d'un train lui est venue à l'esprit. Ou un animal à l'affût, les yeux grands ouverts, dressé sur ses pattes de derrière. Ou encore une personne plantée près de la boîte aux lettres, en train de surveiller l'arrivée du courrier. Sa mère attendait.

« Il faudra l'aider beaucoup au cours des prochains mois. C'est compris ? »

Ils ont hoché la tête par habitude, sachant que c'était la bonne réponse à cette question.

« Elle ne doit rien soulever. Ni sacs de provisions, ni seaux d'eau, rien. Vous devrez le faire à sa place. C'est compris ? »

De nouveau, ils ont hoché la tête de concert.

« Il faut qu'elle se repose tous les jours sans que vous la dérangiez.

— Oui, papa », a dit Monica.

Après cela, elle n'a plus cessé de scruter sa mère. Ne voulant pas l'abandonner une minute, elle avait peur d'aller à l'école. Si Gretta soulevait une assiette, une tasse de thé, son tricot, Monica fermait les yeux pour ne rien voir. Car, d'un moment à l'autre, quelque chose de terrible allait arriver. En épiant les messes basses entre sa mère et des voisines par-dessus le mur de derrière ou devant l'église, elle en était arrivée à cette conclusion : elle était en danger. Après toutes ces fois. Le docteur lui avait dit de ne pas recommencer, le risque était trop grand.

Le sommeil ne voulait plus venir. Monica restait éveillée, triturait le bord de la couverture, d'un côté, de l'autre, le plissait entre ses doigts. Elle écoutait le bruit de ses parents qui allaient se coucher, se brossaient les dents dans la salle de bains, sa mère qui se mettait au lit, son père qui fermait la porte d'entrée. Bientôt il ronflait aussi fort qu'un moteur qui grimpe une côte, tandis qu'elle, elle ne dormait toujours pas, tendait l'oreille pour surprendre un cycliste noctambule dans la rue, la camionnette du laitier dans le gris de l'aube, un chat du voisinage qui miaulait devant une porte. Même si elle ignorait ce que ses parents attendaient, elle ne voulait pas être prise au dépourvu.

C'est en écoutant une conversation entre sa mère et sa tante Bridie, à laquelle ils étaient allés rendre visite un samedi après-midi, qu'elle a découvert le pot aux roses. Monica était censée s'occuper de ses cousins dans le jardin de derrière pendant que les deux mamans bavardaient en prenant le thé. Mais les cousins, geignards, la rasaient, et elle trouvait plus intéressant de s'installer près de la porte de la cuisine, dans le petit espace qu'il y avait sous l'essoreuse, où elle était cachée à la vue de tous. Sa mère et Bridie ont longuement parlé d'une autre de leurs sœurs qui, d'après elles, était tombée sur « un mauvais sujet », puis du prix exorbitant des chaussures pour les enfants. Après quoi, de multiples soupirs se sont fait entendre lorsque Gretta a confié que Robert avait eu « un de ses jours de cafard », et Birdie a raconté une longue histoire dans laquelle il était question d'un autocar pour Brighton – au début, Monica n'était pas très concentrée, si bien qu'elle n'a pas compris où elle voulait en venir. Puis, Birdie a demandé sur le ton de la confidence : « Redis-moi donc à quelle date le bébé va arriver. »

Monica a gratté la peinture verte sur la plinthe, enfoncé le plus possible ses doigts entre les rouleaux de l'essoreuse jusqu'au moment où elle a eu trop mal. Bientôt, elle s'est calmée en mobilisant toute son attention pour écouter la conversation. Lorsqu'elle a appris que sa mère avait perdu plusieurs bébés, elle l'a imaginée en train de les laisser négligemment tomber d'un panier à provisions ou de la poche de son manteau, comme de la petite monnaie ou des épingles à cheveux. Il a été question tout bas d'un bébé enterré quelque part sans baptême, mais Monica n'a pas saisi si c'était l'enfant de sa mère ou de quelqu'un d'autre.

Sur le chemin du retour, elle a serré très fort la main de Gretta et examiné de haut en bas, du chapeau aux chaussures du dimanche, sa silhouette familière. Voilà donc ce que sa mère attendait.

Enveloppée dans une serviette, Monica a avancé à pas feutrés sur le plancher nu pour gagner la chambre. À plusieurs reprises, elle s'était planté une écharde dans un pied, mais à la simple mention de « moquette », Peter se bouchait les oreilles. Il lui fallait donc s'accommoder des lames brutes.

Elle a passé en revue les cintres de son armoire (à trois portes, en noyer verni, datant de la fin de l'ère victorienne et provenant d'une vente de succession à Gloucester). S'habiller par cette chaleur n'était pas une mince affaire. Que porter qui soit à la fois décent et très léger ? Monica a examiné une robe-chemisier en tissu gaufré, un dos-nu en crépon orange, une combinaison à rayures, avec une fermeture à glissière allant de la taille au col, avant d'opter pour une robe à ruché en batiste. C'était l'une des tenues préférées de Peter. Il disait que, là-dedans, elle ressemblait à une fille de ferme, ce qui, pour lui, était sans doute un compliment. Ils avaient acheté ces vêtements ensemble dans une boutique d'Oxford. Monica n'avait pas l'habitude de faire les magasins avec un homme. Avant de le connaître, comme elle avait du mal à se décider, à savoir si quelque chose lui allait ou non, elle emmenait sa mère, puis, plus tard, sa sœur. Aoife, qui s'habillait comme une traînée, avait un goût étonnamment sûr pour les autres. L'idée de franchir le rideau pour se montrer à un homme assis dans un fauteuil, de solliciter son approbation était nouvelle pour Monica. Joe détestait faire les magasins et ne l'aurait jamais accompagnée, même si elle le lui avait demandé.

Monica a fermé les minuscules boutons en nacre. Il y en avait tant et ils étaient si petits. Elle l'avait oublié. Face au miroir de la coiffeuse (Art déco, en chêne, avec incrustation de bois de rose), elle a mis ses boucles d'oreilles (en marcassite et rubis, motif floral, années 1930). Elle n'avait pas voulu d'enfant, le savait, l'avait dit à Joe. Dès le début. Pourtant, il n'avait pas dû la croire, pensant qu'elle y viendrait, qu'elle changerait d'avis. Elle l'avait dit aussi à Peter qui avait répondu : « Parfait, j'aurais du mal à recommencer. » Peter arrivait avec une famille toute faite, des enfants qu'elle espérait voir se glisser dans sa vie comme s'ils étaient les siens. Cette situation lui avait semblé idéale, vraiment, quand elle y réfléchissait, des enfants qu'elle n'avait pas besoin de mettre au monde.

Elle n'avait jamais voulu avoir d'enfant et pourtant si. Déjà à l'époque et maintenant.

De nombreuses fois, elle a passé la brosse (dos émaillé, poignée en argent, frappée d'un H, achetée lors d'une vente de succession) dans ses cheveux. Cent coups de brosse par jour pour avoir de beaux cheveux, recommandait toujours sa mère.

« Prudente », voilà le mot qu'elle utilisait. Elle se montrait prudente vis-à-vis d'elle-même, avait appris à occulter ce qu'elle ne voulait pas voir. C'était un stratagème qu'elle avait perfectionné au cours du temps : plisser légèrement les yeux pour que les cils adoucissent la scène, en ourlent les bords, tourner les pupilles sur le côté pour ne pas regarder en face. Ces derniers temps, elle s'était aperçue qu'elle avait un problème avec les enfants âgés de trois ou quatre ans.

Ce n'était pas un bébé que voulait Monica. C'était un enfant. Elle n'éprouvait aucun désir pour ces êtres emmitouflés dans des couvertures, à la fragilité terrifiante, aux exigences pressantes, si neufs qu'ils sentaient encore les fluides corporels, le lait et le sang, la douleur et la violence de l'accouchement. Non, elle n'en aurait pas été capable, elle n'aurait pas pu subir ce que sa mère avait subi en mettant Aoife au monde.

C'était Vita, la fille cadette de Michael Francis, que Monica préférait. Et pas le garçon, qui ressemblait trop à sa mère avec son visage rond. Vita, elle, était une vraie Riordan. Gretta disait toujours qu'elle était le portrait craché d'Aoife au même âge. « Mais, heureusement, sans ses excentricités », avait un jour ajouté Monica. Sa mère s'était mise à rire et avait dit : « Ce n'est pas faux. » La dernière fois que Monica l'avait vue, Vita lui avait pris la main et l'avait emmenée voir sa maison de poupée. Des pièces minuscules, rigoureusement ordonnées, avec des livres aux vraies pages rangés sur les étagères, une cuisinière qui préparait un jambon peint dans la cuisine, un chien roulé en boule sur une minuscule carpette devant un feu crépitant en polyéthylène. L'œil collé à la fenêtre pourvue de rideaux à fleurs, Monica s'était dit qu'elle aurait aimé avoir une petite fille avec une maison de poupée, une petite fille aux barrettes et aux chaussures rouges à bride comme Vita. Lorsque Monica avait aperçu un charmant buffet miniature dans la vitrine d'un magasin de jouets, elle était entrée, l'avait acheté et envoyé à Vita. En retour, elle avait reçu un dessin pour la remercier. Claire était parfaite pour ce genre de choses. Bien sûr, comme tout le monde, Monica appréciait une lettre de remerciements.

Ça n'avançait à rien de ressasser ces pensées. Il n'y aurait pas d'enfant. C'était son choix et elle avait eu raison, en fin de compte, elle en était certaine. Une fois les boucles d'oreilles mises en place, les cheveux coiffés, le rouge à lèvres appliqué, mais pas trop car Peter n'en aimait pas le goût, Monica s'est levée de sa coiffeuse, prête à affronter la soirée.

Le temps que Peter arrive – dans une salopette crasseuse, puant le white-spirit –, elle avait dressé la table : nappe blanche, bougies allumées, amandes décortiquées sur le plateau d'argent, le tout exactement comme il l'aimait.

« Chéri, qu'est-ce que tu as fait pour te mettre dans cet état ? » a-t-elle murmuré au moment où il a franchi la porte de la cuisine. Elle a failli s'approcher de lui pour l'embrasser mais s'est rappelé à temps qu'elle portait sa belle robe.

« J'ai eu une idée lumineuse. » Peter s'est fourré dans la bouche une poignée d'amandes. « Tu te rappelles, je t'ai parlé de la table en pin que je me suis procurée la semaine dernière ? Eh bien, tout d'un coup, dans la nuit, je me suis dit… »

Peter a continué à parler. Monica observait ses lèvres qui remuaient, apercevait les taches de graisse sur sa salopette, craignait qu'elles n'aient eu le temps de salir les vêtements qu'il portait dessous, se demandait à quel moment elle pourrait lui suggérer de la retirer pour qu'elle le vérifie, remarquait les ongles noirs qui fourrageaient dans les amandes. Il expliquait que son aide et lui avaient frotté la table avec des chaînes métalliques pour lui donner cette patine ancienne dont les gens commençaient à raffoler. Monica a songé qu'il fallait qu'elle lui parle tout de suite du chat pour que ça n'ait pas l'air curieux. Il fallait qu'elle lui en parle. Il fallait que ça sorte.

Elle l'a interrompu. « Peter…

— … je ne sais pas pourquoi je n'y avais encore jamais pensé. Il suffit d'acheter des trucs neufs ou récents et de les maquiller un peu. Personne ne verra la différence. C'est une idée de génie. » Il l'a attrapée par la taille, sa salopette collée aux minuscules boutons de nacre qui évoquaient des rangées de larmes gelées. « Ton mari est un génie.

— Chéri… »

Dans le couloir, le téléphone s'est remis à sonner. Peter a lâché sa femme et s'est apprêté à répondre.

« Non, ne décroche pas ! » a dit Monica et, soudain, sans raison, les larmes ont ruisselé sur ses joues, sans qu'on sache d'où elles venaient, et goutté sur l'encolure de sa robe. « Peter, a-t-elle sangloté. Peter, écoute… »

Aussitôt, il était à côté d'elle, lui prenait le visage dans ses deux mains. « Qu'est-ce qu'il y a ? Il s'est passé quelque chose ? »

Le téléphone sonnait toujours. Qui la harcelait donc ainsi ? Pourquoi ces gens ne la laissaient-ils pas en paix et pourquoi ne pouvait-elle s'empêcher de pleurer ce jour-là ?

« Il s'est passé quelque chose ? » a répété Peter.

Monica s'est aperçue qu'elle était sur le point de répondre : Aoife est venue, Aoife l'a vu. Les mots étaient prêts dans sa bouche. Il aurait eu presque trois ans.

Mais elle s'est reprise. Elle a réussi à ravaler ses paroles, à les transformer. « Le chat est mort. » Voilà ce qu'elle a réussi à dire à son mari, au père des enfants qui aimaient ce chat.

Le téléphone a sonné une nouvelle fois pendant le repas. Monica avait préparé une assez bonne fricassée d'abats d'après une nouvelle recette trouvée dans un magazine, une recette qui comportait des abricots secs.

D'habitude, elle n'aimait pas trop les mélanges sucré-salé, mais, en l'occurrence, son plat était plutôt réussi.

Peter est allé répondre. Elle s'est resservi un doigt de vin et a noté le glouglou guttural que produisait le liquide rouge en sortant de la bouteille. Puis elle a arraché un peu de croûte à son morceau de pain et avalé une bouchée de mie tendre. Encore sous le coup de sa crise de larmes, elle se sentait inondée, frissonnante, un peu comme une rue londonienne qu'on vient de laver et qui paraît sombre, mouillée, propre.

Soudain, Peter était planté à côté de sa chaise. Elle a pivoté pour le regarder.

« Monica… », a-t-il commencé en lui posant une main sur l'épaule.

Son ton, son expression grave n'auguraient rien de bon. « Quoi ? a-t-elle demandé en se soustrayant à ce contact. Qu'est-ce qu'il y a ?

— Ton frère est au téléphone. »

Elle a continué à dévisager son mari. « Il est arrivé quelque chose ?

— Tu ferais mieux d'aller lui parler. »

Il lui a fallu un moment pour réagir et se lever d'un bond. Parvenue au milieu de la pièce, en se rendant compte que les lames du parquet ondulaient sous ses chaussures, elle a eu l'impression qu'elle allait s'écrouler. Soudain, elle a compris pourquoi ce jour-là avait été curieux de bout en bout, pourquoi elle avait eu les larmes aux yeux, pourquoi elle avait trouvé l'atmosphère électrique. Elle comprenait tout, elle savait déjà ce que Michael Francis allait lui dire. Et elle ne voulait pas l'entendre. Il était arrivé quelque chose à Aoife. Un accident de voiture, une noyade, une overdose, un meurtre, une horrible maladie. Son frère l'appelait pour lui annoncer la mort de leur sœur.

Incapable de faire fonctionner ses jambes, incapable de franchir la porte, elle voulait rester à table, avec le vin et la fricassée. Elle n'avait pas envie d'apprendre la nouvelle.

« C'est une nouvelle petite sœur », lui avait dit l'infirmière devant la vitre de la maternité où les bébés étaient alignés comme des petits pains dans une boulangerie. Une fille. C'était difficile de s'en apercevoir à cause de tous ces langes, couvertures et vêtements qui l'emmaillotaient. Le visage rouge, elle serrait des poings minuscules. On l'avait appelée Aoife. Aoife Magdalena Riordan. Un nom bien long pour une si petite personne.

Puis Monica a eu l'impression que le bébé ouvrait la bouche pour se mettre à brailler sans discontinuer. Elle braillait quand elle avait faim, quand elle tétait, après la tétée, si bien qu'elle rendait tout le lait en jets d'un blanc jaunâtre, des jets qui frappaient les murs, le tissu du canapé. Elle braillait si on l'allongeait ne fût-ce qu'un instant sur un lit ou dans son berceau. Elle frappait l'air de ses poings, emplissait la pièce de ses cris, agrippait les cheveux et le cou de Gretta et, submergée par une souffrance qui lui était propre, elle versait des larmes qui ruisselaient sur ses joues et glissaient dans l'encolure de ses brassières. Ses jambes s'activaient comme celles d'un jouet mécanique, son visage se fripait et la pièce résonnait de ses hurlements qui pouvaient vous percer les tympans si vous vous trouviez trop près. Gretta se prenait alors la tête dans les mains et Monica abandonnait ses devoirs d'école pour attraper le bébé et faire avec lui les cent pas dans la cuisine, une promenade marquée au sceau du chagrin.

Sa mère a emmené Aoife chez un médecin qui, après avoir jeté un coup d'œil au nourrisson braillard dans son berceau, a décrété qu'il fallait lui donner le biberon. Ils se sont donc tous rendus, Monica, Michael Francis, leur mère et le landau, chez le pharmacien pour acheter des biberons luisants à tétine orange et une boîte de lait en poudre. Mais, après une seule gorgée, Aoife a détourné la tête et hurlé.

Monica est arrivée dans le couloir que Jenny avait peint en marron foncé, une teinte qui faisait penser à du chocolat en train de fondre. Chaque fois qu'elle y passait, elle avait la nausée et se disait qu'elle allait le faire repeindre, mais elle ne parvenait pas à décider de quelle couleur. Rose nacré ou orange vif, plus gai ? Jaune foncé ? Vert printanier ?

Elle a attrapé le combiné sans l'approcher de son oreille. Son frère, elle le savait, allait lui annoncer la mort de leur sœur. Il donnerait des détails, des heures, des dates. Que dirait-elle alors ? Il faudrait prendre des dispositions. Aoife vivait à New York, leurs parents à Londres. Comment réunir tout le monde à un seul endroit ? Quel endroit ? Iraient-ils tous à New York ? À Londres ? En Irlande ? Était-ce là qu'il convenait de se rendre pour les funérailles ?

Après avoir approché l'appareil de son oreille sans mot dire, elle a entendu les bruits de la maison de son frère et a un peu eu l'impression d'espionner. Un enfant gémissait au loin – sur une note de plus en plus stridente. Une autre voix d'enfant affirmait que sa mère lui racontait une histoire avant de s'endormir. Son frère rétorquait : « … je vais compter jusqu'à cinq et, en arrivant à quatre, je ne veux plus vous voir sur cet appui de fenêtre, vous m'entendez ?

— Michael Francis ? »

Monica a expédié sa voix au bout de la ligne, à Londres. Pourtant, elle n'avait pas envie d'entendre ce que son frère allait lui annoncer, pas envie d'accepter ses mots, de les enfouir en elle où ils resteraient sa vie durant.

« Seigneur, Monica ! » a gueulé Michael Francis, et elle a aussitôt compris que personne n'était mort, qu'il s'agissait d'autre chose. Cette nouvelle situation l'a effrayée. « Où étais-tu passée, bon Dieu ?

— J'étais là, je n'ai pas bougé », a répondu Monica en se redressant brusquement. Comment osait-il lui parler sur ce ton ?

« J'ai appelé sans arrêt. Pourquoi est-ce que tu ne décroches pas ?

— J'étais occupée. Et je le suis en ce moment. Qu'est-ce que tu veux ?

— Papa est parti.

— Quoi ?

— Il a disparu.

— Il a disparu ? Il ne peut pas avoir disparu. Il est sans doute allé tout simplement… » La voix de Monica s'est perdue. L'idée que leur père puisse faire quelque chose d'inattendu ou d'imprévu était ridicule. C'était quelqu'un qui réfléchissait soigneusement avant de sortir faire des courses au supermarché, qui pesait le pour et le contre. « Il ne peut pas avoir disparu, a-t-elle répété. Il doit être… » Haletante, elle s'est interrompue. Son esprit était resté bloqué sur le décès d'Aoife et le problème de son enterrement. La nouvelle que lui annonçait son frère était tellement improbable, tellement inexplicable qu'elle ne pouvait se résoudre à l'envisager. « Est-ce que maman a regardé… je ne sais pas, moi… un peu partout autour de la maison ?

— Ils ont regardé partout et…

— Qui ça, ils ?

— Les policiers, répliqua son frère avec impatience pour lui signifier qu'elle n'avait pas saisi le sérieux de la situation, qu'elle avait manqué plusieurs épisodes du drame. Maman ne l'a pas revu depuis ce matin, et ils...

— Depuis ce matin ? Mais ça fait une éternité.

— Je le sais bien.

— Est-ce qu'ils ont vérifié... je ne sais pas. Il ne serait pas allé se promener quelque part ? Ou...

— Monica, dit-il d'une voix plus douce. Il a retiré de l'argent sur leur compte.

— Oh !

— Pour autant que nous le sachions, il n'a pas eu d'accident. Il a... filé.

— Mais où ?

— Nous n'en savons rien.

— Que disent les policiers ? Qu'est-ce qu'ils vont faire ?

— Ils disent qu'ils ne peuvent rien faire.

— Pourquoi ?

— D'après eux, il ne s'agit pas d'une disparition. Nous pensons qu'il a emporté son passeport. Il a commencé par aller à la banque, et ensuite, nous ignorons tout de ses agissements. Il est parti, voilà tout. »

Monica fixait un endroit où la peinture chocolat de la rampe s'était écaillée, révélant des couches de différentes couleurs, tels les cercles d'un arbre. Un turquoise sourd, un mauve violent, un blanc crémeux. L'espace d'un instant, elle a songé aux personnes qui, comme elle, s'étaient trouvées dans ce couloir et avaient pensé à le repeindre.

Michael Francis avait repris la parole et lui disait qu'elle devait venir à Londres pour aider leur mère, qu'il fallait contacter Aoife mais qu'il n'avait pas son numéro de téléphone ; il avait composé celui qu'elle lui avait donné, et on lui avait répondu qu'elle ne travaillait plus là.

C'est bien d'Aoife, ça, de changer de boulot sans les en informer, s'est aussitôt dit Monica. Puis elle a ressenti une bouffée d'irritation en constatant que, une fois de plus, le cours de ses pensées était revenu se fixer sur sa jeune sœur. Qu'y avait-il de spécial aujourd'hui pour qu'elle l'ait aussi présente à l'esprit, adulte, enfant et bébé ? Leur différence d'âge lui donnait une vision claire de chaque étape de la vie d'Aoife. Pendant des années, sa sœur avait braillé en voyant une peinture qui s'écaillait, elle s'en souvenait. Sa sœur braillait d'ailleurs sans arrêt. Ils avaient fini par s'habituer à vivre avec ses explosions de rage en fond sonore. Elle hurlait dans sa chaise haute, dans sa poussette, dans la voiture, dans le bus, dans son petit lit, dans son porte-bébé. Si Monica lui passait une laisse pour sortir dans la rue, ce qu'elle avait fait nombre de fois pour que Gretta puisse se reposer au moins un quart d'heure de temps en temps, Aoife, prise d'un accès de fureur, se jetait à plat ventre et bourrait le trottoir de coups de pied. Si Monica lui interdisait de monter un escalier raide, elle mordait, griffait et hurlait ; si, fatiguée de se faire mordre et griffer, Monica la laissait monter et qu'elle tombait et se cognait la tête, elle hurlait aussi.

Apparemment, Aoife n'avait pas besoin de dormir. Même après sa prime enfance, elle se réveillait cinq fois par nuit et déchirait l'air nocturne de ses cris soudains. Le visage gris de fatigue, leur mère se levait en titubant et allait la cajoler pour qu'elle se rendorme. Monica, dont le lit était à côté de celui de sa sœur, essayait d'arriver auprès d'elle la première pour qu'elle se calme avant de réveiller leur mère, une mère qu'elle aurait voulu voir redevenir comme avant, bien en chair, amoureuse de la vie, toujours en train de rendre visite à des gens, d'enfoncer son chapeau sur la tête pour aller voir le prêtre, et non pas cette femme fluette qui, tel un spectre, hantait les pièces de la maison. Mais impossible de consoler Aoife. Il y avait toujours quelque chose qui n'allait pas. Un cauchemar peuplé de créatures tapies sous son lit ou cognant à la fenêtre, une forme noire cachée derrière la porte de la salle de bains. Quand Monica l'emmenait de l'autre côté du couloir et lui montrait que la forme noire était en fait la robe de chambre paternelle suspendue à un crochet, Aoife cessait un instant de tortiller ses cheveux, fixait la robe de chambre et disait : « Mais tout à l'heure, elle était pas là. »

Leur père trouvait qu'Aoife était une enfant difficile, leur mère disait qu'elle était la croix qu'elle devait porter, sa pénitence pour avoir voulu avoir un gosse de plus ; Birdie conseillait de lui tanner le cuir ; le médecin disait : « Oh ! vous avez un de ces enfants pas commodes ! » et prescrivait à Gretta, pour la première fois, des tranquillisants.

Par la suite, leur mère a beaucoup dormi et, parfois, même quand elle était réveillée, on aurait dit qu'elle dormait dans un recoin de son esprit. Souvent, Monica revenait tôt de l'école en prétextant un mal de tête ou de ventre. Elle se disait que, si elle rentrait avant que sa sœur se réveille de sa sieste, elle pourrait la lever et la descendre au rez-de-chaussée ou dans le jardin pour que ses hurlements, ses glapissements, ne dérangent pas leur mère. Il arrivait à Gretta de dormir jusqu'en début de soirée. Monica enfermait alors Aoife dans son parc avec une casserole et une cuillère en bois pendant qu'elle préparait le repas. Quand sa mère émergeait, le visage fripé, le regard vague, elle posait une main sur la tête de Monica et lui disait qu'elle était un ange descendu du ciel. Et Monica sentait le poids de sa main et éprouvait une bouffée non pas de plaisir, mais de soulagement à l'idée d'avoir permis à tout le monde de passer une journée de plus.

Avant d'avoir un an, Aoife marchait, attrapait tout ce qui se trouvait à sa portée sur les étagères de la cuisine, sortait la cendre de la cheminée, chipait les tasses posées sur la table. À un an et demi, elle formait des phrases complètes : « Je ne veux pas ce bol rouge, je ne sais pas pourquoi, mais je veux le vert. » Dès son deuxième anniversaire, elle savait compter jusqu'à cinquante, réciter les lettres de l'alphabet et un poème où il était question d'une souris. Monica a alors eu l'impression que ses parents se sentaient soulagés. Il y avait une raison au comportement de leur fille, elle était surdouée, elle était spéciale, c'était un génie. Sa mère pouvait maintenant dire aux clients d'un magasin dont Aoife bloquait l'entrée, allongée sur le seuil, donnant des coups de pied dans la porte et poussant des hurlements : « Bien sûr, c'est une enfant terriblement intelligente. »

Pourtant, ils durent se rendre à l'évidence : elle ne s'en sortait pas si bien à l'école. Tous les après-midi, elle revenait avec un visage renfrogné et barbouillé d'encre. Si Gretta lui demandait avec qui elle avait joué pendant la récréation, Aoife fronçait les sourcils, ne répondait pas et glissait de sa chaise pour se terrer sous la table. Un jour, en passant devant la maternelle alors que sa classe se rendait à des activités de plein air, Monica a scruté les groupes de bambins et aperçu une silhouette familière, les chaussettes en tire-bouchon, des cheveux échappés des nattes, toute seule à l'ombre d'un platane, en train de mener une conversation animée avec elle-même.

Presque du jour au lendemain, Aoife était passée d'« enfant difficile », de « génie » à « enfant à problèmes ». Son écriture n'était que pattes de mouche illisibles. Elle se servait indifféremment de ses deux mains, semblait ne pas savoir qu'elle devait en privilégier une. Ses « s » étaient tracés à l'envers, ses « t » la tête en bas. Les espaces entre les mots étaient supprimés ou apparaissaient au hasard au milieu d'une syllabe.

« Regarde, Aoife, lui a dit un jour leur mère. Voilà un A, un joli A, bien grand. Tu le vois ? Un A comme dans “amande”, “amen” et “Aoife”. »

Aoife a donné des coups de talon dans les pieds de la chaise, plissé les yeux en regardant la lettre, puis posé la tête sur son bras et fermé les yeux.

Gretta a insisté. « Tu le vois ?

— Mmm, a fait Aoife dans sa manche.

— Tu peux m'en écrire un ?

— Non.

— Pourquoi ?

— Parce qu'on dirait le côté d'une maison qu'on a coupée en deux, alors le toit est cassé et tous les gens sont tombés et…

— Passons à B. » Gretta se montrait ferme. La maîtresse avait dit qu'il fallait prendre Aoife en main, ne pas tolérer ses caprices. « Les mots qui commencent par B…

— “Betterave”, a dit Aoife. “Bouseux”, “bulbeux”. Et pour le C, “cul”. Mme Saunders a le plus gros cul…

— Allons, Aoife, ce ne sont pas des choses à dire…

— … du monde. Il est tellement gros qu'il ne tient pas dans son fauteuil. Il faut qu'elle s'assoie…

— Aoife…

— … de côté pour arriver à le caser. »

En face d'elles, Michael Francis, qui faisait son devoir de géométrie, s'est esclaffé. « Elle a raison, tu sais. C'est la vérité. »

Gretta s'est levée d'un bond et a flanqué par terre l'abécédaire. « Je ne sais pas pourquoi je me donne cette peine ! a-t-elle hurlé. J'essaie de te faire faire des progrès, mais tu t'en fiches. Tu n'essaies pas vraiment. Il faut y mettre du tien, Aoife. Tout le monde y arrive. Tu dois seulement fournir un petit effort. Moi, j'aurais tué père et mère pour avoir l'instruction qu'on te donne, et toi, tu fiches tout en l'air. »

Mme Saunders a expliqué que le niveau de lecture d'Aoife était très bas, qu'elle n'arrivait même pas à écrire correctement les chiffres, et encore moins à les additionner, bref, la maîtresse recommandait le redoublement. Pendant toute cette conversation, elle appelait Aoife « Eva » et, quand Gretta l'a corrigée, elle a répliqué qu'il valait sans doute mieux « pour tout le monde » employer ce qu'elle a qualifié d'« orthographe correcte » de ce nom, ne fût-ce que pour donner à Eva une meilleure chance d'apprendre à l'écrire. Monica, qui se trouvait à côté de sa mère dans la salle de classe, s'est aperçue que Gretta respirait un grand coup, se redressait de toute sa taille et posait les poings sur le bureau de la maîtresse. Alors elle a fermé les yeux.

Aoife/Eva a redoublé une première, puis une deuxième fois. À sept ans, elle était toujours en première année de maternelle, les genoux coincés sous un pupitre minuscule, au fond de la classe, traçait ses lettres à l'envers et la tête en bas, tandis que ses mots partaient en diagonale ou à rebours, et que ses nombres allaient de droite à gauche, comme s'ils se reflétaient dans un miroir.

C'est à cette période que Monica a commencé à sortir avec Joe ou à passer ses soirées à potasser ses cours de l'école d'infirmière, si bien qu'elle a un peu perdu de vue le « problème avec Aoife », comme on disait dans la famille. La présence de Joe semblait lui donner, pour la première fois, l'absolution si elle ne s'occupait pas de sa sœur, ne la prenait pas en charge.

Pourtant, un soir, alors qu'Aoife, toujours en première section de maternelle, se débattait avec un livre de lecture destiné aux débutants – il était question d'un chat et d'un rat, et Michael Francis lui épelait les mots –, Joe s'est penché en avant.

« Pourquoi tu fais ça ? » lui a-t-il demandé.

Pas de réponse.

« Aoife ? Pourquoi tu fais ce truc-là ? »

À contrecœur, elle a levé vers lui un visage tout plissé, la main devant un œil. Sur ses traits se lisaient les aventures du chat avec la carpette et la bouche d'égout du rat. « Quel truc ?

— Tu te caches un œil, a dit Joe en faisant tomber sa cendre dans l'âtre.

— C'est pour empêcher les lettres de sauter dans la page. » Elle a remis sa main en place et baissé de nouveau la tête sur son album.

Cette réponse a énormément amusé Joe et il l'a répétée un peu plus tard au pub. Monica a rougi. Elle ne voulait pas que les gens se moquent d'Aoife, qu'ils sachent qu'elle avait une sœur bizarre.

Puis Joe l'a demandée en mariage et elle s'est un peu désintéressée du refus mystérieux que sa sœur manifestait pour apprendre à lire. Peu importait qu'Aoife ne sache toujours ni lire ni écrire. Peu importait que Monica doive partager une chambre avec une gamine qui la réveillait en pleine nuit parce qu'elle se racontait des histoires ou hurlait dans son cauchemar. Peu importait qu'elle n'ait pas obtenu de bonnes notes à son examen de première année de l'école d'infirmière, que son père ne parle presque jamais, que sa mère tienne à porter un imperméable rafistolé avec des agrafes. Rien ne comptait plus parce qu'elle quittait cette famille pour fonder la sienne. Alors, ça n'avait aucune importance qu'elle abandonne ses études parce que, à quoi bon continuer quand, bientôt, elle aurait un mari, un appartement au-dessus d'un magasin et un foyer à elle ?

« Ce n'est pas à moi qu'il faut poser la question, Michael Francis, a répondu Monica au téléphone. J'ignore comment la contacter. »

New York

PENDANT QUE MICHAEL FRANCIS DISCUTE AVEC MONICA, puis que Monica raccroche le téléphone, retourne dans la salle à manger et s'effondre dans les bras tendus de Peter en s'abandonnant à son odeur particulière – un mélange de décapant, de sciure de chêne et de vernis –, Aoife, qui se trouve à cinq mille six cents kilomètres à l'ouest, et pour laquelle il est cinq heures plus tôt par le jeu du décalage, gravit avec peine l'escalier d'un immeuble situé dans l'Upper West Side, à Manhattan. Elle porte un sac en bandoulière et des chaussures montantes délacées qui commencent à la gêner, mais elle ne s'arrête pas car elle est presque arrivée.

Son sac est lourd, il fait une chaleur accablante, et ses pieds glissent dans ses godasses trop grandes d'une bonne taille, qu'elle n'a pourtant pas pu s'empêcher d'acheter. « Des bottes de l'armée russe », lui a dit le vendeur du marché aux puces lorsqu'elle les a essayées, assise au bord du trottoir, les pieds dans le caniveau. « Elles devraient vous faire plusieurs hivers », a-t-il ajouté. Après avoir bataillé avec les lacets pleins de nœuds, elle a logé ses orteils dans le cuir durci. C'est drôle, a-t-elle songé pour la énième fois, les pieds passent une éternité dans un endroit qu'on ne voit jamais. Elle a plissé les yeux pour scruter ces espaces obscurs sans pour autant être capable d'assimiler ces tunnels semi-circulaires aux espaces moelleux, humides, que ses pieds connaissaient intimement. Plus tard, Gabe a soulevé une botte pour examiner la semelle et a dit : « Elles ont sûrement traversé la steppe. Je les trouve plutôt petites pour avoir appartenu à un soldat. »

En ce moment, Michael Francis essaie de passer leur pyjama à ses enfants, de mettre du dentifrice sur leurs deux brosses identiques. Gretta ouvre un placard et découvre un vieux nécessaire à macramé avec une suspension pour plante en pot commencée et laissée en plan. Assise sur le canapé, jambes repliées, Monica attrape le brandy que lui tend Peter. Et Aoife s'arrête pour reprendre son souffle avant la dernière volée de marches.

Les bottes d'un mort aux pieds, elle transporte dans son sac des boîtes et des boîtes de pellicules photographiques aux caractéristiques particulières, prisées par Evelyn parce qu'elles réagissent bien au bromure d'argent. Cette émulsion absorbe le blanc de ses arrière-plans pâles, rend à la perfection les courbes, creux et lignes de ses sujets, souligne les muscles tendus sur leurs traits. On vend ces pellicules dans un seul magasin, à Brooklyn, si bien que, tous les deux mois, elle envoie Aoife en faire une provision. Aoife aime ce trajet qui commence dans les boyaux de Manhattan et remonte à la surface, avec la lumière qui strie d'ombre les visages des passagers du métro.

Appuyée à la rampe, elle détourne les yeux de la mention « 6e étage », l'évite comme s'il s'agissait d'une personne vexante. Pour Aoife, tout texte se révèle glissant, dangereux, inconstant. À un moment donné, il peut signifier « 6e étage », et aussitôt après, les lettres se seront déplacées avec une écœurante facilité et donneront « Cie Page, « En rage » ou « 9e plage ».

Quand elle a débarqué à New York, elle ne connaissait personne. Elle y est arrivée comme dans une bousculade, comme quelqu'un qui manque de s'étaler en entrant dans une pièce. En quelques jours à peine, elle avait démantelé la vie qu'elle menait à Londres, abandonné ce qu'elle ne pouvait emporter, laissé sa bicyclette dans la rue avec, accroché, le petit mot suivant : « Si vous en avez besoin, c'est à vous. » Quelqu'un lui avait dit qu'il connaissait un Américain dont le parrain, d'après ce qu'il affirmait, tenait un club où on jouait de la musique, dans un quartier qui s'appelait le Bowery. Il donnerait sûrement du boulot à Aoife. Le lien était ténu, mais elle avait tenté le coup.

En arrivant à New York, elle tâchait de repérer des familles. Dans la rue, dans les cafés, dans les queues devant les cinémas, sous les frondaisons de Central Park. Dès qu'elle en trouvait une, elle l'étudiait, lui emboîtait le pas dans les magasins, se postait derrière le banc que ses membres occupaient et se penchait pour écouter leurs conversations. N'importe quelle famille faisait l'affaire, Aoife n'avait pas de critères d'âge particuliers. Lorsqu'elle jetait un coup d'œil dans un landau ou une poussette, elle éprouvait une sorte de satisfaction en remarquant une ressemblance entre le bébé et sa mère, grands yeux ou implantation des cheveux. Elle observait un père et sa fille adolescente en train de manger des bagels au coin d'un traiteur, tous deux se léchant la lèvre inférieure exactement de la même manière sans paraître s'en rendre compte. En allant prendre le métro tous les matins, elle croisait une femme d'un certain âge et sa fille. Toutes deux utilisaient la même nuance de rouge à lèvres et avaient les mêmes cheveux fins, difficiles à coiffer. La mère les rassemblait en chignon, la fille avait coupé les siens d'une manière sévère qui ne lui allait pas – par provocation, pensait Aoife. Souvent, elle avait envie de lui murmurer : Cède, laisse-les pousser et coiffe-les en chignon, ça sera plus seyant.

Donc, quand elle a débarqué à New York, elle ne connaissait personne, tâchait de repérer des familles et se sentait aussi mal en point que l'était la ville. Elle louait un studio dans un immeuble sans ascenseur. Là, rien n'était simplement ce qu'il aurait dû être : la minuscule baignoire faisait office de plan de travail dans la cuisine, le lit, dressé, se cachait dans l'armoire comme un assassin. Cafards et autres bestioles qu'elle était incapable d'identifier grimpaient aux murs et se faufilaient dans les fissures lorsqu'elle rentrait chez elle. Le patron du club lui a effectivement donné un boulot qui consistait à encrer un tampon et à imprimer une marque violette sur la main des clients. Chaque coup de tampon dessinait une abeille aux ailes déployées, ses antennes dressées pour repérer quelque chose. Les jeunes New-Yorkais fondus de musique défilaient devant elle, bras tendu, attendant de recevoir l'insigne, le tatouage éphémère qui leur permettrait de sortir du monde réel, de traverser l'épais rideau pour trouver une atmosphère obscure et lourde de fumée, qui vibrait de sons et de minces faisceaux de lumière. S'il n'y avait pas foule, Aoife se tamponnait elle-même encore et encore, au point que des centaines d'abeilles pullulaient sur sa main et son bras, sous sa manche. Dès que le club affichait complet et que les portes étaient fermées, elle passait derrière le bar où elle aidait le barman, tendait leur boisson aux clients, préparait des cocktails, glissait des pailles et des glaçons dans les verres, demandait : « Vous désirez ? » en criant pour couvrir le bruit de la musique. Ses jambes se déplaçaient au rythme de la basse, son torse collait aux riffs de la guitare, ses bras tatoués d'abeilles s'actionnaient en contrepoint de la mélodie. La musique lui emplissait la tête, elle ne pensait à rien tant qu'elle était dans ce club. Elle aimait bien danser pendant que la femme aux cheveux blonds décolorés et aux grands yeux chantait d'une voix furieuse, le visage impassible, et que l'homme faisait des gestes mécaniques, comme si ses jointures étaient huilées ; elle était moins séduite par ceux qui crachaient sur le public ou cognaient contre les murs avec leurs guitares au seul bénéfice des agités qu'ils attiraient là.

Pourtant, rien de tout ça – la musique, son studio, le fait de se trouver là – ne parviendrait à lui faire oublier ce qui s'était passé avec Monica, elle en était certaine. Leur altercation tournait en boucle dans sa tête. Non, Aoife ne pourrait jamais surmonter ce qui s'était produit dans la cuisine de Michael Francis, elle savait que ça resterait à jamais en elle comme une écharde impossible à retirer. Elle avait vraiment essayé d'arranger les choses. Plusieurs mois après la scène en question, même si elle souffrait encore des mots que Monica lui avait jetés à la figure, même s'ils avaient touché quelque chose de profond en elle, dès qu'elle avait appris le déménagement de sa sœur, elle était allée la voir. D'abord un train pour Gloucester, puis un bus, et enfin cette curieuse ferme tout droit sortie d'un dessin d'enfant ou d'une carte postale d'Angleterre, bâtie au bout d'une longue allée bordée d'arbres dont les cimes formaient une voûte. Elle voulait lui demander : Que se passe-t-il ? Pourquoi est-ce que Joe est parti ? Pourquoi avons-nous cessé tout contact ? Qu'est-ce que tu fais là ? Mais ce Peter était venu à la porte et lui avait dit qu'elle était indésirable et qu'il lui saurait gré de ne pas revenir. Plantée sur la marche usée, Aoife avait dû s'agripper à la poignée pour être bien sûre qu'on venait de lui fermer la porte au nez, que sa sœur se trouvait à l'intérieur et avait envoyé son mari, son fiancé ou ce qu'elle voulait – Aoife ne l'avait rencontré qu'une fois et doutait que Monica l'ait vu davantage – lui demander de partir et de ne plus jamais revenir. Monica la surveillait-elle par une fenêtre ? Plus tard, Aoife s'était posé la question. Postée derrière un de ces rideaux en filet, la regardait-elle sur le seuil, le visage inondé de larmes, des larmes qu'elle essuyait en s'éloignant dans l'allée ? Elle avait failli trébucher sur un chat et, au coin de la rue, dû s'arrêter et se tenir à un mur tant elle tremblait.

À New York, pendant la journée, elle arrangeait des tubes de peinture dans un magasin spécialisé, triait des pinceaux par taille, frottait les vitrines d'exposition jusqu'à ce que les surfaces réfléchissent son visage et, en se voyant, elle était toujours surprise de constater à quel point elle avait un air sérieux.

Se contentant de vivre, elle accomplissait les petits gestes de la vie quotidienne. Elle tâchait de continuer à s'en tirer à bon compte, comme elle se le répétait dans sa tête. Personne ne la démasquait. Tous les soirs, une fois couchée, elle fermait les yeux, soulagée qu'un jour de plus soit passé sans que quelqu'un ne l'ait confondue.

Au fil du temps, elle a perfectionné un numéro éprouvé pour dissimuler ses problèmes de lecture. Elle prétend qu'elle est myope, qu'elle a oublié ses lunettes ou qu'elle a les yeux fatigués. Au restaurant, elle referme la carte – pas trop vite, jamais trop vite –, se tourne vers la personne qui est avec elle et suggère avec un petit sourire confiant : « Pourquoi ne pas commander à ma place ? » Elle a l'œil pour repérer les gens trop heureux de montrer leur rapidité de lecture, leur écriture soignée ou leur aptitude à rédiger, et elle va leur demander d'un air désinvolte : « Pourriez-vous remplir cet imprimé à ma place ? Mon écriture est illisible, tout le monde me le dit. » Elle a une façon très naturelle de passer une feuille ou un livre à la personne assise à côté d'elle et de lui dire : « Ça ne vous ennuie pas de me lire ça ? » Ensuite, elle écoute avec l'attention la plus vive, la concentration la plus grande, ouvre la partie de son esprit qui enregistre aussi bien qu'une prise en sténo, de sorte que, si on l'interrogeait, elle serait capable de restituer le texte mot pour mot, sans la moindre erreur. Le premier soir où elle est passée derrière le comptoir du club, elle a demandé au barman de lui apprendre ce que contenait chaque bouteille, elle s'est récité cette liste comme une prière, à l'endroit, puis à l'envers, s'est longuement testée jusqu'au moment où elle a été capable, dans l'obscurité, de trouver les alcools alignés les uns à côté des autres : le whisky tout à gauche, puis le bourbon, le gin, le rhum et la vodka. Personne ne doit rien remarquer. Tel est le but qu'elle s'est fixé. Du matin au soir, elle s'efforce de ne pas se laisser prendre en défaut. Les autres la trouvent un peu curieuse, elle le sait, mais plutôt affable, peut-être un peu trop attentive, ou un peu trop détachée, mais nul ne connaît son secret. Nul ne sait que, lorsqu'elle penche la tête et demande qu'on commande à sa place, ou se tourne vers la rangée de bouteilles disposées goulot vers le bas, chacune pourvue de son étiquette évoquant un œil de cyclope, elle serre la mâchoire tant elle est tendue et affolée à l'idée d'être découverte.

Elle ne sait pas lire. C'est là une vérité qu'elle garde pour elle et qui la force à mener une double vie. Cet état de fait imprègne chaque molécule de son être, la définit à tout moment et à jamais à ses propres yeux, mais personne d'autre n'est au courant. Ni ses amis, ni ses collègues, ni sa famille... surtout pas sa famille. Elle le leur a caché et, pendant toute sa vie, garder ce secret s'est révélé une épreuve.

Il y avait six mois, peut-être plus, peut-être près d'un an – elle oublie ce genre de choses – qu'elle se trouvait à New York quand, alors qu'elle rangeait des carnets de croquis sur un rayon du magasin de fournitures pour artistes, l'esprit embrumé pour avoir travaillé au club jusqu'à 4 heures du matin, elle a aperçu Evelyn Nemetov à travers la vitrine. Cette dernière regardait l'enseigne qui, de l'endroit où Aoife se trouvait, donnait ART ATTACK à l'envers, et parfois KCATTATRA, KCATARACT ou RATATATTAT. Aoife a aussitôt reconnu la photographe dont elle avait vu plusieurs expositions à Londres. Evelyn Nemetov, sur un trottoir de New York, dans un imperméable bien trop grand pour elle, un chapeau de toile enfoncé sur la tête, les mains dans les poches, une passante parmi tant d'autres. Aoife avait au contraire l'impression qu'un dieu grec s'était matérialisé sur la 52e Rue pour voir comment vivaient les mortels de New York avant de retourner à sa forme de déité impalpable. Là, dans le magasin, un paquet de carnets de croquis à la main, Aoife souhaitait très fort qu'Evelyn Nemetov ouvre la porte et entre. Au bout d'un moment, c'est ce qu'elle a fait. Et, en plus, elle a marché droit sur Aoife et lui a dit qu'elle cherchait du ruban adhésif, pas n'importe lequel, mais du ruban adhésif double face. Aoife savait-elle ce que c'était ? Elle n'en trouvait nulle part. « Oui, du ruban adhésif qui colle des deux côtés », a répondu Aoife en disant ces mots ordinaires à Evelyn Nemetov comme si elle pouvait les comprendre. « Exactement, est-ce que vous en avez ? — Oui », a dit Aoife qui est allée en chercher, a tapé sur la caisse enregistreuse et s'est tournée vers la photographe : « Est-ce que vous avez besoin d'une assistante ? Je pourrais être votre assistante, s'il vous plaît, permettez-moi d'essayer, donnez-moi ma chance. »

Quand elle a débarqué à New York, elle ne connaissait personne, elle observait les familles jusqu'à l'obsession, elle se sentait aussi mal en point que l'était la ville, mais, quand elle a trouvé le club puis rencontré Evelyn, tout a changé.

Aoife arrive au dernier étage de l'immeuble, cherche sa clé dans sa poche, ouvre la lourde porte en traînant son sac.

Une fois là, elle a toujours envie de crier pour annoncer sa présence. C'est ce qu'on fait, en général, quand on arrive dans un appartement où quelqu'un vous attend, non ? Pourtant, elle se retient. Evelyn n'aime pas les cris. Ils la font sursauter et l'empêchent de se concentrer. Après tout, il ne s'agit pas là d'un appartement ordinaire.

Aoife avance dans ses bottes trop grandes. S'il le fallait, elle serait capable de s'orienter ici à minuit pendant une coupure d'électricité. Elle sait où se trouve chaque chose, où il faut la ranger. Si on le lui demandait, elle pourrait retrouver n'importe quoi en deux minutes. Bien sûr, c'est son travail. Mais ça lui procure un étrange plaisir, peu familier, parce qu'elle n'est pas réputée pour son sens de l'organisation, pour savoir où se trouvent les choses. Si sa famille apprenait qu'elle est douée pour ça, qu'elle réussit à le faire, elle rirait, incrédule, bouche bée. Sauf qu'elle ne le sait pas et que personne n'ira le lui dire.

« C'est vous ? entend-elle Evelyn murmurer depuis une pièce qui semble être la chambre noire.

— Ouais.

— Mon Dieu, je pensais que vous aviez été kidnappée. Dévorée par des loups. Ou que vous étiez devenue adepte d'une secte, quelque chose dans ce goût-là.

— Rien d'aussi excitant.

— Il y a des heures que vous êtes partie.

— Désolée. » Aoife appuie un instant une main sur la porte de la chambre noire. « Le métro, les files d'attente, tout ça. Je vais ranger les pellicules. »

Evelyn a passé presque toute sa vie dans cet appartement et le garde comme atelier, studio, retraite. Aoife entre dans la pièce qu'elles utilisent comme réserve. Ce qui autrefois était une chambre est à présent rempli d'étagères, de meubles-classeurs, de placards. Des casiers courent du sol au plafond, sous les fenêtres, au-dessus du linteau, et chacun est pourvu d'une étiquette : « pellic. noir & blanc », « coll. pellic. », « filtres », « bouchons d'objectif », « courroies suppl. ». Aoife ne regarde même pas ces étiquettes dactylographiées en lettres serrées par quelque prédécesseur, parce qu'elle a mémorisé le contenu de chaque casier en commençant à travailler. Une fois rentrée chez elle, debout devant la baignoire recouverte, elle a tracé un croquis des casiers avec des flèches, et noté, surtout de la main gauche, ce dont elle se souvenait, d'une écriture parfois inversée, toujours maladroite. Le résultat, incompréhensible pour n'importe qui d'autre, est resté affiché sur la carcasse vibrante du réfrigérateur jusqu'à ce qu'elle l'ait mémorisé.

Le long de l'autre mur, il y a des classeurs contenant les archives d'Evelyn – des boîtes et des boîtes de négatifs et de planches-contacts, des tiroirs remplis de listes des personnes qu'elle a photographiées, des lieux où elles ont posé, combien elle a été payée et par qui. Des dossiers et des dossiers remplis de contrats, de déclarations de revenus, de lettres admiratives ou critiques.

Aoife ne touche pas à ce côté de la pièce. Il pose de plus en plus problème avec le temps qui passe. Elle a commencé à en rêver, il envahit sa vie nocturne, fait irruption dans sa tête malgré elle lorsqu'elle tamponne des abeilles sur la peau des fans de musique, lorsqu'elle pousse des whiskys sours sur le comptoir, avec un bruit de glaçons qui s'entrechoquent.

Jusqu'ici, elle s'en est sortie. Mais elle sait, et ce côté de la pièce le sait aussi, que ça ne pourra plus durer bien longtemps.

D'autres assistantes photographes avec lesquelles elle a parlé lui ont dit que leur travail consistait uniquement à classer les documents, s'occuper des contrats, répondre au courrier ou envoyer des factures. Elles se sont plaintes de n'effectuer que des tâches administratives. Qu'Evelyn l'emmène quand elle photographie est incroyable, Aoife ne connaît pas sa chance.

Loin de considérer qu'elle a de la chance, Aoife se sent au contraire maudite, comme ces gens qui, dans les contes populaires, sont choisis au hasard pour assouvir la cruauté de quelque être supérieur, et condamnés à vivre avec une aile au lieu d'un bras, à ramper sous terre ou à se muer en reptile. Elle ne sait pas lire. Elle est incapable de faire ce que d'autres trouvent d'une facilité enfantine : organiser des signes noirs sur une page blanche pour en tirer une signification. Si elle arrive à tracer des lettres avec un stylo ou un crayon, elle ne parvient pas à les mettre dans le bon ordre pour former des mots compréhensibles. Dans sa tête, elle garde des tas de mots en réserve, des phrases, des paragraphes, des livres entiers ; elle arrive à les engranger, mais pas à les transmettre à son bras et à ses doigts pour les inscrire sur une page. Pourquoi elle n'y parvient pas, ça, elle l'ignore. Sans doute, bébé, a-t-elle croisé le chemin d'un sorcier qui était de méchante humeur ce jour-là et, en la voyant passer dans son landau, a décidé de la priver de cette capacité magique, de la rejeter sur les rives de l'analphabétisme et de l'ignorance, créature à jamais maudite.

Lors de son premier jour de travail à l'atelier, Evelyn lui a tendu un contrat à vérifier puis à remplir. Aoife l'a posé sur la table et, quand Evelyn a quitté la pièce, s'est penchée dessus en se cachant l'œil gauche. Un poids soudain lui a écrasé la poitrine, ses poumons peinaient à inspirer. S'il te plaît, disait son esprit, sans qu'elle sache à qui il s'adressait, s'il te plaît, aide-moi pour cette fois, juste pour cette fois. Je ferai n'importe quoi si tu m'aides. Le mot « contrat », tout en haut de la page, elle le reconnaissait. Parfait. Evelyn avait effectivement parlé d'un contrat. À moins qu'elle n'ait dit « contact » ? Y avait-il un « r » ou non ? Aoife a appuyé sur son œil avec la paume de sa main et scruté la rangée de lettres qui à présent ondulaient. Y avait-il un « r » ou non ? L'affolement lui nouait la gorge. Elle s'est forcée à abandonner ce mot de « contrat », « contact », ou autre chose, et à regarder en bas de la page. Et alors, elle a compris que la catastrophe était inévitable. Car la page était remplie de tout petits caractères serrés, des lignes de fourmis noires qui rampaient sur le blanc du papier. Elles se regroupaient autrement sous ses yeux, perdaient leur structure linéaire horizontale pour former de longues colonnes tremblotantes qui occupaient tout l'espace, de haut en bas, oscillaient et ployaient comme des herbes hautes sous l'effet du vent. Un instant, elle a vu un « v » se jeter dans les bras d'un « h », remarqué un « a » non loin d'un « o », ce qui lui a rappelé son prénom. Elle a brièvement aperçu une succession de lettres qui pouvaient donner « charges », ou peut-être « marges », mais, aussitôt après, elle s'était envolée. Aoife luttait contre les larmes, sachant que c'était fichu, que ce boulot, cette chance qu'on lui avait donnée, allait tomber à l'eau, comme tant d'autres auparavant, et elle se demandait s'il ne valait pas mieux s'en aller quand elle a entendu Evelyn revenir dans le couloir.

Aoife ne sait pas au juste quand elle a pris sa décision. Tout ce qu'elle sait, c'est qu'elle a soulevé le contrat par un coin, en le tenant du bout des doigts comme s'il dégageait une substance toxique. Et puis elle s'est retrouvée en train de le glisser dans une chemise bleue et de ranger cette chemise bleue dans un carton qu'elle a posé sur un classeur.

En entrant dans la pièce, Evelyn lui a demandé : « Vous avez terminé avec le contrat ? »

Et comme Aoife voulait ce travail, le voulait à tout prix – et, d'ailleurs, pourquoi n'aurait-elle pas droit à un bon boulot, intéressant, comme d'autres personnes, fichu sorcier, qu'il aille se faire voir –, elle a pivoté et, avec un petit sourire de complicité, croisé les mains et répondu : « Oui. Tout est réglé. »

Dans la réserve, elle renverse les boîtes de pellicules sur la table et se met à les ranger.

Il y a maintenant plusieurs mois qu'elle travaille pour Evelyn et, dans son carton posé sur le classeur, la chemise bleue a gonflé. Aoife y range tous les documents qu'on lui remet, les lettres qu'elle ouvre, les demandes, candidatures ou contrats qui arrivent. Dès qu'elle repère des chiffres ou le mot « dollars » – qu'il s'agisse de chèques, de notes ou de factures –, elle transmet aussitôt le document au comptable, s'assurant ainsi que l'argent, au moins, entre et sort. Mais elle glisse le reste dans la chemise. Pour s'en occuper plus tard. Quand elle en sera capable. Dès qu'elle saura comment faire. Ce qui finira bien par arriver, ce n'est qu'une question de temps. Un jour prochain, elle descendra la chemise bleue pleine à craquer, et réglera les choses. D'une manière ou d'une autre.

Elle range boîte après boîte de pellicule dans les casiers. « Qu'est-ce que ça donne ? » demande-t-elle.

Evelyn apparaît sur le seuil. De haute taille, elle domine la petite Aoife d'une bonne tête. Ses cheveux gris-beige laissent dégagé son visage, attachés par une pince à dessin, suppute Aoife, sa chemise, qui doit avoir appartenu à l'un de ses maris, a plusieurs épingles à linge accrochées sur le devant. Ses longs bras nerveux sont croisés sur sa poitrine.

« Je n'en sais rien », marmonne Evelyn. Sa voix rauque trahit qu'elle fume ses trois paquets par jour. « Il y a beaucoup de grain, on dirait. »

Aoife la regarde. « C'est parfois… une bonne chose, non ? » dit-elle d'un ton prudent. On ne sait jamais quand Evelyn a besoin d'être rassurée ou au contraire comprise en silence.

« C'est plus que du grain. » Evelyn passe la main le long de l'étagère. « C'est grenu-épais.

— Épais ?

— Grenu-épais. »

Aoife attrape la dernière boîte de pellicule.

« Vous avez envoyé le contrat du magazine ? » demande soudain Evelyn.

Les côtés de la boîte sont glissants, dépourvus de texture. Elle échappe aux doigts d'Aoife, tombe, attirée vers le sol comme par un aimant.

« Je... euh..., bredouille-t-elle en tâtonnant sur le carrelage pour la ramasser. Je suis sûre que j'ai...

— Curieux, murmure Evelyn en s'adressant maintenant à la fenêtre. Ils ont appelé pour dire qu'ils ne l'avaient pas reçu, mais... »

Aoife l'interrompt. « Il faut vous préparer. »

Evelyn se retourne. « Ah bon ?

— Oui, vous devez être en ville dans vingt minutes.

— Oh ! Je déjeune avec... Machin, c'est ça ?

— Machin ? » Aoife hausse un sourcil. Evelyn n'a aucune mémoire des noms, c'est devenu un sujet de plaisanterie entre elles.

« Dan ? Bob ? Non... Paul, dit Evelyn en repêchant dans la poche de sa chemise une cigarette à moitié fumée. Paul... quelque chose. Ah ! ajoute-t-elle triomphalement en agitant son mégot mal en point. Allanson. Paul Allanson.

— Presque, répond Aoife et, d'un geste, montre les épingles à linge sur la chemise d'Evelyn. Allan Paulson. Conserveur au MoMA[1]. »

Evelyn s'avance pour permettre à son assistante de retirer les épingles.

« Assurez-vous qu'il vous invitera dans un bon restaurant.

1. The Museum of Modern Art, le musée d'Art moderne de la ville de New York.

— Je vous rapporterai un *doggie bag*. Je suis incapable de manger dans ces endroits.

— Merci. » Aoife lui retire la pince à dessin des cheveux. « Vous voulez que je vous accompagne en taxi ? »

Evelyn secoue la tête. « Non. J'arrive parfois à me débrouiller. Continuez donc avec... » D'un signe de tête, elle indique la chambre noire. « N'oubliez pas de... » Elle fait un grand geste. « Bon, vous savez quoi faire. Peut-être faudrait-il acheter quelques provisions. Le frigo a l'air horriblement vide. Prenez un peu d'argent.

— Ne vous inquiétez pas. » Aoife la suit jusqu'à la porte, lui tend une veste, puis un cartable.

En haut des marches, Evelyn s'arrête et porte une main à son front. « Oh ! mon Dieu, j'ai failli oublier. Il y a des messages sur le répondeur. Ce type a rappelé. Comment s'appelle-t-il, déjà ? Celui qui travaillait dans la cuisine du restaurant. Il a dit qu'il était revenu à New York. Écoutez, vous devriez rentrer chez vous. Allez donc le voir. Il n'y a rien ici qui ne puisse attendre jusqu'à demain. » Elle descend l'escalier en marmonnant : « Un peu plus, et je ne lui en parlais pas, non mais, c'est pas possible d'être comme ça, j'ai bien failli oublier. Seigneur, ce doit être l'âge qui m'empêche de penser à des trucs élémentaires... »

Aoife retourne dans l'appartement et, sur le palier de l'atelier, crispe et décrispe les mains, ses jointures de plus en plus blanches sous la peau. Pendant un instant, elle ferme les yeux, le temps de permettre à son cœur de reprendre ses contractions et ses dilatations, le temps que le sang se remette à circuler. Un sursis lui a été accordé. Une fois de plus, elle va s'en tirer. Une expression de sa sœur lui traverse l'esprit : c'était de justesse.

Puis la réalité reprend ses droits. Aoife ouvre les yeux, laisse ses mains tranquilles, pousse la porte de la chambre noire et la referme derrière elle. Telle une actrice qui disparaît dans les coulisses, elle s'engouffre dans l'obscurité.

Le répondeur affiche le chiffre 4. Le premier message émane du rédacteur en chef d'un magazine, le suivant de l'assistante d'une actrice qu'Evelyn doit photographier le mois prochain, puis le mari d'Evelyn parle longuement de leur nouvelle cafetière. Enfin, une autre voix se manifeste : « Bonjour, Aoife, c'est Gabe. Je suis revenu en ville, je ne sais pas au juste pour combien de temps, mais je me demandais si tu étais libre cet après-midi. Je sais que je te préviens à la dernière minute, mais… bon… j'espère que tu pourras te libérer. Tu peux m'appeler au… Non, en fait, ça ne marchera pas. Je te rappelle dans une heure environ. À tout à l'heure. »

Aoife soulève le combiné, écoute la tonalité, puis raccroche en essayant d'ignorer son pouls qui bat soudain très fort dans son cou. Elle allume l'ampoule rouge et s'approche des rouleaux développés qui sèchent sur une corde à linge. Ils bruissent, s'agitent, on dirait des animaux qui sentent la présence d'un prédateur. Aoife en attrape un par les bords et, constatant qu'il est sec, le tient devant la lumière : de minuscules fantômes surgissent dans le cadre, des lèvres blanches écartées, des cheveux pâles dressés sur la tête, le ciel, derrière, sombre, fait penser au jour du Jugement dernier.

Après avoir attrapé les ciseaux suspendus à un crochet qu'elle a elle-même fixé au mur – fait curieux, car marteau et clous ne lui sont pas familiers –, elle se met à couper les négatifs en bandes de dix images.

Les compter lui rappelle les jours où elle aidait sa mère dans la chapelle avant l'une des grandes fêtes, Pâques, Noël ou la fête de la moisson. Devant l'autel, sa mère disposait des lis et des roses dans des vases, tirait sur les bords des linges qu'elle avait lavés et repassés toute la nuit, suant et jurant à cause de l'amidon, de la chaleur, et de la tension que toute l'opération lui infligeait. La tâche d'Aoife consistait à placer un livre de cantiques sur chaque siège et, en passant, à redresser tous les coussins de travers. Tout en s'y employant, elle aimait bien compter. « Trente-trois, trente-quatre, soufflait-elle. Trente-cinq, trente-six. J'en ai trente-six, maman. » Sans se retourner, sa mère répliquait : « T'es une rapide, Aoife, pas vrai ? Continue sur ta lancée. »

Aoife continue sur sa lancée avec les pellicules tout comme elle le faisait avec les livres de cantiques, coupe méthodiquement la pellicule par tranches de dix négatifs luisants, glissants, qu'elle empile.

Ce travail, cet appartement, cette ville, ses vêtements, ce qu'elle fait, ce qu'elle est, tout cela est si éloigné de ce pour quoi elle a été élevée, de ce qu'on lui a appris, qu'elle en sourit parfois. La présence d'Evelyn dans la maison de ses parents, dans l'école religieuse qu'Aoife a fréquentée, paraîtrait aussi incongrue qu'un flamant rose dans une pâture.

Aoife a quitté l'école sans le moindre diplôme. Les sœurs la qualifiaient de « cas désespéré ». Elle a loupé tous les examens qu'elle a passés (sauf le dessin, réussi de justesse). Les pages qu'elle rendait ne comportaient pas un seul mot. Parfois, elle n'ouvrait même pas la copie d'examen et se contentait de griffonner dans les marges.

Le prêtre de la paroisse, auquel Gretta se plaignait régulièrement de ne pas savoir quoi faire avec une fille pareille et à qui elle demandait ce qu'allait devenir cette pauvre Aoife, avait suggéré qu'elle donne un coup de main au catéchisme. On avait toujours besoin de gens pour lire des histoires bibliques aux enfants et les aider ensuite à dessiner. Peut-être, avec le temps, Aoife pourrait-elle se servir de cette expérience pour devenir institutrice.

Quand Gretta lui a annoncé la nouvelle, Aoife regardait par la fenêtre de sa chambre plongée dans l'obscurité. La liste de toutes les choses qu'elle était incapable de faire lui semblait infinie. Elle ne savait ni taper dans un ballon, ni l'attraper quand on le lui lançait, elle ne savait ni écrire, ni jouer d'un instrument, ni chanter une mélodie, elle était incapable de se mêler à d'autres gens, restait toujours dans son coin et se faisait remarquer par sa bizarrerie, sa différence. Elle était même incapable de lire une histoire à des enfants et n'y arriverait jamais.

Gretta était enchantée de la suggestion du prêtre. Aoife a surpris une conversation téléphonique où elle disait que, bien sûr, ils avaient redouté qu'Aoife ne soit jamais bonne à grand-chose, mais que, après le catéchisme, elle parviendrait peut-être à décrocher un boulot convenable.

Imaginez donc la réaction de la famille quand Aoife a annoncé un soir au dîner – Monica et Joe étaient là, mais pas Michael Francis – qu'elle ne donnerait pas un coup de main au catéchisme et qu'elle était allée voir le prêtre le jour même pour l'en avertir. Elle ne voulait pas devenir institutrice, elle ne se débrouillait pas bien avec les enfants et, pour elle, il n'y avait pas pire métier.

Sa déclaration a donné lieu à l'un des pires chahuts de l'histoire de la famille Riordan. Gretta a lancé par terre une assiette d'épinards. Plus tard, elle le nierait et dirait qu'elle lui avait glissé des doigts. Bref, les épinards se sont retrouvés sur le tapis et une tache verte allait rester longtemps, tache que la famille appelait la « tache du catéchisme ». Gretta a juré qu'elle en mourrait de honte, que sa fille allait la tuer, qu'elle ne savait pas quoi faire d'elle.

Peu après, Aoife est partie. Elle s'est contentée de quitter la maison et de ne pas revenir. C'était tellement simple que, par la suite, elle s'est demandé pourquoi elle ne l'avait pas fait plus tôt. « Au revoir », a-t-elle dit en agitant la main à la porte avant de sortir dans la lumière. Gillerton Road, c'était terminé. Par la suite, ils ont appris qu'elle vivait dans un squat à Kentish Town. La famille lui a dépêché Michael Francis qui l'a trouvée dans la pièce du fond d'une maison mitoyenne, jambes croisées sur un matelas, en train de fabriquer un collier, une fille jouant de la guitare à côté d'elle. Les murs du squat étaient moisis, recouverts de papier peint d'un orange violent, un type barbu remuait la terre dans le jardin de derrière et un perroquet était juché sur la cuisinière. À Gretta, qui lui posait mille questions, il a expliqué qu'Aoife était en parfaite santé. En parfaite santé ? a hurlé Gretta. Qu'est-ce qu'elle mangeait ? Avec qui vivait-elle ? Avait-elle l'air malade, malheureuse ? Avait-elle du boulot ? Michael Francis lui avait-il reparlé du catéchisme ? Était-elle correctement habillée ? Habitait-elle avec des hommes ? Avec des hommes et avec des femmes, a répondu Michael Francis en haussant les épaules. Des tas de gens. Gretta n'a pu se résoudre à demander ce qui la taraudait, à savoir : Aoife couchait-elle avec l'un d'eux ? Quoi d'autre, raconte. Après une pause, Michael Francis a dit que ses cheveux lui avaient paru différents. Différents, comment ça, différents ? a insisté Gretta. Plus longs, a-t-il répondu, geste à l'appui, et avec des boules dedans.

Les boules dans les cheveux, c'était la goutte qui avait fait déborder le vase. Chez les Riordan, on estimait qu'Aoife avait passé les bornes. Des rumeurs circulaient entre Gretta et Monica, il était question d'Aoife et de drogue, d'Aoife et d'hommes, d'Aoife et de chômage.

Une fois, Monica a affirmé qu'une amie d'une amie avait vu Aoife sur la rive du canal, à Camden, en train de vendre des sacs en patchwork étalés sur une couverture. Ce qui n'a été ni confirmé ni infirmé par l'intéressée. Quelqu'un a dit à Michael Francis qu'il l'avait aperçue sur l'impériale d'un bus dans King's Road, accompagnée d'un homme en pantalon à pattes d'éléphant violet. Son frère a gardé cette information pour lui. Aoife venait de temps à autre déjeuner à Gillerton Road, mais dès que Gretta la questionnait sur son boulot, son mode de vie et ses vêtements, elle souriait d'un air énigmatique et reprenait des pommes de terre.

En vérité, elle s'était accordé un répit de cinq ans. Ne sachant pas ce qu'elle voulait faire, elle a essayé tout ce qui pouvait avoir une chance de lui plaire. Le soir, elle a commencé à suivre un cours de poterie, qu'elle a arrêté au bout d'un trimestre. Elle a aidé un ami qui dirigeait une entreprise d'entretien de jardins (le barbu que Michael Francis avait espionné par la fenêtre du squat), travaillé un moment dans un salon de thé du British Museum. Elle a couché avec quelques hommes, puis avec beaucoup d'autres, et aussi avec quelques femmes. Après avoir essayé de fumer de l'herbe, de prendre de l'acide et du LSD, elle a estimé que, comme l'homosexualité, ce n'était certes pas désagréable, mais décidément pas pour elle. Ce qu'elle cherchait, c'était l'étincelle qui embraserait sa vie en y insufflant action, transformation, mouvement. Pourtant, jusque-là, rien n'y était parvenu. Si elle avait bien aimé la poterie et, au début, les matinées au salon de thé du musée, à l'époque où il n'était fréquenté que par des chercheurs qui, plongés dans leurs réflexions absconses, mâchonnaient les scones de la veille, en revanche, jardiner ne lui avait pas plu – pour elle, ce n'était que du ménage en plein air –, pas plus que l'acide ou les murs moisis du squat. Lorsqu'elle a été embauchée comme décoratrice à la BBC, elle a cru un moment avoir trouvé ce qui lui convenait. Avec sa mémoire photographique et son sens du détail, elle se débrouillait bien dans ce domaine. Elle réussissait à construire un décor mentalement, puis à le reproduire dans un studio. Pourtant, quand on lui a demandé de concevoir un salon Régence[1] pour la cinquième fois, sa concentration s'est quelque peu relâchée.

C'est pendant la réalisation du sixième salon Régence qu'a été consommée la rupture avec Monica – à l'instar d'un arbre que la foudre coupe en deux, imaginait-elle. La scène de l'hôpital avait été un signe avant-coureur, confirmé par le départ de Joe, puis la porte que Peter lui avait claquée au nez, si vite qu'elle avait dû reculer en titubant. Une humiliation, un choc. Ce type n'était qu'un étranger, après tout. Sa sœur, elle, se trouvait quelque part dans la maison, derrière lui, Aoife le savait. En repartant, elle avait éprouvé le besoin de rejeter la tête en arrière, telle une louve, et de l'appeler – Monica, Monica ! – comme dans son enfance, à l'époque où Monica s'occupait d'elle en l'absence de sa mère et qu'Aoife ne la voyait plus dans la maison. Submergée par la terreur, elle criait alors son prénom

1. Années 1810-1820.

dans le vestibule. Des ombres passaient et repassaient devant les carreaux de la porte d'entrée, frappés par un rayon de soleil. Et si l'une de ces silhouettes s'avançait dans l'allée et, énorme, dépourvue de visage, venait se coller au verre strié de lumière ? Ce qu'il y avait sous le canapé l'effrayait. Par endroits, le rembourrage qui pendait laissait imaginer des rongeurs. Et le trou dans la plinthe, à l'emplacement de l'ancienne chaudière, figurait une horrible bouche conduisant aux boyaux sombres, encombrés de la maison. Si elle ne dépassait pas le vestibule, c'était parce qu'elle ne pouvait pas prendre le risque de monter à l'étage et de n'y trouver personne, d'y rester seule dans le noir, trop petite pour atteindre l'interrupteur, alors que les rideaux n'étaient pas encore refermés pour la protéger. Elle répétait donc le prénom de sa sœur, qui venait toujours. En courant. Monica dévalait l'escalier et la prenait dans ses bras, lui enfouissait le visage dans la laine douce de ce qu'elle appelait son twin-set. « Je n'étais pas loin, disait-elle, pas loin du tout. » Et elle lui préparait un toast à la cannelle pour la réconforter.

Dans l'allée de la ferme ce jour-là, en manquant de trébucher sur un chat noir à poils touffus, Aoife avait eu envie d'appeler sa sœur comme autrefois, pour qu'elle accoure et lui dise qu'elle n'était pas loin du tout. Pourtant, elle s'était retenue et avait contourné le chat qui fonçait sur elle, la queue dressée, interrogatrice, et qui avait détalé sur le chemin jonché de feuilles mortes.

Dans la chambre noire d'Evelyn, Aoife allume l'agrandisseur et place les bandes de dix négatifs sous le cône de lumière blanche, comme le lui a appris Evelyn qui aime que chaque vue saisisse un moment de vie, abeille prise sous une lame de verre.

Au moment où elle ajuste la dernière, le téléphone sonne. Aoife traverse la pièce et décroche. « Atelier Nemetov, Aoife à l'appareil.

— Coucou. »

Se sentant presque soulagée, elle se laisse tomber sur le sol et pose le téléphone sur ses genoux. « Tu es revenu.

— Oui. Ce matin. J'ai pris le train. Plusieurs trains, en fait. Tu ne peux pas savoir le temps que j'ai passé dans les transports.

— Tu me raconteras tout à l'heure.

— D'accord. » Elle perçoit le sourire dans sa voix. « Alors, tu peux te libérer ?

— Bien sûr. Evelyn est allée déjeuner et m'a donné mon après-midi.

— Chez toi ? Dans trente à quarante minutes ?

— Entendu, à tout à l'heure. »

Après avoir empilé les planches-contacts, elle vide les bacs et les rince. Lorsqu'elle sort de la chambre noire, surprise par l'éclat du soleil, déconcertée de ne pas trouver la moindre obscurité dans l'appartement, elle a l'impression d'avoir perdu la notion de l'heure et de la saison. À toute vitesse, elle cherche sa veste, ses lunettes de soleil, ses clés, son sac, abandonnés un peu partout, puis descend l'escalier, sort dans la rue et s'engouffre dans le métro.

Le quai est bondé, la chaleur écrasante, mais le passage incessant des trains apporte un brassage d'air bienvenu. Dans la foule, elle repère à sa gauche deux hommes qui se disputent en italien, l'un se frappant le front pour souligner ses paroles, et, à sa droite, une femme d'un certain âge portant renard et gants en dentelle. Soudain, Aoife repense à sa mère. Gretta lui a raconté un jour que sa tante avait un renard et qu'elle adorait la façon dont la tête s'agrafait à la queue.

Là, sur le quai du métro, avec les courants d'air qui agitent l'ourlet de sa robe, Aoife imagine sa mère petite, une tête de renard dans les mains. Puis son train arrive et elle avance dans la cohue. Les gens se pressent pour entrer dans le compartiment et elle laisse les poils du renard lui effleurer les bras.

En sortant à la station Delancey Street, elle sait qu'elle devrait faire des courses. Il lui faut du lait, des céréales, du pain, des denrées de base que la plupart des gens ont chez eux. Devant un magasin, elle considère un étal d'oranges, attrape une pêche, en tâte la peau ferme qui lui évoque celle d'une souris. Une femme avec un gamin coincé sur la hanche se penche par-dessus son bras pour se saisir de bananes et lâche : « Tu vas voir ce qui t'attend. » Aoife a l'impression de se parler toute seule. Sur le seuil du magasin, un vieil homme compte laborieusement sa monnaie en faisant passer ses pièces d'une main dans l'autre. L'impatience la gagne. Elle se rend compte qu'elle n'a pas le courage d'entrer et de faire la queue à la caisse. Avec le plus grand soin, elle repose la pêche au milieu des autres. Au moment où elle s'éloigne, le gamin refuse la banane qu'on lui tend et pousse un gémissement aigu.

Aoife entre dans son appartement, aussi soulagée que si elle s'était absentée plusieurs semaines. D'une poussée de l'épaule, elle referme la porte, lâche son sac par terre, lance ses clés sur la planche qui recouvre la baignoire, retape le lit et pousse dessous vêtements épars, tasses sales, chaussures dépareillées. Au moment où elle fourre une brassée de fringues au fond du placard, on frappe à la porte et, soudain, Gabe est là et la soulève du sol. Il a les cheveux plus courts, sa veste est mouillée. Il marmonne que ce quartier est pourri et se demande comment quelqu'un de sain d'esprit peut y habiter.

Aoife a rencontré Gabe quelques mois plus tôt, lors d'une séance photo. Evelyn réalisait une série avec des gens sur leur lieu de travail : un tatoueur brandissant une aiguille, une toiletteuse de chiens à côté de ses brosses, une costumière dans les coulisses du Met[1], la bouche hérissée d'épingles. Le dernier portrait de la série devait être celui d'un chef réputé pour son mauvais caractère, pour le secret dont il entourait ses recettes et les longues files d'attente des clients de Manhattan désireux d'obtenir une table dans son restaurant.

Evelyn voulait prendre Arnault, le chef, appuyé à un plan de travail, dans sa cuisine. Elle aimait cette cuisine, avec sa vapeur, son acier luisant, sa collection de couteaux, ses piles d'assiettes, les fourneaux qui rugissaient comme des dragons, Aoife le voyait bien. Ce n'était toutefois pas le point de vue d'Arnault. Il voulait être photographié dans son costume sur mesure, parmi les miroirs, bougies et chaises dorées de sa salle.

Durant la discussion entre eux, Aoife n'a pas pipé mot. Elle déballait le matériel, installait le trépied, réglait les lumières, maintenait les fils au sol avec du ruban adhésif pour que personne ne se prenne les pieds dedans, plaçait la pellicule dans l'appareil, sortait une série d'objectifs dont Evelyn aurait sans doute besoin, dépliait le réflecteur, l'appuyait contre le mur. Toutes ces tâches, elle les exécutait dans la cuisine, sachant qu'Evelyn aurait le dernier mot. Et, en effet, au moment où elle prenait des photos des différents angles avec un

1. Metropolitan Opera, l'Opéra de New York.

Polaroïd, Arnault est revenu dans la cuisine en tenue blanche de cuisinier. Sans croiser son regard, Aoife a mis les épreuves à sécher pour les montrer à Evelyn.

Mais, au lieu de les regarder, ce qu'elle faisait d'ailleurs rarement, Evelyn s'est contentée de se promener dans la pièce, de s'approcher de la fenêtre, puis de s'en éloigner. Un instant, elle a observé les commis qui coupaient des légumes en cubes et en tranches.

Puis elle s'est mise à l'ouvrage, avec des gestes précis et rapides, en parlant le moins possible. Elle a fait asseoir Arnault sur le plan de travail en chrome luisant, un couteau dans chaque main. Il avait ouvert le col de sa tenue blanche, lissé ses cheveux sous la toque repoussée en arrière. Aoife a regardé dans l'objectif pendant qu'Evelyn donnait ses instructions à son modèle. Le monde distordu, convexe, rappelant un milieu aquatique, que créait l'appareil photo rendait la carrure d'ours du cuisinier moins impressionnante, mais Aoife savait que la photo le ferait paraître immense et dominateur.

Soudain, Evelyn s'est matérialisée près de son coude. Elle avait une étrange façon de se mouvoir, qu'on ne remarquait pas. Tandis qu'Arnault se tournait pour reprocher à l'un de ses aides une erreur passée, le regard d'Evelyn s'est fixé sur lui, l'a traversé ou peut-être contourné.

Aoife a tendu un Polaroïd à Evelyn. « Je n'étais pas sûre que vous voudriez utiliser…

— Les projecteurs, a complété Evelyn.

— Alors je ne les ai pas allumés. Mais si vous souhaitez…

— Non. Inutile. J'aime le… » Elle a laissé sa phrase en suspens et désigné quelque chose qu'Aoife ne voyait pas. « Mais je ne sais pas encore si les… »

La tête penchée, toutes deux ont observé le profil d'Arnault qui râlait toujours.

« Nous pourrions le déplacer, a suggéré Aoife.

— Hum. » Evelyn s'est retournée et toutes deux ont considéré l'espace vide près de la fenêtre. « Mais les sous-chefs…

— Les sous… ?

— Les aides. Les sous-chefs, ou quel que soit leur titre. Je les aime bien.

— Peut-être derrière lui ?

— Oui. Deux…

— De chaque côté. »

Aoife les a installés de façon à les faire entrer dans le cadre. Lorsqu'elle a vérifié avec le Polaroïd, elle a souri. L'angle faisait d'eux de frêles pygmées derrière leur maître.

Evelyn a tendu la main vers le Polaroïd. Après avoir regardé la scène dans le viseur, elle a repoussé ses cheveux de son visage et s'est approchée de l'appareil photo. Comme toujours à ce stade des opérations, Aoife s'est surprise à relâcher longuement son souffle en attendant le déclic rassurant du mécanisme complexe.

Mais il n'y a eu que le silence. Evelyn s'est redressée, a froncé les sourcils. « Oh ! »

Aoife s'est précipitée à côté d'elle. « Quoi ? » Elle a examiné l'appareil, la lumière dans la pièce. « Qu'y a-t-il ? »

Elle a regardé Arnault et vu que quelque chose n'allait pas, mais quoi ? Le chef était là, sur le qui-vive, menaçant, assis sur son plan de travail, ses aides derrière lui. Les lames des couteaux réfléchissaient parfaitement les rayons du soleil. Mais il manquait quelque chose. Puis elle a compris que l'un des aides avait disparu. Au lieu de quatre, ils n'étaient plus que trois.

Aoife l'a retrouvé dehors, derrière le bâtiment, près des poubelles, en train de fumer une cigarette.

« Dites-moi, a commencé Aoife en résistant à l'envie de l'attraper par la manche pour le ramener à l'intérieur. Quand vous aurez fini, vous croyez que vous pourriez… »

Il l'a interrompue. « C'est Evelyn Nemetov, hein ? »

Aoife a haussé les sourcils. « Oui.

— C'est bien ce que je me disais. » Il a tiré une bouffée. « C'est pas n'importe qui, même si je doute qu'il ait la moindre idée de ce qu'elle représente, a-t-il dit avec un mouvement de tête vers la cuisine.

— Sûrement. Écoutez, j'ai vraiment besoin que vous…

— J'ai vu sa dernière exposition au MoMA. Incroyable ! Ces photos de familles qui vivent dans la rue. Vous travailliez déjà avec elle à l'époque ?

— Euh… oui. » Aoife a hoché la tête, puis l'a secouée, perturbée par le cours que prenait la conversation. « Oui. Est-ce que vous croyez…

— Ça doit être fabuleux de travailler avec elle.

— Oui. Bon, ce serait gentil de revenir dans la cuisine parce que…

— Je ne peux pas être sur votre photo. »

Aoife l'a dévisagé. Il avait à peu près le même âge qu'elle, peut-être un peu plus. Sa peau laiteuse trahissait qu'il passait trop de temps à l'intérieur. Dégingandé, il avait des cheveux noirs ébouriffés qui cherchaient à s'échapper de son bonnet, des yeux si foncés qu'on ne distinguait pas les pupilles. Les bras croisés, il s'appuyait à une poubelle et regardait Aoife en fronçant les sourcils.

« Les photos vont paraître dans la presse, n'est-ce pas ? Un magazine, un journal. J'adorerais être dessus, mais je ne peux pas me le permettre. »

Aoife dansait d'un pied sur l'autre. « Je ne comprends pas. Qu'est-ce qui peut bien… »

Il a lâché un petit rire et jeté son mégot par terre. « Vous êtes anglaise, hein ?

— Non.

— Vous parlez comme les Anglais.

— Eh bien, je ne le suis pas.

— Qu'est-ce que vous êtes, alors ? »

Aoife a soupiré. « Je suis occupée, voilà ce que je suis. Écoutez, nous avons besoin de quatre personnes derrière lui. La photo ne fonctionnera pas s'il n'y en a que trois. Il faut que vous reveniez…

— Et si vous portiez des lunettes ? » Evelyn s'avançait soudain entre eux. « Et votre bonnet enfoncé sur la tête. Ça pourrait aller ? »

L'homme l'a regardée. Il a frotté sa barbe naissante. « Pour vous, Evelyn Nemetov, je veux bien », a-t-il dit d'un ton solennel.

Evelyn a incliné la tête et repêché dans sa poche des lunettes de soleil, de petits disques bleus cerclés de métal. « Vous pouvez porter les miennes. » Et elle lui a tapoté le bras en les lui donnant.

« Je ne pige pas ! s'est écriée Aoife. Pourquoi est-ce qu'il… »

Le regard d'Evelyn est passé de l'aide-cuisinier à Aoife pour revenir se fixer sur le premier, ou peut-être sur l'espace qui les séparait, comme si elle y lisait quelque chose qui la captivait. Elle a esquissé un bref froncement de sourcils. « Je crois que notre ami a des principes. Je me trompe ? »

L'homme a chaussé les lunettes et souri à Evelyn.

Celle-ci s'est tournée vers son assistante. « C'est un insoumis, Aoife, a-t-elle murmuré. Vous ne lisez donc pas les journaux ? »

La séance a duré tout l'après-midi. Evelyn appuyait sur le déclencheur, regardait dans l'objectif, appuyait sur le déclencheur, regardait dans l'objectif. Elle avançait d'un côté, puis de l'autre. Aoife courait partout, changeait les objectifs, mettait la pellicule en place, étiquetait les bobines, les rangeait dans les sacs. Le lendemain, il lui faudrait travailler tard, elle le savait. Quand Evelyn a annoncé : « C'est fini », Arnault a sauté du plan de travail, l'a serrée dans ses bras et emmenée boire un verre de vin. Aoife s'est lancée dans le long processus de démontage du matériel. Il fallait replier le trépied, ranger les appareils, retirer les projecteurs. Au moment où elle rangeait les objectifs, quelqu'un est venu se camper près d'elle.

« On nous laisse les meilleurs boulots, pas vrai ? »

Aoife a plissé les yeux. « C'est un fait.

— Moi, il va falloir que je pèle et coupe dix kilos de carottes demain matin aux aurores.

— Vous en avez, de la chance.

— J'espère que vous êtes bien payée pour ce que vous faites. »

Aoife s'est mise à rire. « Je ne suis pas payée du tout. »

Il l'a dévisagée d'un air atterré. « Vous plaisantez ?

— Non.

— Elle ne vous paye pas ? Comment ça se fait ? »

Aoife a levé les yeux. Il avait retiré sa tenue de cuisinier et son T-shirt laissait voir de longs bras musclés et pâles. Derrière sa tête, la mention SORTIE DE SECOURS figurant sur une pancarte semblait se réorganiser pour donner COURS DE TRESSOIE, ou peut-être COURSE DES TROIES ?

« En général, les assistants des photographes ne sont pas payés. Nous faisons ça pour...

— Pour la gloire ?

— J'allais dire pour acquérir de l'expérience.

— Écoutez... » Il a tendu une jambe et tapoté le sac du bout du pied. « Je regrette de vous avoir traitée d'Anglaise, Aoife. » Souriant, il paraissait réfléchir à ce prénom. « J'ai pigé. C'est irlandais, hein ?

— Ouais. C'est Eve en gaélique.

— Comment ça s'écrit ? »

Elle épela d'une voix chantante : « A, O, I, F, E.

— Incroyable. Il n'y a qu'une consonne. On dirait que vos parents ont lancé un caillou sur une machine à écrire et ont choisi pour votre prénom le mot qui s'écrivait sur la page. »

Elle a fermé un sac. « Vous êtes toujours aussi poli ? »

De nouveau, il a souri. « Si nous allions déjeuner ?

— Déjeuner ? a-t-elle répété en montrant par la fenêtre le ciel qui s'obscurcissait.

— Un déjeuner tardif. Venez. Vous pourrez m'apprendre d'autres mots irlandais. Et moi, je vous apprendrai six façons de couper une carotte et le meilleur moyen de truquer votre identité. Comment pourriez-vous résister ? »

Elle a secoué la tête. « Il faut que j'aille travailler.

— Travailler ?

— Un boulot rémunéré. Je bosse à l'entrée d'un club du Bowery.

— Ce ne serait pas ce club où on joue de la musique ? Tout le monde me répète que je devrais y aller. Alors c'est peut-être ce que je vais faire. Je vais vous accompagner. »

Allongée sur le dos, un bras sous la nuque, Aoife sent peser la tête de Gabe sur son ventre à chaque respiration. Gabe laisse courir les doigts sur la hanche d'Aoife et elle effleure les cheveux qu'il vient de couper ras. Elle n'a jamais vu des cheveux pareils : épais, noirs, ils partent dans tous les sens et ressemblent plutôt à du crin de rembourrage, ou à du feuillage. Elle en attrape une poignée et tire fort.

« Où est-ce que tu es allé ? demande-t-elle.

— Hé ! proteste-t-il doucement. Ça fait mal. »

Elle tient bon.

« J'étais obligé de partir, d'accord ? Deux types que je connais se sont fait choper. Je sentais que ça se rapprochait un peu trop. »

Elle lui relâche les cheveux. « Mais où est-ce que tu es allé ?

— Je te l'ai dit. À Chicago. Je connais des gens là-bas. Je suis allé les voir en attendant que les choses se tassent.

— Et elles se sont tassées ? »

Il se tourne pour lui faire face et pose une main entre ses seins. « Pas toutes, non. »

Aoife repousse sa main. « Gabe, je ne plaisante pas. Est-ce que tu es en sécurité à New York ? »

Il s'affale sur le lit et enfouit le visage dans les draps. Elle se doute qu'il le fait pour ne pas croiser son regard.

« Je suis sûr qu'il n'y a pas de problème. Je n'ai pas envie d'aller me cacher au Canada. Bon, j'aime bien le Canada, mais, tu comprends, New York est ma ville, c'est l'endroit où je vis et... » Il lui prend la main et poursuit, toujours sans la regarder : « ... il y a ici des gens avec lesquels je veux être. »

Aoife regarde une fissure dans le plafond, suit son cheminement, du cadre de la fenêtre au plafonnier. « Et cette histoire d'amnistie ? D'après Evelyn, si tu te présentes en invoquant cette loi, tu n'iras pas en prison. Elle connaît quelqu'un dont le fils a fait ça. On lui a seulement imposé un travail d'intérêt général…

— Pendant deux ans. » Gabe se redresse. « Je sais. Mais c'est merdique, Aoife, ces dispositions sont merdiques. Il s'agit d'une amnistie conditionnelle. Ça ne suffit pas. Ni à moi ni aux milliers de types qui attendent. Pas question que je me soumette à ces conneries – on te gronde, on te fait les gros yeux, et tu dois accepter la punition et présenter tes excuses. Je n'ai pas mis ma vie entre parenthèses pendant six ans pour me plier à ce genre de marchandage. Non. Ce sera une amnistie pure et simple, sans conditions, ou rien.

— Je pensais juste que… »

Gabe l'interrompt. « Ça viendra, tu sais. L'amnistie inconditionnelle. Je le sais. Ce n'est plus qu'une question de temps. Il va falloir qu'ils en passent par là. C'est le seul moyen. Pour que la Constitution survive pendant les dix prochaines années… »

Gabe continue à parler. Aoife se lève du lit, enfile sa robe, met de l'eau dans la bouilloire et allume le gaz. À présent, Gabe disserte sur la différence minime qu'il y a entre être insoumis et vouloir échapper au service militaire. Il arrive à Aoife d'oublier qu'il était sur le point de commencer ses études de droit quand il a été appelé. Le sursis accordé aux diplômés venait d'être aboli et Gabe avait choisi de ne pas contester cette mesure – il aurait eu l'impression d'être un privilégié s'il s'était servi de son éducation et de son milieu social pour échapper à l'incorporation. Non, il agirait comme n'importe qui, il se cacherait. Ce serait la seule manière qui lui permettrait de se regarder en face plus tard. Parfois, Aoife se demande s'il regrette sa décision. Elle est sûre qu'il aurait réussi à ne pas se faire envoyer au Vietnam. Gabe réussirait à convaincre n'importe qui.

En ouvrant le placard à provisions, elle ne voit que des baguettes chinoises et une boîte de bougies à moitié consumées. Dans un autre placard, elle trouve un collier qu'elle croyait avoir perdu et un croûton de pain rassis. Elle prend le collier dans une main, le pain dans l'autre, et les contemple.

« Reviens te coucher, lui dit Gabe en tendant la main. Je te promets que je ne dirai plus un mot. »

Aoife sourit et agite le collier et le pain. « Tu as faim ? »

Il hausse un sourcil. « Si c'est ça le menu, non. Si on va manger des nouilles en face, alors oui. Mais d'abord, viens ici, il faut que je te parle. »

Elle reste près du réchaud. « De quoi ?

— Il faut que je te demande si tu as réfléchi à ce que je t'ai dit. »

Le sourire d'Aoife s'estompe. Avant de partir pour Chicago, Gabe lui a demandé si elle croyait qu'ils pourraient habiter ensemble. Assis sur le lit, il la regardait en boutonnant sa chemise. Son expression pleine d'espoir traduisait sa confiance en elle, il pensait qu'elle était telle qu'il la voyait, qu'elle ne cachait rien, ne mentait pas. Elle s'est sentie partagée, sachant que, pour la première fois de sa vie, elle aimait cet homme avec sa curieuse vie dans l'ombre, ses principes rigides, ses chaussures aux lacets dépareillés, mais sachant aussi qu'elle ne pourrait jamais partager un appartement avec lui car, alors, comment lui cacher ses difficultés ? Comment les garder secrètes s'il était tout le temps là ? Il la verrait se débattre pour déchiffrer une facture. Il la surprendrait à demander à une voisine de lui lire l'étiquette d'une boîte de conserve. Il l'entendrait dire : j'ai perdu mes lunettes, et il répondrait : mais tu ne portes pas de lunettes, tu n'en as jamais porté. C'était impossible. Il fallait qu'elle lui dise non, mais oui en même temps. Comment exprimer ça ?

Au moment où elle s'avance vers lui, un bruit l'interrompt. Durant quelques secondes, elle ne comprend pas de quoi il s'agit. C'est un bruit sonore, qui la fait sursauter. Puis elle prend conscience que le téléphone sonne.

« Ne réponds pas, dit aussitôt Gabe.

— Il faudrait pourtant que je réponde.

— Non. » Il se précipite vers elle, mais elle le contourne. « Ça doit être Evelyn qui veut bavarder à propos de lumière, ou de grain de papier. Ou de la dernière idée qui passe par sa tête de cinglée.

— Là, tu es méchant, Gabe.

— Je sais. Je suis méchant. Viens ici. » Il l'attrape par l'ourlet de sa robe au moment où elle décroche.

« Allô ! »

La ligne crépite, envahie d'électricité statique. On dirait que quelqu'un parle dans l'œil d'un cyclone, les mots se perdent dans un blizzard sonore. Les mains de Gabe remontent sur sa robe et, dans sa main libre, Aoife tient toujours le pain et le collier.

« Allô ? Qui est à l'appareil ? Je ne vous entends pas. » Frustrée, elle secoue le combiné. « Allô ? Gabe, lâche-moi », murmure-t-elle. Le croûton lui échappe, tombe sur la tête de Gabe avec un bruit mat. Il jure et elle se met à rire.

« … avec la voiture…, entend-elle au bout du fil.

— Comment ? Je ne comprends rien. »

Pendant qu'elle essaie de tirer sur sa robe, la ligne bourdonne, discours incompréhensible qui évoque un insecte en train de se cogner à des parois de verre.

« Vous voulez que je vous rappelle ? » demande-t-elle, impuissante. Gabe l'a enlacée et il se colle à son dos. « Vous m'entendez ? »

Et soudain, de façon surprenante, la voix de son frère lui parvient, là, dans son appartement new-yorkais au sol jonché de vêtements, au garde-manger vide, qu'elle habite seule, devant lequel des voitures de police rôdent toute la nuit, où personne ne vient sauf son amant, qui est hors la loi. Lorsque la voix de son frère lui arrive dans l'écouteur, elle peine à y croire, les larmes lui piquent les yeux et elle a du mal à écouter ce qu'il dit tant elle est émue de l'entendre.

« Michael Francis ?

— Il faut que tu reviennes à la maison », dit son frère.

VENDREDI

16 juillet 1976

V – 2) « Voler » de l'eau sera considéré comme un délit [...] punissable d'une amende comprise entre 500 et 1 500 livres.

3) Par « voler » de l'eau, il faut entendre en déposséder quelqu'un ou la prendre quelque part sans autorisation.

Loi adoptée par le Parlement en 1976 pour faire face à la sécheresse et à la pénurie d'eau au Royaume-Uni.

À la maison

LE JOUR SE LÈVE SUR GILLERTON ROAD. La pénombre terreuse propre aux grandes villes cède peu à peu devant la lumière. Les rangées de maisons de brique sont encore dans l'ombre, le ciel a la couleur du lait tourné et, le long des trottoirs, les arbres accrochent les derniers lambeaux d'obscurité. La journée précédente et celle qui s'annonce sont en suspens, chacune attendant que l'autre se décide.

Aujourd'hui, bien loin, dans le comté de Dorset, le feu d'une tourbière qui couve depuis quelque temps va flamber. Le sol lui-même s'embrasera et crépitera. Près de Saint Ives, une forêt sera consumée par un mur de flammes progressant à plus de soixante kilomètres à l'heure. Mais, pour l'instant, personne ne s'en doute. Accrochés au rebord des fenêtres, aux murs des garages, aux toits des hangars, les thermomètres sont près de grimper, les pompiers dorment, le visage enfoui dans l'oreiller, cramponnés à leur drap.

Un temps étrange génère des comportements étranges. Tout comme un bec Bunsen placé sous un creuset produit un échange d'électrons, divise certains composés et en amalgame d'autres, une vague de chaleur influe sur les gens. Elle les met à nu, les oblige à baisser leur garde. Ils se comportent alors non pas de façon inhabituelle, mais sans réfléchir. Ce n'est pas que leur caractère se modifie, non, c'est qu'ils ne se surveillent plus.

En haut de Gillerton Road, une jeannette[1] rejoint désormais le marchand de journaux dès qu'il ferme boutique. Sa voisine, une élève douée, qui aurait dû réussir brillamment ses examens, a cessé d'aller en cours et passe ses journées à Hyde Park où elle tourne et tourne en pédalo sur le lac envahi d'algues, en craquant sans cesse des allumettes qu'elle laisse noircir jusqu'au bout. Un homme qui habite en face s'est acheté une Vespa. Il adore la façon dont l'engin aérodynamique se faufile entre les voitures et chante quand il accélère pour dépasser des bus pesants. Il adore la façon dont l'air chaud et les gaz d'échappement lui frôlent la peau, lui agitent les cheveux. Il adore les pétarades du moteur et le reflet aveuglant du soleil sur le chrome. Et, comme la plupart des habitants de la rue le savent à présent, M. Riordan, au numéro 14, a disparu. Il s'est levé et il est parti. Sa famille ignore où il est allé et quand il reviendra. S'il revient un jour.

Un renard déboule de derrière une camionnette garée, s'immobilise au milieu de Gillerton Road, puis saute par-dessus une clôture de jardin et disparaît après un dernier grand mouvement de queue. Un métro matinal frémit sous les pavés, le tremblement se transmet aux maisons en brique, aux fenêtres, aux planchers et au plâtre. La vibration chemine dans la rue, passant d'une maison à l'autre. Mais elles sont habituées à la ressentir, tout comme leurs occupants. Des verres s'entrechoquent sur les étagères de cuisine ; au numéro 4, une pendulette posée sur le manteau de la cheminée sonne

1. Fillette membre du scoutisme catholique.

un demi-coup ; dans la maison d'en face, une boucle d'oreille abandonnée sur une table de chevet roule par terre. Plus bas, une femme se retourne dans son lit, un bébé se réveille et, se découvrant prisonnier derrière les barreaux de son petit lit, se demande où il est, où est passé tout le monde, et crie pour que quelqu'un vienne, s'il vous plaît, tout de suite.

En avançant au milieu de la rue, Aoife Riordan entend les cris du bébé et tourne la tête. Son regard survole les rideaux fermés, l'hortensia aux fleurs molles dans le jardin de devant, le tricycle abandonné à mi-chemin dans l'allée, mais elle ne voit rien, n'enregistre pas l'existence de ces choses. Elle ne se rend même plus compte que le bébé pleure, ne sait plus que c'est ce qui l'a incitée à tourner la tête.

Descendre cette rue est déconcertant. Aoife éprouve à la fois une sensation de familiarité – de la même manière que sa main, avec ses osselets alignés aux jointures, ses ongles plats, lui est familière – et d'étrangeté dérangeante. Déambuler à 6 heures du matin en plein été possède l'irréalité troublante d'un rêve. Que fait-elle ici ? Comment, en l'espace d'une nuit, est-elle passée de l'appartement new-yorkais où Gabe et elle s'étaient retrouvés après une séparation de plusieurs semaines, à cette rue qu'elle a arpentée des milliers de fois pour aller à l'école et revenir à la maison, aller au magasin du coin acheter une livre de farine et des cigarettes pour sa mère, rentrer de ces horribles cours de danse, de ce club d'échecs après la classe, de la station de métro ? Le vertige la gagne et des petites bouffées nauséeuses l'envahissent. Pendant trois ans, elle s'était dit qu'elle ne reviendrait peut-être jamais, ne descendrait plus Gillerton Road. Et pourtant, elle y est. Voici la rangée d'arbres dont les racines soulèvent les pavés. Voici les allées dallées. Voici le mur en béton au sommet triangulaire, qui court devant cinq maisons. Sans avoir besoin d'y poser la main, elle sait que sa surface est granuleuse, râpeuse, elle sait quelle impression ça ferait de s'asseoir sur son rebord inconfortable, la manière dont les inévitables glissades marqueraient la serge d'une jupe d'écolière. L'Aoife adulte comprend soudain que sa forme est conçue justement pour éviter que les enfants ne s'assoient dessus et elle ressent du dégoût pour les habitants de ces maisons, qui ont élevé ce genre de mur. Quelle sorte d'être humain refuse à un enfant de se reposer en revenant de l'école ?

Aoife donne un coup de pied dans le mur.

Puis elle reprend sa marche. La douzième maison sera la bonne.

Elle remonte son bagage sur son épaule, le sac marin de Gabe. La seule valise qu'elle possédait a rendu l'âme il y a une éternité. Ce sac la réconforte, d'une certaine manière. Il y a quelque chose dans ses plis usés qui parle de Gabe, qui recèle son essence. Elle est contente de l'avoir emporté. Sinon, elle pourrait presque croire qu'elle a glissé dans un trou noir temporel et que Gabe et New York n'existent pas. Le sac marin est la preuve que Gabe n'est pas un pur produit de son imagination.

Elle lève les yeux vers les branches des arbres. Des bouleaux blancs. C'est la première fois qu'elle remarque ces bouleaux blancs qui bordent toute la rue, avec l'écorce qui pèle et se recourbe sur les troncs, les feuilles en forme de cœur jaunies, flétries. Les pauvres ! Depuis combien de temps n'ont-ils pas reçu une goutte d'eau ? Difficile à dire.

Tout semble plus petit. Moins haut. Arbres, maisons, trottoirs, portails. On dirait que toute la rue s'est enfoncée de trente centimètres dans le sol.

Aoife appuie le bout de sa tennis dans le sol qui entoure l'arbre. Rien à faire. Il est trop dur, trop sec, il a la consistance de l'argile cuite.

Il faut qu'elle avance. C'est idiot de tarder ainsi.

Un autre métro passe sous la route. Aoife reste encore un moment immobile, à sentir les vibrations dans la plante de ses pieds, puis dans ses mollets, ses cuisses, son bassin et enfin sa colonne vertébrale. La ville de Londres entre en elle, la réclame.

Sa main effleure le tronc argenté, l'écorce fendillée. Puis elle poursuit son chemin.

Quand elle arrive devant la maison, la porte d'entrée verte lui donne un choc. Aussi loin qu'elle s'en souvienne, elle a toujours été rouge. Une couleur gaie, répétait sa mère, de quoi bien accueillir les visiteurs. Son père a dû la repeindre, dans les vêtements qu'il réservait à ce genre de tâches – un pantalon maculé de peinture, une chemise au col usé. Quand elle était petite, elle venait l'aider, l'observait pendant qu'il décapait au chalumeau, ce qui faisait vibrer l'air. Son père n'était pas un bavard – bien sûr, sa mère compensait ce silence en emplissant la maison de bruit –, mais il lui laissait verser la peinture dans le bac pour qu'elle voie le rouge épais s'étaler et gagner les quatre coins, et, pendant ce temps, il posait parfois une main sur l'épaule de sa fille.

Elle songe qu'il a descendu cette rue en sachant qu'il partait et n'en a soufflé mot à personne. Où es-tu ? demande-t-elle dans sa tête. Où es-tu allé ?

Plantée sur le trottoir, devant le numéro 14 en laiton, un peu de travers, elle voit la porte d'entrée repeinte en vert s'ouvrir. Durant une fraction de seconde, elle a l'impression que son père va venir attraper la bouteille de lait sur la marche, qu'il est revenu, que ce n'était qu'un malentendu.

Mais ce n'est pas son père. C'est sa mère qui franchit le seuil pour sortir dans la rue que l'aube éclaire à peine, en chaussons et robe d'intérieur, qui referme la porte derrière elle avec des précautions exagérées. Bien sûr, c'est sa mère... Elle a toujours eu un sommeil curieux. Ces pilules qu'elle prend sans cesse ont détraqué son horloge biologique. Elle a vieilli, pense Aoife, troublée. Non, elle semble plus vulnérable. Ses mains fébriles agrippent le bord d'une poubelle. Teints d'une curieuse couleur tek, ses cheveux ont poussé. Trois ans à peine se sont écoulés, est-ce possible ?

« Maman ! »

Affolée, Gretta pivote. « Quoi ? demande-t-elle de façon incongrue.

— Maman, répète Aoife. C'est moi.

— Aoife ? »

Soudain, elle se rend compte que seule sa mère est capable de prononcer son prénom correctement. Il sort de sa bouche comme il faut. Elle accentue la première syllabe en formant un son entre le « e » et le « a » et la seconde avec un mélange mystérieux de « v » et de « f » – elle a l'accent du comté de Galway, c'est flagrant, même après toutes ces années. Ce qui donne quelque chose qui se situe exactement entre « Ava », « Eva » et « Eve », mais ne se confond avec aucun des trois. Aoife, elle le dit comme il convient, et comme personne d'autre.

« Oui », répond Aoife en posant son sac marin.

Au bout de son allée, une femme s'adresse à Gretta avec une voix qu'elle connaît. Elle a un foulard noué autour de la tête et un sac à ses pieds.

« Mon Dieu ! » Gretta manque de laisser choir son sac d'ordures. « C'est toi ? »

À cette heure matinale, le silence règne, mais la chaleur commence déjà à alourdir l'atmosphère. Gretta avance à tâtons et, bientôt, elle attrape sa fille par le bras, par le cou, par tout le corps et serre contre elle son troisième enfant, sa surprise, son bébé, sa douleur. L'espace, la distance qui les séparaient sont abolis, effondrés. C'est bien Aoife, elle est ici. Gretta s'étonne de beaucoup de choses, mais surtout de sa haute taille. Elle avait toujours cru qu'elles avaient la même – petite, menue. Mais elle voit qu'Aoife la dépasse de plusieurs centimètres. Comment ce changement s'est-il produit ?

« Qu'est-ce que tu fais là ? » Son ton est coupant, elle n'y peut rien. « J'allais te téléphoner. Je sais que tu as cinq heures d'avance sur nous, alors…

— De retard.

— Quoi ?

— De retard. À New York, il est cinq heures de moins, maman, pas de plus.

— Bon, de toute façon, je t'aurais dit de ne pas venir. Je ne voulais pas te donner autant de tracas. Michael Francis m'a dit que tu devais venir, alors je lui ai dit, Michael Francis, n'embête pas ta sœur avec tout ça. Elle a sa vie et elle ne voudra pas venir ici pour…

— Bien sûr que je voulais venir. » Aoife lui tapote l'épaule. « D'ailleurs je suis venue. Me voilà. »

Comme sa fille la dévisage, Gretta sent bien qu'elle doit avoir l'air bizarre, là, dans l'allée, à une heure aussi matinale. Elle porte les mains à ses cheveux, puis à ses joues. « Oui, te voilà », souffle-t-elle avant d'éclater en sanglots.

Michael Francis comprend que cette discussion tendue avec un collègue à propos d'une bicyclette était un rêve, au moment où il se retrouve allongé dans un lit très étroit et entend la voix d'Aoife.

Il se laisse rouler sur le dos – un lit bougrement étroit, c'est sûr, pas prévu pour des hommes qui mesurent un mètre quatre-vingts – et se surprend à fixer un plafond qu'il connaît par cœur, avec l'espèce de truc courbe entre le mur et le plafond… comment on appelle ça, déjà ? – la « voussure », c'est ça ? –, à trois niveaux. Petit, il aurait voulu renverser la pièce pour pouvoir marcher pieds nus sur cet espace bien blanc, toucher le plafonnier, passer le bout du pied sur la voussure. Est-ce le mot juste ? Le mari de Monica le sait sûrement. Il est horriblement tatillon pour ce qui est des termes désignant des choses dont tout le monde se fiche. Sur quoi ne cessait-il de discourir la dernière fois qu'ils l'ont vu ? Le mot employé pour les espaces compris entre les dents d'un peigne. Bien entendu, il l'a oublié à présent, mais, sur le moment, il avait envie de riposter : Qui s'intéresse à ça ? Qui a jamais eu besoin d'utiliser un tel mot ?

Les réalités de la journée qui s'annonce tournent sans arrêt dans son esprit, tels les chevaux d'un manège.

Il se trouve dans la chambre qu'il a occupée durant les dix-huit premières années de sa vie, la petite pièce coincée entre la chambre de ses parents et celle, derrière, que partageaient Monica et Aoife.

Son père a disparu.

La veille, en fin de soirée, il a eu avec Claire une de ces terrifiantes disputes qui finissent soudain d'une façon qu'on n'avait jamais imaginée, un peu comme si vous éticz sur le point de basculer d'une falaise qui se matérialisait soudain sous vos pieds. Une dispute dans laquelle vous entendez la mer rugir en bas et les vagues se fracasser contre les rochers.

Pas besoin d'aller travailler. Ni aujourd'hui, ni demain, ni pendant les six prochaines semaines, un vrai luxe ! Un répit estival lui est accordé dans ce boulot qu'il déteste, qu'il a pris parce qu'il le fallait bien, un boulot qu'il croyait temporaire et qui ne lui vaut pas, semble-t-il, la reconnaissance d'une épouse inconsciente du sacrifice que représente l'obligation de l'accomplir tous les jours.

Aoife est là. Elle est revenue après trois ans d'absence.

Elle semble ne s'exprimer qu'en posant des questions. Il tend l'oreille pour saisir ce qui se dit un peu plus loin.

« Qu'est-ce qu'il a dit ? (...) Il n'y a plus fait allusion par la suite ? (...) Et dans les hôpitaux ? (...) Et alors, tu le lui as demandé ? (...) Tu es sûre qu'il n'y a aucune trace ? (...) Y a-t-il quelqu'un là-bas à qui nous pourrions nous adresser ? (...) Et tu ne penses à rien d'autre ? »

Soudain, il trouve curieux de ne pas entendre les réponses de Gretta. Leur mère a parlé d'une voix qu'une voisine a un jour poliment qualifiée de « haute et claire ». Depuis sa plus tendre enfance, Michael Francis considère la voix de sa mère comme un fléau qui lui empoisonne l'existence. À six ou sept ans, il menait dans une course en sac à l'école quand il a entendu Gretta raconter qu'il mouillait encore son lit. Inutile de dire qu'il n'a pas gagné cette course. Lors de son mariage, au moment même où il prononçait ses vœux, il a noté que sa mère expliquait à une tante de Claire qu'elle savait qu'il se marierait jeune parce qu'il avait commencé à « se toucher » à douze ans, ce qui était plutôt précoce pour ce genre de chose, non ?

Claire affirmait que ce n'était pas aussi terrible qu'il le pensait, qu'il était trop susceptible. Pourtant, sa mère l'avait toujours mis dans l'embarras, lui avait toujours fait honte. Enfant, il regardait d'autres mères, pendant la soirée des parents d'élèves, les sorties dominicales, les fêtes populaires, les bavardages à la sortie de la messe, et il se demandait pourquoi il ne pouvait pas avoir une mère de ce genre. Mince, élégante, silencieuse la plupart du temps. Pourquoi fallait-il que la sienne soit aussi grosse et habillée de façon aussi excentrique, parle aussi fort, sans la moindre inhibition, ait des cheveux ébouriffés, ne puisse pas s'empêcher de raconter sa vie à tout le monde ? Il frémissait devant la taille monumentale de ses robes à fleurs hissées le soir sur la machine à coudre, les brides de ses chaussures qui mordaient dans la chair de ses pieds gonflés, en l'entendant proposer à de parfaits étrangers un sandwich tiré d'un récipient en plastique, un friand à la saucisse ou un rocher. Il en était perturbé physiquement – il éprouvait une sensation de chaleur et de faiblesse dans les membres, une accumulation de quelque chose derrière le front. Dans le bus ou le train, lors de manifestations publiques, il tenait à s'asseoir loin d'elle pour que personne ne fasse le lien entre elle et lui.

« Rien d'autre n'a disparu ? demande Aoife au rez-de-chaussée. Tu veux que je vérifie ? »

Que s'est-il passé ? se demande-t-il, toujours allongé. Se peut-il que le choc lié à la disparition de son père ait affecté les cordes vocales de sa mère ?

Aussitôt après, il a honte de cette pensée.

Il s'extrait du lit, descend au rez-de-chaussée. Sur le seuil de la salle de séjour, il comprend pourquoi il trouvait sa mère peu loquace. Gretta a la tête dans un placard.

Deux fois l'an tout au plus, elle s'adonne à ce qu'elle appelle un « bon vieux nettoyage par le vide ». Ces rares frénésies de rangement sont souvent déclenchées par un ennui quelconque. Une prise de bec avec Bridie, un « regard bizarre » lancé par le prêtre, quelqu'un qui lui passe devant dans une file d'attente, un médecin qui refuse de prendre au sérieux le diagnostic qu'elle a elle-même établi. Pendant un ou deux jours, elle parcourt la maison au pas de charge, vide les étagères, les armoires, les tiroirs, et entasse ses quelques bibelots, nappes, et les cochonneries qu'elle a accumulées – un poulain en porcelaine, attaché par une chaîne en or à sa mère, à qui il ne manque qu'une jambe, une tabatière au couvercle orné de fausses pierres, une tasse à thé en porcelaine tendre, dépourvue de son anse, sur laquelle figure une Chinoise sur un pont. Tous ces trésors rassemblés en une vie de marchandage dans toutes les ventes de charité de la région, qu'elles soient laïques ou catholiques, sont répartis à l'aveuglette en trois tas : objets à conserver, à rafistoler, à donner. Puis elle ne s'y intéresse plus. Tout retourne alors à sa place initiale sur le manteau de la cheminée, sur les étagères, dans les placards. Jusqu'à la prochaine fois.

« Bonjour, dit Michael Francis. On fait un bon vieux nettoyage par le vide, c'est ça ? »

Émergeant du placard, Gretta fixe sur lui des yeux surpris, empreints d'une stupéfaction puérile, si bien que l'irritation qu'il ressentait cède aussitôt. Il se rend compte que, l'espace d'un instant, elle a cru voir son père. Tous deux ont le même timbre de voix. À son âge, elle ne devrait tout de même plus les confondre.

Il traverse la pièce pour la serrer dans ses bras. Bien sûr, elle commence par protester avant de l'enlacer à son tour. L'anneau de corail qu'elle tient à la main lui entre dans la colonne vertébrale. Puis quelqu'un d'autre arrive en courant de la cuisine, quelqu'un qui a beaucoup de cheveux et pose une main de fer sur sa nuque en l'enlaçant. Il prononce son prénom, Aoife, mais une partie de lui refuse de croire que c'est elle tant elle paraît changée.

« Attends, laisse-moi te regarder. » Il la tient à bout de bras. « Mon Dieu ! est tout ce qu'il est capable de dire.

— Tu trouves que c'est une manière d'accueillir les gens ?

— Tu as l'air… »

Il ne sait ni comment finir sa phrase ni ce qu'il veut dire. « Complètement différente » ne serait pas exact car c'est toujours elle. Mais, d'une certaine manière, elle est méconnaissable. Il aurait très bien pu la croiser dans la rue sans la remarquer. Ses cheveux ont poussé, son visage s'est peut-être affiné, mais ce n'est pas ce qui la transforme à ce point. Elle paraît plus âgée, mais ce n'est pas ça non plus. Ses vêtements sont différents : elle ne porte plus ses tenues hippies bricolées à la maison, mais un pantalon étroit avec des fermetures à glissière au niveau des chevilles et un T-shirt aux manches retroussées.

Sa mère et son frère l'examinent de haut en bas.

« Non mais, regarde-la ! s'écrie Michael Francis.

— Je sais, dit Gretta.

— Quoi ? » Aoife fronce les sourcils et sourit en même temps.

« Tu es une grande fille, maintenant, affirme Gretta.

— Oh ! arrête un peu, ça fait des années que je suis une grande fille. Sauf que vous ne l'aviez pas remarqué. » Elle pivote vers la cuisine. « Qui veut du thé ? »

Aoife place la bouilloire sous le robinet mais tressaille quand le jet d'eau part sur le côté et lui trempe le poignet. Quelque chose ne va pas. Cette maison, qu'elle a pourtant connue toute sa vie, lui joue des tours. Les seuils qu'elle a passés dix mille fois semblent soudain plus étroits, elle se cogne le coude aux montants de porte. Les tapis sur lesquels elle était couchée bébé et marchait enfant complotent pour la faire trébucher, pour se prendre dans ses chaussures. Plus basses, les étagères risquent à tout moment de lui heurter la tempe. Les interrupteurs semblent s'être déplacés d'un côté de la fenêtre à l'autre. Il se passe vraiment quelque chose de curieux.

Elle s'essuie avec un torchon. La rangée de boîtes à thé, au-dessus de la cuisinière, la fascine par sa familiarité. Bien qu'elle n'y ait pas pensé une seule fois depuis tout ce temps, elle en connaît chaque détail. Le couvercle légèrement cabossé de la rouge, la tache de rouille sur la verte. « Bewley's » inscrit en grosses lettres cursives dorées. Est-ce à cause du décalage horaire, de son retour, de l'absence de son père ? Toujours est-il qu'elle se sent à moitié folle et ne sait pas trop quoi faire ni quoi dire.

En entrant dans la cuisine, Gretta s'aperçoit que la bouilloire est restée dans l'égouttoir, sur le côté, sans son couvercle. Les tasses sont apparemment toujours dans le placard. Un torchon enroulé sur le bras, Aoife contemple l'étagère.

Sans un mot, Gretta attrape la bouilloire, la remplit, la pose sur la cuisinière, puis elle retire le torchon entortillé autour de la manche d'Aoife.

« Tu as déplacé la boîte du petit déjeuner, lui fait remarquer cette dernière.

— Quoi ?

— Le thé du matin. » Aoife montre l'étagère. « Il était toujours à droite du thé de l'après-midi.

— Ah bon ?

— Oui.

— Bon, remets-le où il était si ça te fait plaisir. »

Michael Francis les a suivies dans la cuisine. Il ne veut pas perdre Aoife de vue. On ne sait jamais, elle pourrait s'envoler par une fenêtre ouverte, comme ces enfants dans *Peter Pan*.

« Tu ne voudrais pas que je te prête une brosse à cheveux ? » demande sa mère.

Aoife se retourne. « Qu'est-ce que ça veut dire ?

— Je pensais seulement… » Gretta hausse les épaules et s'assied à la table.

« Qu'est-ce que tu pensais ?

— Que tu en aurais peut-être besoin.

— Est-ce que tu es en train de me dire que je suis mal coiffée ? »

Et voilà, c'est reparti, songe-t-il. Comment se fait-il que Gretta et Aoife ne puissent pas rester ensemble plus de vingt minutes sans que la conversation ne dérape ainsi ? Gretta lâche des remarques doucereuses en y glissant un subtil soupçon de fiel, et Aoife les lui renvoie à la figure. Elle est en train de dire qu'elle ne se brosse jamais les cheveux, et Gretta s'écrie qu'elle n'arrive pas à y croire, est-ce qu'il n'y aurait pas un seul coiffeur à New York ? Michael Francis voudrait conseiller à Aoife de laisser sa mère tranquille, juste pour cette fois, vu la période qu'elle traverse.

Il force sur sa voix pour couvrir les leurs. « Bon, écoutez toutes les deux, qu'est-ce qui est prévu aujourd'hui ? »

Sa mère et sa sœur se retournent pour le regarder et, dans leurs yeux agrandis, étonnamment semblables, il lit qu'elles ont peur et se contentent de tuer le temps, d'occuper l'espace. Leur dispute au sujet d'une brosse à cheveux n'est qu'une façon de retarder l'inévitable.

À environ cent trente kilomètres au nord-ouest de cette cuisine, Monica, dans la salle de bains, soulève le rideau en dentelle datant du XIXe siècle pour regarder dans le jardin à travers le verre trouble. Elle a lu quelque part, songe-t-elle, que, au fil du temps, les vitres s'épaississent en bas, que le verre, qui paraît pourtant solide et indéformable, est sujet à un lent et invisible tassement.

Comme si elle pouvait sentir ce mouvement de chute, elle pose la main contre la vitre. Mais il n'y a rien. Juste une fraîcheur d'objet inanimé.

Dans le jardin, Peter creuse un trou près des pommiers. Elle lui a chuchoté : « Fais-le profond », avant de se rendre compte qu'elle a déjà entendu ces mots dans des circonstances similaires. C'est toujours étrange de se surprendre à répéter les paroles de ses parents, de s'apercevoir que les expériences de la vie se reproduisent. Presque les mêmes, mais pas complètement. Cette fois, il y a deux enfants qui pleurent. Aucun n'est le sien.

Pour accomplir cette tâche, Peter a enfilé sa salopette de travail. Peter, son mari. Jamais elle ne l'avouerait, mais elle trouve curieux de l'appeler ainsi, même au bout de trois ans. Pour elle, le mot « mari » est irrévocablement lié à un autre homme. Le restera-t-il à jamais ? Il n'y a pas longtemps, dans un magasin, une femme lui a demandé si c'était son mari qui attendait dehors. Monica s'est retournée vers la vitrine pour chercher le visage de Joe, la silhouette de Joe, sa façon de se tenir – voûté, les mains dans les poches –, avant que ses yeux ne se posent sur Peter. Il lui a fallu un moment pour se reprendre et répondre à son signe de la main. C'est vraiment idiot, car que ferait Joe dans un village du Gloucestershire ?

On lui a dit mille fois qu'elle avait de la chance de quitter Londres pour s'installer à la campagne. Au grand air. Loin de l'agitation de la grande ville. Elle allait adorer cette vie, lui a-t-on répété.

La vérité, c'est qu'elle ne s'y plaît pas. La vérité, c'est que la campagne la terrifie. La vérité, c'est qu'elle déteste cette maison, ses planchers inégaux, sa fichue intégrité historique, sa cuisinière en fonte, ses portes branlantes, les traces que Jenny y a laissées, Jenny, cette martyre, cette malheureuse victime d'une injustice. Elle déteste ses week-ends de belle-mère, qui lui rappellent sans cesse qu'elle a échoué avec les deux filles, elle déteste les voir se coller à leur père, les voir tous trois serrés sur le canapé, devant la télé, tandis qu'elle doit prendre le fauteuil, face à eux, en feignant de ne pas y trouver d'inconvénient. Elle déteste le jardin, plein de limaces, de mouches, de guêpes, de fleurs desséchées, de pommes tombées à terre trop tôt, de plantes dont les vrilles s'accrochent à ses cuisses. Elle déteste l'obscurité qui tombe tous les soirs, l'horrible silence percé par des bestioles qui glapissent, s'agitent, hululent derrière la clôture du jardin. Elle déteste l'effroyable rideau d'arbres qui presse contre la maison ses feuilles frémissantes. Elle a horreur de ne pouvoir aller nulle part ; il n'y a pas de café du coin, pas de magasins où perdre une heure ou deux, un bus seulement deux fois par jour au bout du chemin. La seule promenade possible est une marche de vingt-cinq minutes à travers champs et par-dessus des échaliers, pour gagner le village de Jenny qu'elle risque donc de rencontrer, où les gens la regardent, puis détournent les yeux, où personne ne lui sourit, où l'employée de la poste prend son argent et jette sa monnaie sur le comptoir, où on la traite en mauvaise femme, en intruse, en voleuse de mari. Peter affirme que c'est dans sa tête, que les gens du coin ne pensent pas ce genre de choses, mais elle sait bien que si. Je ne suis pas une voleuse de mari, avait-elle envie de riposter la dernière fois qu'elle y est allée. Comment le pourrais-je alors qu'ils n'étaient même pas mariés ? Mais elle s'est retenue. Ces temps-ci, quand elle veut aller quelque part, elle attend le bus de Chipping Norton. Là, il y a de beaux magasins et un salon de thé où personne ne la connaît, ou alors, si les gens savent qui elle est, ils s'en fichent.

Londres lui manque de la même façon que Joe lui manque. Une étrange douleur l'oppresse, l'empêche presque de parler. Jusque-là, elle avait toujours vécu dans la capitale et ne se rendait pas compte que des gens habitaient ailleurs, ou en avaient envie. Certains jours, elle a un mal fou à supporter ce mode de vie, elle arpente le palier de la maison les bras croisés et l'esprit rempli d'images citadines : la descente de l'escalator menant à la Piccadilly Line par un soir sombre et humide, les parapluies luisants des passants, la petite marche de dix minutes entre son ancien appartement et la maison de sa mère, le parc de Highbury Fields par un jour de brume, le panorama sur la ville qu'on a du sommet de Primrose Hill. Le mal du pays peut vraiment vous rendre malade, fou de nostalgie, a-t-elle découvert. Pourtant, le soir, elle se prépare, dissimule son chagrin comme s'il s'agissait d'une difformité qu'il ne fallait pas montrer. Elle est coiffée, maquillée. Le repas est sur le feu. Il faut que ça marche, pas question de reculer, pas question que quelqu'un sache qu'elle a une fois de plus rencontré un échec. Un diplôme d'infirmière qu'elle n'a pas réussi à décrocher, des enfants qu'elle n'a pas eus, un mari qui l'a quittée ; elle ne veut pas être cette femme qui rate tout. Elle habitera cette maison avec son toit branlant, ses plinthes qui craquent la nuit, son mobilier mangé aux mites, ses voisins hostiles. Elle habitera ici sans émettre une seule plainte.

Assise à la table de la cuisine devant sa tasse de thé, Gretta explique d'une voix à peine audible qu'elle ne sait pas où il a pu aller, qu'elle a beau se creuser la cervelle, elle ne comprend pas pourquoi il a fait une chose pareille. Qui peut bien planter là sa femme un matin d'été sans lui dire où il va ? Elle a questionné les voisins. Personne ne l'a vu. Personne. C'est vraiment curieux, non ?

Le spectacle qu'offre sa mère est presque intolérable pour Aoife : toute petite, tassée sur elle-même, le moral à zéro. Incroyable ! Elle qui a toujours fait des histoires, des scènes, pour trois fois rien. Car le mélodrame est sa spécialité. Un jour, en revenant de l'école, Aoife s'est aperçue que sa mère s'était rendue aux pompes funèbres après s'être découvert une boule près de la gorge. Elle était persuadée qu'elle était en train de mourir, elle le sentait dans ses os, et voulait donc une belle cérémonie d'adieu, organisée par des pompes funèbres « comme il faut », avec un bon créneau en début d'après-midi, ce qui laisserait le temps d'assister à une messe célébrée à son intention, et de revenir ensuite la veiller à la maison. C'était le moins qu'elle pouvait faire pour eux tous. Aoife a demandé à voir la boule, a examiné l'endroit, près de la clavicule, et lui a dit que c'était une piqûre d'insecte. Rien de plus. C'est étrange, songe Aoife. Pour la première fois, sa mère est confrontée à une crise réelle et elle a l'air de s'effondrer, de renoncer à ses frasques habituelles.

Michael Francis constate que Gretta a employé exactement les mêmes mots qu'hier – « planter là sa femme un matin d'été », « se creuser la cervelle », « vraiment curieux ». Chaque fois qu'elle les prononce, elle donne l'impression que c'est pour la première fois, qu'ils lui viennent spontanément à l'esprit. « Jamais, au grand jamais, je ne me serais attendue à ça de sa part », dit-elle en fournissant un nouvel exemple de cette attitude. Soit elle est bonne comédienne, soit elle oublie tout. Pourtant, quelle mémoire sélective elle a – elle se rappelle les mots exacts mais oublie qu'elle les a déjà prononcés. Si elle dit maintenant que son père n'a jamais été aussi heureux que depuis qu'il est à la retraite, Michael Francis se sent capable de fracasser quelque chose contre le mur.

« En fait, dit Gretta en posant sa tasse et en fixant les yeux sur Aoife, il n'a jamais été aussi heureux que depuis qu'il est à la retraite. »

Aoife ne sait pas trop quoi répondre car, étant partie, elle a loupé cette histoire de retraite, mais elle ouvre la bouche tout de même en espérant que des paroles appropriées vont en sortir. À côté d'elle, son frère repousse sa chaise et sort de la pièce.

« Où vas-tu ? lance Gretta dans son dos.

— Pisser un coup.

— J'aimerais bien qu'il ne parle pas comme ça, proteste Gretta. Le monde entier n'a pas besoin d'être au courant.

— C'est toi qui lui as posé la question », rétorque Aoife.

Après un petit bruit dégoûté, Gretta agite la main comme si elle voulait chasser une mauvaise odeur. « Oh ! Vous deux !

— Quoi, vous deux ?

— Ça n'a pas changé, hein ?
— Qu'est-ce qui n'a pas changé ?
— Vous vous soutenez toujours. Même quand vous vous trompez.
— Il ne se trompe pas. Il va pisser. C'est pas interdit, si ? »

Gretta secoue la tête, avec l'air de trouver qu'elle est au-dessus de cette dispute. « Vous vous soutenez toujours, marmonne-t-elle sans s'adresser à personne.
— Il le faut bien, réplique Aoife.
— Qu'est-ce que c'est censé vouloir dire ? »

Dans le miroir minuscule, bordé de plastique, accroché au-dessus des toilettes, Michael Francis regarde une portion de son visage. Tous les jours, son père se rase à cet endroit précis. Il emplit un bol dans l'évier de la cuisine et l'apporte ici, dans les toilettes, sous l'escalier. « Loin de tout le tintouin », voilà ce qu'il a répondu quand Michael Francis lui a demandé pourquoi il n'utilisait pas la salle de bains du premier étage. Son nécessaire est toujours là, rasoir, blaireau, savon à barbe creusé au milieu, tache brunâtre sur le réservoir de la chasse d'eau, à l'endroit où il pose le bol.

Michael Francis fixe cette tache et trouve curieux qu'elle marque la place exacte du bol, un bol fantôme, en quelque sorte. Son père s'est-il rasé le matin où il a disparu ? Il passe un doigt sur les poils du blaireau. Son père s'en est-il servi ou est-il parti avec une barbe de un jour ?

De l'autre côté de la cloison, les voix de sa mère et de sa sœur se renvoient la balle.

Il lui vient à l'esprit que son père a dû lui apprendre à se raser, a dû le guider, bien qu'il ne s'en souvienne pas, pour ses premiers pas dans ce rituel qu'il accomplit chaque matin. C'était sans doute à l'étage : ici, il n'y a pas assez de place pour deux personnes. Son père se tenait-il derrière lui au moment où il attrapait le rasoir ? Lui a-t-il dit qu'il fallait le plonger dans l'eau, puis tendre la peau ? Leurs visages se reflétaient-ils dans la glace lorsqu'il a donné son premier coup de rasoir crissant ? Vers l'âge de quatorze ans, il a poussé au point de dépasser son père. Dans un moment où il ne se surveillait pas, Robert a lâché qu'il était grand comme son oncle, celui qui était mort pendant les « Troubles[1] ». Par la suite, il n'y a plus jamais fait allusion, mais, sans qu'il comprenne vraiment pourquoi, Michael Francis a toujours eu l'impression que sa taille mettait son père mal à l'aise. Toujours est-il qu'ils devaient se trouver à l'étage, tous les deux devant le lavabo. Il s'efforce de réveiller ce souvenir, mais rien ne vient. Un jour, suppose-t-il, il devra à son tour montrer à Hughie comment s'y prendre. Ça fait drôle d'y penser.

Jamais aussi heureux que depuis qu'il est à la retraite. Michael Francis explose de rire. Sauf qu'il ne comptait pas avec l'extrême exiguïté des lieux. Le son frappe le mur et lui revient en pleine figure.

« Tout ce que je dis… », braille sa mère dans la cuisine.

Robert n'a pas été plus heureux depuis sa retraite, non. Pour Michael Francis, bien au contraire, il était gagné par un sentiment d'inutilité. Pour Michael Francis, la retraite est la pire chose qui soit arrivée à son père. Son boulot lui fournissait une routine rassurante, une raison de se lever le matin, un endroit où passer la journée, des tâches qui lui faisaient passer le temps, et ensuite, un endroit où retourner le soir. Sans ce travail, le voilà comme un bateau sans amarres

1. Conflit nord-irlandais qui a débuté dans les années 1960.

qui dérive sans but et heurte tous les obstacles qu'il croise.

Il ignore comment son père passait ses journées depuis qu'il avait quitté la banque. Voici une conversation typique entre eux ces derniers temps :

« Bonjour, papa, ça va ?

— Très bien et toi ?

— Qu'est-ce que tu as fait de beau ?

— Pas grand-chose. Et toi ? »

Michael Francis soupçonne Robert d'avoir été à la remorque de sa femme, ce qui, réflexion faite, ne devait pas le gêner outre mesure. Robert a toujours adoré Gretta, il s'est toujours incliné devant ses jugements, ses caprices (nombreux), ses souhaits, à la différence des pères de ses amis, plutôt tenants de l'autorité patriarcale. Quand il était petit, il s'en souvient, son père avait sans cesse sa mère en tête. Si elle quittait la maison, ce qui lui arrivait souvent dans la mesure où elle était d'une nature active et sociable, et qu'elle allait voir des voisins, assister à la messe, tailler une bavette avec le prêtre ou juste acheter une bouteille de lait, son père arpentait le salon en demandant : « Où est votre mère, où est-elle allée, a-t-elle dit quand elle reviendrait ? » Comme un virus, son anxiété se transmettait à Monica qui, plantée devant la baie vitrée, se tordait les mains en guettant sa mère. Celle-ci revenait toujours, souvent avec son tablier qu'elle n'avait pas pris la peine d'ôter, déboulait dans la maison en fredonnant et demandait ce qu'ils faisaient tous, rassemblés là, ils attendaient le bus, peut-être ?

Petit, Michael Francis s'étonnait que son père puisse se débrouiller à son travail sans que Gretta ne l'aide, ne parle et prenne les décisions à sa place. Il lui était impossible d'imaginer son père privé de la force vive de sa femme pendant toutes ces heures. Un jour, il devait avoir à peu près neuf ans, il a quitté l'école à l'heure du déjeuner et, sans l'avoir vraiment prémédité, est allé à la banque dans laquelle travaillait son père. Il savait où elle se trouvait parce que Gretta l'y avait emmené pendant les grandes vacances. Monica et lui avaient eu le droit de voir le coffre où on gardait l'argent des clients, de tourner sur un fauteuil pivotant, de regarder sous le comptoir le bouton sur lequel les employés pouvaient appuyer en cas de cambriolage. Son père travaillait dans une banque. Il était directeur adjoint. Michael Francis le savait. Pourtant, il a été surpris par la file de gens attendant de parler aux employés, les secrétaires qui tapaient à la machine, le bureau avec le nom de son père inscrit sur la porte.

Donc, il a descendu Holloway Road pour s'y rendre tout seul. Il a franchi les portes de la banque, s'est faufilé entre les cordes en velours de la file d'attente, puis, apercevant la rangée de fauteuils rouges qu'il se rappelait avoir vus l'été précédent, il s'est assis. Au moment où la porte s'est ouverte et où son père a dit : « Entrez », il est entré et s'est installé face à lui. Un instant, il a été tenté de tourner sur son siège de la même manière que la première fois, mais ce n'était pas possible parce que son père n'avait pas dit : « Qu'est-ce que tu fiches ici ? », comme il s'y attendait. Son père n'a rien dit du tout. Il lisait quelque chose dans un dossier qu'il a refermé si vite que Michael Francis a sursauté. « Voyons, voyons ! » a-t-il seulement marmonné en se dirigeant vers un classeur dont il a ouvert un tiroir. Michael entendait son cœur cogner dans sa poitrine. Son père lui tournait le dos, les yeux plongés dans le tiroir qui contenait des liasses et des liasses de papiers. Osant à peine respirer, le petit garçon essayait d'engranger les sensations qu'il éprouvait pour y revenir plus tard : les accoudoirs délicieusement frais du fauteuil, les crayons aux gommes roses impeccables au bout, la proximité de son père, penché, concentré.

Puis son père s'est retourné, a lâché le dossier qu'il tenait et a dit : « C'est toi ! », d'une voix que la surprise rendait grêle. Michael Francis n'a jamais oublié le son de cette voix. Soudain, tout était terminé, une secrétaire le ramenait de force à l'école. Quand il est rentré le soir, son Meccano était rangé en haut d'un placard et n'en a pas bougé pendant une semaine.

Il passe le blaireau sur son menton en se regardant dans le bout de miroir. Son père sans sa mère, voilà une équation impossible à résoudre car le silence du mari est contrebalancé par la volubilité de la femme, l'ordre et la retenue de l'un par le chaos et le goût du drame de l'autre. Un Robert qui ne serait pas animé par une Gretta, aucun d'eux n'a jamais vu ça. Michael Francis est incapable d'imaginer son père sans elle. Comment a-t-il survécu avant de la trouver ? Comment a-t-il pu mener sa barque tout seul ? Tout ce que Michael Francis sait de l'étrange vie en demi-teinte qu'il menait avant son mariage se résume aux trois faits suivants : il est né en Irlande, son frère est mort et, pendant la guerre, il était là quand l'armée britannique est restée en rade à Dunkerque. C'est tout. Le dernier élément, il l'a découvert un soir qu'il faisait ses devoirs sur la table de la cuisine. Le manuel ouvert, il suivait le texte avec son stylo quand un bras a jailli au-dessus de son épaule et refermé le livre. « Tâche que ton père ne voie pas ça », a dit sa mère avec un coup d'œil inquiet vers la porte. Il a emporté le manuel dans sa chambre et regardé les photos montrant des pêcheurs en train de sortir les soldats de l'eau pour les hisser dans leur bateau, et la carte indiquant les positions des différentes troupes. Les alliés avaient été encerclés et repoussés vers la mer. Il a réfléchi à ce que sa mère lui avait dit. Comme il était parmi les derniers à être évacués, son père était sûr de ne pas s'en tirer. Il pensait qu'il serait abandonné, coincé entre la mer, devant, et l'ennemi, derrière. Michael Francis a réfléchi à cette histoire, puis, comme il devait préparer ses examens d'entrée à l'université, il a refermé le livre et oublié cet épisode pendant un certain temps.

Cachée dans la maison, Monica observe Peter, qui se penche pour attraper le corps du chat. Le vétérinaire l'a enveloppé dans une couverture. Un geste attentionné, a estimé Monica. Mieux vaut en effet que les enfants ne voient pas la – il faut qu'elle se force à former le mot – blessure. Peter a enroulé l'animal de façon que seule sa tête dépasse. À présent, Jenny pousse ses filles en avant. Elles s'agrippent à sa robe, à ses bras, à ses mains. Que ce doit être étrange d'être attachée ainsi, prise au lasso par deux petits êtres, on doit se sentir comme Gulliver au milieu des Lilliputiens (Aoife adorait cet épisode). Florence rejette la tête en arrière et hurle, le visage ruisselant, écarlate. Jenny la serre contre elle en pleurant elle aussi et, d'une main, caresse la tête du chat, entre les oreilles, sur la fine bande où des rayures presque invisibles semblent se concentrer. Monica s'aperçoit que ses doigts prennent malgré elle la position qu'elle adopterait pour faire la même chose. Car elle aimerait sentir une dernière fois ces poils si doux. Mais, bien sûr, c'est impossible. Elle ne peut pas descendre. L'une de ses mains étreint l'autre.

Peter a refusé de dire qu'il avait fait piquer le chat, il a refusé de lui rendre ce petit service. Allongée à côté de lui, dans le lit, elle l'a supplié et supplié de ne pas révéler aux filles que c'était elle. Le dos tourné, dans l'obscurité, il a dit non. Il ne pouvait pas leur mentir. C'était hors de question.

Jessica reste un peu en arrière et sanglote dans ses mains, remarque Monica. Peter descend le paquet pitoyable – on dirait une poignée de vieilles guenilles – dans le trou. Il se retourne et enlace à son tour les enfants. Tous quatre sont serrés sur la pelouse, nœud humain compliqué.

Monica ne regarde plus, elle en est incapable. Il faut qu'elle se trouve quelque chose d'utile à faire, une tâche quelconque. Une liste de gens à appeler pour les questionner au sujet de son père, d'endroits où le chercher. Pas une minute elle ne croit à cette histoire de disparition. Quelque chose a dû se passer. Son père ne les aurait jamais plantés là, ne l'aurait jamais plantée là. Il n'est vraiment pas du genre à agir sur un coup de tête.

Non, elle ne va pas descendre. Elle ne veut pas voir les filles ni sentir la violence de leur colère. Et elle n'a pas envie que Jenny lui pose des questions sur son père. Tout à l'heure, elle a entendu Peter lui annoncer la nouvelle. Quel toupet. Il ne perd rien pour attendre. Comment ose-t-il partager avec cette femme des détails sur sa vie, la vie privée de sa famille ? Donc, elle va rester à l'écart. Il y a des tas de choses à faire là-haut. De toute façon, Jenny ne va pas entrer dans la maison, Monica en est sûre. Pourquoi entrerait-elle ?

Pourtant si. Monica entend sa voix monter du couloir. Une voix apaisante, qui demande doucement à l'une des petites de ne pas retirer ses sandales. Figée en haut de l'escalier, une main sur la rampe, Monica ne comprend pas ce qui arrive.

Jenny dans cette maison ! Pour la première fois depuis qu'elle en est partie. Peter n'avait jamais prévenu Monica que ça risquait de se produire.

À présent, elle l'entend ouvrir et refermer une porte de placard dans la cuisine. Parce que, bien sûr, elle sait où se trouve chaque chose. On fait couler de l'eau. Des tasses s'entrechoquent, des voix calmes murmurent, une enfant sanglote toujours. Jessica ou Florence ? Il paraît qu'une mère sait aussitôt lequel de ses enfants pleure ; ce n'est manifestement pas vrai pour une belle-mère.

Elle est dans la maison.

Monica sent la transpiration sourdre par tous ses pores. Il fait bougrement chaud là-haut, et son chemisier près du corps est mouillé sous les bras. Ses articulations semblent souffrir de l'immobilité qu'elle leur impose, mais elle est incapable de bouger, incapable de retourner dans la chambre et incapable de descendre l'escalier.

Quand Michael Francis revient, tout le monde a disparu. Le spectacle d'une table vide, de tasses mises de côté, d'une serviette repliée l'accueille. Dans la pièce du dessus, il entend des pas brusques, énergiques, ceux de sa mère, sans erreur possible. La porte de derrière est ouverte. Il s'avance et voit Aoife de dos, assise sur la marche, les genoux remontés sur sa poitrine. De la fumée monte tout droit, tel un signal, dans l'air immobile.

Il se baisse pour s'asseoir à côté d'elle. Sans un mot, elle lui tend sa cigarette. Il secoue la tête et elle se retourne pour l'examiner, un sourcil haussé.

« Je ne fume plus. »

Elle hausse les deux sourcils.

« La plupart du temps. » Il lui prend la cigarette des doigts et tire une bouffée. « Ne le dis pas à Claire. »

D'un petit soupir méprisant, elle lui signifie : Comme si j'allais le lui dire ! et, soudain, il comprend qu'elle lui a horriblement manqué, qu'il l'aime beaucoup, qu'elle est la seule, dans la famille, à pouvoir garder un secret, à être fidèle à sa parole, et qu'il est soulagé qu'elle soit là. Il est sur le point de prononcer le nom de sa femme, de parler de Claire, de tout raconter à Aoife parce qu'il sait qu'elle l'écoutera jusqu'à ce qu'il soit à court de mots, et alors, elle posera une question qui attirera d'autres mots, elle se taira jusqu'à ce qu'il ait fini, la tête penchée sur le côté, puis elle dira quelque chose, quelque chose de si...

« Monica va venir ? » demande Aoife.

Il lui tend la cigarette et, quand elle la reprend, remarque ses ongles rongés jusqu'au sang. Ça l'intrigue, il ne savait pas qu'elle se rongeait les ongles. Est-ce que ce n'était pas plutôt Monica ?

« Un peu plus tard dans la journée, je crois. » Il lui lance un regard en coin. « Elle a trop de fers au feu. »

Aoife sourit, comme il s'en doutait.

« Il est question d'enterrer un chat, quelque chose comme ça, précise-t-il.

— Monica a un chat ?

— Avait. C'était celui de Peter, je crois.

— Oh ! » Elle pose le menton sur ses genoux. « Regarde un peu ce jardin ! » murmure-t-elle.

Il laisse son regard errer sur l'étroite bande de terre coincée entre les parcelles des voisins, dénudée ou couverte d'une herbe jaunie, sur les fleurs flétries, desséchées, et le prunier étiolé.

« Je sais.

— Bon, j'avais entendu parler de la canicule, mais je n'imaginais pas que c'était à ce point. » Elle écrase sa cigarette sur la marche. « Il fait une de ces chaleurs. Et il n'est que… Quelle heure est-il ? »

Il tourne sa montre vers lui. « 8 h 15.

— 8 h 15, répète-t-elle en levant les yeux vers le ciel d'azur. Seigneur ! »

Ils restent assis là encore un moment. Une abeille bourdonne, déchire l'air en passant près de leur tête avant de foncer vers les branches du pommier.

« Alors, qu'est-ce que tu en penses ? » Du menton, elle désigne la maison.

Il respire un grand coup. L'abeille revient vers eux, puis paraît changer d'avis et longe le mur en brique de la maison. « Je ne sais pas. Je ne sais vraiment pas.

— Ça se présente mal.

— C'est le moins qu'on puisse dire.

— Tu crois qu'il s'est…

— Quoi ?

— Tu sais bien. »

Leurs regards se croisent, puis se détournent.

« Suicidé ? C'est ce que tu as à l'esprit ?

— Je ne sais pas. » Aoife tripote une chaîne en argent qu'elle porte au poignet, laisse les maillons glisser entre ses doigts. « Je ne sais même plus ce que je pense. Je n'ai jamais su ce que je pensais de lui. C'est quelqu'un d'impossible à…

— Cerner.

— Exactement. Tu crois qu'il est parti avec quelqu'un ?

— Une bonne amie ? » C'est l'une des expressions favorites de leur mère. « Je ne crois pas.

— Tu en es certain ?

— Je ne le vois pas faire une chose pareille.

— Qui voudrait de lui ? murmure Aoife en ouvrant, puis en refermant son paquet de cigarettes. À ton avis, elle en sait plus long que ce qu'elle nous a raconté ? »

Il se tourne pour la regarder. « Qu'est-ce qui te fait dire ça ? »

Elle hausse les épaules. « Tu la connais.

— Et alors ?

— Tu sais bien. » Elle hausse de nouveau les épaules. « Elle ne voit que ce qu'elle veut bien voir et…

— … censure le reste. File-m'en une. »

Elle lui tend le paquet. Il porte une cigarette à ses lèvres et va attraper les allumettes quand un cri, au-dessus de leur tête, l'interrompt.

« Qu'est-ce que vous complotez, tous les deux, là en bas ?

— Merde. » Michael Francis arrache la cigarette de sa bouche, planque le paquet et les allumettes, puis se retourne et lève les yeux.

« Seigneur, t'as douze ans ou quoi ? lui chuchote Aoife.

— Ferme-la.

— C'est plutôt à toi de la fermer.

— Non, à toi. »

Aoife s'appuie contre lui et Michael Francis se dit que cette pression contre son bras est, jusqu'ici, la seule chose positive de la journée.

« Qu'y a-t-il de si drôle ? demandent la tête et les épaules de Gretta.

— Rien.

— Je descends », annonce leur mère.

Aoife se retourne vers le jardin. Elle étire les deux bras au-dessus de sa tête et, les yeux fermés, tend le cou d'un côté et de l'autre.

« Qu'est-ce que tu fabriques ? Un truc de yoga à la con ? »

Les yeux toujours fermés, elle réplique : « Et même si ça l'était ? » Puis elle ouvre les yeux et regarde son frère. « Comment va Claire ?

— Bien. » Il brosse la jambe de son pantalon pour ôter une poussière. « Et toi, comment ça se passe à New York ?

— Bien. »

Gretta apparaît dans le rectangle sombre de la porte, avec, dans les mains, un objet pourvu d'un long cordon qui traîne derrière elle comme une queue.

« L'un de vous veut-il un séchoir à cheveux qui a cramé ? »

Les Irlandais sont à la hauteur en cas de crise, songe Michael Francis en repoussant le film transparent du plateau de sandwichs que sa tante Bridie a laissé dans la cuisine. Ils savent quoi faire, quelles traditions il faut observer ; ils apportent à manger, ragoûts, tourtes, servent du thé. Ils savent commenter les mauvaises nouvelles, tout bas, en hochant la tête, et leurs voix s'enroulent autour des mots tristes.

Une légère buée s'est collée sous le film transparent. Les sandwichs sont tièdes, les bords du pain se retroussent. Mais Michael Francis ne se plaint pas. Il en mange un, deux, trois. Le premier est tartiné avec une purée de viande quelconque, le troisième a un goût de poisson désagréable. Il en prend donc un quatrième pour éliminer cet arrière-goût. C'est alors qu'il est submergé par une faim dévorante. Il ne peut plus s'arrêter. On dirait qu'il n'a jamais rien trouvé de plus appétissant que les sandwichs tièdes de sa tante.

Au moment précis où sa bouche ne pourrait être plus pleine, Aoife apparaît sur le seuil. Elle a attaché en arrière sa masse de cheveux. Son cou, sa mâchoire ainsi dégagés, touchants de fragilité, le surprennent. Elle le regarde, puis regarde, à côté de lui, le plateau dans lequel il a fait une razzia. Elle ressort sans avoir prononcé un mot.

Soudain, en moins de deux, le salon se remplit de cousins, de parents, de gens que Michael Francis reconnaît sans savoir qui ils sont exactement. Il n'a pas envie de leur parler, de croiser leur regard, d'entendre leurs paroles compatissantes. Il se sent désavantagé dans le cercle de sa mère : tous ces gens savent qui il est, en connaissent sans doute plus sur lui qu'il ne le souhaiterait, mais il ne se rappelle pas qui est qui. Des voisins ? Des fidèles de la paroisse ? Peut-être les deux. Le bruit a couru et ils sont tous venus offrir leur soutien, à mots murmurés, ressassés. Il voudrait les envoyer paître, qu'ils retournent dans leur fichue baraque et les laissent se débrouiller tout seuls. Il a envie de parler à Aoife, à sa mère, de s'attaquer à ce problème. Il ne sait pas par où le prendre, mais il sait qu'il faut commencer par se débarrasser de toute cette bande, car on ne peut rien faire dans une maison pleine d'étrangers qui foutent la pagaïe dans les fauteuils et ont besoin de boissons chaudes. Comment sa mère arrive-t-elle à les supporter ?

Il s'approche du seuil et jette un coup d'œil dans le salon. Ils sont moins nombreux qu'il ne le croyait. Bridie et son mari ; l'une des filles de Bridie avec son bébé sur les genoux ; quelques vieux schnocks qui branlent du chef. Par quel hasard sont-ils venus tous en même temps ? Y a-t-il une règle non écrite qui prescrit d'aller visiter à 10 h 30 du matin l'épouse d'un homme qui a disparu ?

Bridie passe de l'un à l'autre avec un plateau de sandwichs – à la viande, ceux-là aussi, ou à autre chose ? –, lâche un mot ici, hoche la tête là, avec une expression affable quoique solennelle, ainsi que l'exige la situation. Oui, c'est terrible, l'entend-il murmurer, non, elle n'arrive pas du tout à dormir, la pauvre, qui pourrait dormir en n'ayant pas de nouvelles du tout, oui, il s'est levé et il a filé, en outre, la police n'a été d'aucun secours, voulez-vous un autre sandwich ?

Il serait difficile de trouver une femme qui soit à ce point à l'opposé de Gretta, songe-t-il en voyant Bridie s'écrier qu'elle est ravie de revoir Aoife, et de la trouver aussi ravissante. Au premier regard, on ne se douterait jamais qu'elles sont sœurs. Bridie est petite, comme Gretta, mais de stature frêle, et elle a l'air d'être sa cadette malgré ses trois ans de plus. Elle a gardé la forme, estime-t-il, et elle est soignée. Il parie qu'elle surveille son alimentation. Elle se teint les cheveux – pas question de grisonner ; cette fois ils ont la couleur du blé mûr et sont relevés, dégageant bien le front. Sa maison est impeccable, avec quelques bibelots en verre sur les rebords des fenêtres. On y sert le thé dans des tasses assorties aux soucoupes. Il se rappelle avoir regretté autrefois de ne pas habiter chez elle.

Il pioche de nouveau dans le plateau. Un ou deux sandwichs devraient suffire, ensuite, il n'y touchera plus. Il en porte un à sa bouche, mais se débrouille mal. Le sandwich tombe par terre, rebondit sur le bout de sa chaussure avant de disparaître près de la poubelle.

Ce genre de chose devait arriver, c'est tellement en accord avec la période que traverse Michael Francis – un homme que sa femme a l'air de détester, un homme dont la famille est morcelée, en crise, un homme contre lequel se liguent la chaleur, la sécheresse et la pénurie d'eau, un homme dont le père s'est enfui Dieu sait où.

En soupirant, il se baisse et, à quatre pattes, scrute l'obscurité sous le placard. Il repère ce qui pourrait être une saucisse moisie, toute rigide, ainsi que la languette d'une canette, une bobine de fil et un haricot blanc racorni. Comment ses parents peuvent-ils vivre au milieu de ces cochonneries ? C'est un miracle qu'ils n'aient pas contracté une bonne dysenterie, voire le choléra. Il aperçoit un bout de sandwich pâle et, même s'il a maintenant perdu l'appétit, il l'attrape. Une fois qu'il l'a extrait de là-dessous, il constate que quelque chose s'est collé au pain. Une feuille de papier. Il la décolle et l'examine.

Elle est pliée en deux, ses bords sont déchirés, mais elle est encore glissée dans un coin d'enveloppe. On ne voit qu'une partie du timbre sur lequel sont représentées les cordes d'une harpe. Michael sort la feuille et lit les mots *et on dit que la fin est proche* écrits en bleu au stylo à encre, d'une écriture qu'il ne connaît pas. Il jette le sandwich à la poubelle, laisse le couvercle se refermer et relit le message : *on dit que la fin est…*

Quelqu'un l'effleure et il sursaute.

« Eh bien, Michael Francis, y a-t-il du nouveau ? »

À côté de lui, Bridie lui touche le bras. Son code personnel exige qu'elle pose les questions graves à l'homme de la famille. C'est là une autre différence avec sa sœur.

« Non. » Il fourre le papier et le coin de l'enveloppe dans sa poche. Sans regarder, il pioche dans le plateau que porte sa tante, engloutit d'un coup le triangle de pain sans croûte et s'aperçoit trop tard que la garniture est à base d'œuf, ce qu'il déteste.

« Rien du tout ? souffle Bridie en se penchant en avant.

— Non, peine-t-il à répondre, la bouche pleine de l'horrible sandwich.

— J'ai toujours su que ce bon à rien..., commence à dire Bridie d'un ton accusateur avant d'être interrompue.

— Une histoire terrible », déclare un homme d'un certain âge aux oreilles énormes, qui s'est matérialisé à côté d'eux.

Bridie saisit la balle au bond, oui, n'est-ce pas ? Puis ils entendent la porte d'entrée se refermer et des pas retentir dans le couloir. Des claquements de talons hauts. Michael Francis se dit qu'il ne manquait plus que ça. D'ailleurs, comment se fait-il que Monica ait encore une clé ?

Tout en tapotant le dos de sa mère, Aoife répond à une femme assise dans un fauteuil : « Non, non, nous n'avons pas encore eu de ses nouvelles, mais nous espérons en avoir d'un moment à l'autre. » Après quoi, elle se rend compte d'une chose.

Monica est arrivée. Derrière elle, dans le couloir. Elle sent la présence de sa sœur et le sang lui martèle les tympans. Incapable de se retourner, elle reste figée, puis, au bout d'un moment, se retourne. En voyant Monica, elle pense tout d'abord : oh ! ce n'est que toi, après tout.

Une bouffée d'affection monte en elle – instinctive, impulsive – et elle sent un sourire s'élargir sur son visage. Sa sœur a soigné sa mise. Elle est coiffée d'une manière qu'Aoife ne lui a encore jamais vue : ses cheveux, plus longs, sont bouclés et lui dégagent le cou. Bien que cette coiffure ne lui aille pas vraiment, ne soit pas franchement réussie, Aoife l'imagine assise devant son miroir avec ses pinces et sa brosse, anxieuse, s'efforçant de discipliner ses cheveux, et cette image est curieusement touchante. Ce n'est que Monica, voilà ce que pense Aoife. Rien que Monica. La Monica qu'elle a connue toute sa vie, sa sœur, et non pas cette terrible figure annonciatrice d'un funeste destin qu'Aoife a construite à New York au cours de ces dernières années. Ce n'est que Monica, alors Aoife se lève parce que c'est ce qu'on fait, n'est-ce pas, quand on revoit sa sœur au bout d'un certain temps ? On l'enlace pour effacer les problèmes surgis entre-temps, pour prendre un nouveau départ, et Aoife pense qu'elle pourrait peut-être oublier ce qui s'est passé chez Michael Francis, qu'il n'est pas nécessaire d'en reparler.

Au moment où elle arrive à côté de Monica, elle se rend compte que sa sœur ne l'a pas regardée, ne la regarde toujours pas. Ses yeux passent au-dessus d'elle, comme si elle n'existait pas, comme si elle était un trou à la forme inexplicablement humaine dans l'atmosphère. Arrivée à un mètre d'elle, Aoife voit sa sœur reculer dans le couloir en expliquant qu'elle doit suspendre sa veste parce que la repasser est compliqué, et que, par cette chaleur, c'est l'enfer.

Devant Aoife, il n'y a plus qu'un seuil désert. Son pouls bat toujours dans son oreille, l'incite à l'action. Mais que doit-elle faire ? À côté d'elle, sa mère affiche un sourire absent ; dans la pièce, les visiteurs commencent à se lever et à prendre congé. Bridie se met à débarrasser les assiettes. Gretta emboîte le pas à Monica en disant : « Veux-tu que je te trouve un cintre ? »

Aoife retourne s'asseoir et éprouve le besoin de poser la tête sur le bras du fauteuil à la texture familière, irrégulière. À quand remonte sa dernière nuit de sommeil ? Pas la veille, dans l'avion, et pas vraiment la nuit précédente. Elle a l'impression d'être en papier, dépourvue de substance, fragile et facile à déchirer.

Elle regarde le plateau posé sur la desserte, à côté d'elle, les miettes tout autour comme des grêlons après l'orage, et s'aperçoit que le décalage horaire lui procure une sensation à mi-chemin entre la faim et la nausée. Qui plus est, elle se sent obligée de surveiller chacun, de suivre ses allées et venues. Au cas où quelqu'un d'autre s'aviserait de disparaître. Dans sa tête, elle les coche sur la liste. Michael Francis rôde toujours dans la cuisine, sa mère et Monica sont dans le couloir. Et Gabe bien loin, de l'autre côté de l'Atlantique.

Michael entre dans le séjour miraculeusement vide, tout le monde étant parti en même temps. Il doit aussi exister un code non écrit précisant l'heure à laquelle il convient de s'en aller. Affalée dans un fauteuil, Aoife forme deux rangées de miettes sur la desserte, à côté d'elle. À la première elle donne une forme de long serpent sinueux. Michael Francis entend Gretta revenir du couloir, ses chaussures couinent sur le lino.

« Salut, Monica », dit-il d'une voix un peu étranglée malgré lui.

Sans interrompre sa conversation avec Gretta, Monica s'avance vers lui sur le tapis et presse sa joue contre la sienne pendant que ses doigts impriment dans ses épaules dix marques bien nettes. Derrière eux, la silhouette affalée dans le fauteuil ne bouge pas.

Monica parle à Gretta du bus, des difficultés qu'elle a rencontrées au cours du trajet, demande s'il y a du nouveau, des coups de fil, peut-être, évoque le rationnement d'eau dans le Gloucestershire, pire que partout ailleurs (bien sûr, voyons, songe Michael), Gretta lui propose du thé, elle devrait sans doute en préparer, celui qui est dans la théière n'est plus frais, mieux vaudrait en refaire. Monica veut bien s'en charger, non, non, réplique Gretta, Monica insiste parce que sa mère a l'air crevée, elle devrait aller s'asseoir mais d'abord lui dire quel thé elle veut. Michael prend un scone sur le plateau parce qu'il ne sait pas quoi faire d'autre. Si aucune des deux n'abandonne et ne va dans la cuisine pour faire chauffer la bouilloire, il risque d'exploser. Qu'elles arrêtent ce cinéma qui consiste à parler de n'importe quoi sauf du problème urgent – à savoir la disparition de leur père et le fait qu'Aoife et Monica feignent de s'ignorer mutuellement – ou il leur flanquera à la figure le premier objet qui lui tombera sous la main, puis filera pour ne jamais revenir. Qu'elles aillent toutes se faire voir.

Aoife essaie de ne pas regarder leurs pieds, devant elle, sur le tapis. Ceux de Michael Francis, nus, ceux de sa mère en chaussons, ceux de Monica dans des sandales bordeaux, des marques rouges visibles sous les lanières. Elle regarde plutôt ses mains et note qu'elles sont couvertes de mots tracés à l'encre noire, qui commencent à s'effacer et dont les lettres bougent dans un sens et dans l'autre.

Gabe l'a accompagnée à l'aéroport. Ils ont mangé des gaufres achetées à un stand, dans le hall des départs. Du moins Gabe en a mangé, Aoife s'est contentée de le regarder en fumant une cigarette et en tripotant les bords amollis de son passeport.

Il lui a pris la main. « Ça va aller, hein ? Vous allez le retrouver. Les gens ne disparaissent pas comme ça. »

Aoife a fait tomber la cendre de sa cigarette et l'a regardé dans les yeux. « Ah bon ? »

Il a détourné le regard, s'est essuyé la bouche avec une serviette en papier. Comme ça lui arrivait souvent, il a semblé vérifier qu'on ne les observait pas. « Moi, c'est pas pareil », a-t-il murmuré.

Elle s'est éclairci la gorge, a tourné sa main dans la sienne pour que leurs deux paumes soient en contact. « Écoute, Gabe...

— Ouais ?

— J'ai un service à te demander. »

Il y a eu un silence, puis Gabe a acquiescé. « Bien sûr. De quoi s'agit-il ? »

Il devait penser qu'elle acceptait d'emménager avec lui. Un mouvement d'effusion aurait été tellement indiqué, là, à l'aéroport, au moment où ils se disaient au revoir. L'espace d'un instant, elle s'est surprise à imaginer l'endroit où ils pourraient vivre ensemble. Il y aurait des plantes sur les rebords des fenêtres et des photos derrière les portes, et ils mangeraient dans des assiettes de couleurs vives. Le moment était bien choisi pour dire, d'accord, on va habiter ensemble. Elle le comprenait, mais essayait de reléguer cette pensée dans un coin obscur.

« Il y a... » Elle s'efforçait de contourner les nombreux obstacles qui se dressaient sur son chemin, de soupeser les risques qu'elle courait pendant que, autour d'elle, les gens arrivaient et partaient, mangeaient des gaufres, portaient des valises, comme si rien d'inhabituel ne s'était produit. « Il y a un dossier. Chez Evelyn. Un dossier bleu. Il contient des choses que j'aurais dû... des affaires avec lesquelles j'ai pris un peu de retard. Je me demandais si... tu ne pourrais pas aller le chercher. Peut-être que... tu pourrais y jeter un coup d'œil pour me dire ce qu'il y a dedans. »

Il a froncé les sourcils. « Tu veux que j'aille chez Evelyn chercher un dossier à ta place ?

— Ça ne posera pas de problème. Elle sera d'accord. Je vais l'appeler pour la prévenir. Tiens, voilà ses clés. Ça ne te dérange pas ?

— Non. Je pourrai y passer ce soir. »

Aoife a exercé une pression sur sa main et le soulagement l'a inondée. Tout finirait peut-être par s'arranger. Elle serait sauvée une fois de plus. « Merci. Merci beaucoup. Je ne voudrais pas qu'elle le trouve en mon absence, alors que je ne pourrais pas... Je ne voyais pas quoi faire d'autre. Je... Merci. Tu es sûr que ça ne t'embête pas ?

— Mais non, voyons.

— Prends ça aussi. » Elle a poussé sur la table la clé de son appartement, mais il a secoué la tête.

« Non, garde-la, c'est peut-être... »

Elle s'est penchée par-dessus la table et a glissé la clé dans la poche de sa chemise pendant qu'il terminait sa phrase :

« ... la garantie de ton retour. »

Il y a eu un silence gêné. Il la scrutait, semblait vouloir mémoriser ses traits, elle se mordait la lèvre, balbutiait que, bien sûr, elle allait revenir, ça ne faisait aucun doute.

Gabe a baissé les yeux, mis la main sur la clé, puis sur son cœur. « Merci, a-t-il marmonné. Je pourrais en avoir besoin. » Il a jeté un coup d'œil à sa montre. « Tu devrais y aller. »

Ils ont avancé vers la porte d'embarquement, elle l'a serré dans ses bras jusqu'à la dernière seconde, jusqu'au moment de franchir la porte. Elle avait envie de fermer les yeux, de conserver son image, de peur de l'oublier, d'oublier à quoi il ressemblait si elle les posait ailleurs.

Une fois de l'autre côté, elle s'est retournée et l'a vu en train de l'observer derrière la vitre. Elle a couru coller son visage à la paroi de verre, près du sien, si près que ses cils frottaient sur l'écran qui les séparait. En soufflant, Gabe a créé de la buée et, soudain, d'un doigt, il a tracé des lignes, des courbes. Des lettres. Il lui écrivait un dernier message. Quatre mots. Ou peut-être trois. Difficile à dire. Les espaces entre eux semblaient se comprimer et se dilater, comme l'air dans un accordéon. Ça commençait par CE, elle le voit bien, ce qui pourrait vouloir dire CECI, CELA, ou CETTE et ça finissait par le crochet d'un point d'interrogation. Mais que lui demandait-il, là était la question.

Aoife a regardé la chaîne de lettres qui ondulaient, telles des banderoles flottant au vent, et elle a senti des larmes amères et salées lui emplir les yeux. Puis elle a regardé Gabe. Une sensation ancienne, familière, s'est manifestée, celle de manquer d'air, comme si quelqu'un lui comprimait la trachée d'une poigne impitoyable.

Ne sachant que faire, elle a esquissé un sourire et haussé un peu les épaules, tête penchée.

Elle a tout de suite compris qu'elle n'avait pas fait ce qu'il fallait. Gabe a reculé de la vitre où les lettres commençaient à céder devant la transparence du support. Il avait une expression blessée, consternée, et Aoife a dû lutter pour ne pas se cogner le front contre la vitre et hurler : S'il te plaît, ce n'est pas ma faute. Je n'y arrive pas.

Dans la salle d'embarquement, pleine de gens qui grignotaient des cacahuètes, dormaient ou fouillaient leurs sacs, Aoife a sorti un stylo et s'est accroupie pour écrire sur sa main gauche, puis, vite, a changé le stylo de main pour écrire sur la droite. Ella a écrit ce qu'elle se rappelait avec l'idée folle de montrer ces lettres à quelqu'un, pendant le vol, peut-être. Le CE, la longue chaîne de lettres, à la fin, le ?, juste avant, le mot qui pouvait être PART ou A PART ? Elle a écrit avec concentration, avec un sens de l'urgence, comme si cet acte pouvait lui faire remonter le temps jusqu'au moment où Gabe, derrière la vitre, avait pris cette expression défaite, comme si tracer ces lettres sur sa peau pouvait rembobiner le film.

Une fois écrites, ces lettres lui ont paru de mauvais augure. Elle a monté les marches menant à l'avion en emportant ces mots.

Gretta attrape le poignet de sa fille. « Qu'est-ce que c'est que ça ? »

La main d'Aoife est couverte de lettres noires. Certaines presque effacées, d'autres écrites à l'envers. L'exaspération qui monte en Gretta a trouvé son exutoire habituel.

« Rien. » Aoife se libère et s'affale de nouveau dans son fauteuil, la mine aussi renfrognée qu'aux pires moments de son adolescence.

Gretta n'arrive pas à réfléchir, à mettre de l'ordre dans ses idées, alors qu'il le faudrait, à présent que tous ses enfants sont là pour la première fois depuis des années. Robert est parti. Aoife fait la tête. Monica, là-bas, devant le buffet, branle du chef et tripote le panier de linge. Toutes deux font semblant de ne pas se voir, de ne pas se connaître. Comment elles en sont arrivées là, Gretta n'en a aucune idée. Mon Dieu, dire que cette brouille survient dans sa propre famille !

« Il faudrait nous asseoir et mettre sur pied un plan d'action, suggère Monica en paraissant s'adresser au mur.

— Tu ne devrais pas écrire sur ta peau comme ça », dit Gretta. En fait, elle meurt d'envie de demander ce qui s'est passé entre les deux sœurs, personne ne le lui a jamais expliqué, et puis elle voudrait proposer à Aoife de faire une sieste tant elle a l'air pâle et triste. « Tu vas attraper une septicémie. Un petit garçon que je connaissais…

— Est mort de septicémie après s'être écrit sur la peau, termine Aoife à sa place. Je sais. Tu me l'as déjà raconté cent fois. Mais c'est des conneries.

— Aoife, je ne tolérerai pas un tel langage sous mon toit.

— Un plan d'action », répète Monica.

Gretta en a plein le dos. Elle a envie de hurler : Votre père est parti. Pourquoi est-ce que vous vous ignorez comme ça, toutes les deux ? Vous ne trouvez pas qu'il faudrait s'occuper de choses plus importantes ?

« Pas un tel langage ? lance Michael Francis par-dessus son épaule. On ne peut rien faire d'autre qu'attendre. C'est ce qu'a dit la police.

— On n'attrape pas une septicémie avec de l'encre. C'est ridicule. »

Aoife se lève si brusquement que son fauteuil recule en couinant sur le lino avec un son aigu. Michael Francis, l'hypersensible de la famille, tressaille et se bouche les oreilles.

« Je ne suis pas d'accord. » Monica fait claquer une taie d'oreiller. « Rien faire d'autre qu'attendre ? C'est idiot. Il y a des tas de choses à faire. Téléphoner à des gens, suivre des pistes, nous renseigner. J'ai fait une liste ce matin. »

Aoife s'immobilise un instant, les yeux plissés. Gretta la voit scruter les mots illisibles inscrits sur ses mains.

« Je vais passer un coup de fil », dit-elle, et elle file, comme elle le faisait enfant.

Gretta est presque contente de ce mouvement d'humeur – certaines choses ne changent pas. « Sers-toi du téléphone qui est dans le couloir. Il est là pour ça.

— Il faut que j'appelle New York. Je vais aller dans une cabine. » Aoife est déjà arrivée à la porte quand elle se retourne. « Est-ce que la… bibliothèque est ouverte ? »

Tous trois la dévisagent.

« La bibliothèque ? s'écrie Gretta. Pour l'amour du ciel, qu'est-ce que tu veux aller faire à la bibliothèque ?

— Chercher un livre.

— Ça, je me doutais que tu n'y allais pas pour acheter des pommes de terre. Quel livre ?

— Aucune importance. Un livre, c'est tout.

— Et à qui tu veux téléphoner ? »

L'expression d'Aoife leur est on ne peut plus familière. Elle signifie : Ne venez pas m'embêter, j'ai pris ma décision. « Aucune importance, répète-t-elle.

— Allez, dis-le-nous. T'as quelqu'un à New York ? » Gretta fait un clin d'œil à Michael Francis, qui fronce les sourcils, le salopiau. « C'est à lui que tu vas téléphoner ? »

Au lieu de répondre, Aoife se contente de regarder la nappe que plie Monica.

« C'est ça ? persiste Gretta. Il va pas dormir, à c't'heure ?

— Non, marmonne Aoife. Il est… » Elle regarde la pendule, au-dessus de la fenêtre. « … je ne sais pas, 8 heures du matin.

— Et il va pas aller travailler ?

— Hum. » Elle fouille ostensiblement ses poches, recule à présent dans le salon.

Gretta se lève de la table et la suit. « Alors, il a du boulot ou non ?

— Maman, murmure Michael Francis dans son dos, si Aoife veut passer un coup de fil…

— À moins qu'il soit artiste, lui aussi ? »

À la porte d'entrée, Aoife se retourne, rejette en arrière les cheveux qui lui tombent sur les yeux

– comme Gretta aurait envie de les lui brosser correctement ! – et lâche : « Non. C'est un avocat, d'accord ? Du moins, il le sera bientôt. » Elle ouvre la porte d'un geste violent, comme autrefois. « Je reviens tout de suite. » Et, comme autrefois, elle la claque derrière elle.

Monica se laisse tomber dans le fauteuil qu'Aoife vient de libérer. « Bon, je vois que quelques années à New York n'ont pas amélioré le caractère d'une certaine personne. »

Michael Francis soupire et fait mine de parler mais Gretta revient dans la cuisine.

« Vous avez entendu ça ? Un avocat. Voilà qu'elle fréquente un avocat, maintenant.

— Ah bon ? Quand c'est qu'elle t'a dit ça ? demande Michael Francis.

— À l'instant. Devant la porte. Qui aurait pu prévoir ça ? » Gretta attrape le linge que Monica vient de plier et le fourre au hasard dans un tiroir. « Aoife et un avocat. » Elle cesse de ranger et se retourne. « À votre avis, il est catholique ? »

Devant le portail, Aoife regarde d'un côté et de l'autre dans la rue, comme si elle avait oublié où elle allait.

La monnaie britannique pèse dans sa main, son porte-monnaie est plein à craquer, bourré de dix et cinq cents américains, et de deux et dix pennies.

Monica, sa propre sœur, l'a esquivée, ne l'a pas regardée, a fait comme si elle n'était pas là. Cette attitude nie tout le passé, dit : nous n'avons jamais partagé de chambre, je ne t'ai jamais pris la main pour traverser, ce n'est pas moi qui t'ai bandé la tête quand tu es tombée sur une barre, tu n'as pas porté mes vieux vêtements pendant toute ton enfance, tu ne m'as pas fait boire du thé à la petite cuillère quand j'avais une mononucléose infectieuse, tu n'as pas dormi dans l'autre lit jumeau de notre chambre pendant des années, ce n'est pas moi qui t'ai montré comment t'épiler les sourcils, attacher la bride de tes chaussures ou laver un pull. La folie de cette attitude, la peine qu'elle en éprouve déconcertent Aoife. À l'idée de la défection de Monica malgré tout le temps passé ensemble, elle sent une douleur cuisante raviver la blessure.

Toute cette histoire, songe-t-elle en avançant dans la rue, la main serrée sur son porte-monnaie gonflé, découle d'une horrible série de coïncidences. Si elle n'était pas allée chez Monica ce jour-là… Pourquoi y est-elle allée, d'ailleurs ? Voyons. Elle se trouvait dans le quartier et n'avait pas vu Monica depuis un moment, depuis le mois précédent, où, à Gillerton Road, Joe avait annoncé que Monica était enceinte. Aoife avait dévisagé sa sœur parce qu'elle avait toujours juré qu'elle n'aurait jamais d'enfant. Jamais. Monica était assise toute droite sur le canapé, la main dans celle de Joe, le visage inexpressif, tandis que leurs parents les félicitaient bruyamment.

Aoife était donc passée voir Monica dans son appartement, mais elle l'avait trouvée livide, pliée en deux, la jupe alourdie, sombre. Elle avait couru demander à la propriétaire d'appeler une ambulance et avait accompagné Monica à l'hôpital. Là, elle était restée à son chevet, avait enlacé ses épaules quand la douleur avait été trop forte, lui avait dit qu'elle était désolée pour elle, avait essuyé les larmes de sa sœur avec son mouchoir et, quand il avait été trempé, avec le bout de son écharpe. Lorsque Joe était arrivé en courant, Aoife était repartie en bus. Londres défilait derrière les vitres, mais elle ne voyait que les lumières, le principe de la vie et aussi de la mort. Monica avait dit : « Ne regarde pas, ça porte malheur. » Mais comment Aoife aurait-elle pu ne pas regarder ? Comment laisser l'infirmière l'emporter comme si ce n'était rien du tout et non pas un être qui n'avait jamais été réellement une personne ? Aoife pensait que quelqu'un devait regarder et dire : Oui, tu étais là, je t'ai vu, tu as existé, même si ce n'était qu'un instant.

Le lendemain, quand Aoife est retournée à l'hôpital, ces pensées tournaient encore dans sa tête et elle voulait décrire à Monica la courbe délicate du dos, la perfection insupportable des doigts serrés. Mais elle n'a pas pu parce que, lorsqu'elle est arrivée, sa mère était installée sur le lit, avec son sac, son écharpe, ses gants et divers paquets étalés autour d'elle, et elle était en train de dire : « … personne ne le sait, mais il l'a gardé autour du cou, sous ses vêtements, le restant de ses jours. » Planté devant la fenêtre, son père paraissait hypnotisé par les conduits d'aération argentés du toit de l'hôpital. Assis dans un fauteuil, près du lit, Joe se penchait en avant, sa main serrée dans celle de Monica.

Quant à Monica, vêtue d'une liseuse avec des nœuds en satin qui pendaient et des manches terminées par de la dentelle, elle était adossée à ses oreillers. On lui avait fait une mise en plis. Aoife se demandait qui avait apporté les bigoudis et le séchoir. Il fallait bien que quelqu'un les ait apportés parce que les hôpitaux ne proposaient pas ce genre d'objets. Ou peut-être que si, après tout.

Gretta faisait manger de la soupe à Monica, cuillerée après cuillerée. « C'est bien », disait-elle entre les bouchées sans interrompre pour autant son histoire. Sans une parole pour accueillir Aoife, elle s'est tournée vers elle et s'est exclamée : « Regarde ta sœur ! Tu ne trouves pas qu'elle se débrouille bien ?

— Nous partons dans neuf minutes », a annoncé son père en s'adressant à la vitre.

Monica a repoussé la cuillère qu'avançait Gretta, a tressailli et est retombée sur ses oreillers. Gretta lui a tâté le front et demandé si elle souffrait, devait-elle aller chercher une infirmière ?

Le reste, Aoife s'en souvient avec une telle netteté qu'elle a l'impression de le voir défiler sur un petit écran intérieur. Elle a détourné les yeux de sa mère et de sa sœur, à jamais exclue de leur lien fusionnel, et son regard s'est arrêté sur le manteau de Monica, posé sur une chaise. C'était son beau manteau, celui des dimanches, bleu marine, avec des parements en astrakan et des boutonnières à brandebourgs. Elle l'avait elle-même décroché du porte-manteau quand les ambulanciers avaient transporté Monica dans l'escalier. Sa sœur pourrait avoir froid, s'était-elle dit. Joe caressait la main de Monica, Gretta léchait le dos de la cuillère, Robert regardait toujours par la fenêtre et Aoife pensait à l'astrakan. Quelqu'un ne lui avait-il pas dit un jour que c'était fait avec les peaux d'agneaux nés avant terme ? Les poches du manteau, a-t-elle noté, étaient elles aussi bordées de boucles serrées, entortillées, d'une douceur incomparable.

Le regard d'Aoife est passé du manteau à Monica, pâle, adossée à ses oreillers, pour revenir se fixer sur le manteau. Ses parents commençaient à rassembler leurs affaires, leurs sacs, leurs provisions.

Une sorte d'osmose secrète se crée entre les personnes qui ont partagé une chambre. Si deux personnes dorment toutes les nuits côte à côte, qu'elles respirent le même air, il semble que leurs rêves, leurs vies inconscientes se mêlent, que leurs circuits de pensée se rapprochent, échangent des informations sans avoir besoin de paroles.

Aoife a regardé sa sœur, puis le manteau, et, soudain, elle a tout compris. Il n'y avait plus l'ombre d'un doute dans son esprit. Que la vérité ne lui soit pas apparue la veille, elle a eu peine à le croire, mais, dans l'affolement du moment, elle était incapable de réfléchir correctement. À présent, c'était limpide. Il ne s'agissait pas d'une fausse couche, d'un accident. Son esprit lui présentait l'information sur un plateau. Monica s'était débrouillée toute seule.

Il était temps de prendre congé – neuf minutes avaient dû s'écouler. Monica a été enlacée à plusieurs reprises. Il y a eu un petit drame quand Gretta a cru avoir perdu son écharpe, mais, après l'avoir retrouvée sous le lit, elle se l'est nouée autour du cou.

Postée près de la porte, Aoife sentait sa poitrine écrasée par ce qu'elle avait deviné, un peu comme une asthmatique. Lorsque Gretta s'est penchée pour serrer une dernière fois Monica dans ses bras, Monica a regardé sa sœur par-dessus l'épaule de sa mère.

Aoife a soutenu son regard. Cet échange a duré longtemps, puis Monica s'est mordu la lèvre. Des plaques de couleur sont apparues sur ses joues et, comme Joe se levait pour raccompagner Gretta et Robert, elle l'a retenu. « Ne t'en va pas. Reste avec moi. » Joe lui tapotait la main et disait qu'il en avait pour une minute, mais Monica a insisté. « Non, je veux que tu restes.

— Mais Aoife est avec toi. » Joe dépliait doucement les doigts de Monica qui agrippaient sa manche. « Tu ne risques rien. »

Soudain, elles étaient seules.

Que pouvait-elle dire, s'est demandé Aoife. Qui allait parler la première ? Quelle était la règle en de telles circonstances ? D'un côté, elle avait envie de lui assurer : Ça ne me regarde pas, c'est ta vie, c'est ton choix, je ne trahirai pas ton secret. De l'autre, elle avait envie de dire : Mon, comment as-tu pu faire une chose pareille, pourquoi ? Et Joe, tu as pensé à lui ?

Monica n'allait pas prendre la parole. Aoife s'en est rendu compte. Les yeux fuyant vers le plafond, elle a levé le menton, serré les lèvres. Aoife ne connaissait que trop cette expression que Monica prenait moins par défi que pour s'exhorter au courage : elle rassemblait ses forces. Elle a repoussé ses cheveux en arrière, brossé une poussière imaginaire sur sa manche, tourné le regard vers la fenêtre. Aoife a tourné les talons, franchi la porte et, à vive allure, s'est éloignée dans le couloir. Elle avait l'impression d'être poursuivie par une meute prête à la mettre en pièces. Si elle marchait assez vite, si elle allait assez loin, elle pourrait peut-être lui échapper, empêcher les mâchoires voraces de se refermer sur sa chair.

Au bout de Gillerton Road, Aoife tourne à gauche. Pour vérifier si la voie est libre, elle se protège les yeux. Une voiture qui fonce à droite la surprend un instant. Devant la cabine téléphonique, elle s'arrête, mais c'est moins pour reprendre son souffle que pour éponger la sueur qui perle à la racine de ses cheveux et sur sa lèvre supérieure.

La voix de Gabe, lorsqu'il décroche, est mesurée, distante. L'effet est tellement déconcertant qu'Aoife se surprend à lui demander : « Tu vas bien ? » pour la deuxième fois.

« Oui, très bien », répond-il.

Aoife essaie de s'adapter à ce nouveau mode de communication, curieusement choisi, monocorde. C'est le ton qu'on adopte avec quelqu'un qu'on n'aime pas particulièrement ou qu'on connaît à peine et qu'on n'a pas envie de mieux connaître. Est-ce parce qu'il est à son travail ? C'est l'équipe du matin au restaurant, la plus détendue, car Arnault n'arrive pas très tôt. À moins que quelqu'un n'écoute la conversation ? C'est peut-être ça.

La main d'Aoife se crispe sur le combiné noir. Mais non, elle sait que ce n'est pas pour ça. Elle l'a appelé des tas de fois au restaurant et jamais il n'a employé ce ton. La série de lettres tracées dans la buée se profile de nouveau devant elle. Est-ce que c'était CE, puis quelque chose, puis PART, puis autre chose ? Elle aimerait lui demander ce qu'il a écrit. S'il te plaît, dis-le-moi. PART quoi ?

« Il y a du neuf pour ton père ? demande-t-il.

— Non, pas encore. Je… je me demandais si… tu avais pu aller… » Elle s'en veut de poser la question, mais il faut qu'elle sache. « … chez Evelyn. »

Elle entend Gabe soupirer. « Oui, dit-il avec cette nouvelle voix.

— Et tu as trouvé le dossier ?

— Oui. »

Aoife attend qu'il continue, colle le téléphone à son oreille.

« Seigneur, Aoife ! » s'écrie-t-il, et elle a l'impression qu'il a changé de place pour avoir plus d'intimité, que l'ambiance est plus calme autour de lui. « Il y avait là-dedans des choses qui remontaient à un an. Des courriers, des contrats, des trucs vraiment importants.

— Oui, dit-elle faiblement. Oui, je sais, je…

— Je n'arrive pas à comprendre pourquoi… Écoute, est-ce qu'Evelyn se doute que tu as… » Il soupire. « Je ne pige pas. »

Elle presse le bout des doigts sur la fente à monnaie jusqu'à ce qu'ils blanchissent au contact du métal coupant.

« Je ne vois pas pourquoi tu as agi comme ça. Après tout ce qu'elle a fait pour toi. Il y avait des chèques non encaissés qui se montaient à des milliers de dollars. À quoi tu jouais ?

— Je... En général, j'envoie les chèques à la comptabilité, mais je n'en ai peut-être pas vu quelques-uns... J'ai juste...

— Je sais qu'elle n'est pas toujours facile et je sais qu'elle te fait bosser dur, mais se contenter de tout fourrer dans une boîte sans s'en occuper, bon, ce n'est vraiment pas bien, Aoife.

— Je sais. C'est seulement... »

Il l'interrompt. « Écoute. Il faut que je te quitte. Appelle-moi si tu as des nouvelles de ton père, d'accord ? »

Aoife sort précipitamment de la cabine. Entre ces parois de verre, il fait une chaleur incroyable. Insupportable. Elle s'appuie un instant à la porte, tente de prendre une bonne goulée d'air. Mais dehors, il ne fait pas tellement moins chaud et l'air lui déchire les poumons en se frayant un chemin en elle. Le métal de la cabine lui brûle la peau. Au moment où elle s'en rend compte, elle s'écarte d'un bond. N'y a-t-il donc pas d'échappatoire à cette chaleur ? songe-t-elle.

Gabe a le dossier. Le problème l'irritait, comme un chardon pris dans ses vêtements, et maintenant, elle en comprend la gravité. Des factures qui remontent à plus d'un an. Des milliers de dollars de chèques non encaissés. Que dira Evelyn ? Aoife essaie de se représenter la scène. Elle sera horrifiée, époustouflée, furieuse. Elle avait besoin de quelqu'un qui s'occupe de toute la paperasse, de tout ce qui l'importunait, pour pouvoir se consacrer à la photographie, avait-elle expliqué à Aoife en l'embauchant. Et Aoife a-t-elle fait ça ? Non, elle va perdre son boulot. Elle le sait. Peut-être l'a-t-elle toujours su, dès le moment où elle a mis le premier contrat dans la chemise bleue. C'était pourtant le seul boulot qu'elle ait jamais aimé. Et Gabe qui lui demande d'une voix monocorde comment elle a pu faire une chose pareille !

Elle regarde le ciel et doit aussitôt se protéger les yeux. Le soleil est passé au-dessus des toits et des arbres. Il doit être environ midi. Le tableau qu'elle a devant elle – voitures, bus, devantures de magasins, une jeune femme avec un landau – tremble avec la chaleur. La lumière du soleil semble s'être glissée partout, lui perce la rétine, réfractée par les vitrines, les pare-chocs, les roues de ce landau.

À l'idée que quelqu'un, une fois de plus, risque de la rejeter, elle se sent déséquilibrée, affolée. Bientôt, tu n'auras plus personne, pense-t-elle.

Elle voit un bus d'Islington négocier le tournant. Ses passagers sont projetés sur un côté, puis en arrière.

Le téléphone d'Evelyn ne répondait pas, comme elle s'en doutait. Même quand elle est là, elle décroche rarement. Aoife a dû laisser un message pour lui rappeler qu'elle devait voir quelqu'un à 11 heures, un rédacteur en chef venait dans son atelier, et il ne fallait pas qu'elle oublie d'envoyer les épreuves au MoMA. Ce message lui a coûté presque toute sa monnaie, le téléphone public avalant ses pièces à un rythme alarmant. Il faudra qu'elle s'en procure d'autres. Dans un de ces magasins, peut-être. Impossible de demander à sa famille. Ça déclencherait trop de questions. Comment y répondre alors qu'ils ne savent rien d'Evelyn ni de

Gabe ? Il y aurait trop à expliquer, elle ne saurait pas par où commencer. Sa mère s'inquiéterait, se lamenterait, en ferait tout un drame. Non, autant aller dans un magasin pour obtenir des pièces de dix pennies contre un billet.

Là, dans la cabine, après avoir téléphoné à New York, elle a éprouvé le curieux besoin d'appeler son père. De composer le numéro et d'entendre sa voix dans les trous minuscules de l'écouteur. Quand lui a-t-elle parlé pour la dernière fois ? Il y a des mois. De temps à autre, elle appelle ses parents de New York, mais ils ont tendance à y voir une dépense insensée qui frise l'illégalité. Ils répondent de façon aussi lapidaire que s'ils envoyaient un télégramme, ne donnent que les informations essentielles avant de vite raccrocher. Dans leur hâte, ils parlent en même temps, vocifèrent dans l'appareil, leurs questions mêlées se couvrent de sorte qu'elle n'entend ni l'un ni l'autre. Est-ce qu'elle a assez à manger ? Va-t-elle à la messe ? A-t-elle un manteau assez chaud ?

Elle traverse la rue. Des ruisselets noirs de goudron fondu sourdent des fentes de la chaussée. Elle les contourne en pensant au jeu d'enfant qui consiste à sauter par-dessus les craquelures du trottoir sans jamais poser le pied dans un creux. Elle se rappelle avoir été horrifiée par la comptine qui accompagnait ce jeu. Ridicule, vraiment, le pire qui pouvait arriver, c'était qu'une araignée vienne à votre enterrement.

Son esprit bute sur le mot « enterrement ». Elle se passe la main sur le front, comme si elle essayait de ne pas voir quelque chose, mais son esprit insiste, lui présente l'image d'un cercueil ouvert, son père allongé dans le capitonnage de satin bleu, sa mère triturant un chapelet de ses doigts raides. Quelle autre explication peut-il y avoir ?

Arrivée devant la bibliothèque, elle s'immobilise, ne sachant plus pourquoi elle est venue. Si elle en a parlé, c'était surtout pour décourager les questions sur le coup de téléphone qu'elle voulait passer. Petite, elle passait beaucoup de temps là-dedans. Elle adorait l'atmosphère, silencieuse, poussiéreuse, les rangées et les rangées de livres. Elle adorait passer la main le long des rayonnages en espérant que, par ce contact, les livres pourraient lui livrer leurs secrets. À l'évidence, ça n'avait jamais marché.

Sur la porte, la pancarte indique sans doute les heures d'ouverture et, pour se débarrasser de l'image de son père allongé dans un cercueil, elle laisse cette série de lettres pénétrer dans la partie de son esprit qu'elle s'évertue toujours à réprimer. Aussitôt, comme elle s'y attendait, les lettres se regroupent autrement, comme un jeu de cartes qu'on rebat. « Ouvert » se scinde en « ou », « vert », « vertu », « trouve ». « Heures » donne « hr », puis « hure » et enfin « reuse »…

Elle s'oblige à arrêter. Ça suffit. Il faut être ferme parce que c'est le genre de chose qui peut lui prendre des heures et qu'elle a trop à faire aujourd'hui pour ces bêtises.

Une semaine environ après l'incident à l'hôpital, il y a eu une réunion de famille chez Michael Francis. À quelle occasion ? L'anniversaire d'un des enfants ? Aoife revoit nettement le visage de Hughie, surpris et impressionné, derrière des bougies allumées.

L'anniversaire de Hughie, donc. Monica a évité de croiser le regard d'Aoife pendant qu'on ouvrait les cadeaux, qu'on chantait « Joyeux anniversaire », qu'on buvait d'innombrables tasses de thé. Elle est très douée pour battre froid en toute discrétion, de sorte que personne d'autre ne s'en aperçoit. Pour sa part, Aoife n'a pu s'empêcher de regarder sa sœur, ne fût-ce que pour vérifier qu'elle faisait toujours semblant de ne pas la voir.

Au bout d'une heure environ, Aoife en a eu assez. Comment Monica pouvait-elle la traiter de cette façon ? On aurait dit que c'était elle qui avait menti, caché la vérité, simulé, alors qu'elle n'avait rien fait de mal. D'ailleurs, Monica n'avait rien à craindre et devait savoir que sa sœur n'allait pas révéler son secret. Ce que les gens faisaient de leur vie ne regardait qu'eux, Aoife en était fermement convaincue. Pourtant, il fallait qu'elles s'expliquent toutes les deux, c'était indispensable. Donc, quand Monica est allée remplir la bouilloire dans la cuisine, Aoife lui a discrètement emboîté le pas et l'a coincée devant l'évier.

« Écoute, a-t-elle lancé dans la nuque de Monica, je voudrais te dire que je ne… »

Monica s'est retournée vivement et, d'un ton étrangement léger, comme si elles n'avaient cessé de bavarder depuis des semaines, a lâché, les pommettes cramoisies : « Je me demande souvent si tu as la moindre idée de ce que tu as fait à maman. »

Aoife était loin de s'attendre à ça. Dans un coin de son esprit, elle a reconnu l'attitude typique de Monica. Dès qu'elle se sentait mise en cause, elle rejetait la faute sur la personne qui l'accusait. Si cette stratégie ne lui était pas inconnue, Aoife a toutefois été tellement époustouflée qu'elle a reculé et, à tâtons, a posé les mains sur la surface fraîche de la table, derrière elle.

« Qu'est-ce que tu veux dire ? a-t-elle demandé même si elle ne voulait surtout pas le savoir, ne surtout pas entendre les choses horribles, terribles, que Monica lui a alors murmurées dans la cuisine : c'était sa faute si Gretta prenait tous ces tranquillisants, tout avait commencé avec sa naissance. Aoife savait-elle qu'elle avait été un bébé odieux qui n'arrêtait pas de pleurer, un pur cauchemar qui avait détruit, poussé à bout, démoli leur mère ? Démoli. Monica ne cessait de répéter ce mot. Aoife n'était pas prête à la croire, peut-être même ne croyait-elle rien de tout cela, un tissu de mensonges que Monica débitait parce qu'elle se sentait acculée.

« Si tu ne me crois pas, demande-lui », a lancé Monica en montrant son frère qui venait d'entrer dans la cuisine.

Elles se sont tournées vers Michael Francis qui souriait encore à cause de ce que lui avait dit quelqu'un dans l'autre pièce. Aoife était soulagée de le voir car il s'était toujours montré honnête et équitable envers elle, l'avait toujours défendue. Puisqu'il était là, tout allait s'arranger. Il allait empêcher Monica de sortir toutes ces idioties, elle le savait.

« Qu'est-ce que vous voulez me demander ? » a-t-il dit, jovial, en passant un bras autour des épaules de Monica.

Les yeux brillants de colère, de triomphe, Monica a avancé le menton dans sa direction. « C'est pas vrai qu'Aoife était un bébé odieux et que c'est à cause d'elle que maman a pris tous ces tranquillisants ? »

Le sourire joyeux de Michael Francis a laissé place à une expression horrifiée. Son bras est mollement retombé. « Qu'est-ce que tu cherches ? a-t-il rétorqué d'un ton calme. Ce n'est vraiment pas une chose à dire. »

Il n'a rien nié, rien réfuté. Les jambes collées au coin de la table, Aoife a laissé ce fait pénétrer sa conscience. Au lieu de contester l'affirmation, Michael Francis en a demandé la raison. Soudain, Aoife a eu l'impression que cette étrange vérité constituait la dernière pièce d'un puzzle qu'elle n'avait pas réussi à assembler. Les mots de Monica remplissaient un blanc avec une précision redoutable.

Si bien que, sans dire au revoir, elle est partie. Elle a traversé le salon où Hughie sautait sur le canapé, le visage barbouillé de glaçage au chocolat, où son père le retenait par le pan de sa chemise pour qu'il ne tombe pas, où Claire empilait les assiettes à dessert, où sa mère se coupait une autre part de gâteau en commentant cet anniversaire, mais Aoife était incapable de la regarder.

Seul Joe a levé la tête lorsqu'elle est passée au milieu de toute la famille. Dans le couloir, elle s'est arrêtée comme un jouet dont les piles viennent d'expirer. Elle a fixé les yeux sur les vêtements et les sacs accrochés derrière la porte d'entrée : un manteau en tweed dont les boutons de cuir se décousaient, un imperméable avec une ceinture à boucle, une grosse veste bleu marine aux poches gonflées par des gants, un duffel-coat incroyablement petit avec une capuche doublée de tissu écossais, une écharpe sinueuse en laine framboise. Hypnotisée, elle ne parvenait pas à en détacher le regard, essayait de dénicher son manteau, quand quelqu'un lui a effleuré le coude. Elle a bondi comme si on lui avait planté un aiguillon dans le corps.

À côté d'elle, Joe glissait une cigarette entre ses lèvres. « Où vas-tu ? »

Aoife a ramassé son manteau, qui était tombé par terre. « Nulle part. » Elle a enfilé les manches.

Sans cesser de la scruter, il a actionné son briquet et approché la flamme de sa cigarette. « Qu'est-ce qui se passe, Aoife ? » Sa cigarette allumée a oscillé dangereusement.

« Rien. » Elle a baissé le menton pour boutonner son manteau. « Je ne vois pas ce que tu veux dire. Il ne se passe rien.

— Entre Monica et toi. » Il l'a suivie dans l'allée. « Aoife, je t'ai posé une question.

— Il faut que je m'en aille. » Elle a claqué le portail derrière elle et marché aussi vite que possible sans toutefois se mettre à courir. Au bout de la rue, elle s'est retournée. Joe était toujours dans l'allée de Michael Francis et l'observait, une volute de fumée derrière lui.

Arrivée devant les marches de la bibliothèque, Aoife hésite, mais, puisqu'elle est là, elle décide de les gravir. Remontant son sac sur son épaule, elle franchit la porte à deux battants et se laisse envelopper dans la fraîcheur bienfaisante de la bibliothèque.

Quelques minutes plus tard, son frère et sa sœur lui emboîtent le pas.

Monica s'arrête dans le hall. Après la clarté aveuglante de la rue, la semi-obscurité soulage les yeux et donne envie de se reposer. Sans prêter attention à sa sœur, comme d'habitude, Michael Francis lui rentre dedans, si bien que, projetée en avant, elle se heurte le coude à un présentoir de prospectus.

« Oh ! excuse-moi », dit-il doucement.

Monica ne répond pas et se contente de frotter son coude sans regarder son frère. « Je ne pense pas que ce bout de papier ait une importance quelconque, dit-elle à voix basse, car elle sait qu'on doit toujours chuchoter dans les bibliothèques.

— Seigneur, cet endroit n'a pas beaucoup changé, hein ? » Michael Francis contemple l'escalier en bois foncé qui tourne pour monter à l'étage de la section enfantine. Sa curieuse structure évoque une cage et contient un ascenseur qu'ils n'avaient jamais le droit d'emprunter. La voix trop forte de son frère la gêne. Malgré ses années d'études, il ne sait toujours pas murmurer. « Pourquoi ? demande-t-il enfin en se penchant pour regarder dans la cage.

— Pourquoi quoi ?

— Pourquoi est-ce que ça n'aurait pas d'importance, d'après toi ?

— Ce n'est qu'un bout de papier. » Elle regarde de nouveau le morceau de papier que Michael Francis lui a montré en chemin. « On l'a arraché. Une lettre déchirée. Il n'y a aucune raison pour que ça veuille dire quoi que ce soit.

— Mais maman a dit qu'elle ne reconnaissait pas cette écriture, qu'elle ne voyait pas d'où ça sortait. Et regarde un peu ce que ça dit. C'est… apocalyptique. »

Monica se répète ce mot dans sa tête, une fois, deux fois.

Son frère la dévisage. « C'est-à-dire de fin du monde, s'empresse-t-il de préciser. Comme dans…

— Je sais ce que veut dire apo…, merci bien.

— Parfait, je voulais seulement…

— Qu'est-ce qu'on fait ici, de toute façon ?

— On cherche Aoife. » Il s'avance vers les portes vitrées de la section principale et jette un coup d'œil. « Je me suis dit qu'il fallait qu'on parle. Sans que maman nous entende. »

Monica fronce les sourcils. « Pourquoi ?

— Parce qu'il nous faut un plan d'action. Tu l'as dit toi-même.

— Non, pourquoi est-ce que maman ne devrait pas entendre ?

— Parce qu'elle est… » Toujours en train de fouiller du regard la bibliothèque, où les gens se déplacent au ralenti, tels des poissons dans un bocal, Michael Francis laisse sa phrase en suspens.

Monica soupire et se tamponne le front avec son mouchoir. « D'ailleurs, Aoife n'est sûrement pas là.

— Elle a dit qu'elle venait.

— Mais ça ne veut pas dire qu'elle soit effectivement venue. Tu la connais.

— Tu te trompes, rétorque Michael Francis en tapotant la porte vitrée. La voilà. »

Monica s'avance pour le vérifier. L'espace d'un instant, elle considère la femme qui traverse la salle comme une étrangère pourrait le faire. Pour la première fois, Monica s'aperçoit qu'Aoife est séduisante dans son pantalon étroit à fermeture Éclair, bleu jacinthe, collé aux hanches, et son haut lâche, au motif chargé, glissant sur son épaule. Ses cheveux sont remontés de façon désinvolte et attachés derrière la tête. Qui aurait pensé qu'elle s'épanouirait ainsi alors qu'elle était une petite fille bizarre, dépourvue de grâce, le visage toujours plissé, renfrogné, et qu'elle ne pouvait pas faire deux pas sans trébucher ? Monica se rappelle l'avoir accompagnée ici après l'école. « Emmène-la, d'accord ? suppliait Gretta. J'ai besoin d'un peu de tranquillité. » Car Aoife ne cessait jamais de poser des questions. Pourquoi est-ce que la Terre tourne dans un seul sens autour du Soleil ? Elle ne tourne jamais dans l'autre ? Qu'est-ce qu'il y a derrière le Soleil ? Comment tu le sais ? Qui dit ça ? Quelle est la plus grande ville du monde ? Et la plus petite ? Rester dix minutes en compagnie d'Aoife lui donnait mal à la tête, affirmait Gretta. Pourtant, bien qu'elle ait refusé d'apprendre à lire pendant des années, Aoife aimait la bibliothèque. Là, elle se calmait, se taisait. Les livres étaient un simple support pour son imagination. Elle glissait dans les travées, passait et repassait devant les rayonnages. « En voilà un que je n'ai pas lu », se disait-elle tout bas, et elle le sortait. Puis elle l'emportait, allait s'asseoir, tournait les pages en regardant les images et se marmonnait sa version personnelle de l'histoire. Monica attendait, assise à côté d'elle, et lui disait : « Dépêche-toi, Aoife, on rentre à la maison. »

À présent, elle observe l'Aoife adulte qui avance entre les rayonnages. Son haut enfle et se dégonfle à chaque pas. Jamais Monica ne porterait un vêtement pareil, mais elle constate qu'il est sexy sur sa sœur. Aoife attrape un ouvrage épais, aussi gros qu'une encyclopédie. Puis, sous le regard de son frère et de sa sœur, elle fait une chose choquante. Monica ne l'aurait pas cru si elle n'en avait pas été témoin. Aucun doute n'est permis, Aoife a glissé le livre dans son sac. *American Photography*, lit Monica lorsqu'il disparaît dans son cabas en toile. Oui, elle l'a pris sans en demander le prêt. Sans jeter un regard derrière elle. Elle referme la fermeture à glissière de son sac et, tête baissée, avance vers eux.

« Elle vient bien de…

— Oui », souffle Monica.

Aoife franchit les portes vitrées. En apercevant son frère et sa sœur dans le hall, elle s'immobilise. « Qu'est-ce que vous fichez là ? a-t-elle le culot de demander.

— On te cherchait, répond Michael Francis.

— Tu viens de voler ce livre ? demande Monica d'une voix grinçante en prenant conscience que ce sont les premiers mots qu'elle adresse à sa sœur depuis trois ans. Va tout de suite le remettre à sa place. »

Aoife grogne, pivote et sort de la bibliothèque.

« Je n'arrive pas à croire qu'elle ait pu faire une chose pareille, dit Michael Francis, les bras ballants.

— Moi, si. »

Monica sort à son tour, puis tous deux la poursuivent sur le trottoir. Michael Francis la rattrape le premier et lui lance :

« Tu ne peux pas voler un livre de bibliothèque, Aoife.

— Je n'appelle pas ça voler, rétorque Aoife tout en marchant.

— Ça m'en a pourtant tout l'air, dit Monica.

— Monica a raison, Aoife.

— Ne vous excitez pas, je ne fais que l'emprunter. Je n'ai pas de carte de bibliothèque. Je le rapporterai demain.

— Pourquoi est-ce que tu en as besoin ? demande Michael Francis.

— Je n'ai jamais vu pareil égoïsme, pareille légèreté… »

Monica ne peut terminer sa phrase car Aoife lui agrippe le bras.

« Oh, mon Dieu, ce n'est pas Joe, là ? »

Oui, c'est Joe. Il descend Blackstock Road, la main enfoncée dans la poche arrière du jean que porte une jeune femme. Celle-ci pousse un landau, lui penche la tête pour écouter ce qu'elle dit et sourit, l'air détendu, paisible. On dirait qu'il n'a jamais versé toutes les larmes de son corps dans un appartement situé au premier étage, tout près d'ici, qu'il a geint d'une façon terrible, comme une bête, la tête dans les mains, qu'il n'a jamais eu cet air blessé, l'air de quelqu'un qui ne voudra plus jamais s'approcher d'une femme, et qui disait : Tu me dégoûtes, tu es inhumaine, tu me rends malade ; comme s'il ne s'était jamais tenu face à elle à l'église en jurant devant Dieu qu'il la chérirait et l'honorerait pour le meilleur et pour le pire, comme s'il ne lui avait jamais tenu la main à la lueur d'un réverbère en lui disant qu'elle était tout pour lui, qu'il ne pourrait pas vivre sans elle. Le voilà pourtant qui vit sans elle, marche au soleil avec cette même main enfoncée dans la poche de pantalon d'une autre femme. Le voilà qui porte toujours sa vieille chemise écossaise, mais avance au côté d'une nouvelle épouse, avec un landau dans lequel, suppose Monica, doit se trouver un bébé.

Merde, pense Michael Francis. Aoife se dit qu'elle a aperçu cette femme tout à l'heure, avec son landau, n'était-elle pas dans la classe supérieure à l'école ? Belinda quelque chose. Greewell, c'est ça ? Quant à Monica, elle ne pense presque rien. Affolé, son esprit est frappé d'une incompréhension muette. Elle ne voit pas comment une telle chose a pu se produire, comment on l'a laissée se produire. Elle a envie de dire à quelqu'un ou à quelque chose : Non, on ne peut pas faire ça, non, pas maintenant, pas après tout ce qui est arrivé, je vous en prie.

Aoife prend les choses en main. Elle recule, ouvre la porte du magasin le plus proche et la referme après avoir poussé Monica à l'intérieur. Tous trois se retrouvent dans la vitrine d'un fleuriste et regardent dehors. Par la suite, l'odeur de terreau mêlée à celle des fleurs de jasmin rappellera toujours à Monica le jour où elle a vu son premier mari avancer à un mètre d'elle sans la voir, enlaçant une autre femme, et poussant une chrysalide emmaillotée dans son landau bleu marine, tel un trophée. Monica tressaille derrière une brassée d'œillets, incapable de détourner les yeux jusqu'au moment où le couple et le landau ont disparu.

« Eh bien, c'était de justesse, reconnaît Michael Francis avec un soupir.

— J'ignorais qu'il s'était remarié », murmure Aoife qui se hisse sur la pointe des pieds pour capter la dernière image du trio.

Les yeux fermés, Monica dégage son coude que sa sœur tient toujours comme si elle avait peur qu'elle trébuche, comme si elle avait oublié tout ce qui venait de se passer entre elles.

« Ah bon ? siffle Monica. Pourtant, je m'étais toujours dit que vous étiez très proches, tous les deux. »

Gretta passe d'une pièce à l'autre. Elle devrait ranger le salon, débarrasser les assiettes, les tasses, les serviettes, retirer les miettes. Tout empiler dans l'évier, épousseter les coussins, tirer les rideaux pour empêcher le soleil d'abîmer le canapé et les fauteuils. Elle a mis de côté l'eau de la vaisselle du petit déjeuner pour s'en servir maintenant. Pas question d'en gâcher une goutte.

Il faudrait qu'elle s'y mette. Mais, pour l'instant, elle se contente d'errer dans la maison, entre dans chaque pièce puis sort dans le couloir, laisse courir sa main sur la rampe vernie de l'escalier, sur le dossier des chaises, tâte le tissu pelucheux des rideaux, effleure les coins décollés, desséchés du papier peint.

Depuis que Robert a pris sa retraite, ce n'est pas souvent qu'elle peut avoir la maison toute à elle. Il est toujours là, attrape bruyamment son journal sur le fauteuil ou la suit de pièce en pièce. Aujourd'hui, il y a le genre de vide qu'elle préfère : des affaires laissées un peu partout signalent qu'on va revenir – la veste de Monica sur un cintre, les clés de voiture de Michael Francis sur la petite table de l'entrée, l'écharpe d'Aoife suspendue à la patère.

Ayant grandi dans une ferme qui abritait ses six frères et sœurs, ses parents et grands-parents, une tante et un ou deux oncles, elle n'a pas l'habitude d'être seule. Jamais cette maison n'a été aussi vide.

Bien sûr, il y a eu différentes périodes, pense-t-elle en montant à l'étage et en entrant dans la pièce de derrière – qu'elle appelle toujours la chambre des filles. Elle tire un peu l'édredon sur le lit d'Aoife, tapote l'oreiller sur celui de Monica. Est-ce que Monica va rester coucher ce soir ? Difficile à dire, et difficile de lui poser tout bonnement la question car elle tourne toujours autour du pot. Gretta réfléchira tout à l'heure à une façon de le savoir quand même. À quand remonte la dernière fois qu'ils ont tous dormi ici ? Ce devait être la veille du mariage de Monica. À l'époque, Aoife n'avait que huit ans, l'âge de Hughie aujourd'hui. Pour la première fois, Gretta se demande si Aoife a eu du mal à s'endormir seule après, si sa sœur lui a manqué pendant la nuit.

En fermant les yeux, elle revoit la pièce telle qu'elle était alors : dans le coin de Monica, des photos de vedettes de cinéma et de robes de mariée couvraient les murs ; celui d'Aoife était décoré avec ses gribouillis illisibles et ses dessins, loups, renards et escaliers qui n'aboutissaient nulle part.

La maison est pleine de fantômes. Si Gretta regarde dans le jardin, elle est sûre de voir l'ancienne cage à écureuils en bois d'où Michael Francis est tombé en se cassant une dent de devant. Et, si elle descendait dans l'entrée, elle verrait, accrochés à la patère, cartables, sacs de sport, tenue de rugby de son fils, et sur le palier, elle trouverait Michael Francis allongé à plat ventre, en train de lire une bande dessinée, ou Aoife petite, se hissant sur les marches, bien décidée à rejoindre son frère et sa sœur, ou encore Monica, dans la cuisine, apprenant à préparer des œufs brouillés. L'air vibre encore de leurs exclamations, chamailleries, triomphes, petits chagrins. Gretta n'arrive pas à croire que cette époque puisse être révolue. Pour elle, c'est encore d'actualité, ça le sera toujours. Ses trois enfants ont déposé quelque chose de leur vie dans les briques, le ciment et le plâtre de cette maison. Elle ne parvient pas à croire qu'ils sont partis. Et qu'ils sont revenus.

Quant à l'absence de Robert, Gretta n'est même pas capable de la concevoir. Elle a tellement l'habitude de l'avoir près d'elle qu'elle n'accepte pas l'idée de sa disparition. Un peu plus et elle lui parlerait ; ce matin, elle a descendu deux tasses de l'étagère. Ils sont restés tant d'années ensemble qu'ils ne sont plus deux personnes distinctes mais une étrange créature à quatre jambes. Pour elle, leur mariage est synonyme de conversation : elle aime parler, il aime écouter. Sans lui, elle n'a personne à qui adresser ses remarques, ses observations, ses commentaires incessants sur la vie en général. Depuis quelques jours, son esprit est plein à craquer de phrases qu'elle a gardées pour elle : Aujourd'hui, j'ai aperçu chez le boucher un bébé franchement bizarre ; tu as vu, il y a un nouvel employé qui vend les tickets à la station de métro ; tu te rappelles cette coiffeuse chez laquelle Bridie est allée... Le flot des paroles non prononcées, non écoutées, lui comprime les tempes.

Dans sa chambre, elle s'approche de la chaise de Robert, près de son côté du lit. Un veston en tweed, bien trop chaud pour le temps qu'il fait, est passé sur le dossier. Elle en tâte le col, tiède au soleil, puis laisse glisser ses doigts le long de la doublure lisse jusque dans la poche. Quelques pièces, un trombone, un ticket de métro déchiré. Rien d'autre. Le genre de chose que n'importe quelle femme pourrait trouver dans la poche de son mari.

« Mettez-vous à sa place, a dit le policier, et demandez-vous où il a pu aller. Imaginez que vous entrez dans sa tête. » L'homme s'est frappé le crâne. On aurait dit qu'il voulait montrer où se trouvait la tête. Mais, à la vérité, bien qu'elle ait vécu plus de trente ans avec lui, bien qu'ils se soient réveillés tous les jours côte à côte, ces jours-ci, Gretta ne peut pas plus se mettre à sa place qu'à celle de la reine d'Angleterre. Il a beau se reposer sur elle, éprouver pour elle un attachement jamais démenti, elle n'a aucune idée de ce qui se passe derrière ces lunettes, ignore quelles pensées couvent sous ces cheveux gris épais.

Quand elle a fait sa connaissance, elle a dit aux autres filles, au boulot, qu'il était du genre tranquille, sérieux, taiseux. « Ces types-là, il faut les avoir à l'œil », lui a dit une Irlandaise du comté de Kerry. Gretta a ri, mais elle était sûre qu'il serait moins silencieux avec le temps. C'est ce qui arrive en général. Les gens s'habituent l'un à l'autre, perdent leur timidité, deviennent plus chaleureux, sortent de leur coquille.

Comme les autres filles hébergées au foyer, elle travaillait dans un établissement d'Islington, le café-restaurant de l'Ange. Un bien joli nom. Elle avait vu l'annonce en fourrant du papier journal dans des bottes trempées, agenouillée dans la cuisine de la ferme familiale. « Le café-restaurant de l'Ange, à Londres, recrute. Personnel payé, logé, nourri. Envoyer demande écrite. » Elle avait lu l'annonce tout haut à sa mère, dans la cuisine. « Écoute ça, maman. » Le café-restaurant de l'Ange. Pour un peu, elle imaginait déjà des créatures célestes qui descendaient sur terre prendre une tasse de thé. Sa mère n'avait pas répondu, elle s'était contentée de refermer la porte de la cuisinière avec un claquement sonore et de s'essuyer les mains sur son tablier.

Elle ne voulait pas que Gretta s'en aille. Pourtant, elle était partie, en disant à sa mère que c'était juste pour quelques mois, le temps de mettre un peu d'argent de côté, jusqu'à Noël, jusqu'à Pâques, ou peut-être jusqu'à l'été. Puis, un soir où elle ne travaillait pas, elle était allée au cinéma avec une autre fille et, dans la file d'attente, l'homme devant elles s'était retourné, avait soulevé son chapeau et demandé si son accent était bien irlandais. Alors elle avait répliqué qu'elle voulait savoir qui le lui demandait. Il avait répondu que sa mère était irlandaise, qu'il était né là-bas, mais était venu en Angleterre quand il était tout petit et avait changé son prénom, Ronan, en Robert, pour se faire mieux accepter. « Voyez-vous ça », avait-elle lâché.

Il était caissier dans une banque, lui avait-il appris la fois suivante. Il s'était toujours bien débrouillé avec les chiffres. Par la suite, il venait l'attendre au café de l'Ange et engloutissait café sur café en la regardant se faufiler entre les tables, son plateau tenu bien haut.

Il revenait à peine de la guerre. Plus âgé que les garçons avec lesquels elle était sortie jusque-là, il avait les cheveux bruns qu'elle avait toujours admirés chez les Irlandais et qu'il coiffait avec une raie. À la différence des jeunots qui braillaient, rigolaient et plaisantaient tout le temps, il se comportait avec une certaine gravité. Elle aimait la manière dont son sourire mettait longtemps à s'esquisser et tout aussi longtemps à s'effacer.

Il l'emmena au parc d'Islington où ils s'assirent un moment sous un arbre avant de descendre jusqu'au canal. Sans doute savait-il qu'une aussi longue promenade ne la gênerait pas, et il en était content. Elle lui demanda où on l'avait envoyé pendant la guerre - à l'époque, ça permettait d'engager la conversation – mais, au lieu de lui raconter quelques histoires mouvementées sur la France, il baissa les yeux et ne souffla mot. Elle fut obligée de remplir les blancs en parlant de la ferme, de ses frères et sœurs, de ce qu'ils faisaient maintenant, éparpillés dans le monde entier. Il l'écouta attentivement et, à la fin de la soirée, il était capable de réciter les premiers et deuxièmes prénoms de chacun de ses six frères et sœurs, en commençant par les plus âgés. C'était un petit jeu auquel il se livrait en société, dit-il. Puis il la raccompagna au foyer sans poser la main sur elle. Certaine qu'il profiterait de la situation au bord du canal, elle avait déjà à l'esprit une rebuffade bien rodée, mais il n'avait même pas essayé, se contentant de lui effleurer les reins quand ils avaient monté les marches pour rejoindre la rue.

Le lendemain, il revint la chercher, et le surlendemain aussi. Il semblait avoir décidé qu'elle était pour lui, et cette certitude la ravissait. Durant toute leur vie conjugale, le sujet de la guerre ne fut abordé qu'une seule fois. Alors qu'ils se promenaient bras dessus, bras dessous dans Rosebery Avenue, ils croisèrent un vendeur de journaux et Gretta s'arrêta pour lui en acheter un car elle aimait bien savoir ce qui se passait dans le monde. Robert attrapa un exemplaire et fouillait déjà dans sa poche pour sortir une pièce de monnaie quand il s'immobilisa. Gretta le dévisagea, puis regarda le journal qu'il tenait à la main. Elle remarqua la terrible fixité de ses traits. Elle vit deux soldats de l'infanterie britannique passer devant eux, bavardant avec insouciance, une cigarette aux lèvres. Après avoir sorti son porte-monnaie pour payer le vendeur, elle attrapa Robert par le bras, le guida vers un café, lui commanda une tasse de thé et lui prit le journal des mains. Sachant que ce n'était pas le moment de parler, de remplir les blancs, elle patienta, remua le sucre dans la tasse de Robert en lui prenant la main et, bientôt, les mots vinrent et il lui raconta des choses dont il n'avait encore parlé à personne. L'attente sur les quais en ruine de Dunkerque, les avions allemands qui les survolaient en lâchant des tracts les informant qu'ils étaient fichus, encerclés, morts pour ainsi dire. Il avait été remonté sur le tout dernier bateau de sauvetage et, jusqu'au moment où il s'était senti hissé hors de l'eau et s'était retrouvé au sec, il avait cru qu'il ne s'en sortirait jamais, qu'on l'avait abandonné, laissé se débrouiller seul pour regagner son pays. Gretta l'écouta et, quand il dit qu'il ne voulait plus jamais en reparler, elle répondit que, bien entendu, ils n'étaient pas obligés d'aborder ce sujet.

Les autres filles appelaient Robert le gentleman. Tiens, voilà le gentleman de Gretta, se chuchotaient-elles derrière le comptoir quand elles le voyaient franchir la porte, son manteau noir impeccable, ses souliers bien cirés, un bouquet à la main. Sur la plate-forme d'un bus, dans Pentonville Road, il lui demanda de l'épouser. Les yeux fermés, elle ne prononça pas un mot parce qu'elle voulait que cet instant dure éternellement.

Gretta remet le trombone et les pièces dans la poche du veston, s'assied sur le lit, toujours du côté de Robert, et regarde la rue, le ciel, les coccinelles qui rampent sur la vitre.

Après l'annonce de leurs fiançailles, elle se rappelle avoir été frappée par la solitude de Robert. Ni parents, ni frères et sœurs, ni cousins ou amis, il ne semblait avoir personne à qui annoncer son mariage. Elle en fut choquée car elle-même, partout où elle allait, était entourée. Comment était-il possible que quelqu'un ait vécu aussi longtemps en restant à ce point seul ? Il y avait bien eu un frère, lui apprit-il un jour, mais il était décédé et, à la façon dont il le dit, elle supposa qu'il avait trouvé la mort au cours du conflit nord-irlandais. Robert ne reparla plus de son frère et, dorénavant, Gretta s'abstint de poser la moindre question. Le chapitre était clos.

Seigneur, que Monica était belle le jour où elle avait épousé Joe. À la voir descendre l'escalier avec précaution dans ses souliers à talons en satin ivoire, sa robe retroussée autour d'elle, on l'aurait prise pour un ange assis sur un nuage. À ce spectacle, Robert avait pleuré sans pouvoir s'arrêter. Il avait été obligé de s'agripper à la rampe et Gretta était allée lui chercher un autre mouchoir. Elle l'avait entraîné dans les toilettes du rez-de-chaussée et avait refermé la porte. Tous deux s'étaient retrouvés dans l'espace étroit, elle vêtue de son nouveau tailleur et chapeau assorti. « Qu'est-ce qu'il y a, lui avait-elle demandé en lui prenant la main, qu'est-ce qui t'arrive ? » Le pouls de Gretta lui battait dans le cou. « Robert, tu peux me le dire, tu le sais bien. » Cinq bonnes minutes, elle avait attendu là-dedans, lui assis sur le siège des toilettes, elle penchée au-dessus de lui et, quand il fut évident qu'il ne parlerait pas, elle lui avait conseillé de se ressaisir parce que la maison était pleine et qu'il faudrait bientôt partir pour l'église. Mais il pleurait toujours et elle avait senti qu'une cassure s'était ouverte, une cassure profonde, sombre, secrète. Dans l'entrée, Monica était prête, ses fleurs à la main. Aoife gigotait dans sa robe et demandait : « Qu'est-ce qu'il a, papa ? »

Devant le portail, Michael Francis annonce qu'il va faire un saut chez le marchand de journaux. En réalité, il a besoin d'un instant de tranquillité loin de sa famille.

Aoife et Monica entrent dans la maison ensemble, sans se regarder, et il se dépêche de descendre la rue sans vraiment savoir où il va, mais en éprouvant un immense soulagement à l'idée de s'éloigner du 14, Gillerton Road.

Chez le marchand de journaux, son regard se fixe sur le présentoir de quotidiens, les rangées de barres chocolatées, les bocaux de bonbons alignés sur les étagères. L'idée d'acheter des friandises pour Hughie et Vita lui traverse l'esprit. C'est vrai, il ira les retrouver ce soir. Il hésite un instant devant les bocaux parce que Claire n'autorise les bonbons que le samedi. Osera-t-il enfreindre cette loi ?

Rien à foutre, se dit-il, et il demande cent grammes de bonbons au citron, qu'adore Hughie, et quelques bonbons anglais à la poire pour Vita. Des bonbons à la peur, disait-elle quand elle était petite, et ce souvenir le fait sourire au moment où il fouille ses poches pour trouver de la monnaie.

Une fois dehors, le journal sous le bras, les poches alourdies de friandises pour les gosses, il se demande où aller à présent. Il glisse dans sa bouche un bonbon à la poire et sent la surface rugueuse, crevassée, sur sa langue.

Face à lui, il y a l'arrêt d'un bus qui dessert Stoke Newington. Il pourrait le prendre pour aller voir Claire. Sauf qu'il doit retourner à Gillerton Road. En outre, sa femme a l'air de ne pas supporter sa vue en ce moment.

Planté devant la boutique du marchand de journaux, il se sent de nouveau au bord de l'abîme, tout près d'une fin possible. Gina Mayhew rôde dans ses pensées, il en est conscient, mais elle passe vite, comme si elle avait hâte de tourner la page.

Ses sœurs et lui ont aperçu Joe dans la rue. Une nouvelle épouse, un bébé… une tout autre vie. Bizarre de le voir ainsi transformé alors qu'il avait si longtemps fait partie de leur vie. Car il était venu chez eux pendant des années. Quand ils étaient adolescents, il sortait Monica. Michael admirait ce type avec une cigarette à la bouche et une gamelle sous le bras. Un peu plus âgé que lui, Joe avait quitté l'école et travaillait déjà comme apprenti. À l'époque, en le rencontrant, Joe lui faisait un signe de tête et lui lançait : « Ça boume, Michael Francis ? » avec un accent plus londonien et davantage de coups de glotte que lorsqu'il venait chez eux. Michael adorait qu'il l'apostrophe ainsi, surtout en présence de ses camarades d'école. À quinze ans, pour lui qui se faisait charrier dans sa classe parce qu'il avait des bonnes notes, connaître quelqu'un comme Joe était ce qui pouvait arriver de mieux. Plus tard, Joe avait épousé sa sœur. C'était au mariage que Michael Francis avait bu son premier verre d'alcool. Aoife, elle, était chargée de porter les fleurs, même si elle n'avait pas été très efficace car elle avait marmonné pendant toute la cérémonie et perdu le bouquet. Chaque année, Joe passait Noël avec eux, et il venait manger tous les dimanches. Il jouait aux Sept Familles avec Aoife, la taquinait en ne disant pas « s'il te plaît » pour demander une carte, puis la laissait gagner. Il aidait Gretta à écosser les petits pois qu'elle cultivait dans ses plates-bandes, coinçait la passoire entre ses genoux, installé sur la marche de la cuisine, et disait : « Allons, allons, donnez-m'en une bonne poignée, madame R. » Qu'il soit sorti de leur vie, qu'il se balade en ville avec une autre femme, une autre famille, paraissait inconcevable.

Est-ce que ça pouvait leur arriver, à Claire et lui ? se demande-t-il en retournant vers Gillerton Road.

Qu'ils se quittent, s'éloignent l'un de l'autre, se séparent, divorcent ? Qu'il aille vivre… où donc ? Dans un appartement. Qu'il ne voie les gosses que le week-end, se retrouve seul le soir, prépare des repas pour une personne, que Claire et lui ne se parlent qu'au téléphone, d'une voix tendue, et encore, pour convenir de lieux et de dates.

C'est impensable. Il ne faut pas que ça arrive.

Pourtant, il ne sait pas quoi faire. Leur dispute est de celles qui n'autorisent pas de réconciliation.

« Tu es revenu ! » a-t-elle dit, aussi surprise que si elle venait d'apprendre qu'il partait pour un tour du monde. Il était rentré chez lui après avoir discuté avec sa mère, parlé aux policiers et appelé Monica et Aoife. Il voulait prendre quelques affaires parce qu'il savait qu'il devrait tenir compagnie à sa mère en attendant l'arrivée de ses sœurs. Vu l'heure tardive, il pensait qu'il pourrait s'asseoir un moment avec Claire sur le canapé, lui tenir la main, peut-être boire une bière, comme ils le faisaient dans les premiers temps de leur mariage, avant qu'ils n'aient la télévision, dans le deux-pièces qu'ils louaient près de Holloway Road. Hughie n'était encore qu'un paquet emmailloté dans le moïse posé dans un coin de la pièce, et tous deux imaginaient ce que serait leur nouvelle existence. Au début de leur vie commune, l'une des choses qui avaient le plus étonné Michael Francis était la quiétude de Claire. Il était habitué à vivre dans une maison où les gens se déplaçaient bruyamment, braillaient dans l'escalier, ouvraient une porte pour hurler : Tu crois que c'est le moment ?, s'affalaient sur un siège, choquaient leur tasse en la reposant sur la table, parlaient plus que de raison. Emménager avec Claire, c'était un peu comme passer d'un train bondé à l'air pur de la montagne.

Ainsi, en arrivant chez lui, il voulait sentir la chaleur d'une main qui effleurait la sienne. Était-ce trop demander ? Il était tard, les enfants étaient couchés et, après avoir vu sa mère pleurer tant et plus, il avait envie de s'asseoir sur son canapé avec sa femme pendant quelques minutes, comme avant. Mais, dans la cuisine, Claire coupait des fines herbes au-dessus d'une casserole frémissante, un tablier passé sur une de ses plus jolies robes, une robe qu'il avait toujours aimée, à impression cachemire et corsage ajusté. Les lèvres fardées de rouge foncé, des bracelets cliquetants aux poignets, elle remuait ce qui cuisait et lâchait une vapeur fleurant le bœuf, le vin et l'ail. Un bref moment, le cœur brisé, il a cru qu'elle cuisinait pour lui, qu'elle s'était habillée, maquillée, pomponnée pour lui.

« Ça sent bon », a-t-il dit.

Claire a levé les yeux et n'a pas eu besoin d'ouvrir la bouche. Un bref instant, le mépris s'est lu sur ses traits. *Tu es revenu.*

Un peu plus tôt, ils s'étaient parlé au téléphone ; il voulait la tenir au courant des événements et, surtout, il avait envie d'entendre sa voix, de se rassurer en se disant qu'il avait une vie en dehors de la famille dans laquelle il était né, qu'il en avait créé une à lui et qu'elle était toujours là. Claire avait fait preuve de sollicitude et, inquiète au sujet de son père, avait posé de nombreuses questions, écouté les réponses et dit : « Je suis vraiment désolée, Mike. » Et même : « Ta pauvre mère », ce qui était rare chez elle.

Mais, à présent, tout paraissait différent. Ce n'était pas la Claire qu'il avait eue au téléphone et qui avait dit : « Préviens-moi si tu as du nouveau », et : « Ta pauvre mère. » Cette personne s'était mise sur son trente et un, avait dressé la table, derrière elle, avec l'argenterie et des serviettes en tissu bien pliées, avouait qu'elle ne comptait pas sur son retour et lui demandait s'il avait l'intention de rester ou non, parce que son groupe d'étudiantes allait venir dîner et discuter.

« Maintenant ? a-t-il demandé en s'appuyant au montant de la porte, ayant besoin d'être soutenu physiquement. À cette heure-là ? »

Claire s'est prestement passé la langue sur les lèvres, a repoussé les cheveux de son visage. « Je suis désolée, Mike. L'idée que tu puisses revenir ne m'a pas traversé l'esprit. Si j'avais su… Tu comprends, tout le monde a estimé qu'il y avait plus de place ici et, comme j'ai dit que tu ne serais pas là, tout le monde a pensé…

— Tout le monde a estimé, tout le monde a pensé, c'est tout ce que tu sais dire ? Merde alors ! » a-t-il beuglé parce qu'il avait passé des heures à tenir la main d'une mère éplorée, parce que son père avait disparu, fait incroyable, étrange au plus haut point. Parce que tout ce qu'il voulait, c'était s'asseoir sur le canapé avec Claire, dans son salon, et qu'on lui répondait que c'était impossible, que, d'une minute à l'autre, des gens allaient venir s'y installer pour discuter de la Première Guerre mondiale. On aurait dit un cauchemar fiévreux dans lequel les pires de ses élèves allaient envahir sa maison, s'asseoir à sa table du petit déjeuner, le fixer des yeux et lui annoncer que l'école serait bientôt transférée chez lui.

« Oui, c'est ça ! a hurlé Claire à son tour, ce qui l'a choqué car Claire n'élevait jamais la voix, ce n'était pas son genre, ce n'était pas dans son ADN. Insulte-moi avec des propos phallocrates. »

Il s'est mis à rire, explosion sonore qui partait du ventre. « Qui est-ce que tu singes quand tu parles comme ça ? Qu'est-ce qui t'arrive ? Pourquoi est-ce que tu suis ce cours, d'abord ? Écoute, tu es intelligente, tu es instruite…

— Pas complètement.

— Qu'est-ce que c'est censé vouloir dire ?

— Tu le sais très bien.

— Non. Dis-le-moi, je t'en prie.

— Ma licence. » Les larmes lui montaient aux yeux. Elle les a essuyées d'un geste rageur. « Je n'ai jamais terminé ma licence. Et pourquoi, à ton avis ? À qui la faute ? »

Il a été tenté de répondre : à nous deux. Nous étions tous deux à l'œuvre. Mais, soudain, il s'est vu avec les yeux de ses nouvelles amies, qui étaient sur le point d'arriver. L'horrible mari de Claire – regardez un peu comme il lui gueule dessus et refuse de nous recevoir. Il ne pouvait pas se résoudre à se disputer avec la table mise pour ces invitées.

« Claire ! » Il a essayé de lui prendre la main – il éprouvait le besoin de la secouer, de la provoquer, d'essayer de lui faire comprendre que ce qui se passait n'était pas bien, de la voir redevenir comme avant. « Excuse-moi, je n'aurais pas dû crier. C'est juste que la journée a été horrible et cette… invitation à souper... Et les enfants ? Le bruit ne va pas les réveiller ? »

Au mot « enfants », elle a relevé la tête et l'a regardé. Claire adorait ses enfants à un point qui le sidérait, qui l'atterrait. Elle se levait à 3 heures du matin pour apporter à boire à Vita, donnait tout ce qu'elle avait dans son assiette à Hughie s'il en avait envie. Cet altruisme, ce sacrifice de soi, ces efforts pour coudre un costume pour une scène de nativité, la patience angélique dont elle faisait preuve quand Vita piquait une crise parce qu'on la coiffait ou ne voulait pas ces chaussettes-ci, mais celles-là, ou avait envie que sa mère reste des heures à lui lire livre après livre. Elle ne cessait de l'émerveiller et il se demandait s'il pouvait le lui faire comprendre par le simple contact de leurs deux peaux.

Mais elle a répondu : « Il n'y aura pas de problème avec les enfants. S'ils se réveillent, ce n'est pas grave. Il est bon qu'ils voient des gens nouveaux. Il est bon qu'ils aient une mère épanouie, occupée. En fait, ils sont trop couvés, tu ne crois pas ? »

Il a failli répliquer : Couvés, couvés ? Mais je veux qu'ils soient couvés. Je veux qu'ils soient à l'abri, en sécurité, protégés, maintenant et toujours. Parce que, s'il ne tenait qu'à lui, ses enfants resteraient enroulés dans leur couette pour ne pas risquer de se faire mal, il ne les laisserait pas sortir de la maison, les empêcherait même d'aller à l'école pour éviter que quelqu'un leur lance une méchanceté. Couvés, c'était un mot bien faible pour exprimer ce qu'il souhaitait pour eux.

« De toute façon, ils n'ont jamais été ta principale préoccupation, hein ? » a ajouté Claire en retirant sa main.

Et voilà, Gina Mayhew se retrouvait entre eux. Claire a posé sa cuillère et s'est frotté la nuque comme si, elle aussi, voyait Gina se faufiler dans la pièce, s'asseoir à la table du dîner, croiser les jambes et regarder Michael Francis avec cette expression préoccupée qu'il avait remarquée dès le premier jour dans la salle des professeurs, comme si elle était absorbée par quelque chose que personne ne pouvait voir ni comprendre, comme si elle gardait un secret fascinant impossible à deviner.

Il avait envie de dire : Mais je n'ai jamais voulu que ça arrive. Il voulait se tourner vers sa femme pour lui demander pardon. Mais pouvait-il jurer, la main sur le cœur, que c'était l'entière vérité ?

Dans la chambre, Gretta débarrasse le dessus d'une armoire quand elle entend Monica monter l'escalier. Les pas hésitants, précautionneux, lui apprennent qu'il s'agit de Monica et qu'elle a des sandales aux pieds. Puis elle entend Aoife sortir sur le palier pour parler à sa sœur. Gretta fronce les sourcils. Si seulement elle avait pu faire la sieste !

« Qu'est-ce que tu avais derrière la tête quand tu as dit ce truc sur Joe et moi ? » demande Aoife.

Un silence. Gretta imagine Monica en train de hausser les sourcils d'un air glacial.

« Quel truc ?

— Que Joe et moi on était très proches. Qu'est-ce que tu voulais dire ?

— Pourquoi, vous ne l'étiez pas ? »

Un autre silence. Gretta aimerait bien descendre de son tabouret et s'approcher de la porte sur la pointe des pieds, mais elle a peur de se trahir et, par sa diversion, d'interrompre ce qui se passe sur le palier. Donc, elle reste sans bouger, la main sur un carton à chapeaux qui contient, croit-elle, de vieilles chaussures appartenant aux enfants. Elle s'était dit que Claire voudrait peut-être les récupérer pour ses gosses. Quelque chose pourrait aller à Hughie. Ce gamin a de grands pieds, comme son papa.

« Monica, tu ne crois tout de même pas que… qu'il se serait passé quelque chose… entre Joe et moi ?

— Ce n'est pas le cas ?

— Seigneur, Monica, bien sûr que non. Pour qui tu me prends ? Tu es folle si tu penses…

— Je ne pensais pas… à ce genre de chose, répond Monica d'un ton crispé. Je pensais… » Sa voix se perd.

« Qu'est-ce que tu pensais ? » la presse Aoife.

Celle-ci a toujours été exigeante, depuis l'instant où elle est née. Elle ne supportait pas qu'on lui dise non. Tout l'opposé de sa sœur, qui, elle, ne l'ouvrait pas plus que son père.

Monica répond d'une voix tellement basse que Gretta n'est pas sûre d'avoir bien entendu. Plus ou moins : « Que tu lui as dit. »

Aoife ne rétorque pas : Que je lui ai dit quoi ? Elle se tait. Gretta se penche en avant sur son perchoir et lâche le carton à chapeaux pour mieux comprendre. Un déclic se produit en elle, un peu comme une pierre qui tombe dans une mare. Ce dont elle se doutait à moitié revient au premier plan. Elle a l'impression de faire le point sur une image floue. Soudain, tout devient net. Elle passe la main sur le dessus de l'armoire, retire une boule de naphtaline égarée.

« Non, je ne lui ai pas dit, proteste enfin Aoife d'une voix chancelante. Bien sûr que non. Pourquoi veux-tu que je le lui aie dit ?

— Quelqu'un l'a pourtant fait.

— En tout cas, ce n'était pas moi. »

Un silence pesant s'installe sur le palier. Gretta a l'impression que, en tendant la main, elle pourrait le toucher et en serait glacée.

« Alors, c'est pour ça qu'il est parti, murmure Aoife. Parce qu'il s'en est aperçu. Et tu as cru que je lui avais...

— Il est parti parce que tu lui as dit », crache Monica.

Gretta voudrait toucher l'épaule de sa fille et lui assurer : Ce n'était pas ta sœur, crois-moi, Aoife ne ferait jamais une chose pareille.

« Monica, je ne le lui ai pas dit, je te le jure. »

Gretta entend Monica pivoter et redescendre l'escalier. Aoife, elle, reste encore un moment sur le palier, puis va dans la salle de bains. Gretta l'entend déplacer des objets, boire au robinet alors que Dieu sait qu'elle lui a recommandé cent fois de se servir d'une tasse, puis arracher du papier hygiénique au rouleau en marmonnant entre ses dents. Curieux qu'elle n'ait pas perdu cette habitude, maintenant qu'elle est adulte. Puis Aoife retourne dans sa chambre et claque la porte. Les ressorts grincent lorsqu'elle se jette sur son lit et, malgré elle, Gretta sourit.

Enfin, elle peut descendre de son tabouret et s'asseoir sur la chaise de Robert. Derrière elle, le col raide du veston en tweed imprime un arc dans son dos. Elle éprouve le besoin, tout d'abord diffus, puis impérieux, de voir son mari, de partager ce fait nouveau avec lui, peut-être pas avec des mots, juste en s'asseyant face à lui et en sachant qu'il ressent la même chose qu'elle : leurs deux filles adorées sont mal parties et on n'y peut rien.

Assise là, elle se sent seule sans lui et regarde les platanes, dehors, leurs feuilles jaunes rabougries, immobiles dans l'air lourd et stagnant. Ses mains sont jointes sur sa poitrine, ses chevilles croisées. Pour ne pas laisser l'horreur de cette absence déconcertante la submerger, elle s'oblige à penser : Les voilà bien, tous les trois, Monica fait du raffut dans la cuisine, Aoife est enfermée dans sa chambre, et Michael Francis ne moufte pas.

Devant la fenêtre, l'arbre aux feuilles sèches pourrait être une photo tant il est immobile.

Aoife est née avec trois semaines d'avance. Gretta revenait du magasin du coin avec Michael Francis et Monica quand elle a perdu les eaux. Ça ne l'a pas démontée. On était début février, elle portait un manteau d'hiver et d'épais bas en laine qui absorberaient le plus gros.

Elle a tendu son sac de courses. « Tiens, porte-le-moi, tu veux bien ? » a-t-elle demandé à Michael Francis qui marchait devant elle comme d'habitude.

Il a fait semblant de ne pas entendre et a continué à avancer.

Monica s'est matérialisée à côté d'elle, les cheveux bien nattés, une raie partageant son crâne en deux comme un trait à la craie. « Je vais le porter, maman. »

Gretta lui a tapoté l'épaule. « Non, c'est trop lourd pour toi, ma chérie, ne t'inquiète pas. »

Monica l'a dévisagée. Gretta sentait son regard perçant lui brûler la peau. Elle n'avait jamais rien pu cacher à Monica. Inutile d'essayer. Avant même d'être en âge de parler, cette petite savait déjà tout d'elle, et vice versa. Elle était habituée au courant invisible qui passait entre elles sans que quiconque s'en aperçoive.

« Ne t'inquiète pas », a-t-elle répété à sa fille.

Monica lui a pris le sac des mains, est allée le donner à son frère, âgé de dix mois à peine de plus qu'elle, mais plus grand d'une tête, puis elle est revenue près de Gretta et lui a tenu la main. « Ça va, maman ? » Le visage qu'elle levait vers elle était livide d'anxiété.

« Très bien, ma puce. » Malgré la douleur, Gretta a réussi à garder une voix égale. « Je vais très bien. »

Une fois à la maison, Monica a préparé une tasse de thé. (Gretta n'a pas dit que, à ce moment, la seule idée de boire du thé lui retournait l'estomac.) Elle a envoyé Michael Francis chez les voisins d'à côté, qui avaient le téléphone, pour leur demander d'appeler leur père. Le numéro était inscrit depuis plusieurs semaines sur un bloc, dans la cuisine.

Pendant que Gretta s'accrochait au dossier d'une chaise parce que les douleurs se succédaient à présent rapidement – les contractions n'avaient pas été aussi rapprochées pour ses grossesses précédentes –, la voisine est apparue sur le seuil du séjour. Elle avait quatre enfants, trois locataires, un mari tué à la guerre et habitait Gillerton Road depuis toujours. Les deux femmes ont échangé un long regard et Gretta a senti, comme d'habitude, que Monica interceptait ce regard, le captait, tentait de le décrypter.

« Je vais revenir », s'est contentée de dire la voisine.

Gretta voulait lâcher sa chaise mais elle n'y a pas réussi. Ses bras étaient engourdis, elle avait des fourmis. « Ça ne va pas tarder », a-t-elle essayé de dire d'une voix un peu pâteuse. « Est-ce que tu as hâte de voir…

— Papa n'était pas là, a annoncé Michael Francis à l'autre bout de la pièce.

— Quoi ? » a demandé Monica.

Taisez-vous, avait envie de dire Gretta, taisez-vous, vous ne voyez donc pas que j'essaie de me concentrer ?

« Il n'était pas là. On a téléphoné, mais il n'était pas là.

— Alors, où il est ? a répliqué Monica.

— J'en sais rien. Ils ont dit qu'ils savaient pas où il était.

— Tu es sûr… que vous avez composé le bon numéro ? » a demandé Gretta en prononçant chaque mot avec un soin extrême.

Ses enfants l'ont regardée. Ses enfants. À l'autre bout de la pièce, leur visages ovales à la faible lumière de février. Ensuite, les événements se sont bousculés et Gretta ne sait plus au juste dans quel ordre ils se sont produits. Elle se rappelle que la voisine est revenue annoncer que l'ambulance allait arriver d'une minute à l'autre. Elle a alors rétorqué qu'elle ne monterait pas dans une ambulance parce qu'elle voulait attendre son mari. Michael Francis et Monica devaient aller dans la maison d'à côté où ils mangeraient du pain et de la confiture avec les petits voisins. « Le bébé n'attendra pas », a dit la voisine en attrapant juste à temps le vase posé sur le manteau de la cheminée pour que Gretta vomisse dedans.

Puis elle s'est retrouvée par terre, la voisine lui prenait la main et lui disait : « Tenez bon, maintenant, madame Riordan », et Gretta ne pensait qu'à une chose, cette femme avait étalé sur le tapis des draps pris dans le placard-séchoir, mais ce n'étaient pas les bons, c'étaient ses plus beaux draps. Elle avait envie de dire : Il y en a d'autres, des vieux, je les garde dans la remise, mais aucun son ne sortait de ses lèvres parce qu'elle serrait les dents. « Tenez bon, ne cessait de répéter la voisine, ça sera bientôt fini », et Gretta voulait lui crier de se taire, de la boucler, et demander où était son fichu mari, mais les douleurs la submergeaient, lui montaient à la tête. Soudain, les ambulanciers étaient là, en tenue blanche, et, imposants, ils traversaient la pièce à grands pas. Gretta a trouvé la force de se lever et de demander : « Est-ce que je peux aller à l'hôpital maintenant ? »

Mais les hommes – ce n'étaient que des gamins, en fait – la prenaient par le coude et lui répondaient : « Non, on n'a plus le temps maintenant, pas question de bouger, allongez-vous, madame.

— Impossible, j'peux pas, je… », a-t-elle réussi à dire avant de s'interrompre parce qu'elle sentait une présence dans la pièce. Elle a regardé autour d'elle et, en apercevant deux jambes maigres dans de hautes chaussettes grises, elle a crié : « Emmenez-la, faites-la sortir d'ici. Monica, va dans la pièce d'à côté, vas-y tout de suite. » Monica ne bougeait pas. « Faites-la sortir, pour l'amour du ciel, a hurlé Gretta, elle n'a que dix ans. »

Mais personne ne l'écoutait, tout le monde disait qu'on n'avait plus le temps, que c'était le moment, qu'il fallait pousser, pousser, quelqu'un la recouchait sur le canapé, et bon Dieu où était passé Robert, Ronan, ou je ne sais quoi, « où est passé mon mari, bon sang », s'est-elle entendue crier, même si elle savait que Monica était toujours là, elle n'avait pas besoin de la voir pour sentir sa présence, grâce au lien invisible qui les reliait. Au tout dernier moment, juste avant que le bébé ne déboule entre les mains tendues des ambulanciers, la voisine a paru recouvrer ses esprits, elle a attrapé Monica par les épaules et l'a poussée dans le couloir.

Gretta avait toujours été en osmose avec Monica, depuis le début. Ça n'avait pas été le cas avec ses deux autres enfants, non, seulement avec Monica. Dans l'ambulance bruyante où elle était seule avec son bébé braillard, Gretta a compris, une fois dissipé l'état comateux dû à l'accouchement, que, si Monica n'avait pas tout vu, elle en avait déjà trop vu, beaucoup trop, et qu'elle ne l'oublierait jamais.

Monica glisse les doigts entre les spirales serrées du cordon téléphonique qu'elle triture sans répit.

Dans le Gloucestershire, l'appareil sonne longtemps. Elle est prête à raccrocher en se disant que Peter doit avoir emmené les filles quelque part, à la piscine, peut-être, ou chez une de leurs amies, quand une voix gonflée d'importance lui répond : « Allô, ici Camberden 3834. »

Sidérée d'entendre l'une des gamines énoncer son propre numéro avec autant de naturel, elle reste un instant interdite. Puis elle se ressaisit. « Jessica, ma chérie, c'est toi ? »

Il y a un silence. Monica et l'enfant s'écoutent mutuellement respirer.

« Jessica ? reprend Monica. C'est toi ? Ou c'est Florence ? C'est Florence ?

— Qui est à l'appareil ? » La voix est claire et hautaine.

« C'est Monica, ma chérie. Vous passez un bon week-end ? Est-ce que papa... »

La voix lui coupe la parole. « Qui ça ? »

Monica lâche un petit rire musical et essaie de se libérer des spirales du cordon, mais le doigt le plus long, le voisin de l'index... – comment s'appelle-t-il, déjà ? A-t-il seulement un nom ? – reste coincé. « C'est moi, Monica, ta... la... bon, de ton père...

— Qui ? » répète l'enfant.

Monica respire un bon coup, enfonce ses ongles dans ses paumes. « Tu veux bien aller chercher ton papa, je voudrais lui parler. »

Un autre silence lui répond. Puis elle entend distinctement le clic du téléphone qu'on raccroche.

Monica n'en croit pas ses oreilles. Au bout d'un moment, elle envisage de rappeler, d'exiger que Peter vienne lui parler, mais elle n'a pas le cran nécessaire, ne pourrait pas supporter un mot de plus de cette voix flûtée, insolente.

Elle est prête à parier que c'était Jessica. La petite, Florence, n'aurait pas le culot de faire ça. Mais Jessica, si, elle est capable de n'importe quoi.

Eh bien, songe-t-elle en se dirigeant vers le salon de devant, cette petite demoiselle ne va pas s'en tirer comme ça. La prochaine fois qu'elle aura Peter au téléphone, Monica lui racontera ce qui vient de se passer. Que fera-t-il ? Elle le sait déjà : absolument rien. Il soupirera, gigotera dans sa salopette et marmonnera que ce n'est pas facile pour elles, que sa fille n'a fait qu'exprimer son insatisfaction, il est désolé, elle ne doit pas s'inquiéter, ça s'arrangera.

Elle agrippe le dossier d'un fauteuil qui appartient à son père et à personne d'autre. Si, quand ils étaient petits, Michael Francis, Aoife ou elle-même avaient fait ce que vient de faire Jessica, ça aurait bardé. Une fessée, au lit sans souper, et l'assurance que leur père leur passerait un bon savon en rentrant.

Non qu'elle ait dû souvent subir ce traitement. Elle était sage, bien élevée, responsable, et l'est toujours. Mais elle se rappelle qu'Aoife et parfois Michael Francis ont été punis de cette façon : fessée, au lit sans manger et savon de leur père. Elle se rappelle les pas pesants de son père, encore chaussé des beaux souliers qu'il portait à son travail, sur le tapis d'escalier, avant qu'il s'installe pour manger. Même si ce n'était pas elle qui attendait, recroquevillée sous la courtepointe, elle était terrorisée.

Monica lâche le fauteuil et vient se camper devant le bureau à cylindre de son père. Elle passe un doigt hésitant sur le dessus, pose la main sur le côté. Puis, après un bref coup d'œil par-dessus son épaule en direction du salon déserté, elle glisse le bout des doigts sous l'abattant et pousse. Rien. Le meuble est fermé à clé.

Sans s'émouvoir, elle s'approche de la fenêtre en saillie et, grimpant sur un tabouret recouvert de tapisserie (son œuvre), cherche à tâtons sur la cantonnière.

Un jour, elle a surpris son père en train de le faire – elle devait avoir douze ou treize ans et c'était sans doute à Noël parce qu'elle se rappelle distinctement son père penché au-dessus du sapin. En redescendant, il l'a aperçue sur le seuil. Un instant, elle a retenu son souffle en le voyant avec une clé à la main, sachant aussitôt ce qu'elle ouvrait. Ils étaient tous fascinés par le bureau en bois de leur père, avec sa serrure en laiton et ses rangées de tiroirs, le tout dans un coin de la pièce de devant. Le dimanche après-midi, il s'installait face aux profondeurs qu'il recelait, pliait et dépliait des papiers, écrivait avec son stylo à encre, déchirait des enveloppes. Mais elle n'aurait pas dû s'inquiéter. Au bout d'un moment, son père a souri et s'est tapoté le nez.

« Ça restera notre petit secret. D'accord ?

— D'accord. »

Elle a acquiescé et s'est approchée de lui au moment où il s'asseyait pour ouvrir son bureau. Elle avait toujours adoré la façon dont l'abattant se repliait dans le vide, dont ses lames glissaient comme une vague sur le sable. Plus que tout, elle adorait les vide-poches du bureau, les minuscules tiroirs et les petits recoins bourrés de bouts de papier, de bouteilles d'encre, de trombones. Il y avait aussi des photos là-dedans, elle le savait. Des photos de maman jeune fille, les cheveux bruns, la taille fine, les mains enfouies dans des gants. Des photos de gens qu'elle ne connaissait pas, qui posaient, raides, au soleil, dans de lointains jardins.

« Je peux remplir ton stylo, papa ? » demandait-elle.

Son père levait les yeux de ses papiers. « Oui. »

Il sortait l'encre bleu nuit. *Quink* était écrit en lettres cursives sur le verre. Monica savait dévisser le stylo, en tremper la plume argentée, juste la plume, dans le liquide, puis presser tant qu'il y avait des bulles. C'était exquis de sentir l'encre monter dans le stylo avec un petit bruit de succion. Monica entendait Michael Francis se déplacer lourdement à l'étage, et Aoife, dans la cuisine, hurler de plus en plus fort : « Non-on-on ! Je fais toute seule. » Et elle, bien tranquille, remplissait le stylo de son père, essuyait soigneusement la plume sur son mouchoir et revissait le capuchon. Aucune action n'était aussi satisfaisante, ne paraissait aussi juste que lui rendre le stylo en disant : « Et voilà, papa. » Puis la récompense venait : son père lui posait la main sur l'épaule et disait : « C'est parfait, ma chérie. »

Les doigts de Monica rencontrent quelque chose de dur et de froid. Elle attrape sur la cantonnière la clé couverte d'une couche de poussière qui retombe sur elle. En maudissant la façon désinvolte dont sa mère fait le ménage, elle l'essuie sur sa robe.

Après un nouveau coup d'œil derrière elle, Monica glisse sans le moindre remords la clé dans la serrure du bureau. Elle est dans son droit. C'est la seule chose qu'on puisse faire.

Son père a disparu. Elle a encore du mal à l'accepter, à y croire. Il est parti sans une pensée pour elle, qui doit s'en débrouiller, calmer une Gretta hystérique, affronter une flopée de parents. Il devait bien se douter que tout retomberait sur elle. Et s'en est-il soucié ? Non. Il s'en est allé sans jeter un seul regard derrière lui. Comment pouvait-il s'attendre à la voir tout lâcher et accourir pour régler cette histoire ? Son attitude trahit un égoïsme monstrueux, un manque de considération patent.

D'une poussée énergique, Monica repousse l'abattant qui se replie sur lui-même avec un claquement indigné. Elle passe la main sur la garniture de cuir, redresse le buvard, effleure le capuchon du stylo à encre dans son étui.

Depuis toujours, elle sait qu'elle est la préférée. C'est comme ça, se dit-elle. Rien n'a jamais été dit, bien sûr, parce que ce n'est pas dans les habitudes de la famille. Mais c'est pourtant la vérité, en pensée et en actes. Chacun le sait. Qu'est-ce qu'elle y peut si c'est elle que ses parents aimaient davantage, s'ils prenaient plus de plaisir à être avec elle, si la vie qui se dessinait pour elle semblait plus compatible avec la leur ? Elle n'a jamais sollicité leur constante bénédiction. Elle n'y est pour rien. Ses parents avaient beau insister sur l'importance du travail en classe, des bonnes notes, du classement, elle s'est toujours aperçue que c'étaient ses choix, et non ceux de Michael Francis, qu'ils approuvaient. Elle s'est trouvé un mari, elle s'est casée, installée dans un appartement à deux pas de chez eux. Rien de ce que les autres feraient ne pourrait jamais les rendre aussi heureux. Rien ne les avait davantage rassurés sur le genre de personnes qu'ils étaient et sur les choix qu'ils avaient eux-mêmes faits que de voir leur fille la plus jolie épouser en robe blanche un gars du coin, issu d'une bonne famille irlandaise. Rien. Et son divorce n'a rien changé. Malgré le tremblement de terre qu'il a provoqué, elle est restée leur préférée. Peut-être même s'accrochaient-ils encore plus à elle. Michael Francis pouvait bien passer trois doctorats, il ne la rattraperait jamais. Et, bien sûr, Aoife n'entrait pas dans la compétition. D'ailleurs elle avait tout fait pour se disqualifier. Quant à Michael Francis… Monica se demandait souvent si ça le gênait. Si c'était pour ça qu'il avait bossé dur à l'école et obtenu d'aussi bons résultats. Sauf que, à cause d'une grosse bêtise, il n'est pas plus avancé qu'elle. Il s'est marié et habite à deux pas.

Monica lisse ses cheveux, rajuste une pince sur sa nuque et se met à la tâche. Elle va commencer par les vide-poches, de gauche à droite. Sans aucun doute, elle trouvera un indice, quelque chose qui aura échappé aux autres. C'est elle qui connaît le mieux son père, et elle sait qu'un homme qui a travaillé toute sa vie dans une banque ne peut manquer de tout consigner. Il aura laissé une trace, une marque, même s'il n'en avait peut-être pas l'intention.

Assise jambes croisées sur le lit, Aoife a ouvert le livre de photographies américaines sur ses genoux. Elle en tourne les pages, dans un sens, dans l'autre, rejette de la fumée par la fenêtre, puis se remet à feuilleter l'ouvrage. Quand elle est allée à la bibliothèque, elle ne savait pas ce qu'elle voulait et a failli se diriger vers la section enfantine avec ses rayonnages toujours aussi familiers contenant des albums et des personnages de bandes dessinées reproduits de façon peu convaincante sur les murs. Mais elle a aperçu une rangée d'ouvrages plus grands que les autres, qu'elle n'avait encore jamais remarqués. C'est là qu'elle l'a déniché, serré entre la confection de courtepointes en piqué et la décoration des gâteaux.

Tout y est, depuis William Henry Fox Talbot et son sel de potassium pour fixer l'image. Evelyn est l'avant-dernière et l'une des rares femmes citées, remarque Aoife.

Six de ses photos sont reproduites, peut-être pas ses plus célèbres, et toutes ont été réalisées avant qu'Aoife ne travaille pour elle. L'une faisait partie de l'exposition qu'Aoife a vue il y a bien longtemps à Londres. À l'époque, elle avait dix-huit ou dix-neuf ans et, tandis qu'elle errait parmi ces œuvres, elle était loin de se douter qu'un jour elle développerait des pellicules, tirerait des planches-contacts, réglerait l'éclairage pour cette photographe. C'est curieux comme votre chemin peut être jonché de signes révélateurs sans que vous vous en aperceviez, même si vous avez le nez dessus.

Les clichés d'Evelyn sont reproduits dans un livre qu'Aoife peut feuilleter, assise sur le lit de son ancienne chambre. Curieusement, ça la rassure. Elle pose la main sur une double page : d'un côté, un homme affligé d'une marque de naissance qui lui couvre la moitié du visage brandit un poisson aux yeux morts ; de l'autre, une femme en combinaison est assise sur une voiture esquintée, des rails de chemin de fer derrière elle. Le contact de ces photos lui prouve qu'elle a avancé. Elle a une vie ailleurs et ne vit plus ici sans espoir ni perspectives d'avenir. Elle s'en est sortie.

Au moment où elle revient au photographe qui précède Evelyn, la porte s'ouvre et son frère se glisse dans la chambre.

Sans un regard, sans un mot, il se laisse lentement tomber à plat ventre sur la descente de lit.

En tournant la page, Aoife se rend compte qu'elle déteste le travail de ce photographe, un sale arrogant qu'elle a un jour rencontré. Après avoir jeté un coup d'œil à la silhouette longiligne de son frère, elle demande : « Ça va ?

— Mmmm », grommelle Michael Francis, le visage enfoui dans la natte en tissu.

Soudain, il ne voit pas de lieu où il se trouverait mieux que l'ancienne chambre de ses sœurs. Le parquet est chaud sous son torse, il a les jambes un peu écartées, les yeux fermés, la joue contre la texture intéressante que forment les bouts de tissu entrelacés de la descente de lit. Est-ce que ce ne sont pas Monica et sa mère qui l'ont confectionnée un hiver ? L'image d'une table de cuisine couverte de lambeaux de tissu lui vient à l'esprit, avec sa mère qui s'affaire au-dessus, puis cette vision s'estompe et disparaît. Ça s'est peut-être passé, mais peut-être pas.

« Tu crois que je pourrais rester là indéfiniment ? » demande-t-il, la voix agréablement étouffée par la natte.

Il entend sa sœur tourner une page – bruissement ténu du papier, mains qui lissent la surface.

« Théoriquement, tu pourrais, dit-elle sur un ton qui signifie : Comment oses-tu me déranger dans ma lecture ? Mais, au bout d'un jour ou deux, tu mourrais de déshydratation. Peut-être même avant avec cette chaleur. »

Il se couvre les yeux. Au rez-de-chaussée, il entend quelqu'un – Monica ? – se déplacer. Une voiture passe dans la rue en grinçant. Aoife tourne une page, une autre. En bas, quelqu'un heurte la théière contre le rebord de l'évier.

« J'ai fait quelque chose », dit-il.

Même s'il a les yeux fermés et qu'Aoife se trouve derrière lui, il sent qu'elle relève la tête, pose son livre sur le lit, à côté d'elle, comme il se doutait qu'elle le ferait. Il entend les ressorts du matelas gémir lorsqu'elle change de position.

« Est-ce que ça a un rapport avec papa ?

— Non.

— Bon. Quelque chose de bien ou de mal ?

— De mal. »

Suit un silence. À quelques numéros de là, une voix impérieuse, dans un jardin, parle d'un chapeau et d'autre chose qu'il ne saisit pas.

« Quelque chose à ton boulot ou dans ta vie privée ?

— Dans ma vie privée.

— Ah. »

Ce « ah » est à la fois empreint de sagesse et totalement exempt de jugement critique, si bien qu'il se sent obligé de tout raconter à sa sœur, ou presque tout. Par exemple, il ne peut pas lui dire que, la première fois qu'il a aperçu Gina Mayhew, il a eu l'impression de la reconnaître, de l'avoir attendue. Te voici enfin, a-t-il failli lui dire. Ou qu'il n'avait jamais cru au coup de foudre. Ou encore qu'elle n'était même pas ce qu'on pourrait appeler séduisante, même pas son type de femme, quelqu'un qui pourrait faire dérailler un couple ou un prof d'histoire marié et père de famille. Elle était grande, avec des bras et des jambes qu'elle ne paraissait pas complètement contrôler, et une peau blanche semée de taches de rousseur. Elle lui rappelait une girafe. Ses manches s'arrêtaient au-dessus des poignets. Ses longs pieds fins étaient chaussés de sandales à boucles comme celles des fillettes. Elle portait des jupes-culottes et des cardigans qui semblaient faits maison. Un bandeau retenait ses cheveux coupés au carré. Bref, elle avait le genre d'aspect qui faisait rigoler les gosses, il le savait. Il ne pouvait pas dire à Aoife que, la première fois qu'il était entré dans son labo de sciences – sous un prétexte quelconque, parce qu'il voulait la voir seule, la regarder, loin de cette salle des profs qui sécrétait l'ennui, avec sa fumée en suspension –, il l'avait trouvée en blouse trop courte, devant un tableau noir sur lequel elle avait noté le schéma du cycle du carbone. En l'apercevant, elle avait rougi et il avait aussitôt pensé au schéma de la circulation sanguine. Un peu plus et il le lui faisait remarquer. Le sang lui inondait le visage et le cou et, en guise de réponse, il s'était lui aussi senti rougir.

Non, il n'expose à Aoife que les faits bruts. Qu'il s'est amouraché d'une collègue et qu'elle éprouvait elle aussi quelque chose pour lui. Qu'ils déjeunaient ensemble derrière l'armoire ventilée, prenaient parfois le métro le soir jusqu'à la station Tottenham Court Road, où leurs chemins se séparaient. Que Claire s'en est aperçue. Que Gina est retournée en Australie. Que, à titre de revanche, Claire prépare une licence à l'Open

University, suit des cours magistraux, des travaux dirigés et emplit leur maison avec ses nouvelles amies.

Il ne dit pas à sa sœur qu'il lui arrive encore maintenant, même un an et demi après cette histoire, de se camper près de l'armoire ventilée. Qu'une fois, il a attrapé la blouse suspendue à un crochet et l'a soupesée dans sa main. Qu'en voyant un collègue se servir avec désinvolture de la tasse que Gina avait laissée, sur laquelle est dessiné l'Ayers Rock, ce rocher fabuleux du désert australien, il a été tellement furieux qu'il l'a retirée de la salle des profs et cachée dans le tiroir de son bureau. S'il ne lui en parle pas, ce n'est pas parce qu'il ne veut pas qu'elle soit au courant, mais parce qu'il sait que sa sœur va d'elle-même ajouter ces détails à son récit.

Quand il se tait enfin, il a l'impression d'avoir parlé une éternité et a oublié qu'il y a eu un moment où il n'a pas remué les lèvres pour produire des sons. Derrière lui, Aoife fume et il se dit que cette odeur pourrait attirer une Gretta vindicative qui ne permet plus qu'on fume chez elle depuis qu'elle a elle-même renoncé au tabac.

Il entend sa sœur tirer sur sa cigarette, voit la fumée s'élever dans la pièce et s'éclaircit la gorge. « Dis quelque chose.

— Quoi ?

— N'importe quoi.

— D'accord. Qu'est-ce qui s'est passé quand Claire s'en est aperçue ?

— C'était… » Il enfouit le visage dans l'épaisseur de la natte, hume ce qui s'y est accumulé, couches de poussière microscopiques et déchets de la jeune vie de ses sœurs ; il imagine qu'y sont logés quelques cheveux de bébé, des peluches tombées de leurs pulls d'enfant, des particules de leur peau d'adolescente, des rognures d'ongles, des peaux mortes, des pointes fourchues qu'elles ont arrachées à leurs cheveux. « C'était affreux. Vraiment affreux. Je n'avais jamais rien vu de pire. »

Sans cette excursion scolaire, il n'y aurait pas eu de problème. Il aurait pu garder le contrôle de la situation, sa vie n'aurait pas été chamboulée. Mais, quelques jours avant la visite annuelle des terminales dans les tranchées de la Somme, le proviseur l'avait convoqué dans son bureau.

La personne qui accompagnait d'ordinaire le groupe – une femme d'un certain âge, grosse fumeuse, qui semblait enseigner la géographie depuis que les glaciers s'étaient retirés de Grande-Bretagne – avait dû être hospitalisée pour passer une batterie d'« examens ». Le chef d'établissement avait prononcé ce mot avec une fausse assurance et tripoté son presse-papiers. Michael Francis en avait conclu qu'il s'agissait sans doute d'un problème gynécologique, quelque chose qui impliquait des saignements, des analyses et une opération dans des zones inconcevables. Mais tout allait bien, assura le proviseur, puisqu'il avait eu la brillante idée de demander à la nouvelle enseignante de biologie d'accompagner Michael Francis. Elle ne connaissait sûrement pas la France et les Australiens aimaient voyager, pas vrai ?

Ils empruntèrent le ferry. Seuls trois élèves furent malades, ce qui était mieux que l'année précédente. Dans le bus, Gina Mayhew et lui n'avaient pas pris place côte à côte. Pendant tout le trajet, elle avait obstinément regardé par la vitre. Son sac en cuir rouge luisant, pourvu d'une bandoulière, reposait sur ses genoux, tel un petit chien. Ils étaient polis l'un envers l'autre, guère plus. Ils se comportaient avec une parfaite correction, voilà. Ils se regardaient le moins possible, seulement quand c'était nécessaire et toujours en présence des élèves. Elle l'appelait monsieur Riordan, s'occupait des filles après l'extinction des feux, et lui des garçons. Personne n'aurait pu se douter de quoi que ce soit.

Le premier soir, il pensa que tout allait bien se passer. Professeurs responsables, ils formaient une équipe pour accompagner un voyage scolaire. Rien de plus. Ce qu'il y avait entre eux était encore peu de chose. Tout allait bien se passer.

Ils virent les tranchées, les champs, se promenèrent au milieu des tombes, et il ne dut renvoyer qu'un élève dans le minibus. Il distribua des questionnaires, des stylos, parla brièvement de la guerre de tranchées, fit remarquer que les Allemands surplombaient les alliés, montra la zone où cinquante-sept mille hommes étaient tombés en un jour.

« Notez ce chiffre. Cinquante-sept mille hommes, dont la plupart…

–… n'étaient pas plus âgés que vous », compléta Gina.

De sa position stratégique, perché sur l'échelle donnant sur le no man's land, il observa Gina assise en bas, en anorak jaune et short dont l'ourlet s'ornait de lions brodés, ses cheveux rassemblés en queue de cheval. Des jumelles pendaient à son cou. Il ignorait qu'elle l'écoutait, imaginait qu'elle était là physiquement, mais que ses pensées vagabondaient. Peut-être songeait-elle au désert australien éclaboussé de rouge par le soleil, à l'appareil circulatoire humain, au schéma représentant l'accouplement des vers de terre, ou à des patrons de jupes-culottes. Qui savait ce qui lui passait par la tête pendant qu'il débitait le laïus sur la conscription et les « boîtes de singe » qu'il rabâchait aux élèves depuis dix ans ?

Au moment où leurs regards se croisèrent, elle rougit. Toujours cet écarlate qui lui montait au cou, puis aux joues. Il se força à tourner la tête, à la baisser sur ses notes pour reprendre le fil.

« Hum, dit-il pour gagner du temps. Passons à l'armement. Qui peut m'en parler ? »

Cette nuit-là, il fut réveillé en sursaut par des coups frappés à la porte de la chambre à un seul petit lit qu'il occupait dans l'auberge de jeunesse. Vacillant, il alla ouvrir et trouva Gina Mayhew en pyjama de coton à fleurs, veste et short dont dépassaient ses jambes nues, luisantes sous l'éclairage au néon.

« Oh ! Gina, je ne pense pas… »

Mais elle s'était déjà éloignée dans le couloir. « Vous devriez venir », lança-t-elle par-dessus son épaule.

C'était peut-être fatal. Les élèves avaient mis la main sur des bouteilles d'alcool et ils faisaient la fête dans le dortoir des filles. Une fois sur le seuil avec Gina, il jeta un rapide coup d'œil pour évaluer les dégâts. Cinq gamins étaient ivres, l'un très sérieusement, quatre filles étaient à demi nues, deux jeunes s'enlaçaient, trois vomissaient ou n'en étaient pas loin. Pendant la demi-heure qui suivit, tous deux s'activèrent à réprimander, nettoyer, trier, séparer, confisquer. Gina rhabilla les filles – il prit soin de détourner les yeux – et les remit au lit. Il reconduisit les garçons dans leur dortoir et ferma la porte. Puis il revint sur ses pas.

Gina l'attendait dans le couloir, les bras chargés des bouteilles de vodka confisquées.

« Tout va bien ? » lui demanda-t-il en veillant à regarder partout, murs, sol, boutons de porte, pour ne pas fixer les yeux sur elle. Il ne voulait pas revoir ce pyjama court, ces jambes semées de taches de rousseur.

« Oui, murmura-t-elle. Elles sont toutes au lit.

— Super. Bon… » À plusieurs reprises, il leva les bras et les laissa retomber le long de son corps, comme s'il tentait vainement de s'envoler. « Je crois que nous devrions…

— Est-ce qu'il vous arrive de… », commença-t-elle en renversant la tête en arrière, les yeux au plafond.

Il la regarda et comprit soudain qu'il ne la regardait presque jamais. Il en était incapable. Sinon, il ne parvenait plus à s'arrêter. Mieux valait ne pas risquer d'inconvenance. Il remarqua les longs tendons crispés de son cou, le sillon vertical au-dessus de sa lèvre, le roux pâle de ses cils.

« … penser que vous ne faites pas le bon métier ? »

Oui, tout le temps, avait-il envie de répondre, à chaque minute qui passe. Je devrais suivre des séminaires à l'université de Berkeley, de Williams, de New York, et pas nettoyer derrière des ados bourrés dans une auberge de jeunesse française. Mais il préféra dire : « C'est ce que vous vous pensez ? Il ne faut pas. Je vous ai vue avec les gamins. Vous êtes formidable. Et même mieux que ça.

— Non.

— Si. Ça va aller, vous verrez. La première année est toujours la plus difficile. Ensuite, le métier devient une seconde nature. » Il leva la main et, avant de s'en apercevoir, il lui tapotait l'épaule.

C'était une erreur. Les larmes montèrent aux yeux de Gina, qui ne pouvait pas les essuyer parce qu'elle avait les bouteilles dans les mains.

« Excusez-moi, dit-elle.

— Il n'y a pas de mal, c'est…

— Ils… » D'autres larmes brillèrent et roulèrent sur ses joues. « … ils ont mis une grenouille dans mon lit. »

Il laissa retomber sa main. « Quoi ?

— Et j'ai horreur des grenouilles. Je vous assure. La plupart des animaux ne me posent pas de problème, mais les grenouilles… vivantes… c'est différent, je n'arrive pas à les toucher, à les ramasser, je n'y peux rien, je… »

Comme sa voix s'enflait, il la prit par le bras, ouvrit la porte de la chambre qu'elle occupait et l'y entraîna.

Ça ne portait pas à conséquence, se répétait-il avec conviction. Il l'aidait, de la même façon qu'il aidait Vita ou Hughie, la nuit, s'ils faisaient un cauchemar. Il lui suffirait d'enlever la grenouille, de souhaiter une bonne nuit à Gina et de partir. Ce n'était pas compliqué. Tout allait bien. C'était ce qu'il se disait en soulevant ses draps, en se forçant à ne surtout pas en respirer l'odeur, là, dans sa chambre, alors qu'elle était derrière lui. La grenouille formait une tache en forme de flèche sur le matelas, les pattes repliées sous elle. Gina était là, en veste et short de pyjama, il se trouvait dans sa chambre. Mais il ne faisait rien de mal. Il l'aidait parce que les élèves lui avaient fait une farce.

À deux mains, il couvrit la grenouille qui sauta à l'intérieur de ses paumes, un peu comme un cœur humain pourrait le faire s'il quittait le corps.

« La fenêtre », dit-il.

Gina s'y précipita pour l'ouvrir. Il se pencha vers l'obscurité. Un moment avant de relâcher l'animal, il fut frappé par l'étrangeté, le manque de familiarité du dehors – cet endroit privé de lumière mais vibrant de grillons, d'oiseaux et de créatures invisibles. Il lui sembla qu'il avait passé des semaines, des années peut-être, dans le monde clos de l'auberge de jeunesse, avec ses lumières aveuglantes, ses murs lambrissés, ses cabines de douche infestées d'araignées, ses réfectoires bruyants, ses lits étroits, ses enfants braillards. Mais là, juste de l'autre côté des murs, il y avait une obscurité veloutée, un ciel clouté d'étoiles, c'était magnifique, il faisait doux, ces sons mystérieux exerçaient un effet hypnotique.

Il ouvrit les mains et la grenouille tomba dans la végétation avec un bruit mat. Il l'entendit se remettre d'aplomb puis sauter au loin. Après une dernière goulée d'air nocturne, un dernier regard, il s'écarta de la fenêtre.

On aurait dit que quelque chose de la nuit avait pénétré dans la pièce. Gina était toujours en pyjama dans la pénombre, mais elle tenait à la main une bouteille de liquide argenté.

« Ne regardez pas », dit-elle avec un petit rire avant de porter la bouteille à sa bouche et de la renverser.

Il vit sa gorge se contracter une fois, deux fois.

Elle toussa, sourit et s'essuya la bouche du dos de la main. « J'en avais besoin. Désolée.

— Ne vous en faites pas. » Il tendit le bras.

Se méprit-elle délibérément ? Il tendait le bras vers la vodka, bien sûr, et non vers elle. Il voulait sentir l'alcool lui brûler la gorge.

Bref, elle lui donna sa main.

Et, pendant qu'il tenait dans la sienne la main de Gina Mayhew, une main étonnamment petite – bien plus petite que celle de Claire ; il se permit cette pensée, mais n'alla pas plus loin –, il lui sembla qu'il s'engageait dans un espace aussi vaste et infini que l'univers, et que cet espace regorgeait de présupposés sur ce qu'il était. Lui, ce père de famille, ce mari, ce professeur, lui qui ne lorgnait jamais les longues jambes des élèves les plus âgées, contrairement à des collègues qu'il aurait pu citer, ne répondait jamais aux regards énamourés de certaines, ne se laissait jamais aller à des confidences, rapprochements et badinages dans la salle des profs, n'avait jamais regardé une autre femme que la sienne depuis son mariage, avait épousé celle qu'il avait mise enceinte à l'époque où il commençait sa thèse de doctorat, avait abandonné son rêve de devenir universitaire, de filer en Amérique en laissant tout derrière lui, faisait sa part des tâches ménagères et s'occupait des enfants, conduisait très souvent sa mère à la messe, envoyait des cartes d'anniversaire, offrait des cadeaux et découpait la dinde à Noël. Bref, un type bien. Il savait que c'était la vérité. Pourtant, malgré cette correction, ce sens du devoir, ce sérieux et les attentions dont il était capable, il franchit la ligne jaune.

Quand il s'éveilla, l'aube venait à peine de poindre. La fenêtre était encore ouverte et le dehors avait retrouvé son peu d'intérêt – gris, humide, avec ses oiseaux bruyants et ses nuées d'insectes. Il s'arracha aux draps et descendit du lit étroit. Son esprit s'activait pour s'extirper de ce mauvais pas. Il fallait sortir de là et avancer dans le couloir pour gagner discrètement sa chambre. Que venait-il donc de faire, au nom du ciel ? Vite, il ramassa ses vêtements épars sur le sol. Tout allait bien se passer, se dit-il en forçant une jambe, puis l'autre dans son pantalon de pyjama dont l'électricité statique, soudain, semblait s'opposer à cette manœuvre. Tout allait bien se passer. Il savait que l'affolement signifiait la mort, il l'avait appris chez les scouts. Ne t'énerve pas, garde la tête froide, et surtout, ne panique pas. Tout allait bien se passer, il réglerait le problème, sortirait de cette chambre, et tout irait bien. Claire ne découvrirait jamais ce qu'il avait fait, il ne lui en parlerait pas, jamais ; ce n'était qu'une fois en passant, ça ne se reproduirait pas. Claire ne le saurait jamais, rien ne changerait ; il parlerait à Gina et elle comprendrait. Après tout, elle savait qu'il était marié.

Elle le savait depuis le début et elle le savait la veille quand elle s'était glissée sous lui dans le lit et avait fait passer sa veste de pyjama au-dessus de sa tête. Claire n'apprendrait jamais ce qui s'était passé ici. C'était un moment de folie, mais c'était fini.

Il tourna le bouton de la porte, sortit la tête dans le couloir. Rien. Personne. Il y vit un coup de chance extraordinaire, le signe que, désormais, les choses reviendraient à la normale. Il retournerait chez lui, oublierait cet épisode, serait un mari modèle, un père parfait. Claire ignorerait toujours cet écart de conduite.

Sauf que la chance ne se décrète pas. Qui aurait pu prévoir que, au moment où il retirait la grenouille des draps de Gina Mayhew, Hughie, en allant aux toilettes dans la nuit, se prendrait les pieds dans un camion oublié sur le palier (Claire ne lui répétait-elle pas tout le temps qu'il ne fallait pas laisser les jouets en haut de l'escalier ?), heurterait la rampe et devrait être emmené à l'hôpital pour se faire poser huit points de suture sur le front ? Qui aurait pu penser que Claire se servirait du numéro de téléphone qu'il avait collé sur le frigo en cas de problème, et ce depuis neuf ans qu'il accompagnait cette excursion ? Et qui aurait pu imaginer ce qui passerait par la tête de Claire, qui avait filé aux urgences avec deux enfants geignards en pleine nuit, quand l'employé renfrogné de l'auberge de jeunesse lui avait dit que son mari n'était pas dans sa chambre, qu'on ne savait pas où il était, voulait-elle qu'on essaie une autre chambre ?

Il roule sur le dos et regarde Aoife, adossée au mur, les genoux remontés. « Tu m'en veux ?

— Mais non, voyons !

— Moi, je m'en veux terriblement.

— Je ne vois pas à quoi ça t'avance. » Elle entortille une mèche de cheveux autour de son index. « En fait, on pourrait même dire que tout est la faute de la grenouille.

— C'est pas drôle.

— D'accord.

— Cette fichue grenouille n'y était pour rien.

— Très bien. Excuse-moi. C'était mauvais, comme blague.

— Très mauvais. Non, je suis le seul responsable.

— Parce que cette… comment elle s'appelle ? Gina… elle était pas là peut-être ?

— Si… mais…

— Mais quoi ?

— C'était entièrement ma faute. »

Aoife lève les yeux au ciel. « Je ne pense pas que tu puisses porter seul la… » Elle secoue la tête, semble vouloir mettre de l'ordre dans ses idées. « Bon. Ça a duré combien de temps, cette histoire ?

— Gina est arrivée au lycée au début de l'année scolaire, en septembre, j'ai dû lui parler pour la première fois en octobre ou en novembre. Et la deuxième fois, c'était à l'occasion du concert de Noël, je me rappelle, donc en décembre, je dirais, mi-décembre, fin décembre… »

Aoife soupire et lui coupe la parole. « Abrège ! Combien de temps a duré votre liaison ? Voilà ce que je te demande.

— C'est ce que j'essayais de t'expliquer. Elle est arrivée en septembre et, avant les vacances de Noël, il y a eu un concert auquel tous les enseignants devaient…

— Tu le fais exprès ?

— Quoi ?

— Arrête un peu avec tes concerts de Noël. Tu l'as baisée combien de fois ? »

Choqué, il se redresse. « Tu n'es pas obligée d'employer ce…

— Ce quoi ? »

Il se rallonge. « Une seule fois.

— Une seule ?

— Oui.

— Et tu t'es fait pincer ?

— Oui.

— T'as vraiment pas eu de bol.

— Là n'est pas la question, Aoife. J'ai fait quelque chose de terrible. Quand on est marié, on ne couche pas avec ses collègues. On est censé…

— Tu la vois toujours ? »

Il soupire, se cache le visage dans les mains. « Elle est repartie. La semaine suivante. En Australie.

— Hum. » Aoife écrase sa cigarette et jette le mégot par la fenêtre. « Tu veux que je te dise ce que j'en pense ? Ce n'est pas aussi terrible que tu le crois. De toutes les crasses que les gens se font, de toutes les choses affreuses, sinistres, cruelles qui se passent dans un couple, ce n'est vraiment pas la pire. D'accord, tu n'aurais pas dû coucher avec elle, mais tu ne l'as fait qu'une fois. Tu n'as pas répété ton erreur. Et tu n'as pas filé. Tu n'as pas abandonné tes gosses. Claire devrait être contente d'être tombée sur quelqu'un de bien, elle devrait se rendre compte…

— Eh bien, ce n'est pas le cas. Et elle a raison. On ne doit pas coucher à droite et à gauche quand on est…

— Seigneur, Michael Francis, tu n'es qu'un homme ! Ça arrive. On tombe parfois amoureux. Tu as craqué, tu as couché. On est tous passés par là. Mais tu as compris que c'était une grosse bêtise, tu as fait passer Claire et les enfants en premier.

— Non, gémit-il, le visage dans les mains. Pas du tout.

— Oh, je t'en prie, épargne-nous le mélodrame et la culpabilité. Tu as fait une bêtise. Tu as eu le béguin pour une femme, c'était une erreur, tu t'en es aperçu et tu as arrêté là. Point final.

— Ça n'avait rien d'un béguin, marmonne-t-il.

— Appelle ça comme tu voudras.

— Je l'aimais.

— Non.

— Si.

— Non.

— Si.

— Non.

— Si.

— Tu ne peux pas savoir avant d'avoir couché avec quelqu'un au moins trois fois. »

Il retire les mains de son visage. « Qui a décrété ça ?

— Moi.

— C'est de la connerie. »

Elle se penche en avant sur le lit. « Michael Francis, avec combien de filles t'as couché ?

— Ça ne te regarde pas.

— Deux. Hein ? Allez, trois, tout au plus.

— Je ne te le dirai pas. » Mais il commence à rigoler.

« Bon. Crois-moi. C'est le sexe qui décide de tout. Le sexe seul. Et la première fois, on ne peut jamais savoir ce que ça va donner. C'est juste comme si on se raclait la gorge avant de se mettre à parler.

— Et toi, avec combien de garçons tu as couché ?

— Je ne te le dirai pas.

— Allez, vas-y.

— Non.
— S'il te plaît ?
— Non. Tu serais choqué. Tu n'es pas de ma génération, ne l'oublie pas.
— Donne-moi une petite indication. Plus de cinq ?
— Oh, là, là !
— Plus ? Plus de dix ?
— Ça suffit. Je ne joue plus. Parle-moi plutôt des nouvelles amies de Claire.
— Plus de vingt ? »

Monica hésite sur le palier, tourne un pied d'un côté, puis de l'autre, aperçoit une éraflure sur la cambrure de sa chaussure. Il faudra qu'elle s'en occupe aujourd'hui même ; mieux vaut arranger ça le plus tôt possible. Mais sa mère aura-t-elle du cirage rouge foncé ? Elle en doute.

Derrière la porte de la chambre qui était autrefois la sienne, puis qu'elle a partagée avec Aoife, et enfin qu'Aoife a occupée seule, elle entend parler son frère et sa sœur. Plus de dix, demande Michael Francis, plus de vingt, et sa sœur lui répond par un éclat de rire. Comment peut-elle rire à un moment pareil ? se demande Monica. Et aussi : plus de vingt quoi ? Elle aimerait bien savoir à quel sujet ils plaisantent.

Une fois de plus, elle se sent au bord des larmes. Pour les refouler, elle renverse la tête en arrière et se retrouve les yeux fixés sur la suspension. Un vase renversé en verre tourbillonnant. Vénitien, d'après sa mère, mais Monica a du mal à le croire. Il date de l'époque où sa mère faisait les brocantes de Holloway Road. Ce fut l'une des toquades les plus durables de Gretta. Toutes les semaines, elle en rapportait quelque chose – une maison en coquillages, un cendrier qui avait la forme de l'île de Man, un porte-parapluie figurant un pied d'éléphant. Adorables, disait-elle pour qualifier ses trouvailles, une véritable affaire. Les marchands devaient se frotter les mains en la voyant arriver. Obsédée par l'envie d'acheter, pensant qu'elle pourrait transformer sa vie, sa maison, avec un achat de plus, une dernière petite chose, Gretta gobait tout ce qu'on lui racontait.

Ça suffit comme ça, se dit Monica. La journée a été horrible, la pire qu'elle ait vécue, et les événements repassent dans sa tête comme un repas trop lourd qu'elle ne parviendrait pas à digérer : l'enterrement du chat, le trajet jusqu'ici, d'abord en bus, puis dans un train étouffant, Joe – lui entre tous – et son bébé, aperçus dans la rue, le coup de téléphone dans le Gloucestershire, la fouille du bureau de son père, et enfin Aoife qui affirmait que ce n'était pas elle, qu'elle ne le lui avait pas dit. Elle aimerait bien que la journée soit terminée, qu'elle n'ait jamais commencé. Elle aimerait bien partir de cette maison pour ne plus jamais revenir.

« Pas plus de trente, quand même, dit Michael Francis de l'autre côté de la porte, tu blagues », et Aoife, toujours en riant, lui répond qu'elle ne veut pas en discuter.

Monica s'approche et pousse la porte. Rire et conversation cessent, avalés par le silence, comme elle s'en doutait. C'est là le prix à payer quand on est la préférée, songe-t-elle en regardant son frère et sa sœur. On est considérée comme une espionne des parents, tolérée mais jamais acceptée.

Quelle attitude adopter ? Monica réfléchit aux différentes possibilités. Michael Francis retrouve son sérieux, se redresse et repousse ses cheveux en arrière. Il sait qu'il n'aurait pas dû bavarder et rigoler un jour pareil. Aoife, en revanche, lance à sa sœur un regard noir, attrape une cigarette dans le paquet qui se trouve à côté d'elle et pose un livre sur ses genoux. Le livre qu'elle a volé à la bibliothèque, remarque Monica.

Doit-elle essayer de se joindre à la conversation, de leur demander : Plus de trente quoi ? Ou vaut-il mieux leur mettre sous le nez les souches du chéquier pour leur faire honte et les forcer à s'occuper du problème familial ?

Sans même qu'elle l'ait décidé, c'est la dernière option qui s'impose.

« Qu'est-ce que vous fabriquez ici tous les deux ? demande-t-elle d'un ton supérieur. J'ai trié les affaires de papa en bas. Vous pourriez avoir l'idée de m'aider au lieu de rester là à bavarder en me laissant tout le travail, comme d'habitude. »

Elle continue à parler. Michael Francis se lève, prêt à l'aider de la manière qu'elle indiquera ; lui donner un sentiment de culpabilité a toujours été très facile. Un jeu d'enfant. Aoife, elle, lève les yeux au ciel et s'adosse au mur. Comment est-il possible qu'elle ne l'ait pas dit à Joe ? pense Monica. Le fait est pourtant ancré dans son esprit et la ronge depuis des années. Sa sœur a détruit son couple, voilà le drame personnel de Monica, la blessure qui l'a marquée. Comment est-il possible qu'elle ne le lui ait pas dit ? Et, dans ce cas, comment l'a-t-il appris ? Par une infirmière, à l'hôpital ? Ou est-il arrivé seul à cette conclusion ?

Et puis, il y a eu cette fois, dans la cuisine de Michael Francis. Elle n'aime pas y repenser, c'est au-dessus de ses forces et, d'ailleurs, elle ne s'en souvient pas avec précision. C'est arrivé pendant un moment de telle confusion, de telle tension. A-t-elle vraiment lancé ces choses à la figure de sa sœur ? Les a-t-elle mises à jamais entre elles ? Impossible. Et pourtant, elle a bien l'impression qu'elle l'a fait. Qu'elle lui a raconté ce qui est arrivé à leur mère après sa naissance. Incroyable !

Un désir de parler à Aoife se manifeste en elle. Ce qu'elle va lui dire n'est pas clair, mais le besoin peu familier, irrationnel, de s'exprimer, de communiquer quelque chose à sa sœur la submerge.

Toutefois, elle se surprend à demander à Michael Francis : « Tu avais déjà vu ça ? » en lui fourrant les souches dans les mains.

Son frère est obligé de les rattraper pour éviter qu'elles ne tombent. « Non. Qu'est-ce que c'est ? »

Monica le fusille du regard. « Des souches de chéquier, explique-t-elle doctement.

— Je le vois bien, mais qu'est-ce que…

— Il verse un montant mensuel… » Monica s'approche de la fenêtre et feint de regarder le jardin avant de se retourner. « … de vingt livres à quelqu'un qu'il appelle Assumpta. »

Son frère et sa sœur écarquillent les yeux. Elle éprouve un sentiment de triomphe sans savoir au juste pourquoi.

Elle saisit une souche au hasard dans les mains en coupe de Michael Francis. « Ça dure depuis longtemps, aussi loin que j'ai pu remonter. Le premier de chaque mois, il signe un chèque à Assumpta. Regardez ! Vingt livres, le premier du mois, dit-elle en mettant le document sous les yeux de son frère, puis de sa sœur.

— Seigneur ! » murmure Michael Francis. Il s'assied sur le lit face à Aoife, forme un petit tas avec les souches et se met à les examiner une par une.

« Est-ce que nous connaissons quelqu'un qui s'appelle Assumpta ? demande Monica.

— Je ne crois pas, répond Michael Francis. En tout cas, ça ne me dit rien même si… ce n'était pas le nom d'une cousine de maman ?

— Assumpta, marmonne Aoife tout bas. Ça fait penser à une bonne sœur, si vous voulez mon avis. »

Ils ignorent sa remarque.

« Qui ça ? demande Monica.

— Tu ne te rappelles pas ? Cette ferme qui surplombait une vallée, dans le comté de Galway. Remplie de chiens et de matériel en train de rouiller. Il y avait des chiens partout.

— Je m'en souviens, dit Monica.

— Moi non, dit Aoife.

— Ce n'était pas elle, Assumpta ?

— Assumpta ? Assumpta, répète Monica en réfléchissant. C'était elle, Assumpta ? » Elle ferme les yeux, se représente la cuisine de la cousine en question, les chiens qui se cognaient dans leurs jambes, montaient et descendaient l'escalier, entraient et sortaient des pièces, grimpaient sur les meubles. « Non, elle s'appelait Ailish. De toute façon, elle avait déjà au moins cent ans à l'époque, elle ne doit plus être en vie.

— Putain de merde ! » souffle Michael Francis en feuilletant les souches. Puis il répète plus fort : « Putain de merde ! Il y en a des tonnes…

— Je sais.

— Chaque mois. Tu crois que ça veut dire… »

Du rez-de-chaussée, Gretta hurle comme le fantôme dans *Hamlet* : « Michael Francis, je ne veux pas de ce langage dans cette maison !

— Bon, qu'est-ce que tu veux que ça veuille dire d'autre ? rétorque Monica.

— Vous croyez qu'il est parti avec cette fameuse Assumpta ? Il en serait capable ? demande Aoife.

— Vous m'entendez ? crie Gretta.

— Je n'en sais rien, mais ça se pourrait, répond Michael Francis. Oui, on t'entend », ajoute-t-il à l'adresse de sa mère.

Tous trois respirent un grand coup, se dévisagent.

« Il va falloir le lui dire, pas vrai ? suggère Aoife.

— Pas encore, s'empresse de répliquer Monica.

— Attendons d'avoir…, commence Michael Francis.

— D'avoir des preuves.

— Comment allons-nous nous les procurer, ces preuves ? » demande Aoife.

Monica lisse sa jupe sur ses genoux. « De la même façon que je me suis procuré ces souches. Nous allons fouiller la maison, explique-t-elle de sa voix la plus autoritaire avant de sortir un bout de papier de sa poche. J'ai fait la liste.

— Quelle liste ? »

Comme prévu, Monica ne relève pas. « Bon. J'ai déjà fouillé le bureau. J'allais m'occuper de l'armoire. Michael Francis, peut-être pourrais-tu te charger du grenier et Aoife prendra les étagères métalliques dans la remise. »

Son frère gratte sa barbe naissante. Il s'accorde toujours le plaisir de ne pas se raser au début des grandes vacances. « Qu'est-ce que tu entends par "me charger du grenier" ?

— Ça ne va pas être facile de travailler sans que maman s'en aperçoive, poursuit Monica. Mais je suis sûre que tu y arriveras.

— Je ne sais pas. Qu'est-ce que nous sommes censés chercher ?

— Tout. N'importe quoi. » Monica se dirige vers le placard et l'ouvre. « N'importe quoi. » Elle descend un carton d'une étagère et en sort une poule en bois, une décoration de Noël et une chouette confectionnée avec une pomme de pin.

Michael Francis la regarde, puis jette un coup d'œil à sa montre. Aoife se lève et quitte la pièce. Sur le palier, elle tend l'oreille tout en mordillant un ongle cassé. Quelle idée stupide, pense-t-elle. Elle n'a encore jamais rien entendu de plus idiot. À quoi ça va les avancer ? Et pourquoi Monica se sent-elle obligée de faire comme si, à partir de maintenant, tout allait bien se passer ? Mon Dieu, je suis épuisée.

Au bout de quelques pas, elle se retrouve devant la chambre de ses parents. Il y a là un lit. Que ce serait bon d'être allongée. Elle s'étend en travers, avec la tête qui dépasse, tournée vers la fenêtre en saillie. Juste un instant. Pourquoi ne pas dormir ? Un tout petit moment. Elle hume l'odeur de ses parents : talc, pastilles pour la toux, naphtaline, lotion capillaire, cirage. Elle considère le lilas défraîchi de leur dessus-de-lit en chenille, dont les rainures, énormes d'aussi près, forment presque des montagnes et des vallées, puis sa vision se trouble.

En se réveillant, Aoife est déconcertée par les rideaux en dentelle, la lumière électrique arrivant d'une porte qui n'est pas à la bonne place. D'un geste brusque, elle se redresse sur les coudes et s'étonne de se trouver dans la chambre de ses parents, à Gillerton Road.

Elle se sent dans un état déplorable : elle meurt de soif, elle a la nausée, le vertige, et surtout, horriblement chaud. Ses jambes s'agitent pour repousser ce qui l'enveloppe – quelque chose qui gratte.

Pendant son sommeil, on est venu poser une couverture sur elle. Une couverture en laine. Quelle personne saine d'esprit éprouverait le besoin de réchauffer quelqu'un en pleine canicule ?

Aoife se doute de la réponse en entendant le ronflement porcin, entrecoupé, de sa mère à travers la cloison.

D'un coup de pied rageur, elle rejette la couverture qui, telle une mue, s'étale sur la descente de lit. Des bouffées de nausée lui donnent l'impression que le lit monte et descend, malmené par des vagues. À un moment donné, elle est sûre qu'elle va vomir, là, tout de suite, et elle se demande si c'est très mal élevé de dégobiller dans le lit de ses parents. Mais ce malaise passe. Elle pose de nouveau la tête sur le couvre-lit lilas en chenille, à la familiarité dérangeante. Ça lui rappelle de nombreux Noël où elle vidait sur ce lit la chaussette contenant ses cadeaux – un filet de piécettes en chocolat, un yo-yo, une poupée en bois, une orange tout au fond. Son père feignait de dormir et sa mère ne cessait de s'exclamer : « Oh ! Ah ! Regardez un peu ça ! »

Elle n'a aucune idée de l'heure. À en juger par la lumière argentée qui filtre à travers les rideaux en dentelle et par les arpèges allègres des oiseaux dehors, ce doit être l'aube, mais Aoife a du mal à le croire. Elle a l'impression de s'être assoupie dix minutes. Impossible qu'elle ait dormi toute la soirée et une grande partie de la nuit.

Les aiguilles vertes du réveil de son père lui apprennent qu'il est 4 h 20. 23 h 20 à New York, où on est encore hier. Gabe sera-t-il réveillé ?

Péniblement, Aoife se lève. De nouveau, elle manque presque de rendre, puis le malaise cède. Elle cherche partout ses chaussures : sous le lit, sous la couverture, sous le couvre-lit de Noël ; elle rampe autour du lit, regarde sous les deux tables de chevet. Rien. Elle se rassied et presse les deux mains sur son crâne. Ne pas retrouver ses chaussures lui paraît la pire chose qui lui soit arrivée. Bon Dieu, où peuvent-elles bien être ? Ce sont des sandales en cuir rouge tout à fait banales, mais leur absence leur confère la valeur d'un talisman.

Bien sûr, elle sait ce qui a dû se passer et visualise la scène comme si elle y avait assisté. En entrant avec sa fichue couverture, sa mère a dû les attraper pour les cirer. Son zèle maniaque pousse Aoife au bord de la démence. D'une minute à l'autre, Gretta peut décider de nettoyer tout ce qui se trouve à portée de sa main. Si on laisse ses clés, on prend un gros risque. Quant au porte-monnaie, il ne faut pas y penser. Et le cardigan que vous avez abandonné sur une chaise pour le récupérer un peu plus tard n'y sera plus quand vous reviendrez.

Par miracle, elle aperçoit ses sandales, poussées sous la commode de son père, presque contre le mur, et donc peu visibles. Aoife saute du lit, s'en saisit et s'empresse de les chausser, comme si elle craignait qu'on les lui arrache.

Elle s'aventure sur le palier. Sa mère ronfle à qui mieux mieux dans la chambre de Michael Francis où elle a dû se réfugier. Est-ce que ça veut dire que Monica s'est couchée dans leur ancienne chambre ? Elle s'approche de la porte, colle l'oreille contre le bois. Sa sœur est-elle là ? Aoife aimerait récupérer le livre sur la photographie, mais elle ne veut pas risquer de réveiller Monica. Celle-ci a toujours détesté qu'on la dérange dans son sommeil.

Lentement, Aoife descend l'escalier sans savoir au juste ce qu'elle va faire. Le jour n'est pas encore levé. Tout le monde dort. Son livre est inaccessible. Elle n'a plus sommeil du tout, comme si son corps l'avait réveillée à temps pour aller travailler au club.

Dans le salon, elle se sent agressée par le spectacle choquant du bureau de son père ouvert. Son contenu est éparpillé sur le sol. Jamais encore elle ne l'avait vu avec le rabat replié, et encore moins pillé de la sorte. Est-ce Monica qui l'a laissé dans cet état ? Qu'a dit Gretta en s'en apercevant ? La conversation ne devait pas manquer d'intérêt. Pourtant, à bien y réfléchir, Gretta n'a sans doute fait aucune réflexion désobligeante à Monica, mais lui a plutôt dit : Fais pour le mieux, ma chérie, oui, flanque donc les affaires de ton père un peu partout, je nettoierai derrière toi, ne t'inquiète pas.

Aoife s'affale dans le fauteuil de son père et repousse les cheveux qui lui tombent sur les yeux. On étouffe ici. Comment peut-il faire une température pareille ? On dirait qu'il fait encore plus chaud qu'à l'étage, et pourtant, ça ne se peut pas, tout le monde sait que la chaleur monte.

Son regard balaie ce qui jonche le sol : papiers, anciens passeports avec leur coin coupé, reçus, lettres. La vue d'un insigne sur une feuille la fait frémir sans qu'elle sache pourquoi. En se précipitant dessus, elle constate que ce sont les armoiries de l'école. Dessous, *Notre devoir envers Dieu* est écrit en lettres tourbillonnantes, elle le sait car on le leur rappelait tous les jours lors de ces interminables rassemblements pour la prière. Des lignes et des lignes sont dactylographiées sur la feuille qu'elle lance loin d'elle.

Hésitant entre préparer du café, ranger ces documents ou sortir dans le jardin, elle pose la tête sur le bureau de son père. Le cuir est chaud sous sa joue, lisse, l'odeur de cire, de papier et d'encre, apaisante. Sans changer de position, elle observe la pièce et songe qu'elle ne l'a encore jamais vue sous cet angle, ce qui est curieux, puis, tout de suite après, elle se dit que sa mère parle trop fort derrière elle.

Soulevant la tête, elle se redresse et découvre que des rais de lumière strient le tapis. Se serait-elle rendormie ?

« Ça alors…, dit sa mère. Bon… et qu'est-ce qu'il pense de… jamais… »

Gretta téléphone en Irlande. Aoife le devine aux accents très marqués dans sa voix, aux « s » légèrement plus sifflants, aux « t » plus doux. L'un de ses nombreux parents doit être au bout du fil, ils appellent toujours à des heures impossibles, à 6 heures du matin, ça ne les gêne pas.

Aoife se lève, traverse la pièce en titubant et entre dans la cuisine. Là, elle regarde autour d'elle. Que va-t-elle pouvoir manger ? Un paquet de céréales est posé sur la table, à côté du bol de lait de sa mère dans lequel trempe une cuillère. Sur le plan de travail, la miche de pain paraît sèche, concave à l'endroit où on l'a tranchée. Aoife s'appuie à l'évier, fait couler l'eau et boit au robinet. Au moment où elle s'assied avec une pomme prise dans la coupe de fruits, elle se rend compte que sa mère se tient sur le seuil, les mains enfoncées dans les poches de sa robe de chambre.

« Alors ? » demande Aoife.

Gretta la regarde sans la voir.

« Qu'est-ce qu'il y a ? » Aoife se lève, s'approche de sa mère, lui prend les mains et la guide vers une chaise. « Qui était au téléphone ?

— Mary », souffle Gretta.

Mary. Une amie, une voisine, une parente. La Vierge ?

« La femme de Dermot », murmure Gretta.

Aoife n'est pas plus avancée pour autant. « Ah ! »

Gretta se cache le visage dans les mains. « Donne-moi mes pilules, tu veux, Aoife ? J'ai un horrible mal de tête. »

Aoife se dirige vers la pharmacopée de sa mère, ménagée dans un placard de la cuisine. Il y a là environ vingt-cinq flacons de diverses tailles. Aoife en attrape deux au hasard et, après avoir lu le nom des médicaments, les repose et en prend deux autres. « Seigneur, maman, qu'est-ce que tu fais avec tous ces trucs ?

— T'occupe pas. Donne-moi les… les roses.

— Sans blague, c'est quoi, toutes ces pilules ? Tu ne devrais pas les prendre. Qui te les a prescrites ?

— Aoife ! » Gretta porte une main à sa tête. « Contente-toi de me les donner. »

Aoife sort tous les flacons du placard et les aligne. « Le docteur sait que tu as tout ça ? Maman, tu as assez de Valium pour tuer un cheval. Tu ne devrais vraiment pas…

— Monica dit…

— Ah, alors si Monica le dit ! » Aoife choque contre le plan de travail un médicament dont le nom commence par *p*. « Monica ferait mieux de prendre elle-même un peu de Valium. Ça nous permettrait de souffler un peu. »

Gretta traverse à grands pas la cuisine, attrape un flacon, verse deux pilules dans sa main et les avale sans une gorgée d'eau. Puis elle se tourne vers sa fille. « Ils l'ont vu. »

Le regard d'Aoife passe des médicaments à sa mère. « Qui est-ce qu'ils ont vu ?

— Ton père. »

Aoife examine sa mère. Elle paraît vieille avec ses yeux égarés et sa peau blanche parcheminée. « Qui l'a vu ? » demande Aoife d'un ton las en espérant ne pas entendre parler de lutins ou d'esprits. Autrefois, il arrivait à Gretta de divaguer en enfourchant ce sujet et il était difficile de la ramener à la réalité.

Gretta soupire. « Je viens de te le dire. Tu n'as pas entendu ? Dermot et Mary. »

Aoife est sur le point de rétorquer : Qui sont ce Dermot et cette Mary, bon Dieu ? mais elle se retient. « Où est-ce qu'ils l'ont vu ? »

Sa mère lui lance un regard noir et semble la trouver particulièrement stupide. « Sur la route de Roundstone.

— Et c'est où, la route de Roundstone ?

— C'est où… Tu es folle ou quoi ?

— Non ! hurle Aoife, qui en a par-dessus la tête. Je ne suis absolument pas folle, bon Dieu ! Arrête plutôt de parler par énigmes et raconte-moi ce qui s'est passé.

— Roundstone est un village du Connemara, dans le comté de Galway, crie Gretta à son tour. Et tu le saurais si tu m'avais bien écoutée et si tu te conduisais comme un membre de cette famille au lieu de t'en aller faire…

— Faire quoi ? Qu'est-ce que tu allais dire ?

— Ah ! » Gretta agite la main vers sa fille, puis ouvre la porte de derrière et sort.

Restée seule dans la cuisine, Aoife ferme les yeux et serre les poings. Elle éprouve le besoin de voir Gabe, d'être avec lui. À ce moment précis, elle donnerait n'importe quoi pour pouvoir poser la main sur son épaule, pour l'avoir ici, dans cette cuisine, avec elle, sans qu'il ne porte de jugement sur elle.

Au bout d'un moment, elle sort, descend les marches et se dirige vers sa mère. Gretta renifle dans un mouchoir près du cytise desséché. En s'approchant d'elle, Aoife sent que leur colère mutuelle s'est évaporée comme des nuages se dissipent dans le ciel. Elle pose un bras autour des épaules de sa mère et lui dit : « Raconte. »

Une nouvelle fois, Aoife sonne chez Michael Francis, puis soulève le heurtoir. Il n'est pas encore 8 heures du matin. Elle a effectué à pied le trajet entre Gillerton Road et Stoke Newington, croisant postiers, éboueurs, laitiers. Elle a vu des bus vides passer dans des rues désertes et le soleil se glisser dans le ciel de plus en plus clair. Ce n'est donc pas une heure aussi déplacée pour une visite. D'ailleurs, les gens qui ont des enfants ne se lèvent-ils pas tôt ?

Avant qu'elle n'ait le temps de laisser retomber le heurtoir, la porte s'ouvre brusquement et Monica apparaît sur le seuil, fermant d'une main le col de sa robe de chambre.

De surprise, Aoife recule pour examiner la maison. Elle est pourtant sûre et certaine d'être allée chez son frère. Mais ce n'est sans doute pas le cas. Monica s'est peut-être installée ici sans que personne ne l'ait avertie.

« C'est toi, se contente-t-elle de dire.

— Oui.

— Qu'est-ce que tu fais ici ?

— Je pourrais te poser la même question. » Monica soupire. « Tu sais l'heure qu'il est ?

— Pas encore tout à fait 8 heures. »

Monica dégage son poignet de sa manche. « 7 heures. 6 h 45, précisément.

— Oh ! » Aoife regarde elle aussi sa montre et lit bel et bien 8 heures. « Je ne l'ai peut-être pas… bien remise à l'heure. »

Sa sœur pivote sur ses pieds nus et disparaît dans la maison de Michael Francis. Au bout d'un moment, Aoife la suit.

Dans la cuisine, Monica referme bruyamment le couvercle de la bouilloire. « Où est maman ? » demande-t-elle sans se retourner.

Après avoir déplacé une batte de cricket, un collier de chat, un album de BD et une tasse de poupée, Aoife se glisse sur un siège à la table de son frère. « Elle dort », répond-elle du même ton sec que sa sœur. Moi aussi, je peux jouer à ce petit jeu, pense-t-elle. Et aussi : Tu me dois des excuses, et à plusieurs titres, encore. Ne crois pas que tu vas t'en tirer comme ça. Irritée, elle attrape un bout de plastique orange non identifié et le triture.

L'air épuisé, en T-shirt et pantalon de pyjama, Michael Francis entre dans la cuisine. « Seigneur ! » Il bâille en regardant Aoife. « C'est toi qui as frappé ? »

Aoife confirme. « Excuse-moi.

— T'as vu l'heure ?

— Ma montre avançait. »

Monica soulève la bouilloire de la plaque. « Elle ne l'a pas bien réglée. »

Dans le ton de sa sœur, Aoife décrypte toute son histoire. Aoife est un cancre, une idiote, qui confond la droite et la gauche, ne sait ni lire ni écrire, est incapable de se servir d'un couteau et d'une fourchette, n'arrive même pas à lacer ses chaussures.

« Je me suis trompée ! hurle-t-elle en serrant le truc en plastique orange (elle pense qu'il peut s'agir d'une partie d'un jouet ou d'un véhicule quelconque). J'arrive des États-Unis, bon Dieu ! Je n'ai pas bien remis ma montre à l'heure. Ça ne fait pas de moi une idiote. Je me suis excusée. Qu'est-ce que vous voulez que je fasse de plus ? »

À la manière dont son frère et sa sœur la dévisagent, on dirait qu'ils l'ont déjà vue quelque part mais ne savent plus où. D'un même mouvement, ils se détournent, Monica pour s'occuper de la bouilloire, Michael Francis pour attraper des mugs, et l'abandonnent à sa fureur.

Elle résiste à l'envie de grincer des dents, de fracasser quelque chose contre le mur. Comment se fait-il qu'au bout de vingt-quatre heures passées en famille, on se retrouve adolescente ? Est-ce que cette régression va perdurer ? Va-t-elle perdre dix ans par jour ?

« Écoutez, je voulais vous dire une chose, reprend-elle en essayant de baisser la voix. Quelqu'un a vu papa. En Irlande.

— Quelqu'un ? » Monica se retourne. « Qui ?

— Mary. Et Declan. Qui ils sont, ça, je n'en sais foutre rien.

— Mary et Declan ? répète Michael Francis en s'attablant, un paquet de céréales sous le bras.

— Mary est mariée avec Dermot, pas avec Declan, explique Monica. C'est le cousin de maman par la branche paternelle. Il habite à proximité de Derrylea. »

Aoife et Michael Francis échangent un regard.

« Bref, reprend Aoife en détournant les yeux. Ils ont téléphoné ce matin à une heure pas possible pour dire que quelqu'un avait aperçu papa près d'un village appelé Roundstone. Chose encore plus bizarre, il sortait d'un couvent. Le dernier endroit où on aurait pensé à le chercher. La personne en question est le cousin d'un cousin. Papa se serait arrêté pour bavarder avec lui avant de reprendre son chemin.

— Ça ne rime à rien, assène Monica d'un ton tranchant. C'est n'importe quoi. » Elle porte la main à son cou. « Qu'est-ce qu'il ferait en Irlande ? Et dans un couvent, en plus ? Pourquoi serait-il parti sans nous prévenir ?

— Où est maman ? demande à son tour Michael Francis.

— Elle est... » Aoife agite une main. « ... à la maison. Elle a eu une de ses crises. En tout cas, elle a réagi bizarrement. Elle a avalé des pilules, s'est enfermée dans la chambre et n'a pas voulu ressortir. À propos, vous avez vu le nombre de médicaments qu'elle a ? »

Ils ne relèvent pas.

« Elle a dit quelque chose d'autre ? demande Monica. N'importe quoi ? »

Aoife plisse le front et essaie de se souvenir. Elle a aidé sa mère à regagner la maison, à monter l'escalier. À la porte de sa chambre, Gretta s'est dégagée pour entrer seule en disant qu'elle voulait s'allonger. Pourtant, Aoife l'a entendue se déplacer.

« Non, mais il se passe quelque chose. Elle sait un truc qu'elle garde pour elle. Elle a fait sa comédie de mal de tête…

— Ah ! dit Michael Francis. Son éternel écran de fumée.

— Pas du tout ! rétorque Monica en reposant sa tasse de thé. Quelle drôle d'idée. Elle souffre d'hypertension, tu le sais, et laisser entendre qu'elle fait semblant d'avoir mal à la tête est…

— Est-ce que, l'un ou l'autre, vous savez qui est Frankie ? demande Aoife en lui coupant la parole. Elle a dit : "Pourquoi est-ce que je n'ai pas pensé à Frankie ?" Et ensuite, elle n'a pas voulu s'expliquer, alors je me demandais…

— Frankie était le frère de papa », répond Michael Francis.

Le regard d'Aoife se pose sur son frère, puis sur sa sœur, et revient enfin sur son frère. « Quoi ?

— Son frère.

— Il n'a pas de frère.

— Si. Ou plutôt il en avait un. Il est mort pendant les Troubles. Des années avant ta naissance. Tu l'ignorais ? »

Aoife en reste muette. Elle retient son souffle, sent la rage monter en elle. Non pas parce que son père a disparu, qu'il est sorti de leurs vies sans un seul regard en arrière, qu'il a planté là leur mère et avait semble-t-il un frère. Non, elle est furieuse contre son frère et sa sœur. Contre toute sa famille. On lui a caché ça. Leur père avait un frère ? Cette idée est incroyable, inouïe, farfelue. Pourquoi personne ne lui en a donc jamais parlé ? Pourquoi se retrouve-t-elle une fois de plus laissée de côté ?

Son frère et sa sœur la considèrent avec un mélange de supériorité et de pitié. De nouveau, elle a l'impression d'être une pygmée, une lilliputienne à l'ombre de leur savoir implacable. Elle se revoit à cinq ans demander un soir à sa mère comment les chatons ont fait pour entrer dans le ventre de la chatte et, en entendant s'esclaffer Monica et Michael Francis, ne pas comprendre ce qu'ils trouvent drôle et qu'elle ne peut pas partager. Elle se rappelle leur avoir demandé si on était le matin ou l'après-midi et si elle avait déjà déjeuné. Le regard qu'ils lui avaient lancé était le même que celui-ci, apitoyé, olympien, du haut de leur expérience. Elle n'a aucune chance de les rattraper, il serait même vain d'essayer.

« Tu le savais, dit Monica en s'asseyant à côté de son frère.

— Non.

— Tu étais forcément au courant. » Monica sucre son thé avec un édulcorant.

« Tu étais forcément au courant », répète en écho Michael Francis, mais, à présent il en doute. Il s'adresse à Monica : « Elle ne le savait pas. Comment a-t-elle pu l'ignorer ? »

Ils se tournent pour la dévisager avec curiosité et, sous leur regard, Aoife sent sa peau la démanger, comme si elle était confrontée à une substance à laquelle elle est allergique, du pollen ou de la laine, par exemple. Monica murmure qu'elle a peut-être loupé ce fait puisqu'on ne parlait jamais de lui, qu'on ne mentionnait même pas son nom après la naissance d'Aoife dans la mesure où il était mort depuis des années…

Une petite fille apparaît sur le seuil et tout le monde se tait. Elle est toute nue, à l'exception de bottes en caoutchouc multicolores que, remarque Aoife, elle n'a pas enfilées au bon pied. Par la queue, elle tient un tigre qui n'a qu'un œil. « Qui t'es, toi ? demande-t-elle en désignant Aoife.

— Aoife Magdalena Riordan. Et toi ? » Aoife lui retourne sa question avec le même geste.

« Vita Clarissa Riordan. »

Elles se considèrent un instant. Le tigre effectue une lente rotation, son œil unique braqué sur le sol.

« Pourquoi on a le même nom ?

— Parce que nous sommes parentes. Je suis la sœur de ton papa. »

Vita fronce les sourcils. « C'est elle, la sœur de papa. » Elle pointe un doigt en direction de Monica.

« Moi, je suis l'autre sœur. »

Vita se faufile dans la pièce et vient se poster près de la table. Elle y pose le tigre face à Aoife.

« Qu'est-ce qui est arrivé à l'œil de ton tigre ?

— J'l'ai arraché.

— Oh !

— Avec les dents.

— Comment ça se fait ?

— J'l'aimais pas, pas du tout.

— C'est une raison. »

Vita penche la tête sur le côté. « C'est quoi dérailler ? »
Aoife se penche en avant. « Pardon ?
— Grand-mère dit que... »
Michael Francis lève les yeux de ses céréales. « Vita...
— Qu'est-ce qu'elle dit, grand-mère ?
— Que tu déraillles.
— Ah bon ? Très intéressant. Et qu'est-ce qu'elle dit d'autre à mon sujet ?
— Que tu as gâché toutes tes chances, qu'elle, elle n'a jamais...
— Vita, ça suffit, reprend Michael Francis.
— Tu veux que je te dise quelque chose, Vita ?
— Quoi ?
— Tu sais ce que ça fait de dérailler ? C'est génial. C'est super. C'est...
— Aoife, ça suffit. » Michael Francis se couvre les yeux. « Bon Dieu ! » lâche-t-il derrière ses doigts.
Vita et Aoife le regardent.
« Bon Dieu ! gémit joyeusement Vita en se cachant les yeux.
— Fais attention à ne pas dire ça devant grand-mère, lui conseille Aoife.
— Michael Francis, tu as toujours ce bout de papier ? veut savoir Monica.
— Quel bout de papier ? demande Aoife.
— Oui, répond Michael Francis en fouillant dans sa poche.
— Quel bout de papier ? répète Aoife. Pourquoi ne m'avez-vous pas parlé d'un bout de papier ? Pourquoi est-ce que je suis toujours la dernière à être au courant ? »
Michael Francis le lui tend. « ... *et ils disent que la fin est proche.* »
« Pourquoi ne m'en avez-vous pas parlé ? »

Vita lui pose une main sur le bras. « Moi non plus, il m'en a pas parlé. »

Aoife et Michael Francis discutent longtemps pour savoir s'il faut aller chercher Gretta ou si tout le monde doit se rendre à Gillerton Road. Michael Francis est d'avis qu'ils doivent parler à leur mère, qu'il faudrait tenir une réunion de famille. Il répète sans cesse ces mots : réunion de famille. C'est peut-être l'influence des réunions pédagogiques, songe Monica. Pour aller à Gillerton Road, quel moyen de transport emprunter ? Métro, bus ou voiture ? Et doivent-ils y aller tous ? Y a-t-il assez de place dans la voiture ? Est-il sage de réveiller Gretta ou vaut-il mieux la laisser dormir ? Peut-être faudrait-il attendre l'après-midi.

Dans le jardin de derrière, Monica les entend se renvoyer la balle et, de temps à autre, Claire et Vita lancent une exclamation. Elle enfonce les orteils dans une crevasse de la pelouse, flèche sombre dans l'herbe jaunie.

« Nous avons perdu sept voitures là-dedans », explique une voix sur sa droite.

En se tournant, elle aperçoit son neveu en bas de pyjama, les cheveux ébouriffés de sommeil, la poitrine nue, la cage thoracique aussi délicate qu'une branche ramifiée sous la fine peau blanche. Il avale des cornflakes avec la régularité d'une horloge.

La bouche pleine, il poursuit : « J'en ai fait tomber une sans le faire exprès, mais Vita en a jeté six exprès.

— Oh ! Je suis désolée de l'apprendre. »

Il s'accroupit pour regarder dans la crevasse et pose son bol de céréales. « Six, murmure-t-il. Maman a dit que, si elle recommençait, elle n'aurait plus de bonbons le samedi. Tu crois qu'on va les récupérer ?

— Les bonbons ?

— Non, les voitures. »

Monica scrute la fente noire irrégulière. « Je n'en sais rien, dit-elle, prudente. Peut-être que…

— Moi, je crois que non. Vita a dit qu'elle les avait poussées pour voir si les démons allaient les faire sortir. »

Monica examine cette phrase, en sépare chaque élément, pousser les voitures dans une crevasse, les démons, les faire sortir. Non, conclut-elle, ça n'a aucun sens.

Hughie semble le deviner parce qu'il la regarde. Elle est frappée par la perfection de sa peau, sa transparence pure, le méandre des veines sous la surface.

« Grand-mère dit que les démons vivent sous la terre, explique-t-il. Alors Vita a cru que, si elle jetait les voitures ici, les démons les trouveraient et les sortiraient. Elle voulait les voir conduire. »

Monica chasse l'image de minuscules créatures rouges jaillissant de la crevasse telles des fourmis.

« Tu le crois, toi ? demande Hughie.

— Quoi donc ?

— Que les démons vivent là-dessous.

— Je…

— Moi non, dit-il pour l'aider.

— Moi non plus. Et je ne suis pas sûre qu'ils sachent conduire. »

Il lève la tête et lui adresse un sourire si charmeur, confiant et rayonnant qu'elle sent les larmes lui monter aux yeux.

« Est-ce que grand-père va revenir ?

— Je ne sais pas, mais je vais te dire une chose. Si ces deux-là n'arrêtent pas de discuter pour savoir qui va aller à tel ou tel endroit, je pique une crise. »

Hughie paraît impressionné et un peu effrayé. Monica retourne dans la maison et constate que Claire, qui s'est récemment fait couper les cheveux d'une façon abominable – Monica espère qu'elle se fera rembourser –, se prépare à aller chercher Gretta.

Il a été décidé que Claire était la seule à qui Gretta se sentirait obligée d'obéir. Avec n'importe lequel de ses enfants, elle aurait recours à ses vieilles recettes pour se défiler : pilules, mal de tête, hurlements. Mais elle sera tellement déconcertée en voyant sa belle-fille à la parfaite prononciation anglaise se présenter seule pour l'emmener à une réunion de famille qu'elle ne manquera pas de se laisser convaincre.

Rassemblés sur le trottoir devant la maison de Michael Francis, ils agitent tous la main.

« Ne lui dis pas qu'il s'agit d'une réunion de famille, conseille Michael Francis à Claire à travers la vitre.

— D'accord.

— Ne prononce même pas les mots “réunion de famille”, renchérit Monica.

— D'accord.

— Parle-lui plutôt d'une tasse de thé, recommande Aoife. Dis-lui que tu es venue la chercher pour prendre une tasse de thé. »

Claire acquiesce.

« Une tasse de thé, c'est futé, ça, estime Michael Francis.

— Au revoir, maman », lance Vita en sautillant sur le trottoir, prise par le côté dramatique de la situation.

Lorsque Claire démarre, Hughie court pieds nus à côté de la voiture, agite la main et apostrophe sa mère, pendant que Michael lui crie de mettre ses chaussures, pour l'amour de Dieu.

Au moment où Gretta franchit la porte, tout le monde est plus ou moins habillé. Vita est nue dans le jardin de derrière et Hughie s'est glissé dans un tipi, de sorte que Monica ne voit pas s'il est habillé ou non. Monica, son frère et sa sœur se trouvent dans le salon qui, comme les cheveux de Claire, a évolué dans le mauvais sens : les meubles mal disposés, le manteau de la cheminée nu et les coussins empilés dans un coin.

L'arrivée de Gretta déclenche un sursaut d'excitation. Les enfants accourent du jardin et se jettent sur elle. Monica est surprise par la voracité de leur affection. Vita s'accroche à la robe de Gretta en chantonnant : « Grand-mère, grand-mère », et Hughie sautille autour d'elle en racontant une histoire où il est question de billes.

Monica observe attentivement sa mère pendant qu'elle parle aux petits. Depuis qu'elle est entrée, elle n'a pas jeté un seul coup d'œil en direction de ses enfants, remarque-t-elle. Ce qui est révélateur. Elle a l'air déterminée, inflexible. « Préparée » est peut-être le mot qui convient. Pour une fois libérés de leurs éternels bigoudis, ses cheveux sont brossés et relevés. Du rouge est fermement appliqué sur ses lèvres. Elle a mis sa plus belle robe et des chaussures convenables.

Ce sont les chaussures qui la trahissent. Gretta ferait n'importe quoi pour éviter d'en porter, surtout par cette chaleur. Depuis bien longtemps, elle a les chevilles qui enflent, des oignons, un affaissement de la voûte plantaire, des cors, des douleurs aux talons et aux orteils – ses pieds lui empoisonnent l'existence, aime-t-elle à répéter. Elle passe son temps à traîner en chaussons ou en mules souples et n'enfile des souliers que pour les grandes occasions. Le fait qu'elle se soit forcée à mettre des sandales en cuir est révélateur, estime Monica. Gretta est archiprête et la bataille va être rude.

Elle parle pendant cinq bonnes minutes, leur décrit par le menu les patates qu'elle a pelées, les gens qui ont téléphoné, la canicule et l'incompétence de la police londonienne. Pas une seule fois, elle ne regarde ses enfants en face.

Il revient bien sûr à Aoife d'interrompre une litanie sur qui a couché dans quelle pièce et dormi pendant combien de temps.

« Maman, tu as une idée de la raison qui a pu pousser papa à aller à Round... Roundmachin ?

— Roundstone ? » Un sourire bizarre aux lèvres, Gretta se tamponne le cou avec un mouchoir. « Non, aucune. »

Monica se penche en avant pour saisir chaque nuance de son ton. Gretta n'est pas douée pour mentir. Monica la démasque à tous les coups.

« Pas la moindre petite idée ? insiste Aoife.

— D'ailleurs, c'est peut-être pas lui que le cousin a vu. » Gretta replace le mouchoir dans son sac qu'elle ferme avec un déclic sonore. « C'était peut-être pas lui. Tu sais, je me disais que je mangerais bien des frites pour le déjeuner. Je n'ai pas faim du tout, mais je pourrais avaler quelques frites. Des œufs et des frites. C'est ce que tu as toujours aimé, Aoife. »

Le simple mot « frites » fait remonter une boule rageuse dans l'œsophage de Monica. Comment leur mère peut-elle parler de bouffe en de telles circonstances ? Monica lutte pour faire redescendre cette boule.

« D'après ce que j'ai compris, Dermot l'a formellement reconnu », dit-elle en se maîtrisant.

Les épaules de Gretta se soulèvent un peu. Elle ouvre son sac, y jette un coup d'œil, puis le referme. « Je ne sais pas. » Elle a l'expression têtue d'une gamine prise en flagrant délit de mensonge ou d'exagération. « D'ailleurs, c'était pas Dermot, c'était Mary.

— Maman, est-ce que le nom Assumpta te dit quelque chose ? »

Le visage de Gretta s'éclaire comme c'est toujours le cas lorsqu'elle parle de son village. « Assumpta est le nom de... » Ses traits s'affaissent et elle s'interrompt, puis elle plisse les yeux. « Pourquoi me poses-tu cette question ? »

Monica agrippe les bras du fauteuil. « Le nom de quoi ?

— Est-ce qu'un verre d'eau serait trop demander ? » Gretta tourne la tête pour lancer en direction de la cuisine : « Quelle chaleur, Michael Francis, c'est pire que chez nous. Ils sont en quoi, tes murs ? En laine de mouton ?

— Qu'est-ce que tu allais dire au sujet d'Assumpta ? demande Aoife. C'est le nom de quoi ?

— C'est le nom de... », commence-t-elle avant de s'arrêter de nouveau. Une de ses mains volette autour du col de sa robe, effleure ses cheveux, une branche de ses lunettes. « C'est le nom du couvent qui se trouve près de Roundstone, d'accord ? Le couvent servite St. Assumpta[1].

— Celui dans lequel on a vu papa entrer ? »

De nouveau, Gretta hausse les épaules et tripote un fil qui pend à l'ourlet de sa robe.

« Maman, est-ce que tu savais que papa envoyait tous les mois de l'argent à un destinataire qu'il appelle "Assumpta" dans son chéquier ? demande Aoife. Il doit s'agir de ce couvent. »

1 Couvent servite Notre-Dame de l'Assomption. L'ordre des Servites de Marie a été créé en 1233.

Gretta continue à enrouler le fil autour de son doigt.

« Tu le savais ?

— Non, et j'aimerais bien savoir comment toi, tu le sais, lâche Gretta. Ces manières de farfouiller dans toute la maison, de mettre le nez dans nos papiers ! Je vous ai toujours élevés dans le respect de la propriété privée, justement pour que vous n'alliez pas vous mêler de ce qui ne vous regarde pas. Je ne vois pas pourquoi ça devrait changer. »

Monica patiente. Ça a toujours été sa politique quand sa mère cache quelque chose, évite de répondre ou ment carrément.

Sa mère gigote dans son fauteuil, ouvre une nouvelle fois son sac. « Aller fourrer son nez dans les affaires des autres, j'avais encore jamais vu ça », marmonne-t-elle en sortant un premier, puis un second flacon de médicaments. Feignant un accès de faiblesse, elle s'appuie à son dossier. « Ma tête ! » gémit-elle.

Monica patiente toujours. Elle sent que Michael Francis et Aoife commencent à craquer. Ils la regardent, puis regardent leur mère, mais elle, elle sait qu'elle maîtrise parfaitement la situation. Elle lit dans les pensées de sa mère, qu'elle déchiffre dans des bulles, comme si elle lisait une bande dessinée. Les yeux mi-clos, sa mère lui lance un rapide coup d'œil. Monica croise les bras sans mot dire.

« Je ne sais pas pourquoi il est allé là-bas, s'écrie brusquement Gretta en ouvrant les yeux et en bataillant avec le couvercle du flacon de pilules. Il faut me croire. Est-ce que je pourrais avoir un verre d'eau pour prendre mes médicaments ? Ça serait pas trop demander ? »

Monica attend encore un moment avant de décroiser les bras. « Je te crois, mais je pense que tu as quand même ta petite idée. Et j'aimerais la connaître. »

Gretta considère le flacon qu'elle tient à la main comme si elle se demandait par quel miracle il se trouvait là.

Pas question de mettre ses enfants au courant. C'est une trop longue histoire, et trop ancienne. Inutile de remuer les vieilles lunes. D'ailleurs, ils ne comprendraient pas. Ils n'ont pas besoin de savoir. Elle a elle-même appris les faits par hasard, par une de ces étranges coïncidences qui peuvent se produire grâce au très long bras de l'Église catholique.

Une tasse de thé dans une main et un sandwich dans l'autre, le prêtre l'avait regardée et lui avait dit qu'il connaissait deux frères Riordan. Se pouvait-il qu'il s'agisse de parents à elle ?

Non, ses enfants ne comprendront jamais l'influence et l'étendue du réseau de l'Église. Pas un seul ne va à la messe, ni Michael Francis, ni même Monica, quoique, il ne doit pas y avoir d'église catholique là où elle habite, au cœur de l'Angleterre anglaise. Il y a bien sûr des églises catholiques à New York, ça, elle le sait, mais elle parierait son dernier penny qu'Aoife n'a jamais mis les pieds dans une seule.

Ça suffit à briser le cœur d'une mère.

S'ils allaient à la messe, elle pourrait tout leur raconter, voilà ce qu'elle se dit. Si au moins l'un d'eux allait à la messe de temps en temps, elle trouverait le moyen de leur parler. Mais comme ce n'est pas le cas, elle ne peut pas parler.

Pourquoi a-t-elle donc donné son nom de famille au prêtre, pourquoi ne l'a-t-elle pas gardé pour elle ? Sans cela, l'histoire n'aurait pas refait surface, Gretta n'en aurait jamais rien su et elle aurait continué sans s'en faire.

Elle observe ses enfants assis face à elle. Les bras croisés, sur le canapé, Monica est calme, soignée ; à côté d'elle, Michael Francis, écroulé sur les coussins, aimerait bien se trouver n'importe où, mais pas là ; et Aoife, au bout, crispée, n'est que contrariété et tension. Elle veut l'histoire, elle veut la solution, elle veut savoir. Elle a toujours été comme ça.

Claire est entrée à présent et lui tend un verre d'eau glissant – elle aurait pu penser à l'essuyer avant de le lui servir, mais non – et elle murmure à l'oreille de Michael Francis. Gretta l'entend dire : « Comment Robert peut-il être dans un couvent ? On n'accepte sûrement pas les hommes. » Michael Francis lui souffle à son tour que, dans les couvents servites, les gens travaillent et ne sont pas cloîtrés. Voilà le résultat quand on épouse une protestante. Ces gens-là n'ont aucune idée de la manière dont les choses fonctionnent.

D'ailleurs, elle-même ne le sait que par hasard. Elle n'a jamais cherché à creuser la question. Elle était allée avec sa belle-sœur passer la journée dans le comté de Galway pour écouter un prêtre venu de Boston. C'était toute une expédition : de bon matin, elles avaient pris un autocar à Clifden avec une dizaine ou une douzaine d'autres personnes pour assister à la messe qu'il devait célébrer. Aoife n'était encore qu'un bébé, si bien que Gretta l'avait emmenée. Sa mère gardait Michael Francis et Monica. Dans le car, quand Aoife pleurait, quantité de mains se tendaient pour la prendre et se la passer, quantité de genoux la faisaient sautiller et la berçaient pendant que le paysage défilait derrière les vitres.

Après la messe, on avait servi du thé et des petits sandwichs et, à un moment donné, Gretta avait été présentée au prêtre en visite dans cette paroisse Il s'appelait le père Flaherty et venait du comté de Wexford[1], à en juger par son accent. Il avait brièvement posé le bout des doigts sur la tête d'Aoife et Gretta avait remercié le ciel parce que, pour une fois, celle-ci dormait à poings fermés. En entendant son nom et en apprenant qu'elle habitait en Angleterre, le père Flaherty lui avait dit qu'il avait connu une famille Riordan à Liverpool. Deux frères. Peut-être étaient-ce des parents à elle ?

Sa belle-sœur et tous les gens qu'elle connaissait se trouvaient à l'autre bout de la salle. Gretta, elle, était au milieu de femmes inconnues. Quelque chose dans l'expression du prêtre lui avait fait répondre « non ».

« Une histoire tragique, avait lâché le prêtre en secouant la tête, une leçon pour nous tous sur l'amour fraternel. » La langue collée au palais, dans ses bras, une Aoife en plomb, Gretta avait compris qu'elle allait apprendre l'histoire de son mari, du père de ses enfants, une histoire qu'il ne lui raconterait jamais lui-même.

Alors qu'elle tendait l'oreille, elle songeait à sa mignonne petite maison londonienne, à ses enfants, à Michael Francis, si intelligent, à Monica, si jolie, et à Aoife, encore bébé. Elle songeait à son jardin aux capucines en pots près de la porte de derrière et aux pois qui enroulaient leurs vrilles vertes autour des tiges de bambou. L'espace d'un instant, elle eut envie de rassembler tout ce qu'elle possédait, de crainte que quelqu'un ne le lui prenne.

Pendant ce temps, le prêtre poursuivait l'histoire de Robert et Francis, Francis que tout le monde appelait Frankie, deux frères très proches qui n'avaient pas eu la vie facile après la mort de leur père. Leur mère était partie en Angleterre pour pouvoir travailler

1. Dans le sud-ouest de l'Irlande.

comme cuisinière et gagner de quoi subvenir à leurs besoins.

Nés à Londres, les enfants de Gretta ne comprendraient jamais à quel point la vie était rude en ce temps-là pour les Irlandais. Impossible de trouver du travail, les bateaux étaient pleins de gens désespérés qui s'exilaient en Angleterre pour gagner leur pain. Ses enfants s'imaginaient qu'ils avaient souffert parce qu'on les injuriait à l'école, qu'on racontait toujours les mêmes blagues sur les Irlandais, que certains gosses du voisinage avaient interdiction de jouer avec de sales catholiques. Mais ils n'avaient aucune idée de ce que ça représentait d'être irlandais en Angleterre à l'époque, à quel point ils étaient détestés, raillés et méprisés. Dès l'adolescence, ses frères avaient dû partir travailler dans des foires, ses sœurs étaient devenues domestiques dans de grandes maisons londoniennes et n'étaient jamais revenues au pays. On vous crachait à la figure dans le bus en entendant votre accent, on refusait de vous servir dans les cafés, on vous chassait si vous essayiez de vous reposer sur un banc dans un parc ou bien on écrivait « Les Irlandais ne sont pas acceptés » dans les vitrines des magasins. Ses enfants ne connaissent pas leur chance.

Encore aujourd'hui, surtout aujourd'hui, avec ces événements dans tout le pays, les Anglais ne les aiment pas. Ils ne les aimeront jamais. Il y a des magasins où elle ne met pas les pieds, des endroits où elle entend murmurer derrière son dos ou remarque des expressions dégoûtées. Récemment, elle attendait de payer une motte de beurre dans une boutique du coin, qu'elle fréquentait depuis des années, quand le propriétaire a violemment abattu un papier sur le comptoir et lui a ordonné de filer, il ne voulait pas de gens comme elle chez lui. Elle était tellement étonnée que, tout d'abord, elle n'a pu que le dévisager en pensant qu'il allait se rendre compte qu'il avait fait une erreur, qu'il l'avait confondue avec quelqu'un d'autre et allait sûrement s'excuser et lui sourire. Puis elle a regardé le comptoir et vu que son poing écrasait un journal dont le gros titre mentionnait une bombe de l'IRA. Elle aurait dû garder la tête haute, expliquer que sa famille ne comptait que des gens bien et pas des assassins. Mais elle ne l'a pas fait. Elle a reposé le beurre et est sortie à reculons. Robert affirme que c'est ce qui vous arrive après des années passées en Angleterre. Ça vous ôte le courage de vous battre. Vous préférez baisser la tête.

Bref, le prêtre avait poursuivi son histoire sur ces Riordan. L'aîné, Frankie, avait toujours veillé sur son petit frère, qui s'appelait Ronan mais avait changé son prénom en Robert. Robert était un garçon tranquille, studieux, tout le contraire de Frankie, un grand gaillard qui tenait à faire savoir qu'il était costaud. Une jeune fille que certains membres de leur famille connaissaient, car, comme eux, elle venait de Sligo, était arrivée à Liverpool. Les deux frères l'avaient donc invitée à prendre le thé un jour où elle était de repos.

Depuis le début, cette fille avait été étrange. Malgré son jeune âge – elle ne pouvait pas avoir plus de dix-sept ou dix-huit ans –, elle avait une crinière argentée qui lui descendait plus bas que la taille. Une chose minuscule, frêle comme un rossignol ou une souris.

Cette description avait retenu l'attention de Gretta qui, aussitôt, s'était forgé une image qu'elle tournait dans sa tête, car elle avait su que cette fille aux cheveux d'argent déployés sur ses épaules comme un voile de mariée allait la hanter le restant de ses jours et, tel un fantôme, ne la quitterait plus.

Le prêtre avait attrapé un biscuit et expliqué que les frères Riordan en étaient tombés amoureux. Fous amoureux, tous les deux. Ensemble, ils rôdaient derrière la maison dans laquelle elle travaillait, attendant de pouvoir adresser un mot à cette fille aux cheveux d'argent.

« Tout le monde sentait venir les problèmes, avait dit le prêtre avec un sourire forcé. Leur mère est venue me trouver pour me demander quoi faire. Frankie apportait à la fille des fleurs qu'il chipait dans les jardins publics. Ronan, ou Robert, comme il se faisait appeler, donnait à la fille ses tickets de vêtements, sa ration de sucre. Que devait faire leur pauvre mère ? »

À la fin, les choses s'étaient réglées d'elles-mêmes. Robert et sa mère étaient venus annoncer que Robert et Sarah – tel était son nom – allaient se marier. Elle avait choisi le frère qui lui inspirait le plus confiance, le plus sérieux des deux, et voilà.

« C'est moi qui les ai mariés », avait dit le prêtre. Était-ce l'effet de son imagination ou regardait-il fixement Gretta en prononçant ces mots ? « Un beau mariage, par une journée brûlante de plein été. Ça, ils formaient un beau couple. »

Le lendemain du mariage, alors que la fête battait encore son plein chez les Riordan, on s'était aperçu que Sarah n'était plus là. Les invités s'étaient mis à la chercher dans toutes les pièces et, une fois sa disparition ébruitée, dans le jardin de derrière et dans la rue. La canicule qui sévissait empêchait tout le monde de dormir. Bientôt, les invités avaient cessé de festoyer, de boire, d'écouter la musique pour demander : Où est passée Sarah ? Jusqu'au moment où quelqu'un s'avisa de demander : Où est Frankie ?

« Vous voyez déjà où je vais en venir, n'est-ce pas ? »

Frankie et Sarah s'étaient enfuis. À Dublin, d'après certains, à Sligo, d'après d'autres. Quoi qu'il en soit, ils avaient disparu ensemble, encore en tenue de noces. Sarah était enceinte, soufflait-on, mais personne ne savait de quel frère.

« Une histoire terrible », avait conclu le prêtre en mâchant son sandwich.

Gretta pensait que l'histoire s'arrêtait là et elle se répétait qu'il lui fallait bouger, partir sans se retourner. Mais le prêtre racontait à une autre femme que Robert avait essayé à tout prix de retrouver les amoureux. Il était allé à Dublin et les avait cherchés dans toute la ville, puis à Sligo, mais personne ne les avait vus. Malgré ce qui s'était passé, il voulait renouer avec la fille. Le prêtre n'avait jamais vu un tel cœur brisé.

Peu après, Robert avait été mobilisé et était allé se battre en Europe. Sa mère avait été tuée dans le bombardement de leur maison. Plusieurs années après la guerre, Frankie avait refait surface en Ulster, dans une prison.

« Une prison ? » avait répété Gretta parce que Robert lui avait dit que Frankie avait été tué pendant les Troubles.

« C'était un cas litigieux qui avait causé un scandale à l'époque. On l'avait condamné pour le meurtre d'un officier de police pendant la campagne du Nord[1], mais, plus tard, un homme a avoué le crime, innocentant Frankie. Dieu seul sait ce qui s'est vraiment passé. Toujours est-il que Frankie a été relâché après de nombreuses années et, bien sûr, sa santé était altérée. Quant à la fille, Sarah, elle s'était envolée depuis longtemps, en Amérique d'après certains. Et le côté le plus tou-

1. Série d'attaques de l'IRA pendant la Seconde Guerre mondiale.

chant de cette histoire, que j'ai appris plus tard de la bouche d'un autre prêtre, c'est que, dès que Frankie est sorti de prison, Robert, ou Ronan, a veillé à ce qu'on s'occupe de lui, même si les deux frères ne se sont plus parlé jusqu'à aujourd'hui. Il a fait le nécessaire pour qu'il soit soigné. Alors si ce n'est pas là le summum de… Ah ! bonjour. »

Le prêtre s'était tourné pour saluer quelqu'un et entamer une nouvelle conversation sur un bâtiment de Boston. Gretta était restée en plan un moment, puis elle était sortie dans la rue et, là, sur le trottoir, elle avait bercé Aoife dans le crépuscule tandis que des hirondelles décrivaient de grands cercles en semblant suivre des traces invisibles.

Non, ses enfants ne comprendraient pas. Ils ne comprendraient jamais.

Monica attend. Aoife attend. Michael Francis attend et Claire, à présent debout à côté d'eux, attend.

« Tout ça s'est passé il y a longtemps, lâche Gretta avant d'avaler une pilule. Moi-même, je ne connais pas les détails.

— Dis-nous toujours ce que tu sais, suggère Aoife.

— Ce qu'il y a… » Gretta se tamponne de nouveau le front. « … c'est que ce n'est pas à moi de raconter cette histoire. C'est celle de votre père et il… il ne… Bon. Il me semble que ce n'est pas correct de la raconter ici.

— Je crois qu'il n'est plus temps de s'arrêter à ce qui est correct ou non. » Aoife se penche en avant. « Papa est parti. Il faut que nous écoutions cette histoire pour savoir ensuite quelles décisions prendre.

— Je ne peux pas… Ce qu'il y a… » Gretta plisse le visage, semble se demander par où commencer ou quelle version il convient de raconter. « … ce qu'il y a, c'est que le torchon brûlait entre votre père et son frère. »

Monica penche la tête sur le côté. « Pourquoi ?

— Je ne sais pas, lâche Gretta avant de détourner le regard. C'était avant que je le rencontre. Mais il y a eu une tragédie. Un scandale. »

Aoife saisit ce mot au vol. « Quel genre de scandale ? Qu'est-ce qui s'est passé ?

— C'était… Je ne sais pas… Tout ça s'est passé pendant la guerre. Un désaccord politique. Votre père se battait pour les Britanniques, et Frankie s'est trouvé embringué dans le problème irlandais et… » L'air apeuré, Gretta laisse sa voix se perdre.

« Et quoi ?

— Il y a eu… un autre problème.

— Quel problème ?

— Il y avait une femme et… bon, elle a fini par s'enfuir avec Frankie. » Gretta transpire, des gouttes de sueur lui coulent sur les joues. « Et maintenant, sa santé est minée, alors que ça vous serve de leçon. » Gretta agite la main comme pour clore le chapitre.

« De leçon ? répète Aoife.

— Je croyais que Frankie était mort ! s'exclame en même temps Michael Francis.

— On devient forcément malade si on se fâche avec ses frères et sœurs ? demande Aoife.

— Oui, répond Gretta avec force. Non. Ce n'est pas ce que je voulais dire. »

Michael Francis insiste : « Tu nous as toujours dit qu'il était mort. Tu nous l'as dit et répété.

— Je croyais qu'il était mort ! C'est ce que votre père m'avait affirmé, mais ensuite… ensuite, j'ai découvert que ce n'était pas le cas.

— Frankie est vivant ? s'écrie Michael Francis. Je n'arrive pas à le croire. Depuis combien de temps est-ce que tu le sais ? Et pourquoi ne pas nous en avoir parlé ? Nous avons un oncle que nous ne connaissons pas. C'est vraiment… étrange. Pourquoi ne nous as-tu rien dit ? Et qu'est-ce que toute cette histoire a à voir avec la disparition de papa ?

— Tais-toi, Michael Francis ! lui intime Monica. Laisse-la parler.

— Ne me dis pas de me taire, rétorque-t-il.

— Je te le dirai si j'en ai envie.

— Non. Tu es ici chez moi et…

— Ne commencez pas tous les deux ! s'écrie Gretta. Il ne manquerait plus que ça. Quand je vous revois enfants, quand je pense aux bons moments que nous avons passés ensemble, je ne comprends pas ce qui vous est arrivé. Je n'arrive pas à croire que…

— Je trouve ça sournois, reprend Michael Francis. Fourbe. C'est aberrant de ne pas nous avoir dit que Frankie était toujours vivant. Bon, je sais qu'il était mêlé à des trucs là-bas, mais il fait quand même partie de la famille, c'est le frère de papa, bon Dieu. Est-ce que nous n'avons pas le droit de savoir…

— Ce n'est pas sûr qu'il ait été mêlé à des trucs, s'emporte Gretta en se redressant, toujours aussi prompte à dissiper les rumeurs désobligeantes sur les Irlandais en général. Certains affirment que la condamnation de Frankie était une erreur judiciaire. Une erreur sur la personne. Pour ma part, j'ai toujours pensé que…

— Cette femme qui s'est enfuie avec Frankie, rappelle soudain Aoife. Qu'est-ce qu'on sait sur elle ? »

Gretta tourne brusquement la tête vers Aoife. « Qu'est-ce que tu veux dire ?

— Eh bien, qu'est-ce qui lui est arrivé ? Quel est le problème ? Est-ce que c'est à cause d'elle qu'ils se sont fâchés ? Parce qu'elle a quitté papa pour Frankie ?

— Quoi ? lâche Gretta avant de dire : Non. » Puis elle rectifie : « Je ne sais pas. »

Aoife fronce les sourcils. « Est-ce que c'était sérieux… est-ce que papa et elle étaient fiancés, un truc comme ça, avant qu'elle s'en aille ? »

Gretta garde un visage impassible.

« Maman ? Est-ce que papa était fiancé à cette femme avant qu'elle s'enfuie avec Frankie ? »

Gretta se tient immobile, comme si le plus infime mouvement pouvait la trahir.

« Ils étaient mariés », souffle Monica.

Gretta ferme les yeux.

« Alors, est-ce qu'ils ont… divorcé ? » Aoife lâche le dernier mot dans un souffle parce qu'il ne faut pas le prononcer à voix haute devant Gretta. On dirait presque qu'il s'agit d'une maladie mortelle qui peut se transmettre par contagion si on la nomme, surtout depuis que la chose est arrivée à sa fille.

« Je… je ne peux pas vous le dire. »

Aoife se penche en avant. « Tu ne peux pas nous le dire ?

— Non.

— Et pourquoi ?

— Parce que… je ne lui en ai pas parlé.

— Tu n'en as jamais parlé à papa ?

— Non.

— Pas une seule fois ? »

Aoife va trop loin, trop vite, Monica s'en rend compte. Elle risque de faire exploser Gretta, dont la fureur constituera un rempart. Elle lui fait signe de s'arrêter, mais sa sœur l'ignore.

« Tu es en train de me dire que tu n'as jamais parlé à papa de son premier mariage ? Tu ne lui as posé aucune question quand il te l'a dit ? Tu n'éprouvais aucune curiosité ? »

La bouche formant une simple ligne droite, Gretta tripote son col, regarde le mur, le miroir. Monica sent venir l'orage. Il faut le détourner. Si Gretta et Aoife continuent, tout sera perdu.

« Il n'en a pas parlé, tu ne le vois donc pas ? explique-t-elle à sa sœur qui la considère avec effroi. Il ne t'en a pas parlé, hein, maman ? Il ne devait pas vouloir le faire. »

Gretta agite son mouchoir. Les larmes jaillissent de ses yeux, roulent sur ses joues, et Monica se détend un peu. Les larmes, elle sait y faire face.

« Non, ma puce, sanglote Gretta. Non, il ne voulait pas. Je l'ai questionné, questionné, mais il ne voulait rien me dire.

— Alors, comment as-tu découvert tout ça ?

— Un prêtre me l'a appris. Des années plus tard. »

Monica traverse la pièce pour entourer les épaules de sa mère. « Allons, allons, tout va bien. Ne pleure pas. Ça va s'arranger. » Elle le répète d'innombrables fois. On dirait qu'elle cherche à se convaincre elle-même.

« Où est-ce qu'il est allé ? demande sa mère en pleurant.

— Ça, on le sait, tu ne te rappelles pas ? Il est dans le Connemara, dans ce couvent St. Assumpta.

— Tu crois que Frankie est là-bas ? murmure Gretta. Tu crois que c'est ça ? Ton père a envoyé de l'argent pour que les religieuses s'occupent de lui ?

— C'est possible, je suppose. Mais nous allons bientôt le savoir. »

Sans aucun souci de cohérence, Gretta se met à gémir à travers ses larmes : « Qu'est-ce que j'aurais pu faire ? J'étais tellement jeune, toute seule, loin de chez moi. Je ne voulais pas, mais il m'a dit que c'était la seule solution. »

Au milieu de ces jérémiades, Monica jette un coup d'œil à son frère et à sa sœur et ils la regardent à leur tour. Horrifié, mal à l'aise, Michael Francis voudrait en avoir terminé. Aoife plisse les yeux et demande :

« Comment ça, la seule solution ? À quel propos ?

— Le… le… mariage. »

Monica se creuse la cervelle pour savoir de quoi peut bien parler sa mère et, en apercevant le chapelet dans le sac ouvert de Gretta, elle se risque à suggérer : « Tu veux dire qu'il a divorcé d'avec l'autre femme ? Que, pour toi, c'est un péché de s'être remarié après un divorce ? Maman, de nos jours, tout le monde divorce. Je sais que tu as du mal à accepter… je sais que tu as été bouleversée quand j'ai divorcé, mais ce n'est plus comme avant. Tu ne dois plus te poser ce genre de problème.

— Non. » Gretta sanglote toujours. « Non, tu ne comprends pas. »

Monica enlace le corps brûlant de sa mère. Elle se sent dépassée, noyée. Elle aimerait se retrouver au fond de l'atelier de Peter. Il y a là une méridienne sous une lucarne et, quand on s'y allonge, on ne voit que des nuages, le ciel et la cime ondoyante des arbres. Elle donnerait presque n'importe quoi pour se trouver là-bas en ce moment et non dans cette pièce étouffante, avec sa famille.

« Maman, reprend Aoife dans la pièce étouffante, bien loin de la méridienne sous la lucarne, est-ce que papa et toi vous êtes mariés ? »

Monica en a le souffle coupé. Elle se retourne, prête à frapper sa sœur parce qu'elle le mérite, parce qu'elle ne peut pas revenir dans une famille qu'elle a abandonnée, formuler des jugements et poser des questions aussi terribles. Monica bouche les oreilles de sa mère. D'instinct, elle veut la protéger d'une fille qui dit des choses aussi terribles.

Mais, étrangement immobile, Gretta regarde au loin. Monica connaît cette expression, commissures des lèvres tournées vers le bas, paupières mi-closes. C'est l'expression que prend sa mère quand elle entend des grossièretés, quand elle est confrontée à un achat malencontreux, quand on lui demande d'expliquer les agissements d'un de ses parents écervelés. L'expression qu'elle prend quand on lui demande de réinventer, résumer ou raconter une conversation, une rencontre ou un événement du passé.

Aoife se lève du canapé, se penche pour attraper le verre d'eau et boit une gorgée. Puis elle se passe une main sur le visage. « Hou, là, là ! » lâche-t-elle.

DIMANCHE

18 juillet 1976

IX – Le ministre de l'Intérieur pourra demander aux forces armées de Sa Majesté de soutenir l'action des autorités civiles. Par autorités civiles, il faut entendre ici pompiers, personnel médical et officiers de police.

Loi adoptée par le Parlement en 1976 pour faire face à la sécheresse et à la pénurie d'eau au Royaume-Uni.

Irlande

LE RUGISSEMENT GUTTURAL DES MOTEURS fait trembler le squelette du ferry. Les rivets sont soumis à rude épreuve, les escaliers cliquettent, les portes vrombissent dans leur cadre, les verres posés sur un égouttoir derrière le bar s'entrechoquent. Au salon, un chien sent cette vibration dans ses pattes et rampe en gémissant sous un fauteuil pour tâcher de se consoler.

En pleine discussion avec Vita sur la raison pour laquelle on ne doit pas se boucher les oreilles avec du fromage, Michael Francis lève la tête et constate : Ça y est, on s'en va. Aoife, qui fume une cigarette sur le pont, perçoit ce frémissement. Elle se penche pardessus la rambarde, regarde les remous massifs de l'eau et éprouve elle aussi un frisson d'excitation. Alors qu'elle fouillait dans son carton de provisions – petits pains à la saucisse, crêpes épaisses et cuisses de poulet –, Gretta se redresse et, l'air méditatif, regarde par le hublot le ciel qui s'assombrit. La tête appuyée au tissu rugueux du siège, Monica, qui oscille entre sommeil feint et sommeil effectif, soulève les paupières, considère les membres de sa famille installés en face d'elle, et referme les yeux.

Ils ont pris le ferry-boat de nuit pour gagner Cork. Gretta l'a fait bien des fois, seule ou accompagnée : tout d'abord seule, enccinte, puis avec son premier bébé, avec le petit Michael Francis et Monica bébé, avec ses deux enfants, et enfin avec Aoife dans un couffin et les deux aînés qui passaient la nuit à courir dans les couloirs. Tous les étés, Gretta restait un mois en Irlande avec sa mère ; la dernière semaine, Robert rejoignait la famille. Il n'aimait pas quitter la banque, disait-il, mais Gretta pensait plutôt qu'il n'était pas à l'aise en Irlande – il se sentait à la fois irlandais et étranger. Irlandais par le nom et la naissance, anglais par l'éducation. Il était gêné par son accent incertain, consonnes douces gaéliques se mêlant aux voyelles allongées de Liverpool. Ils avaient passé un dernier été à la ferme après la naissance d'Aoife. Lorsqu'elle allait chercher ses œufs, la mère de Gretta pouvait encore attacher Aoife dans son dos, comme elle l'avait fait avec les autres enfants, pour entrer dans l'eau qui la séparait du poulailler construit sur une île minuscule, à l'abri des renards. Gretta revoit la scène comme si c'était hier : sa mère avec ses jupes relevées, le bonnet bleu d'Aoife qui dansait au-dessus de la couverture en laine, les poules bavardes, agitées à l'approche des pieds blancs qui s'enfonçaient dans les eaux saumâtres.

Gretta sort de son emballage plastique un petit pain à la saucisse et le mâche. Elle présente les provisions à Michael qui prend deux petits pains, et à Claire qui secoue la tête.

La mère de Gretta était morte quatre mois plus tard. Elle s'était écroulée devant la porte de la ferme. D'après ce qu'une cousine lui avait dit au téléphone, elle n'avait pas souffert. Une embolie cérébrale. Souvent, Gretta a imaginé ce caillot de sang sombre, ferrugineux, semblable à un nœud dans un écheveau de coton, progressant dans le crâne de sa mère jusqu'au moment où elle s'est retrouvée devant chez elle. Est-ce qu'elle arrivait ou partait ? se demandait Gretta. Regardait-elle le ciel, les poings sur les hanches ? Voulait-elle aller ramasser ses œufs ? La cousine l'ignorait. Elle avait été découverte sur la marche de l'entrée par l'employé qui collectait le lait.

Bien sûr, la ferme est revenue au frère aîné de Gretta et il s'est empressé de la vendre pour partir en Australie. Gretta ne le lui pardonnera jamais, ça, jamais. Ensuite, ils sont allés moins souvent en Irlande, jusqu'au jour où le vieil oncle qui vivait seul sur l'île d'Omey a légué sa maisonnette à Gretta. Quand elle était jeune, elle traversait une à deux fois par semaine, parfois plus souvent s'il faisait froid, pour lui apporter des œufs, du lait, du pain et du gâteau. Elle y allait sans faute, même lorsqu'une tempête arrivait de l'Atlantique. Le savoir seul là-bas ne lui plaisait pas. « Tiens, la voilà », lâchait-il en l'apercevant, et il posait sa bêche. Il ne lui disait jamais grand-chose de plus. Elle lui tendait le panier, il lui tapotait l'épaule, elle restait un moment avec lui, nettoyait la cuisine, mettait de l'ordre dans ses livres et ses papiers, lui préparait une tasse de thé, un œuf sur le plat. « La marée monte », annonçait-il au bout d'un moment, et elle savait qu'il était temps de repartir.

La lettre que lui avait envoyée le notaire de Clifden n'aurait pas pu la surprendre davantage. Pourquoi son oncle l'avait-il choisie, elle, et pas ses frères et sœurs, ses cousins, cousines et autres parents ? Ce legs lui avait valu une certaine animosité, surtout de la part de ceux qui vivaient toujours dans le comté de Galway. Mais Gretta n'en avait cure. C'était à elle que son oncle avait laissé sa propriété de l'île d'Omey. Ils pouvaient retourner en Irlande quand ils voulaient. Gretta louait la maison pendant l'année, mais elle s'arrangeait pour se réserver le mois d'août. Le mois d'août, c'était pour les Riordan, pour elle et sa nichée, et pour personne d'autre. Aoife avait trois ans, Monica treize, Michael Francis quatorze la première fois qu'ils ont passé un mois sur l'île. À la fin de la journée, Gretta se postait à la porte et les appelait. Ils arrivaient de la falaise, du bras de mer où ils pêchaient, de la grève où ils ramassaient des coquillages, parlaient parfois à l'âne attaché en haut de la route. Ensuite, Monica n'était venue que deux ou trois fois car elle avait commencé à sortir avec Joe et ne voulait pas le quitter. Mais Aoife avait accompagné sa mère pendant des années, et toutes deux se partageaient la maisonnette. La cohabitation y était plus harmonieuse qu'à Londres, elles se disputaient moins.

Gretta se redresse à présent et, après avoir tourné la tête, déloge subrepticement un reste de saucisse de ses molaires. Où est passée Aoife ? Il y a une éternité qu'elle est allée fumer, juste au moment où le ferry s'éloignait de Swansea. Elle devrait être de retour.

« Où est ta sœur ? » Elle donne un coup de coude à Monica, qui fait semblant de dormir. Gretta sait que sa fille ne veut pas lui parler mais feint de ne pas s'en être rendu compte. En général, ça marche avec Monica.

« Aucune idée », réplique Monica, trop vite pour quelqu'un qui dormait, et Gretta, satisfaite de voir qu'elle ne s'était pas trompée, hoche la tête.

Monica arrange le cardigan qu'elle a roulé sous sa nuque et lance un coup d'œil furtif en direction de Gretta. Depuis leur discussion houleuse chez Michael Francis, elles ne se sont pas adressé la parole. Encore furieuse et vexée, Monica refuse de parler à sa mère à moins qu'elle ne s'excuse ou s'explique. Quelle hypocrite ! Ce tissu de mensonges qu'elle a fabriqué ! Quand elle pense à la fois où sa mère s'est aperçue qu'elle avait couché avec Joe avant le mariage – elle l'a traitée de tous les noms et lui a assuré qu'elle irait en enfer ! Monica en a été terrifiée, blessée. Et, pendant ce temps, sa mère, sa propre mère, vivait en état de péché mortel. Inimaginable, une chose pareille !

Sa mère fait ce qu'elle fait toujours quand elle sait qu'elle a irrité quelqu'un : elle joue à l'innocente, feint la bonne humeur comme si elle ne remarquait pas le coup de froid dans l'atmosphère. C'est son habitude. Si Monica lui demandait pourquoi elles ne se parlent plus, Gretta la regarderait en ouvrant de grands yeux désolés et répondrait que jamais, au grand jamais, elle ne ferait ça à sa fille. Sa robe en polyester imprimée de fougères collée à son dos humide, elle s'évente avec un horaire de ferries et fredonne, ce qui signifie qu'elle amende son humeur, de la même manière qu'un couvreur pourrait réparer un toit défectueux, Monica le sait. Gretta fredonne et aplanit les problèmes dans sa tête : le beau-frère ancien délinquant, *pfut*, le mari fugitif, *pfut*, sa situation de femme non mariée qui les a laissés bouche bée, *pfut*. Tout est beau, tout est normal.

Gretta regarde autour d'elle. Monica connaît aussi cette expression pleine d'espoir, ces yeux perçants. Gretta cherche quelqu'un avec qui engager la conversation. Une envie de frapper monte en elle. Comment sa mère ose-t-elle chercher un interlocuteur alors qu'elle devrait tomber à genoux pour leur demander pardon de leur avoir menti toute leur vie ?

Ayant repéré un couple d'âge mûr de l'autre côté du couloir, Gretta les aborde en lançant d'une voix tonnante : « Il fait assez chaud pour vous ? » Surpris, les gens lèvent la tête, effarouchés comme des moutons, mais Gretta ne cède pas et s'affale sur deux sièges. « Vous êtes en vacances ? » Dans quelques secondes, elle leur aura arraché leur histoire familiale complète et leur itinéraire détaillé et sera en bonne voie de leur rendre la pareille, Monica le sait.

Sans pouvoir l'affirmer, Aoife pense qu'il doit être aux alentours de minuit. Le salon du pont supérieur est violemment éclairé et des gens sont allongés sur toutes les surfaces disponibles. Couloirs et coursives regorgent de dormeurs emmitouflés dans des couvertures et des sacs de couchage. Des corps sont recroquevillés sur les seuils, les tables, les rebords des fenêtres. Sur le sol de la cafétéria à présent fermée, quelqu'un lâche un laborieux ronflement guttural. Les moteurs continuent à trépider et le bateau monte et descend, monte et descend. Allongée sur deux sièges, Aoife s'efforce de ne pas regarder le plancher qui s'incline, les plafonniers qui oscillent, la porte qui s'ouvre toute seule, puis se referme. Elle tâche de penser à autre chose, aux fissures qui forment un delta au plafond de son appartement, au temps de développement des pellicules, à la manière dont Gabe remonte ses lunettes sur son nez avec la deuxième phalange de l'index, à la façon de procéder avec un agrandisseur et un filtre. Elle tente de se répéter que le bateau l'emmène vers l'ouest, donc plus près de Gabe, de New York et de sa vraie vie. Bientôt elle pourra retourner là-bas pour essayer d'arranger les choses avec lui. Mais les vagues continuent à déferler, le ferry à rouler, l'homme à ronfler, la grille au plafond de la cafétéria à cliqueter dans son cadre.

Soudain, elle se redresse, se lève, enjambe bras, jambes et sacs des membres de sa famille. Gretta marmonne quelque chose mais ne se réveille pas complètement.

Aoife réussit à traverser le salon et à sortir dans le couloir. Le regard vif, elle concentre son esprit sur cette unique action. Une fois la porte des toilettes ouverte, elle franchit la barre de seuil métallique surélevée et s'oriente vers l'un des W.-C. Elle l'aurait atteint si l'odeur de vomi ne l'avait pas frappée au visage comme de la bruine. Ses mouvements sont bien coordonnés, mais elle sait qu'elle n'aura pas le temps d'y arriver, si bien qu'elle se rabat sur le lavabo. Un peu plus, et il était trop tard. Elle retient ses cheveux en arrière, ferme les yeux, se prépare. La violence du choc la plie en deux. Elle rend dans le lavabo une fois, deux fois et, à grand-peine, une troisième fois. Jamais encore elle n'avait été malade à ce point. Jamais elle ne s'était sentie aussi mal. Sa gorge est écorchée, à vif, son estomac serré comme un poing, et ces flèches de lumière qui l'ont handicapée toute sa vie trouent sa vision. Peut-être ne verra-t-elle pas l'Irlande ; elle risque de mourir ici, dans ces toilettes puantes, et de ne jamais reposer le pied sur la terre ferme. Les yeux toujours fermés, elle ouvre le robinet, se rince la bouche, s'asperge le visage. Puis elle tend la main vers la serviette qui pend au rouleau et, la voyant sale, grise, trempée, elle change d'avis, fonce dans une cabine pour attraper du papier hygiénique avec lequel elle se tamponne. Ce faisant, elle pense à ces traits oscillants de lumière, ces fantômes familiers, minuscules, qui évoluent en l'air et annoncent qu'une migraine risque de débouler, comme un train dans une gare. Trois jours d'un brouillard accablant. Telles des lucioles, ils volettent et émettent une lueur vacillante. Ce phénomène survient quand elle a bu trop de café, a fixé une lumière trop brillante ou au début de ses règles. La dernière fois que cela s'est produit, c'était par une froide journée de fin avril, alors qu'un vent soufflait de l'Hudson sur New York, soulevait des papiers et des détritus du trottoir, projetait des poussières dans ses yeux, ses cheveux, les coutures de ses vêtements. D'ailleurs, elle ne se rappelle pas avoir eu ses règles depuis.

Aoife reste un instant à côté de la cuvette, le papier toilette pressé sur le visage. Puis, lentement, elle l'ôte et va se regarder dans le miroir. Son teint est cireux, jaunâtre, ses yeux cernés, écarquillés, incrédules. Elle a l'impression que c'est une autre personne qui est entrée il y a une minute. Celle qui se regarde dans la glace n'est pas du tout la même.

En titubant, elle avance dans la coursive, s'agrippant tout d'abord à la rampe gauche, puis, quand l'avant du ferry s'enfonce, à la droite. Elle force sur la porte éclaboussée de sel et gagne le pont.

Dans cette portion de la mer d'Irlande, la canicule ne se fait pas sentir. Le vent s'attaque aussitôt aux cheveux d'Aoife et essaie de lui arracher ses vêtements. Tête baissée pour mieux lutter, elle arrive au garde-fou et s'y accroche. Elle voit le flanc rouillé du vaisseau plonger dans les eaux noires tourbillonnantes. Le ferry laisse dans son sillage un éventail d'énormes projections d'écume. Les vagues les aplatissent, les effacent, les récupèrent un peu plus loin, au large. Des gouttes d'écume ou de pluie, elle ne sait, la fouettent. L'envie la prend de hurler dans le vent, vers la mer, juste pour éprouver la faiblesse de sa voix, incapable de rivaliser avec les éléments qui semblent déchaînés par un Zeus.

« Bon Dieu ! Merde ! » crie-t-elle.

Elle ne s'entend pas. Seuls son cerveau, sa langue et sa bouche lui indiquent qu'elle prononce des mots. Agrippée à deux mains à la rambarde glacée, elle pose la tête dessus et perçoit la vibration sonore du bateau, l'assaut des vagues.

Quand Gabe et elle ont-ils couché ensemble pour la première fois ? Un instant, elle ouvre les yeux, voit ses doigts mouillés, les taches de rouille, l'épaisse peinture blanche à la consistance de caramel durci. L'esprit en roue libre, elle n'a aucune prise sur le cours de ses pensées, mais connaît quand même la réponse.

C'était en avril. Un matin, avant qu'elle parte pour le Connecticut.

Son réveil de voyage a sonné à 6 heures, l'arrachant à un rêve où elle pédalait dans Clissold Park pour la projeter dans une chambre qui paraissait changée depuis la veille. D'ordinaire, elle y était seule, mais pas ce matin-là. En tâchant d'attraper le réveil, elle l'a flanqué par terre. Il s'est replié, sa sonnerie obligeamment étouffée, comme pour s'excuser.

Près d'elle, Gabe a grogné, roulé sur le côté et l'a enlacée d'un seul bras. « Tu ferais mieux d'avoir une raison béton pour me réveiller aussi tôt, a-t-il marmonné dans ses cheveux.

— Hum », a-t-elle réussi à dire en repoussant quelques mèches. Contrairement à Gabe, elle n'est pas loquace, le matin. Elle a posé un pied, puis l'autre, s'est levée et a cherché par terre quelque chose, n'importe quoi, à se mettre sur le dos. Elle a trouvé son pantalon, le sweat-shirt de Gabe et des chaussettes dépareillées qui, en plus, n'étaient pas à la bonne taille.

Le temps que Gabe émerge des draps, elle était habillée, les cheveux attachés, finissait son café et se mettait du rouge à lèvres.

« Comment t'arrives à faire ça sans glace ? » a-t-il demandé, sur le seuil, pendant qu'elle refermait le tube avec un petit bruit.

Ils se sont souri, puis ont détourné le regard. Il a attrapé la tasse posée sur la table et a bu une gorgée.

« Seigneur ! » Il a fait la grimace. « On ne t'a jamais dit que ton café était horrible ? »

Elle s'est levée. « Non. Ceux qui en ont chipé dans ma tasse m'ont fait des compliments, au contraire. »

Il l'a suivie jusqu'à l'évier et l'a enlacée par-derrière. « Alors, c'est que ces idiots n'avaient pas de papilles gustatives. » Il lui a soulevé les cheveux pour l'embrasser dans le cou. « D'ailleurs, où vas-tu ? C'est encore la nuit, à peu de chose près. »

Tout en rinçant le bol de son petit déjeuner sous le robinet, elle a répondu : « Je vais dans un camp de nudistes. »

Gabe s'est interrompu un instant dans l'exploration de sa nuque. « Venant de n'importe qui d'autre, je supposerais que c'est une blague. Mais tu ne plaisantes pas, hein ?

— Non. Evelyn veut photographier des gens.

— Je m'en doutais plus ou moins. Je me disais bien que tu n'étais pas du genre à faire du nudisme. » Il a écarté son chemisier de sa taille. « Quoique, je n'aurais rien contre.

— Gabe, il faut que j'y aille.

— Je sais. » Mais ses mains s'accrochaient à ses seins et il la coinçait contre l'évier.

« Il faut vraiment que je parte. » Elle a pivoté dans ses bras et l'a regardé en face. « Je reviens dans trois jours.

— Trois jours ? Ça va être aussi long que ça ?

— Je ne peux pas retourner au lit maintenant, Gabe, je t'assure. »

Gabe a mis dans l'évier la vaisselle et les couverts posés sur le plan de travail. « Qui parle de retourner au lit ? »

Elle a failli rater le train. Une fois installée dans le wagon face à Evelyn, elle s'est remis du rouge à lèvres. Au camp de nudistes, elles ont passé leur temps à photographier des gens assis sur des transats, debout autour d'un barbecue, ou en train de jouer au ping-pong. En revenant, elle est allée voir Gabe au restaurant et, lorsqu'il l'a aperçue à travers la vapeur de la cuisine survoltée, il a paru soulagé.

Sur le ferry qui l'emmène à présent en Irlande, Aoife scrute la nuit noire, tempétueuse. Comment est-ce arrivé, bon sang ? La première fois, c'était la veille de son petit voyage. Il y a eu bien d'autres fois, mais ils avaient pris des précautions, elle en est sûre. À quand remontent ses dernières règles ? À une quinzaine de jours avant son départ pour le Connecticut. Trois mois, peut-être. Tant que ça ? Est-ce possible ?

« Tu vas dégobiller ou c'est déjà fait ? » demande Michael Francis en surgissant à côté d'elle.

La tête d'Aoife part en arrière à la manière d'un cheval effrayé. Le visage trempé de pluie, les cheveux en désordre, elle regarde son frère comme si elle ne le reconnaissait pas.

« Ça va ? lui dit-il en tapotant ses poches. Je dois avoir un bonbon à la menthe quelque part, si tu veux. »

Elle secoue la tête. « Non, merci.

— J'ai toujours cru que tu avais un estomac en acier, dit-il en lui posant un bras sur les épaules. Tu l'as peut-être perdu à New York.

— Peut-être. » Toujours accrochée à la rambarde, elle regarde la mer.

« Allez, viens. Ne joue pas au roi Lear. Mettons-nous à l'abri. »

De nouveau, elle secoue la tête. « Je reste ici.

— Ah bon ? Il fait pourtant bigrement froid.

— Je sais. Pour moi, ça a le charme de la nouveauté.

— Comme tu voudras. À tout à l'heure. »

Michael Francis avance en titubant sur le pont glissant, ouvre avec force la porte et, avant de s'engouffrer à l'intérieur, agite la main à l'adresse de sa sœur. Elle s'écarte de la rambarde pour lui retourner son geste. Par la fenêtre du salon, elle le voit zigzaguer à travers le salon, s'asseoir à côté de Claire et de Hughie, prendre dans ses bras une Vita endormie et la déposer doucement sur ses genoux.

Il était venu la chercher. Cette pensée la fait presque sourire.

Le ferry monte et descend à son rythme inexorable et l'entraîne. Elle s'accroche toujours des deux mains à la rambarde. Si elle reste comme ça, se dit-elle, ça ira.

Elle ne comprend pas. Dans sa tête, cette pensée pèse aussi lourd qu'un tissu détrempé. Elle ne comprend pas du tout. D'ordinaire, elle est prudente en la matière, plus prudente que beaucoup d'autres. Dans certains domaines, elle sait qu'elle a tendance à se relâcher, à se satisfaire de peu, mais pas en ce qui concerne la contraception, notamment parce qu'elle sait qu'elle serait incapable d'élever un enfant. Quelle mère ferait-elle puisqu'elle ne pourrait pas lire une histoire à son enfant au moment de le coucher ? Merde, comment est-ce que ça a pu lui arriver ? Et comment a-t-elle eu la bêtise de ne rien remarquer ? Un instant, elle essaie de se représenter l'être accroché à ses entrailles, un peu comme cet acteur de film muet suspendu au-dessus de la circulation, qui agrippe les aiguilles de l'horloge, mais elle n'y parvient pas. Impossible, impossible de comprendre ce qui a pu se passer. Et encore plus impossible de savoir ce que va dire Gabe. Ça, elle ne peut vraiment pas l'imaginer.

Par un exploit comparable à un origami humain, ils ont réussi à s'entasser dans la voiture de Michael Francis. C'est lui qui conduit, Gretta assise à côté de lui ; Monica, Claire et Aoife occupent la banquette arrière et se relaient pour prendre Vita sur leurs genoux. Quant à Hughie, il est dans le coffre, sur les bagages.

Pendant la première partie du trajet, qui les a menés des quais à la route du nord, en passant par Cork, Aoife était assise au milieu, coincée entre Claire et Monica. À la sortie de Cork, elle a dû descendre pour vomir sur des feuilles de patience sauvage, puis de nouveau trois kilomètres plus loin, après le passage d'un pont en dos d'âne. Ensuite, on lui a cédé une place près de la portière, où elle pouvait baisser la vitre pour avoir de l'air. Hughie s'est plaint du vent en disant que ses cheveux étaient tout drôles, mais, du siège de devant, Gretta lui a dit d'arrêter de pleurnicher.

Seule Monica a remarqué la façon dont, à ces mots, Claire a tourné la tête pour jeter à son fils un regard indéchiffrable.

Ensuite, tout le monde s'est tu pendant un moment.

Michael Francis se concentre sur la route. Après Limerick, il se dirige droit vers Galway, puis vers la côte. Sa femme, à l'arrière, tient leur fille dans ses bras, il le sait. Il ne pense pas à elle, ni au fait qu'elle a renoncé à un tutorat pour l'accompagner en Irlande, il ne pense pas à ce que ça pourrait augurer pour leur couple. Il ne pense pas non plus à son père qui a épousé une fille de Sligo et à son oncle qui s'est enfui avec la mariée après la cérémonie, ni à la possibilité qu'il y ait là-bas un autre Riordan, un demi-frère ou une demi-sœur.

Aoife laisse l'air lui fouetter le visage et, les yeux fermés, trace un schéma mental de leurs positions respectives dans la voiture, avec des lignes continues pour ceux qui communiquent entre eux et des lignes discontinues pour les autres. Dans la seconde catégorie, il y a Monica et elle, Monica et Gretta, Michael Francis et Claire, Hughie et Vita (à la suite d'une brève dispute au sujet d'un paquet de bonbons). Elle se représente aussi son père en train de parcourir les rues de Dublin à la recherche de sa femme et de son frère. Qui voulait-il retrouver surtout ? Elle tente de visualiser la scène : son père posant des questions dans les pensions de famille, sur les quais. L'insupportable familiarité des traits recherchés. Est-ce que Frankie lui ressemble ? Elle perçoit la flambée de colère qu'éprouve son père, son cœur qui se brise. Qu'est-ce que vous ressentez quand votre frère vous trahit de cette façon, vous prend la fille que vous aimez ?

Les pensées de Monica vont dans une seule direction : elle déteste cette voiture, ce voyage, toute cette famille, elle regrette d'être venue, elle n'aurait pas dû mettre sa robe écossaise qui sera toute froissée quand ils descendront de cette bagnole dans laquelle ils sont entassés, si toutefois ils en descendent un jour.

De temps à autre, Claire regarde la nuque de son mari, ses mains posées sur le volant, la partie de son front visible dans le rétroviseur, remarque qu'il écrase le dossier de son siège en changeant de position. Elle est frappée par l'étrange dichotomie d'un ménage qui dure depuis un certain temps, qui fait que le conjoint paraît à la fois archiconnu et curieusement étranger. Elle sent le poids chaud, dense de Vita, ses petites hanches rondes qui pressent sa cuisse. Lorsqu'elle tourne la tête, Hughie lève aussitôt les yeux, à l'affût ; il cherche encore auprès d'elle explications, signes, indices pour savoir comment se comporter, comment réagir, qu'attendre du monde.

Elle lui adresse son sourire le plus rassurant et, satisfait, il se rallonge sur les bagages.

Et Gretta ? Gretta pense aux heureux hasards, aux coïncidences sur lesquelles vous ne comptiez pas. Votre mari s'en va, disparaît, vous le cherchez partout, vous appelez la police, vous fouillez toutes ses affaires, et voilà qu'une cousine vous téléphone pour vous avertir que quelqu'un lui a dit avoir vu Robert sortir du couvent, chose plutôt bizarre, non ?

Gretta sourit en elle-même. Elle leur avait bien dit, à ses enfants qui se croient tellement malins avec leur coup de fil à la police et leur fouille obstinée de la maison, que tout allait s'arranger. Et ça s'est arrangé. La veille, sur le trottoir, devant chez Michael Francis, Monica lui a hurlé des horreurs, Aoife a demandé à Monica de la boucler, et Michael Francis a essayé de rétablir le calme, comme d'habitude, en disant que, puisqu'ils savaient maintenant où était leur père, il fallait se concentrer là-dessus. Gretta et Monica sont retournées à l'intérieur, horriblement brouillées, à bout de nerfs. Et ensuite, que s'est-il passé ? Ils se sont préparés à partir pour l'Irlande.

Gretta pose sur le plancher le sac qu'elle avait sur ses genoux, puis le reprend. Elle savait bien que tout s'arrangerait, qu'on retrouverait Robert. Et les voici donc sur la route du Connemara, après la traversée en ferry.

Une fois passé Limerick, Aoife demande : « Arrête-toi, s'il te plaît. »

Michael Francis se range sur le bas-côté et elle s'empresse de descendre.

« Tante Evie est souvent malade, observe Hughie avec intérêt de sa place dans le coffre.

— Ne la regarde pas, mon chéri, ce n'est pas poli, murmure Claire. Regarde ailleurs.

— C'est un fait, reconnaît Monica.

— Elle s'appelle Aoife, Hughie, pas Evie, rectifie Michael Francis. Ça se prononce *i-fe*.

— *Ifie* », répète docilement Hughie. Il pousse ses pommettes vers le haut, de sorte que ses yeux sont cachés, puis vers le bas, ce qui étire ses paupières. En le voyant faire, Monica a une drôle d'impression. « Je m'étonne qu'elle ait encore quelque chose à vomir, dit-il.

— Peut-être qu'elle va vomir son estomac », lâche Vita, qu'ils croyaient endormie.

Ravi par cette idée, Hughie éclate de rire. « Oui, peut-être. Il va gicler sur la route et papa devra le ramasser, le remettre à l'intérieur et… »

Gretta ouvre sa portière et avance sur l'herbe. Une hirondelle décrit un cercle au-dessus de sa tête en déployant une aile d'un noir bleuté. Gretta s'approche de sa fille, toujours pliée en deux, haletante, les mains sur les genoux. Elle attrape les cheveux qui tombent dans la figure d'Aoife et les maintient en arrière.

« Merci », dit Aoife. Puis les haut-le-cœur recommencent.

Gretta lui tapote le dos, qu'elle sent collant à travers le fin tissu du chemisier. Les yeux fermés, Aoife se redresse. En lui tendant un mouchoir en papier, Gretta observe sa benjamine : elle remarque la pâleur cireuse des joues, le tremblement des doigts. Elle lui tend un autre mouchoir. « Est-ce que tu as quelque chose à me dire, Aoife ? »

Sa fille ouvre brusquement les yeux et toutes deux se dévisagent. L'espace d'un instant, Gretta sent la présence de ces bébés, de ces êtres qui n'ont jamais respiré ; ils étaient cinq en tout, ses enfants qui n'étaient pas encore des enfants. Ils s'alignent entre elle et Aoife, et s'aligneront toujours, telles des poupées découpées dans du papier. L'hirondelle pique vers le sol, à proximité, et son poitrail rouge lui paraît avoir valeur d'avertissement.

« Non », répond Aoife.

Gretta s'approche encore. « Je t'en prie, dis-moi que tu n'es pas dans une position intéressante. »

Malgré elle, malgré tout, Aoife éclate de rire.

« Qu'est-ce qu'il y a de si drôle ? Je ne vois rien de drôle à ça. »

Aoife roule le mouchoir en boule et le fourre dans sa poche. « On est en 1976, maman.

— Qu'est-ce que ça vient faire là-dedans ?

— On ne dit plus "position intéressante".

— Je dis ce que je veux. Alors, tu l'es ? Tu l'avoues ?

— Je n'avoue rien du tout. Ça ne te regarde pas.

— Oh ! Seigneur ! » Gretta porte une main à son front. « Tu es une jeune fille célibataire…

— Ça te va bien de dire ça, tiens ! » réplique Aoife, et Gretta recule comme si elle avait reçu une gifle.

Dans la voiture, Monica se penche par-dessus Claire pour mieux voir. « De quoi parlent-elles ?

— Je n'en sais rien. » Claire a surpris des bribes de leur conversation et, de toute façon, a tiré ses propres conclusions en voyant les traits tirés d'Aoife et son appétit capricieux.

« Oui, de quoi parlent-elles ? » répète Michael Francis sur le siège avant. Il donne un coup de klaxon irrité et leur crie de revenir, mais c'était sans compter la réaction des enfants qui, aussitôt, se précipitent à l'avant de la voiture, sautent sur les genoux de leur père et hurlent .

« Je peux klaxonner, moi aussi ? Hein ? Et moi ? C'est mon tour ! Non, c'est mon tour ! Non, c'est à moi !

— Ça suffit ! lance Michael Francis au milieu des coups de klaxon, en s'empêtrant dans les bras et les jambes de ses enfants. Retournez à votre place, je ne plaisante pas, tous les deux, arrêtez tout de suite ! »

Les doigts de Hughie lui éraflent la tempe, un coude, celui de Vita, lui semble-t-il, lui heurte la gorge, puis un genou se plante avec une précision écœurante dans son entrejambe. Le klaxon couvre le juron qui lui échappe, des flèches de douleur s'élancent de son bas-ventre, un feu d'artifice crépite dans son cerveau. Michael Francis est immobilisé par la douleur, par sa ceinture de sécurité et par le poids de sa progéniture.

« Pousse-toi, je vais conduire. » Claire est là, elle ouvre la portière et ôte un par un les enfants des genoux de son mari.

À l'heure du déjeuner, ils sont arrivés aux Twelve Bens, d'énormes montagnes grises qui dominent les cimes, leurs flancs qu'on croirait en peau d'éléphant reflétés dans l'eau du lac. Même Vita reste muette devant leur ombre impressionnante. Avant qu'ils atteignent le village de Roundstone, Gretta indique à Claire qu'il faut tourner à droite, puis descendre une petite route.

« Laissez-moi ici, décide-t-elle à un endroit où deux chemins se croisent sous un bosquet de chênes.

— Quoi ? fait Monica en se penchant brusquement en avant. Ici ? Pourquoi ? On ne peut pas te laisser ici, voyons.

— Le couvent est juste en haut de la côte. » Gretta agite un mouchoir, farfouille dans son sac, en sort un flacon, au hasard, semble-t-il, avale une pilule, en trouve un autre et enfourne deux comprimés qu'elle écrase entre ses dents avec une grimace. « J'y vais seule. »

Monica proteste, conteste, discute ; Michael Francis essaie de dire que, à son avis, ils devraient rester tous ensemble ; Claire donne un biscuit à Hughie et à Vita ; Aoife descend de la voiture.

« Où vas-tu ? » lui demande son frère.

Au même moment, Hughie se renseigne, avec une note d'espoir : « Elle va encore vomir ?

— Je vais juste faire pipi », répond Aoife par-dessus son épaule avant de s'enfoncer dans les broussailles.

Gretta persiste, rassemble son sac, son foulard, ses pilules, son mouchoir, sort de la voiture et se met en route. « Je reviens dans deux heures. »

Elle s'arrête un instant, le temps de regarder Aoife qui émerge de derrière un arbre en refermant son pantalon. Toutes deux se dévisagent, puis Gretta se remet à marcher sans un mot et s'éloigne sur la route.

Aoife remonte dans la voiture.

Sur les genoux de Claire, Vita se penche en avant pour scruter sa tante, cette personne fascinante capable de vomir tant et plus, qui a surgi de nulle part, vêtue d'un haut sur lequel on voit des flamants roses. L'envie de lécher le bras nu d'Aoife s'empare de Vita. Elle voudrait goûter cette peau bronzée, sentir ces minuscules poils sous sa langue. Il lui semble que ce serait lisse comme du miel et que les taches de rousseur devraient avoir un goût poivré. Vite, avant qu'on puisse l'arrêter, elle avance la tête pour passer la langue sur le bras de sa tante, près du coude.

Aoife pivote pour croiser son regard. « C'est toi qui viens de me lécher ?

— Non, répond Vita, la langue encore sortie. Ça va mieux ?

— Oui. » Aoife l'observe encore un moment, puis chuchote : « Tu sais ce que je crois qu'on devrait faire pendant l'absence de grand-mère ? »

Vita, qui a tout de suite senti ce ton de confidence, chuchote à son tour : « Non, quoi ?

— Nager. »

Ils se garent dans la baie de Mannin. Dès que les portières sont ouvertes, les enfants bondissent comme des lévriers au départ d'une course, puis décrivent des cercles et des zigzags. Hughie fait tournoyer des algues au-dessus de sa tête et Vita fonce droit sur la mer, dans les vaguelettes qui s'entrecroisent sur le sable argenté.

Sa robe rassemblée sous elle, Monica s'assied sur un rocher et fait couler du sable entre ses mains pour retenir des morceaux de corail blanchis, polis, qui ressemblent à des os de minuscules créatures. Les toucher lui procure la même impression de familiarité qu'entendre la cloche d'une église. Il lui semble que tous les étés de son enfance sont contenus dans ce geste, tout remonte à la surface : les journées à courir sur la plage en maillot de bain et pull des îles Aran, Michael Francis toujours à quelques pas devant elle, ses pieds roses saupoudrés de sable ; les trajets sur l'âne de sa grand-mère ; marches sous la pluie, qui n'était qu'une gentille eau tombée du ciel, tiède et propre, pas comme la pluie londonienne ; le sol qu'ils creusaient avec son oncle et sa mère pour ramasser de la tourbe, la bêche qui fendait la terre, les draps qu'il fallait tordre après la lessive pour les essorer, les poules qui picoraient autour des jambes.

En levant les yeux, elle distingue des silhouettes, celles de sa famille, qui se détachent en noir sur la mer étincelante, son frère et sa femme près du rivage, et Aoife, tel un elfe, qui se dénude, pendant que les enfants hurlent à ce spectacle.

Elle baisse les yeux sur d'infimes péronés et tibias de corail pris dans les plis de ses jointures. C'est à cette échelle qu'elle se rappelle le mieux l'Irlande : les menus détails de cette baie, ce sable et son corail, étrange à toucher, les couches de couleurs dans la mer, le vert, le turquoise, le bleu foncé, les énormes tas de fucus amoncelés sur les rochers comme des phoques gras.

À présent Aoife est dans l'eau ; Monica entend ses cris. Vita la suit, avance avec décision dans les vagues. Elles se ressemblent, pense Monica. Est-ce que Claire se rend compte qu'elle va avoir des problèmes avec cette petite ? Michael Francis se précipite vers sa fille avant qu'une vague ne la renverse. Il la soulève bien haut tandis qu'elle hurle et donne des coups de pied, puis, quand il la repose sur le sable, elle se remet à rire, sa colère envolée dans le ciel. Monica croit la voir se dissiper dans l'immensité bleue.

Hughie se met à creuser un trou avec les mains et, comme un chien, rejette des gerbes de sable derrière lui. Vita l'observe une ou deux secondes, puis l'imite. Michael Francis se retourne et a la surprise de voir sa femme près de lui. Il lui passe un bras autour des épaules, réduisant l'espace qui les sépare. C'est un geste purement instinctif et, lorsqu'il sent son corps contre le sien, il retrouve une impression tellement familière qu'il sait qu'il a eu raison de s'y risquer. Il se demande si elle va s'écarter de lui ou accepter ce rapprochement et s'étonne aussi qu'ils ne se soient pas enlacés depuis bien longtemps, depuis trop longtemps. À quand remonte la dernière fois qu'ils l'ont fait et pourquoi est-ce si rare ?

Au lieu de s'écarter de lui, elle lui entoure la taille de ses bras. En sentant qu'elle accentue sa pression, il ferme les yeux pour ne pas gâcher la perfection de ce moment. Il se rend compte qu'il est jaloux de lui-même, un peu comme s'il regardait cette scène de loin.

« Merci d'être venue, lui dit-il.

— Ne dis pas de bêtise, réplique-t-elle, la tête enfouie sous le menton de son mari. Il le fallait. »

La veille, il est revenu avec Aoife après avoir raccompagné sa mère et Monica à Gillerton Road. Toutes deux, en pleurs, s'agressaient mutuellement. Monica était hors d'elle. Monica, la préférée de leur mère, sa petite chérie, sa confidente. « Comment as-tu pu faire une chose pareille, répétait-elle en sanglotant, me mentir comme ça, faire semblant d'être mariée pendant tout ce temps ? » Et Gretta pleurait bruyamment en répondant : « Je suis désolée, ma chérie, je suis vraiment désolée, je ne mentais pas, c'est juste que… je n'en avais pas l'intention, c'est juste que… »

Quand il est sorti dans le couloir, prêt à rentrer chez lui pour préparer son sac de voyage, Monica reprochait à sa mère de l'avoir obligée à se confesser parce qu'elle avait couché avec Joe avant le mariage et de lui avoir prédit la damnation éternelle. En se retournant pour prendre congé il a trouvé Aoife à côté de lui, les bras croisés.

« Où vas-tu ? lui a-t-il demandé.

— Là où tu vas. Pas question de rester avec ces deux-là. »

Il est donc arrivé chez lui avec Aoife pour trouver Hughie et Vita assis côte à côte sur une marche de l'escalier, une expression interloquée peinte sur leur visage. Du salon leur parvenaient un bruit de conversation, des petits rires et une musique qui évoquait une cithare – une nouveauté sous son toit.

« Qu'est-ce qui se passe ? » a-t-il demandé aux enfants.

Hughie a fixé les yeux sur son père, puis sur Aoife, et enfin sur la porte fermée du salon. « Un groupe de travail après la remise des copies », a-t-il expliqué avec un souci d'exactitude qui a fendu le cœur de son père.

Michael Francis l'a senti se briser, là, dans le couloir, devant ses enfants assis sur une marche de l'escalier, se briser en mille morceaux qui sont tombés au fond de lui.

Claire est apparue sur le seuil et a aussitôt refermé la porte derrière elle. « Oh ! c'est toi. J'ignorais que tu allais revenir, sinon…

— Bien sûr que j'allais revenir. Pourquoi est-ce que je ne serais pas revenu ? Pourquoi est-ce que tu me parles comme si je n'habitais plus ici ? »

Agrippée à la poignée pour maintenir la porte fermée, Claire, débraillée, les cheveux ébouriffés, avait le teint écarlate. En général, elle était dans cet état après avoir bu du vin rouge. « Non, c'est seulement que… »

À ce moment précis, une femme que Michael Francis n'a pas reconnue est sortie en poussant violemment la porte. Ses cheveux gris étaient coiffés en couettes, comme ceux de Vita, parfois, et elle portait une longue jupe portefeuille.

« Soyez les bienvenus ! s'est-elle écriée en levant les bras.

— Les bienvenus, vraiment ? »

Elle n'a pas perçu l'ironie de Michael Francis et a attrapé Aoife par un bras. « Vous êtes venue vous joindre à nous ? » lui a-t-elle demandé avec une lueur de prosélytisme dans les yeux.

À ce moment-là, Michael Francis n'avait pas beaucoup de raisons de se réjouir – aucune, en fait –, mais il était bien content qu'Aoife, et non un autre membre de sa famille, soit là. Ni Monica, ni Gretta. Aoife était la seule à pouvoir se sortir de cette situation.

« Notre groupe est très accueillant, vous verrez, poursuivait la femme. Je m'appelle Angela et voici Claire. C'est sa maison et… »

Imperturbable, Aoife s'est éloignée de la femme aux couettes et dirigée vers l'escalier. En prenant Hughie et Vita par la main, elle leur a demandé : « Et si vous me montriez votre chambre ? Je ne l'ai pas encore vue. Venez, on monte. »

La femme est retournée dans le salon en laissant Michael Francis et Claire dans le couloir. Il s'est assis sur la marche du bas, a posé la tête sur le premier barreau de la rampe et a été étonné de trouver un certain confort à ce bois lisse, verni, sur lequel s'appuyait sa tempe. Pour ne pas regarder sa femme dans les yeux, il regardait ses pieds, ses pieds nus. Elle avait toujours eu de jolis pieds : fins, très cambrés, avec des ongles pâles et bombés. Rien à voir avec les siens, poilus, larges comme des battoirs, les orteils cassés et tordus pour avoir joué au rugby dans sa jeunesse. Autant être bref, a-t-il décidé. Les yeux rivés aux pieds de sa femme, aux ongles arrondis nacrés, au réseau de veines bleues sur le cou-de-pied, il a résumé en trois phrases ce qu'il comptait faire : toute la famille partait pour l'Irlande le soir même par le ferry de nuit ; le départ était fixé dans une demi-heure. « Et j'emmène les enfants. Fais ce que tu veux. Je ne…

— Je me prépare, a dit la propriétaire des pieds. Je viens aussi. »

Dans la baie de Mannin, Hughie saute dans le trou puis saute pour en ressortir. Vita donne des coups de pied dans l'eau peu profonde, la projette en l'air où des arcs-en-ciel teintent les gouttes.

« Écoute, dit Michael Francis à Claire, toujours pressée contre lui.

— Mike, il faut que je te dise quelque chose. »

Il s'écarte d'elle. « Seigneur, non !

— Quoi ?

— S'il te plaît, ne dis rien. » Il se bouche les oreilles. Incapable de l'écouter, pris d'une envie de s'enfuir, de courir sur la plage, de monter dans sa voiture et de filer pour ne pas entendre ce que sa femme a à lui dire.

« Pourquoi ? Qu'est-ce que tu crois que je vais te dire ?

— Je… je ne… » Il s'écroule dans le sable. « Ne le dis pas, c'est tout.

— Que je ne dise pas quoi ?

— Ça.

— Quoi, ça ?

— Que tu as… » Il décrit un cercle. « … couché avec quelqu'un. Ne le dis pas. Pas maintenant. Je ne suis pas en état de l'entendre. »

Entre le ciel et le fond de l'eau, Aoife se retrouve en position horizontale. En battant des pieds, elle touche le sable et se lève alors, déconcertée par le manque de profondeur. L'eau lui arrive à peine aux genoux car la mer se retire, et elle se rend compte qu'elle n'est pas allée aussi loin qu'elle le croyait. Tirant sur sa culotte, elle patauge dans les vagues pour remonter sur la plage, le souffle court, les cheveux collés au dos et aux épaules. Elle passe devant Michael Francis, assis sur le sable, tête baissée, devant Claire debout au-dessus de lui, et devant les enfants qui puisent l'eau d'un trou qui se remplit aussitôt.

« Vous avez du pain sur la planche, dites donc ! » leur lance-t-elle au passage.

Ils lèvent les yeux vers elle et, à leur expression distante, hors contexte, elle comprend qu'ils sont en ce moment sur une autre planète, non pas dans la baie de Mannin, mais au royaume de leur jeu.

Elle rassemble ses vêtements, en secoue le sable, en ôte quelques algues. Monica est assise non loin de là, genoux serrés, jupe étalée autour d'elle comme si elle posait pour un portrait. Intérieurement, Aoife lève les yeux au ciel, retire son soutien-gorge trempé et enfile son chemisier.

« Comment était l'eau ? »

La voix de Monica fait vibrer l'air qui les sépare. La plage et la mer scintillent, renvoient la lumière, les algues sèchent en formant des rocs, le sable craque, réduit en poudre au soleil.

Aoife lève les yeux. Les mains de sa sœur sont crispées sur ses genoux, ses lunettes de soleil lui cachent une grande partie du visage.

« Bonne », répond Aoife.

Monica attend un instant avant de hocher la tête. Elle ne voit pas ce qu'elle pourrait dire.

« Tu veux y aller ? demande Aoife.

— Moi ? » Monica se redresse, interloquée par cette idée. « Oh non ! Je ne sais pas nager. »

Alors qu'elle enfilait son pantalon, Aoife se fige. « Ah bon ? Tu ne sais pas nager ? »

Monica secoue la tête. « Non.

— C'est vrai ?

— Oui.

— Vrai de vrai ? »

Ces questions hérissent Monica. « Oui, répète-t-elle, excédée. Demande à Michael Francis si tu ne me crois pas. »

Aoife vient s'asseoir sur le sable, près de sa sœur, mais pas trop près. « Comment ça se fait ?

— Je n'en sais rien. » La voix de Monica lui arrive par-derrière, au niveau de l'épaule. « Je n'ai jamais appris. Je n'ai jamais… je n'ai jamais pu entrer dans l'eau. Ça me terrifie. La profondeur.

— On ne t'a pas obligée à prendre des cours de natation à la piscine ? Avec ces moniteurs sadiques qui, du bord, te donnaient des petits coups avec une perche quand tu te débrouillais mal ?

— J'y suis allée une fois. J'ai détesté ça.

— Ah bon, pourquoi ? »

Comme Monica ne répond pas, Aoife se retourne pour la dévisager. Sa sœur a une expression hésitante, perplexe, semble se demander si Aoife se moque d'elle.

« Monica, je plaisantais. Des moniteurs sadiques ? Des perches ? Je faisais de l'ironie. Bien sûr que tu détestais ça. Tout le monde détestait ça.

— Oh ! je vois. » Monica lisse sa robe écossaise ajustée qui paraît à Aoife horriblement chaude et serrée. « Bon, la natation, ce n'est pas pour moi.

— Tu as raison. »

Toutes deux sont assises sur la plage, mais pas vraiment ensemble. Aoife étend les jambes, décrit avec ses orteils des arcs de cercle dans le sable. Elle les observe d'un côté, puis de l'autre, plisse les yeux pour imaginer le reste de la courbe et, bientôt, Monica reprend la parole.

« Qu'est-ce que tu en penses ? » dit-elle en montrant les silhouettes de Michael Francis et de Claire au bord de l'eau. Claire agite les mains avec exubérance, Michael Francis est toujours affalé sur le sable. « Tu crois qu'ils vont rester ensemble ? »

Aoife triture une mèche de ses cheveux humides. « Je n'en sais rien. »

Le temps que Gretta arrive à la porte du couvent, elle est en nage, hors d'haleine et furieuse. Elle n'avait pas prévu que l'allée serait aussi longue, ne comptait pas avec ces horribles cailloux qui l'obligent à faire attention à chaque pas si elle ne veut pas se tordre la cheville, elle qui a déjà un problème au genou.

Au moment où elle tire sur la sonnette, elle transpire, halète et, soudain, en veut à son mari. Comment ose-t-il lui faire ça ? Comment ose-t-il venir ici sans rien dire à personne, la forcer à faire tout ce trajet, avec, en plus, les gosses et les petits-enfants ? Bon sang, qu'est-ce qui…

La porte s'ouvre sur une religieuse. À cette vue, la colère de Gretta se dégonfle comme ur ballon.

« Bonjour, ma sœur, commence humblement Gretta en retenant une génuflexion. Excusez-moi de vous déranger, mais je me demandais si vous pouviez m'aider. Je cherche mon… » Elle bute sur une difficulté. Impossible de dire « mari » à cette religieuse au visage ridé, mais paisible, entouré de blanc, aux beaux yeux gris, aux sourcils clairs haussés d'un air interrogateur. « Eh bien, mon… Il est là, voyez-vous, Robert… Ronan… M. Riordan, qui est venu voir… quelqu'un. Frankie, euh… Francis, Francis… » Gretta ne se rappelle plus son nom de famille, puis ça lui revient. « Francis Riordan. »

La religieuse incline la tête. « Entrez. Je vais vous conduire. »

Elle recule et Gretta la suit dans un grand hall d'entrée à l'épaisse moquette. Ses chaussures s'enfoncent dans cette texture qui ressemble à de la mousse. La religieuse lui fait traverser le vestibule, descendre un escalier, emprunter un couloir. Gretta se sent plus terrifiée que jamais. Jusqu'ici, la poursuite de Robert/Ronan s'est très bien passée : arrivée des enfants, puis des visiteurs, pistes policières, et enfin ce coup de téléphone pour dire où Robert se trouvait. Mais, tout en avançant telle une pénitente, Gretta comprend soudain que Robert n'a peut-être pas envie qu'on le trouve. Ni qu'on le ramène. Il est peut-être parti pour ne jamais revenir. Ce jour-là, il a pu choisir de fuir sa famille pour renouer avec son passé. Pourquoi cette idée ne lui est-elle pas venue plus tôt à l'esprit ? Au nom du ciel, que fait-elle ici ?

Elles passent devant un immense crucifix en bois, un portrait peint du Saint-Père, une tapisserie d'une scène biblique en laine orange et violette – Gretta n'a pas le temps de la reconnaître, quelque chose avec une colline en arrière-plan et un Jésus aux cheveux mandarine qui lève les bras au ciel. Elles passent dans un couloir plus étroit, plus sombre, au sol dallé. Clic, clac, font les chaussures de Gretta sur la pierre, clic, clac. Une migraine se fraie un chemin dans sa tête. Elle a envie de chercher ses pilules dans son sac, mais n'ose pas le faire devant la religieuse.

« Vous venez de loin ? demande celle-ci par-dessus son épaule.

— Pas trop loin, ma sœur. » Gretta doit presque galoper pour ne pas se laisser distancer – sous son habit, la religieuse doit avoir de longues jambes. « De Londres, en fait. Mais, vous comprenez, je suis d'ici. J'ai grandi près de Claddaghduff, alors ça ne me paraît pas loin. Si vous voyez ce que je veux dire. »

La religieuse ne fait aucun commentaire.

Le cœur battant très fort car c'est la seule partie de l'histoire qui lui manque, Gretta se risque à demander : « Depuis combien de temps est-ce que Francis est chez vous ? »

Pendant qu'elles descendent un escalier plus petit, plus étroit, la religieuse tourne la tête. « M. Riordan est chez nous depuis longtemps. Une quinzaine d'années, je crois. »

Gretta fonce pour la rattraper et descendre les marches à côté d'elle.

« Il n'a pas été en bonne santé, vous le savez peut-être. Mais il s'est occupé de son mieux de notre jardin et de l'entretien de notre bâtiment. Nous avons toujours trouvé qu'il ajoutait une présence paisible à notre petite communauté. Mais à présent, bien sûr, la fin est proche. » Elle s'arrête devant une porte. « C'est là, indique-t-elle avec un geste de la main. Vous pouvez entrer.

— Il est... » Gretta se tamponne le cou avec son mouchoir, coince son sac sur son avant-bras. « Il est là ? »

La religieuse incline la tête. « Vous pouvez entrer, répète-t-elle.

— Puis-je vous ennuyer en vous demandant un verre d'eau, ma sœur ? Je suis vraiment désolée, mais j'ai marché longtemps sans boire une goutte et j'ai une pilule à prendre. Voulez-vous que je vous accompagne ? Ça serait peut-être plus simple. Je ne voudrais pas vous obliger à refaire tout ce chemin...

— Attendez ici, je reviens tout de suite. »

Gretta est abandonnée dans le couloir, devant la porte. D'un côté, il y a l'escalier. De l'autre, un fauteuil aux pieds griffus, qui paraît inconfortable. Pendant la préparation agitée de ce voyage, puis la traversée et le trajet en voiture, pourquoi n'a-t-elle pas pensé que Robert ne voudrait peut-être pas la voir ici ? Il se peut qu'il n'ait pas l'intention de revenir à Londres et à Gillerton Road. Nez à nez avec cette porte, elle se rend soudain compte qu'elle a fait une bêtise, une terrible erreur. Dans cette pièce, il y a Robert et son frère, un frère dont il lui avait annoncé la mort précoce, un frère dont elle connaît l'existence depuis des années sans qu'il le sache, un frère qu'il a caché à tout le monde, un frère qui s'était enfui avec celle que Robert venait d'épouser et qui a passé la plus grande partie de sa vie en prison pour un meurtre qu'il a ou n'a pas commis. Robert avait ses raisons de lui cacher la vérité, et maintenant, voilà qu'elle a foulé aux pieds ces raisons et débarque ici à l'improviste. Qu'est-ce qu'elle est en train de faire ? Elle doit être devenue folle. Sa mère lui avait bien dit de ne jamais courir après un homme. Qu'il n'en sortait jamais rien de bon. Pourquoi ne l'a-t-elle pas écoutée ? D'ailleurs, pour commencer, pourquoi est-elle allée à Londres ? Elle aurait pu épouser un gentil fermier du comté de Galway plutôt que devenir cette femme humiliée sans aucune…

À proximité, elle entend des pas, de nombreux pas de gens qui marchent ensemble, et le tintement de clés ou de couverts. La peur d'être trouvée là alors qu'elle n'a rien à y faire la propulse en avant, elle pousse la porte et entre.

Après l'obscurité du couloir, elle s'abrite les yeux, le temps de s'habituer à la clarté, et découvre alors une pièce petite, au plafond haut, avec un lit, un fauteuil et une fenêtre derrière laquelle on aperçoit des arbres.

Le fauteuil est vide. Le lit ne l'est pas.

Des couvertures rayées, un cadre métallique, des draps en désordre, froissés, un lit qui n'est pas bordé. La personne allongée est grande et mince, Gretta se permet de le remarquer. Elle ne s'y attendait pas vu que Robert est costaud et plutôt petit. Les pieds arrivent tout en bas du lit, et pourtant les genoux sont légèrement pliés sur le côté. Des rangées de flacons sur la table de chevet, un bassin en argent, un ballon d'oxygène avec son tube transparent qui serpente jusqu'au visage du malade.

Gretta se met au travail. Elle arrange les couvertures, tire le drap de façon à border le lit comme une enveloppe, soulève avec soin un bras après l'autre pour supprimer les plis pour que ce soit plus confortable parce qu'un drap qui plisse peut entamer la peau quand on est souffrant, elle le sait.

Elle aurait pu être infirmière, elle aurait fait une bonne infirmière. Oui, si seulement on lui avait donné cette chance.

Les bras sont légers et aussi secs que des branches. Gretta penche le malade en avant, tapote les oreillers et reconnaît l'odeur qu'il dégage – une odeur douceâtre, écœurante, de moisi – mais, sur le moment, elle ne sait pas où elle l'a déjà sentie. Elle installe l'homme bien droit.

« Là, là. »

Puis elle s'assied dans le fauteuil. Où est Robert ? Il devait être assis à cette même place. Où est-il passé ? Elle remue sur le siège dur, imagine son mari ici, en train de voir ce qu'elle voit, ce trou dans la couverture, les cadavres de guêpes, à l'envers, sur le rebord de la fenêtre, l'horloge murale accrochée légèrement de travers. Est-ce l'effet de son imagination ou le fauteuil est-il encore tiède ? Curieux de penser que Robert se trouvait peut-être ici il y a à peine un instant. Elle arrange les flacons sur la table de chevet, fait tomber une petite plume, remplit le verre, le tend au malade.

« Voulez-vous boire un peu d'eau ? »

Elle oriente la paille vers les lèvres de Frankie. Sèches et fendillées, le pauvre. Elle scrute trait par trait le visage de cet homme qui a existé si longtemps à la lisière de leurs vies. Une grosse cicatrice, d'un blanc livide, lui couture le front et disparaît dans ses cheveux. Avec un choc, elle constate qu'il ressemble beaucoup à Robert : même front saillant, mêmes cheveux blancs épais, même mâchoire serrée, volontaire. Qu'elle est bête de ne pas l'avoir prévu. On dirait presque que c'est son mari qui est alité, que Gretta a un aperçu de l'avenir. Elle frémit.

« Vous devez avoir soif. Buvez une petite goutte. »

Les lèvres s'écartent, permettent l'introduction de la paille dans laquelle Gretta voit le liquide remonter. Frankie avale une fois, deux fois, ce qui semble lui réclamer un effort aussi grand que, pour quelqu'un d'autre, le déplacement d'un gros meuble. Gretta repose le verre.

Frankie. Elle laisse le prénom rouler dans sa tête comme une bille. Voilà donc ce fameux Francis. Francis Riordan. Arrêté par l'armée britannique près du corps d'un officier de police, a raconté le prêtre. De combien d'années de prison écope-t-on pour ça ? Elle examine la cicatrice qui court sur son front, puis détourne le regard.

Où peut bien être Robert, au nom du ciel ? songe Gretta dans un sursaut d'irritation. Sa place est ici. Frankie n'a plus longtemps à vivre, le premier venu s'en apercevrait. Quelle profonde tristesse d'arriver à la fin de son existence sans personne à ses côtés – sauf un frère qu'on n'a pas vu depuis trente ans. Comment peut-on être abandonné à une solitude aussi bouleversante alors qu'il y a tant de gens sur terre ?

Gretta repousse du front les cheveux blancs cassants, arrange le drap sous le menton, rassemble les doigts aussi fragiles que des brindilles, les prend dans les siens.

Ces doigts, une autre femme les a serrés, elle s'est enfuie avec Frankie aussitôt son mariage célébré – comment un homme a-t-il pu faire ça à son frère, c'est effarant ! Gretta voudrait chasser ces pensées de son esprit parce que, après tout, cet homme est mourant, le moment est donc venu de pardonner, d'oublier le passé. Si bien qu'elle décide de lui parler, mais de quoi ? Que peut-on dire dans ces circonstances ? Alors, elle récite : « Je vous salue, Marie, pleine de grâce. » Les mots familiers tombent de ses lèvres dans le silence de la pièce. Les former, entendre leur rythme, est déjà un réconfort. « Le Seigneur est avec vous. Vous êtes bénie entre toutes les femmes. »

Elle se rappelle que sa mère lui recommandait de dire « dames » et non « femmes », c'était plus poli, selon elle. Attention à ne pas bousculer la dame, disait-elle, si elles se trouvaient sur un trottoir bondé. Ou bien, donne l'argent à la dame, si elles devaient payer dans un magasin. Gretta lui avait demandé pourquoi on ne disait pas « Vous êtes bénie entre toutes les dames » puisque « dames » était plus poli ?

Elle avait envoyé une photo de Robert et elle à sa mère qui l'avait encadrée et posée sur le rebord de la fenêtre, celle qui donnait sur le lac et l'île aux poules. Une belle photo, ça oui, ils étaient allés chez un photographe, dans Essex Road. Gretta avait emprunté à une collègue de travail un tailleur en beau tweed lilas, une couleur qui l'avait toujours flattée. Au revers, elle avait épinglé un lis et acheté des gants. À l'époque, elle était mince, avait une taille de guêpe, et sa main gantée de chevreau, posée sur le bras de Robert, ressemblait à un autre lis. Lui portait son costume et s'était parfaitement coiffé, avec une raie. Qui pouvait deviner qu'il ne s'agissait pas d'une photo de mariage ? En vérité, elle n'avait jamais prétendu que c'en était une, elle avait simplement écrit à sa mère qu'elle avait épousé Robert et qu'elle lui envoyait une photo.

« Sainte Marie, mère de Dieu, priez pour nous pauvres pécheurs », continue-t-elle à murmurer.

A-t-elle vraiment dit qu'ils étaient mariés ? Ou s'est-elle contentée d'envoyer la photo ? Il n'est pas possible qu'elle ait menti à sa mère, elle ne l'aurait jamais pu.

C'est un peu comme les trous des rues londoniennes. Quand on les creuse, ces balafres dans le bitume paraissent choquantes – ces déblais, cette cicatrice, la terre et la boue qui affleurent en pleine ville. Ensuite, on les remplit, on les recouvre, et ça semble nouveau, incongru, ce renflement de goudron noir luisant à côté de la rue usée et granuleuse. Puis, au bout d'un moment, tout se tasse et, avec la poussière, on ne voit plus la différence, on ne se doute pas qu'il y a eu une réparation.

C'était sur l'impériale d'un bus qui descendait Rosebery Avenue qu'il lui avait demandé de l'épouser. En le voyant mettre un genou à terre, elle avait été surprise et avait cru un instant qu'il cherchait un objet égaré. Un bouton de manchette ou un penny, peut-être. Elle s'était passée de bague, ils n'avaient pas d'argent, mais, à l'époque, qui en avait, avec la guerre tout juste terminée ? Donc, ils étaient fiancés. Ils l'étaient bien, non ? Et puis il lui avait expliqué qu'ils ne pouvaient pas se marier, pas réellement, pas pour l'instant, il lui fallait d'abord régler une affaire. C'est ça ? Gretta a du mal à s'en souvenir. Il avait dit que, s'ils n'étaient pas mariés, c'était tout comme. Lui avait-il demandé de l'épouser ou avait-il seulement dit qu'ils ne pouvaient pas se marier tout de suite, mais qu'ils le feraient plus tard, dès que possible ? Elle avait pensé que cela avait un rapport avec ce qu'il avait enduré pendant la guerre, avec les choses terribles qu'il avait vues. Elle n'avait pas trop insisté car il avait horreur d'en parler. Il avait versé un acompte pour acheter une jolie maison avec un jardin derrière. Ils s'y étaient installés. Il lui avait donné une alliance en lui disant qu'elle en aurait besoin, Gretta s'en souvient, et elle s'en était contentée. Oui ou non ? N'avait-elle pas pleuré dans la cuisine de leur jolie maison en tenant cette alliance entre le pouce et l'index ? S'agissait-il bien d'elle ou de quelqu'un d'autre ? En fait, elle avait peur car elle était déjà enceinte et ne savait pas quoi faire. Elle ne pouvait pas retourner chez ses parents dans cet état. Si elle en avait parlé à sa mère, la honte l'aurait tuée, si bien qu'elle devait rester avec cet homme, passer l'alliance à son doigt – elle butait contre l'articulation et, l'espace d'un instant, elle l'avait crue trop petite, mais, finalement, elle avait pu l'enfiler et voilà. Elle avait insisté pour aller chez le photographe, il avait acquiescé, ce qu'elle avait trouvé de bon augure. La photo était belle. Elle en avait commandé trois, en avait envoyé une à sa mère, gardé une et donné la troisième à Robert pour qu'il l'expédie à sa famille qui, elle le savait, habitait le comté de Sligo. Une fois la photo posée sur le manteau de la cheminée et la bague passée à son doigt, ça allait mieux Elle se présentait comme « Madame Riordan » et disait qu'elle attendait un enfant, pour février, oui, c'était son premier, non, elle n'avait pas de préférence, du moment que le bébé avait tous ses doigts et tous ses orteils. Elle avait même le culot d'aller à la messe et avait affirmé au prêtre qu'elle s'était mariée à Liverpool. Avait-elle vraiment dit cela ? Avait-elle pu mentir à un prêtre ? Pour elle, quelle importance s'ils n'étaient pas mariés ? C'était tout comme. Quelle importance si elle avait trouvé le troisième exemplaire de la photo fourrée dans un tiroir au lieu d'avoir été envoyé à Sligo ? Elle était là, il était là, c'était ce qui comptait. Quand Michael Francis était né, Gretta n'avait jamais vu de plus beau bébé, un beau bébé en pleine santé, et si gentil, avec ça, il ne pleurait jamais, restait des heures sur une couverture, par terre, dans la cuisine. Elle le promenait à Highbury dans son landau grinçant dès qu'il y avait une journée ensoleillée, et personne n'avait plus reparlé de mariage. Elle avait de nouveau été enceinte, Robert s'était fait embaucher dans une banque plus importante, il était occupé, heureux, la vie semblait belle, presque trop belle.

« Je vous salue, Marie, pleine de grâce. » Gretta revient au début de l'infini cycle de mots, serre dans la sienne la main du frère de son mari. « Le Seigneur est avec vous. »

Claire est au-dessus de lui. Une fois de plus, il ne voit que ses pieds, ourlés à présent de sable.

« Bien sûr que je n'ai pas couché avec quelqu'un d'autre. Quelle idée ridicule. Avec qui veux-tu que j'aie couché ?

— Je n'en sais rien. Quelqu'un qui suit les mêmes cours ou…

— Quelqu'un qui suit les mêmes cours ? » Les pieds pivotent, s'éloignent, puis s'immobilisent. « C'est ce que tu crois ? Mais… ce sont mes amis, Michael… les amis les plus intéressants que j'ai depuis que je suis allée… » Elle s'interrompt, s'éloigne encore, raide, puis revient sur ses pas. « Je ne sais pas quoi dire. » Sa voix n'est plus furieuse, seulement perplexe.

« Excuse-moi, marmonne-t-il. Excuse-moi. La moitié du temps, je ne sais même pas où tu es. Tu t'en vas sans rien dire. Je pensais que tu voulais peut-être… Je ne sais pas…

— Que je voulais quoi ? » demande Claire, de nouveau au-dessus de lui.

Il garde le silence. Son cœur cogne contre sa cage thoracique, essaie de s'échapper.

« Que je voulais quoi, Mike ? »

Il est incapable de lever les yeux car il verrait le fantôme de Gina Mayhew, là, sur la plage, avec eux, il en est certain. Il ne veut pas le voir – pas ici, pas maintenant.

« Te venger », parvient-il à lâcher.

Elle est là, il en est sûr, entre eux sur la plage, dans sa jupe-culotte et ses lourdes sandales à boucle.

Claire reste étrangement muette. C'est la première fois qu'ils font allusion à Gina depuis qu'il est revenu de France. Ce soir-là, une fois les enfants couchés, Claire s'est tournée vers lui dans la cuisine et a demandé : « Où étais-tu quand j'ai téléphoné ? » C'était le pire moment de son existence. Elle a continué à le questionner toute la soirée, toute la nuit et le lendemain matin. Quand le jour s'est levé, ils étaient toujours assis à la table de la cuisine, lui avec la tête dans les mains, un peu comme maintenant, incapable de regarder sa femme.

« Tu sais ce que j'allais dire ? » De nouveau, Claire parle sans colère, d'une voix tranquille, mesurée. « J'allais dire que tu devrais peut-être partir. »

Il lève les yeux. « Où ça ? »

Elle soutient son regard. Le vent se glisse entre eux, autour de leurs deux silhouettes. Les cris de leurs enfants virevoltent sur la plage. Il comprend alors que ce n'est pas Gina Mayhew, c'est la fin de leur couple qui se dresse entre eux, telle une tierce personne.

« Tu veux dire... » Il ne parvient pas à terminer sa phrase, à croire qu'ils en sont arrivés là. La fin de l'histoire est imminente. Il redoutait ce moment, et voilà qu'il y est confronté ici, dans la baie de Mannin. Il éprouve une impression de familiarité, comme si toutes les paroles qu'ils prononcent l'ont déjà été. « Tu veux dire te quitter ?

— Nous pouvons nous comporter en personnes civilisées, je suis sûre que nous en serons capables. Tu pourras voir les enfants quand tu voudras. C'est juste que je suis épuisée. Je suis fatiguée d'essayer de te garder. Je suis fatiguée d'essayer de deviner quelle sorte de femme tu veux. Je suis fatiguée d'avoir l'impression de me tromper tout le temps, de devoir m'excuser en permanence parce que tu n'as pas pu passer ton doctorat et que tu es devenu prof dans le secondaire. Nous vivons sous le même toit, mais tu n'es pas vraiment là. Tu vis une vie imaginaire de professeur d'université en Amérique. Ne le nie pas, je le sais. Alors je veux que tu saches que tu peux partir. Où tu voudras. Vita est scolarisée maintenant. Je vais passer ma licence et je trouverai du boulot. Tu n'as pas besoin de rester. » Elle ouvre les mains, semble libérer un petit animal.

« Tu veux que je m'en aille ? »

Claire ne dit pas un mot, ne fait pas un geste, ne montre même pas qu'elle l'a entendu, mais tourne le visage vers la mer, laissant le vent jouer dans ses cheveux ras.

Un peu plus loin, Monica se lève, consulte sa montre et regarde la mer. « Nous devrions partir, dit-elle.

— Pourquoi ? » Recroquevillée sur le sable, Aoife ferme les yeux.

« Maman nous a demandé d'aller la chercher dans deux heures. Les deux heures sont presque écoulées.

— Pas possible !

— Et la marée arrive.

— Et alors ?

— Alors il faut regagner l'île avant que l'eau ne nous en empêche. »

Aoife se lève et scrute la mer. Comme toujours, elle est verte, mousseuse, avec une houle incessante. « Comment tu sais que la marée arrive ? »

Michael Francis se lève. Soudain, il se sent bien réveillé, la fatigue de la nuit blanche passée sur le ferry est envolée. Les paroles de Claire tournoient autour de sa tête telles des mouches. « Claire, écoute… »

À ce moment précis, Vita arrive en gambadant. Elle se jette sur ses parents, les étouffe dans une étreinte pleine de sable. Dans l'enchevêtrement de membres, cheveux, articulations et peaux, Michael Francis sent les doigts de Claire lui échapper. Il tend la main pour les agripper, mais entend qu'on l'appelle. En se tournant, il aperçoit ses sœurs qui lui font de grands gestes et montrent la voiture.

Au croisement où Gretta est descendue, ils se disputent. Aoife voudrait qu'ils poussent jusqu'au couvent, Monica soutient qu'ils doivent attendre ici comme convenu. Michael Francis se rallie à l'opinion du dernier qui a parlé. Claire garde le silence.

La dispute se poursuit. Aoife ouvre la portière et annonce qu'elle va monter la côte quand Gretta apparaît sur la route en débouchant du tournant.

Tout le monde se tait et observe la démarche saccadée, vacillante qui la caractérise depuis son opération du genou. D'une main, elle agrippe son sac.

« Est-ce que papa est avec elle ? chuchote Aoife.

— On ne dirait pas », dit Michael Francis.

D'un geste brusque, Gretta ouvre la portière du côté passager et s'installe avec force soupirs et bruissements d'étoffe.

« Je suis morte », déclare-t-elle.

Aoife rompt le silence. « Tu n'en as pas l'air.

— Ne sois pas insolente, Aoife, lâche Gretta. Tu ne sais pas par quoi je viens de passer. Tu n'en as pas la moindre idée. Je ne tiens plus sur mes jambes. Cette chaleur ! C'est insupportable. Je n'en ai encore jamais vu d'aussi forte. La bonne sœur a dit qu'elle allait m'apporter un verre d'eau mais elle n'est pas revenue. Je vous jure que si je ne bois pas une tasse de thé avant une demi-heure, je vais rendre l'âme. »

De la banquette arrière, Claire lui tend une bouteille Thermos. « Il reste encore un peu de citronnade, je pense, Gretta.

— Ah non ! » Les yeux fermés, elle la repousse. « Pas question que j'en prive les enfants.

— Prenez, ça ne les prive pas.

— Non, j'en serais incapable.

— Allez-y. Il n'y a pas de problème.

— Je ne peux pas leur faire ça. »

Michael Francis attrape la bouteille, l'ouvre, sert un gobelet de citronnade et le tend à sa mère. « Tiens, bois.

— Je ne peux pas faire ça, répond Gretta qui l'avale quand même. Je ne peux vraiment pas. » Elle rend le gobelet, appuie la tête au dossier et ferme les yeux.

Aoife se penche entre les deux sièges. « Alors, comment ça s'est passé ? »

Gretta ne répond pas.

« Tu as vu papa ? Où est-il ? » Aoife tapote l'épaule de sa mère. « Maman ? Qu'est-ce que tu as découvert ?

— Est-ce qu'on n'a pas le droit de se reposer un peu ? Après la journée que j'ai passée !

— Ne sois pas ridicule. On veut juste savoir certaines choses, par exemple si tu as vu papa, où il est, ce qui arrive à Frankie et…

— Ce qu'il y a, c'est qu'il va falloir nous grouiller si nous voulons traverser avant la marée haute », dit Monica d'une voix douce, comme si elle se contentait d'attirer leur attention sur le paysage, un château d'eau peut-être ou un arbre extraordinaire.

C'était la chose à dire. Aoife s'émerveille de l'effet produit. Aussitôt, Gretta ouvre les yeux et se redresse. Comment Monica s'y prend-elle ? On dirait qu'elle est branchée sur Gretta, sorte de valvule externe de son cœur, et sait comment répondre immédiatement et précisément à chaque humeur, chaque exigence de sa mère.

« La marée monte ? » Soudain, Gretta est bien réveillée et les dévisage à tour de rôle.

« Eh bien, elle est en train de changer, répond Monica d'un ton toujours aussi détaché.

— Alors, il faut y aller. » Gretta abat le plat de la main sur le tableau de bord à la manière d'un moniteur d'auto-école à qui on a collé un élève apathique. « Allez ! »

Michael Francis pose la main sur la clé de contact « Est-ce que papa… va venir… ou… » Prudent, il s'interrompt et ne regarde pas sa mère.

Elle s'affaire avec ses chaussures. « Pas ici, dit-elle d'un ton sec. La sœur a dit qu'il passait de temps en temps. On ne sait pas où il est. »

Dès que la voiture a négocié le dernier tournant de Claddaghduff, ils aperçoivent la bande de terre peu saillante, ourlée de mer.

« Oh ! s'exclame Gretta en portant les mains à sa poitrine. Regardez-moi ça ! »

Le chemin est d'un blanc étincelant au milieu des vagues écumantes qui le fouettent des deux côtés.

Sur le ferry, Hughie a dit qu'il ne se rappelait pas l'île, pas du tout. Son père a soutenu qu'il devait pourtant s'en souvenir, sa mère a expliqué qu'il n'avait que cinq ans la dernière fois qu'ils y étaient allés. Mais, au moment où la voiture descend la rampe en béton et où les pneus commencent à crisser sur le sable, il se rend compte qu'il s'en souvient. Le choc que ça lui a fait de rouler sur une plage, la sensation de s'enfoncer dans le sable, les vagues qui déferlaient des deux côtés, oui, il s'en souvient. Aussitôt, il se représente le jardin laissé à l'abandon, clos par un mur en pierre, l'allée craquelée, l'appentis où pullulent les scarabées à dos gris, le lit contre un mur peint en blanc, la fenêtre qui donne sur l'herbe et la mer, et il a envie de dire : Je me rappelle, je me rappelle maintenant, mais il ne le fait pas. Il garde les mots enfermés dans sa tête. Pendant que son père conduit, Hughie, recroquevillé sur les valises, observe l'île qui approche, son éminence verte semblable au dos d'un monstre marin endormi.

Dès leur arrivée, le cottage regorge d'activité. Gretta passe de pièce en pièce, vante ses mérites, se désole à cause de fissures, marques, taches sur la moquette, insectes écrasés. Avec zèle, elle s'attaque au nettoyage de la cuisine, sort des placards vaisselle, casseroles, poêles, mais, au beau milieu, se désintéresse de sa tâche, sort dans le jardin, se met à arracher les mauvaises herbes et, le moral soudain en berne, raconte à tous ceux qui passent qu'elle ne croit pas que Robert reviendra, qu'il ne veut plus d'elle, de toute façon. Monica tripote les boutons de la chaudière puis, un mouchoir sur le visage, passe le balai mécanique. Michael Francis décharge cartons et valises. Hughie et Vita franchissent la porte d'entrée pour ressortir par-derrière et recommencent sans fin ce petit jeu. Aoife allume un feu de cheminée. Claire fait les lits.

Bientôt Gretta renonce à arracher les mauvaises herbes et à se lamenter et emmène les enfants à la plage en les mettant au défi de trouver une capsule d'œufs de raie avant la fin de la journée. Assise sur la marche devant la maison, Monica regarde la mer. Michael Francis coupe du bois et trouve un certain apaisement dans le mouvement régulier de la hache. Saisie d'une faim soudaine, Aoife se met à préparer des œufs au bacon, et Claire, en sentant cette odeur, entre pour mettre la table. Elle ne dit rien quand Aoife commence à manger devant le réchaud, se fourre des œufs et du pain dans la bouche comme une possédée. Elle ne dit rien, mais lui passe une assiette et une fourchette.

Une fois le dîner terminé, lorsque les rais de lumière qui filtrent des fenêtres virent à l'indigo, on couche les enfants aux cheveux raidis par l'eau de mer. Michael Francis entre dans la pièce où sa mère, ses sœurs et sa femme sont assises devant un feu de cheminée chuintant.

« Viens, dit-il en prenant Claire par la main. Allons nous promener. »

Sans un mot, elle se lève, pose son livre et le suit dehors.

Au bout d'un moment, Monica hausse les sourcils et échange un regard avec Aoife.

« Je ne vois pas pourquoi vous ricanez toutes les deux, dit Gretta sans quitter son tricot des yeux. Lui, au moins, il sait régler les problèmes. Ce garçon a toujours su se débrouiller et il saura toujours. »

Exaspérée par le favoritisme fluctuant de sa mère, Aoife fait une grimace, se lève, s'approche d'une fenêtre, puis d'une autre, tisonne le feu, prend le livre de Claire, tourne une page, puis le repose. Étrangement, son corps lui donne l'impression d'être gorgé d'un sang qui circule avec des pulsations inconfortables. Il faudrait qu'elle se décide à faire ce qu'il convient et au bon moment, elle a besoin de sortir, d'appeler Gabe, ou peut-être pas, d'ailleurs, c'est sans doute justement ce qu'il ne faut pas faire, elle a besoin de réfléchir, bon Dieu, mais comment y arriver dans cette maison minuscule avec sa famille prête à aspirer ses pensées ?

« Quelle heure est-il ? demande-t-elle et, sans attendre la réponse, elle ajoute : Où est le téléphone le plus proche ?

— À Claddaghduff, mais tu ne peux pas y aller maintenant, explique Gretta.

— Pourquoi ?

— La marée est haute.

— Merde ! »

Gretta en lâche une maille. « Aoife Magdalena, tu veux ne pas dire de grossièretés ? »

Aoife va jeter un coup d'œil sur le seuil. Sa mère ne s'est pas trompée. Après avoir claqué la porte, elle revient, s'écroule dans un fauteuil. Peu après, elle est de nouveau debout et farfouille dans le panier de bûches.

« Pour l'amour du ciel, tu arrêtes un peu ? dit Gretta en comptant ses mailles.

— Que j'arrête quoi ?

— De tourner comme un ours en cage.

— C'est pas vrai.

— Si. Trouve-toi quelque chose à faire et…

— … fais-le. » Monica termine la phrase rituelle à sa place.

Accroupie sur ses talons, Aoife regarde sa mère et sa sœur avec une hostilité non déguisée. Elle ne sait pas pourquoi les soirées passées dans sa famille la rendent aussi agitée, lui donnent l'impression d'être enfermée, sous pression, et de devoir s'échapper à tout prix.

« Bon, dit-elle en se levant. Je sors. »

Elle traverse la pièce à grands pas, sort et claque la porte derrière elle.

Gretta soupire, fait passer son aiguille libre dans son autre main. « Ah ! cette petite ! » s'exclame-t-elle sans s'adresser à sa fille.

Monica tourne une page de son magazine et garde le silence. Par-dessus ses lunettes, Gretta observe sa cadette. Dos aussi droit qu'une maîtresse d'école, petit air supérieur, chevilles croisées. Ses filles ont de belles jambes, elle l'a toujours pensé. Elles tiennent ça d'elle, même si ni l'une ni l'autre ne l'aurait jamais reconnu.

« Les enfants se sont endormis sans se faire prier, au moins », dit Gretta. Ses aiguilles cliquettent, la laine s'enroule autour presque toute seule. « Ils devaient être fatigués, les pauvres petits. »

Toujours pas de réponse. Monica lève légèrement le menton.

« Demain, il devrait encore faire beau. Le ciel était rose au-dessus de la mer ce soir. Tu as vu ? »

Gretta continue à tricoter, la laine forme des mailles, les mailles des rangs, les rangs la manche de ce qui, bientôt, sera un cardigan. Une jolie laine mélangée mauve, lavable. Elle destinait ce tricot à Monica, son cadeau de Noël, mais, si madame ne se montre pas plus aimable, Gretta risque de changer d'avis.

« Nous retournerons au couvent demain, je pense, dit-elle, et elle note que, au bout de la pièce, une certaine personne paraît se réveiller à ces mots. Tu pourrais peut-être venir avec moi. »

Toujours rien.

« Je t'emmènerai demain. Juste toi. Les autres, ça ferait trop. »

D'un grand geste de l'index, Monica tourne une autre page.

« Ce Frankie est dans un triste état, le pauvre. Apparemment, il a eu une attaque. Il ne lui reste plus longtemps à vivre. M'est avis que c'est une question de jours, maintenant. Il a cette odeur particulière, tu comprends, l'odeur de la mort. Comme mon père quand il a baissé. »

Elle relève la tête. Monica l'observe, mais détourne le regard dès qu'elle croise le sien.

« Et mon père ? Comment il est ? »

Le son de sa voix fait bondir le cœur de Gretta – de soulagement et aussi de triomphe. Elle savait bien qu'elle réussirait à la faire parler. Elle en était sûre !

Pour dissimuler sa joie, elle penche la tête sur le côté, baisse les yeux, adoucit son ton. « Il était pas là, ma puce. La sœur dit qu'il vient voir Frankie et repart. Je… je ne sais plus quoi penser ni quoi faire. »

Monica s'est replongée dans le silence. À présent, Gretta n'ose plus la regarder et poursuit donc de la même voix affligée :

« La sœur à qui j'ai parlé a l'air de penser qu'il reviendra demain, le matin ou l'après-midi. » Gretta fronce les sourcils en essayant de se rappeler les paroles exactes de la religieuse. « Soit l'un, soit l'autre. On pourrait… »

Monica pose bruyamment son magazine. « Ne va pas t'imaginer que je t'ai pardonné ! »

Encouragée par cet éclat, pleine d'espoir, Gretta en laisse tomber son tricot. « Je n'imagine rien », dit-elle en gardant la tête basse et les mains humblement posées sur ses genoux. Elle repense à une peinture qu'elle a vue sans toutefois se rappeler laquelle. S'agissait-il d'un des sévères profils féminins de ce peintre écossais ? Peut-être. En revenant chez elle, elle cherchera. Cette idée lui procure un petit frisson. Dieu qu'elle aimait ces encyclopédies en solde dans ce magasin ! Elles avaient juste un peu pris l'eau sur un coin. Les volumes de A à M étaient les plus abîmés. Quant à ceux allant de N à Z, il fallait vraiment les regarder de près pour remarquer quoi que ce soit, d'ailleurs qui…

« Je ne pourrai jamais te pardonner. » Monica se tord les mains, comme elle le faisait petite quand elle s'apercevait qu'elle avait oublié une tâche quelconque que lui avait confiée sa mère.

Aurait-elle été trop dure avec cette enfant ? Est-ce pour cette raison que Monica est devenue aussi craintive, aussi réticente à faire son chemin dans la vie ? Est-ce la faute de Gretta ? Pourtant, elle n'aurait pas pu agir autrement avec elle tant elles étaient proches. On ne fait pas plus proches, disait-elle souvent à Bridie, qui pour sa part n'avait que des garçons, et était plutôt jalouse.

« Je sais, excuse-moi, ma puce. Excuse-moi de t'avoir laissée tomber. C'était… je ne sais pas… il y a si longtemps, juste après la guerre, à un moment où tout… bon, l'époque n'était pas normale et…

— Ça m'est égal, tu n'aurais pas dû mentir. Tu n'aurais pas dû faire semblant.

— Je sais. » Gretta baisse encore plus la tête. « Je suis désolée.

— Que dirait le prêtre ? »

La peur étreint le cœur de Gretta, chasse de son esprit pensées sur les encyclopédies et réflexions sur l'éducation. « Allons, ne dis pas que…

— Quelle serait sa réaction si j'allais lui raconter que papa et toi vous n'êtes pas mariés, qu'en fait il est toujours marié avec une autre femme, que tu nous as tous eus en dehors des liens du mariage, que…

— Tu ne vas pas faire ça, hein, s'il te plaît, promets-moi que tu ne le feras pas sinon…

— Bien sûr que non. » Monica soupire, on dirait que la simple idée qu'elle pourrait le faire l'irrite. Elle se carre dans son fauteuil, croise les bras, détourne le regard. « Qu'est-ce qu'on va faire pour papa ? »

Rassurée par ce « on », Gretta lève la tête. « On est venus ici, sachant qu'il se trouve dans le coin. Au couvent, j'ai averti de notre arrivée. Alors on va attendre sa visite. De toute façon, il faut aller voir Frankie, il est dans un état désespéré que tu n'imagines pas et, après tout, il fait partie de la famille…

— C'est tout ? rétorque Monica. On se contente d'attendre ?

— Il n'y a rien d'autre à faire. »

Monica croise les jambes, balance un pied. Parfois, elle est aussi nerveuse qu'Aoife, songe Gretta. Puis Monica se lève et s'approche de la fenêtre.

« On pourrait au moins laver ces rideaux, tu ne crois pas ? »

En une seconde, Gretta est debout. « Oui. Je n'ose pas penser à la dernière fois que ces vieux machins ont vu du savon. »

Aoife passe par-dessus un mur, grimpe la pente sableuse de la falaise et arrive au sommet de l'île. À sa droite, elle note la présence de silhouettes vaguement humaines qui évoluent sur le rivage, mais elle détourne résolument les yeux. Quoi que décident Michael Francis et Claire, elle ne veut pas le savoir.

Autour d'elle, l'air est paisible, doux, la nuit éclairée par la lueur blanche d'une lune presque pleine qui troue le ciel frémissant d'Irlande. Aoife distingue les contours de l'île d'Omey, la tourbe sous ses pieds, les formes grises des murs en pierres sèches. Au point culminant de la colline, elle tourne sur elle-même et entend la mer de tous côtés. En ce moment, Omey est une véritable île, coupée de la terre ferme, encerclée d'eau.

Devant elle, il y a une falaise en surplomb, puis une dénivellation et ensuite une pente sableuse raide, elle le sait. Après tous les étés passés à vadrouiller ici, elle a la topographie dans la tête, enregistrée quelque part depuis sa dernière visite – qui doit remonter à une dizaine d'années. Il lui suffit de se promener, de grimper à l'endroit le plus élevé, avec l'île étalée dans toutes les directions, pour que ses connaissances du lieu soient ravivées et se déploient comme sur une carte.

Le lac est juste dessous. Une absence de lumière, la seule au clair de lune, délimite sa masse noire accumulée dans un creux. À tâtons, Aoife descend du surplomb, observe qu'elle se comporte avec prudence, ne saute pas de façon inconsidérée sur la pente sableuse. En descendant, elle est consciente du sable qui entre dans ses chaussures et, de nouveau, se rend compte qu'elle avance avec précaution.

Elle sent le lac avant de le voir : sol humide, spongieux sous ses pieds, plantes des marais qui transpercent l'ourlet de son pantalon. Une fois au bord, elle retire ses chaussures et retrousse son pantalon. L'eau la surprend, délicieusement froide sur sa peau qui se contracte. Ses pieds entrent dans le lit de pierres et de gravier.

Bientôt elle a de l'eau jusqu'aux genoux. Le ciel est d'un noir violacé, illuminé par la lueur argentée de la lune. Cette couleur lui fait penser à des mûres arrivées à maturité. Aoife ne l'a vue nulle part ailleurs, ni dans la pénombre secrète qui règne dans la chambre noire d'Evelyn ni dans les milliers de négatifs sur lesquels elle a travaillé.

Elle pose une main sur son diaphragme. Qu'il est étrange de se sentir si seule et de savoir qu'on ne l'est pas. Il y a un second cœur qui bat en elle. Aoife exerce une légère pression sur son ventre. Une stimulation pour sentir les premiers mouvements du fœtus, est-ce comme ça qu'on dit ? En tout cas, c'est une bonne description de ce qui se passe là-dedans, dans un repli secret de son corps, un coin reculé de son être. Ces derniers temps, elle a renoncé à comprendre pourquoi certaines choses se produisaient. Cela ne sert à rien, à rien du tout. Ce qui doit arriver arrive, souvent sans raison. Mais là, c'est autre chose. Que ça arrive, que ça commence, qu'une vie soit prête à venir au monde alors que tant de gens semblent se détacher d'elle, comment est-ce possible ?

Pendant que cette pensée chemine dans sa tête, les eaux du lac se soulèvent à sa droite. La surface se déchire et Aoife voit un dos musclé se mouvoir, une peau luisante apparaître. Elle recule, trébuche et son orteil heurte une pierre coupante, ce qui lui arrache un petit cri de douleur. Le lac semble attendre quelque chose, lisse à présent, aussi immobile que la surface d'un miroir. Aoife scrute à gauche, à droite, cherche une ride, des bulles. Quel était cet animal et où est-il passé ?

Soudain, un mouvement, des éclaboussures… Où au juste ? Elle tourne la tête, à l'affût, et tente de chasser de ses pensées les histoires que racontait sa mère sur des esprits, des ondines, des marins conduits à la mort par des apparitions lors de nuits semblables à celle-ci. Si elle hurlait, quelqu'un l'entendrait-il ? Michael Francis accourrait-il ? Oui. Mais arriverait-il à temps ?

Et alors elle aperçoit l'animal à moins d'un mètre d'elle. La tête hors de l'eau, il la regarde. Un front fuyant, une fourrure mouillée, des moustaches hérissées, deux grands yeux sombres. Un chien, se dit-elle, ce n'est qu'un chien d'une ferme voisine venu se baigner. Mais ses oreilles sont trop petites, son museau trop court.

Aoife et la créature se dévisagent. On dirait une loutre, mais en plus gros, ou un phoque, mais avec de plus longs poils. Puis l'animal lève une patte griffue qu'il se passe une fois, deux fois du museau jusqu'au crâne. Aoife a une drôle d'impression au niveau des yeux, un peu comme si elle allait éternuer, une sorte d'engorgement, de confusion, qui ressemble à ce qu'elle éprouve quand elle regarde trop longtemps un texte sans faire l'effort de se concentrer, si bien que les mots glissent, se transforment.

« Gabe ? »

Au moment même où elle prononce ce prénom, elle se rend compte du ridicule de la situation. Elle sait bien que la créature, quelle qu'elle soit, n'est pas Gabe. Elle n'est pas folle. Gabe se trouve à New York, de l'autre côté de l'océan, cette masse d'eau qu'elle aperçoit à droite. Pourtant, il y a bien quelque chose de familier dans le regard de cet animal, dans le geste de sa patte droite.

« Gabe ? » répète-t-elle, cette fois dans un murmure.

L'animal pivote et disparaît au fond du lac.

Aoife se met à courir. Elle court sans savoir où elle va ni pourquoi, sans ramasser ses chaussures. Pieds nus, elle remonte la dune jusqu'au sommet, redescend la pente herbeuse, saute par-dessus le mur, passe devant deux silhouettes noires qui se découpent sur le chemin. Son frère l'appelle, reviens, dit-il, mais elle ne le fait pas et, quand elle parvient de l'autre côté de l'île, elle n'est pas surprise de constater que l'eau s'est divisée, qu'il y a une étroite bande de sable luisant, chantourné par la marée, qui conduit à la terre ferme.

Toujours au pas de course, elle emprunte ce chemin, les pieds dans l'eau. Elle court jusqu'à Claddaghduff et, quand elle y arrive, elle aperçoit la cabine téléphonique éclairée comme une piste d'atterrissage, et elle s'y engouffre.

En composant le numéro de son appartement, elle ne s'attend pas à trouver Gabe chez elle. C'est juste pour entendre sonner le téléphone mural, près du lit. Il est 7 heures du soir à New York. Gabe doit être au restaurant, en train d'empiler des assiettes, de trancher des légumes, de nettoyer la cuisine à grande eau. Pourtant, aussi étrange que cela puisse paraître, elle entend un déclic sur la ligne, une prise d'air entre des lèvres serrées.

« Gabe ?

— Oui.

— C'est moi.

— Aoife, dit-il en allongeant son prénom. Comment vas-tu ? »

Est-ce l'effet de son imagination, entend-elle ce qu'elle veut entendre, ou sa voix est-elle un peu moins brusque ?

« Je suis en Irlande.

— En Irlande ?

— Ouais. Avec toute la famille, même ma nièce et mon neveu.

— Quelles sont les nouvelles pour ton père ?

— Nous l'avons retrouvé. Plus ou moins. Nous savons où il est, mais nous ne l'avons pas encore vu.

— Il est en Irlande ?

— Ouais.

— Il est parti là-bas tout d'un coup ?

— C'est une longue histoire. Je te la raconterai une autre fois. Comment ça se fait que tu n'es pas au restaurant ? » Il y a un silence. Elle entend Gabe soupirer. « Tu vas bien ? Quelque chose est arrivé ?

— Rien de grave. »

Elle serre le combiné dans sa main. « Dis-moi.

— Quelqu'un me cherchait.

— Au restaurant ?

— Ouais.

— Merde.

— Ça ne tire sûrement pas à conséquence, mais Arnault a dit que je ferais mieux de ne pas venir pendant quelques jours.

— Je suis désolé pour toi, Gabe.

— C'est pas grave. Sauf que je vais devoir chercher un autre boulot. C'est dommage, j'aimais bien Arnault.

— Tu réussiras à te faire embaucher.

— Oui, je suppose. »

Suit un autre silence. Elle entend que Gabe bouge, traverse peut-être la pièce ou s'assied sur le lit.

Au bout d'un moment, il reprend : « En fait, je me suis trouvé une occupation.

— Ah bon ?

— J'ai trié ce dossier à ta place. »

Elle sursaute. « C'est vrai ? Tout le dossier ?

— J'ai mis les contrats dans des enveloppes et j'ai rassemblé les chèques. Tu pourras les envoyer à ton retour. Ou... » Elle note qu'il ne dit pas clairement qu'elle pourrait ne pas revenir. « … ou je pourrais les apporter à la banque d'Evelyn si tu me dis laquelle c'est, ou si tu me donnes le nom de son comptable…

— Merci, Gabe ! s'écrie-t-elle. Merci mille fois, vraiment, je t'assure…

— Ne t'inquiète pas, l'interrompt-il. Je ne pouvais pas laisser les choses en l'état, tu comprends. Et, comme je te le disais, je n'avais rien de mieux à faire aujourd'hui. »

Aoife pose les mains à plat sur la vitre de la cabine et y appuie la tête. Le dossier a été traité. Incroyable ! Le problème qui l'a tourmentée pendant un an s'est envolé. D'un coup.

« Aoife, dit-il soudain. Je sais que ce n'est pas le moment d'en parler, mais je veux que tu saches que je ne vais plus t'embêter. Avec l'appartement, tout ça. C'est pas grave. J'ai compris.

— Tu as compris quoi ?

— Tout. Je m'en suis rendu compte à l'aéroport.

— De quoi est-ce que tu t'es rendu compte ?

— Que tu n'as pas envie de vivre avec moi, d'être avec moi.

— Mais…

— Il n'y a pas de problème. N'en parlons pas maintenant. Quand tu reviendras, je serai parti de chez toi.

— Gabe ! » Affolée, elle secoue la tête. « Non, tu te trompes complètement. Je veux être avec toi, je le veux plus que n'importe quoi, et j'adorerais emménager avec toi. Le problème, c'est que… » L'impression familière de ne pas pouvoir emmagasiner assez d'air dans ses poumons l'envahit. « … à l'aéroport… je n'ai pas pu… voir… ce que tu avais écrit… j'avais du mal… » Elle essaie sans succès de faire sortir son petit rire d'autodérision habituel. « J'ai peut-être besoin de lunettes, un truc comme ça… »

La ligne reste silencieuse, un grand océan de silence déboule et enfle entre eux.

« De lunettes, répète-t-il d'un ton monocorde.

— J'ai vraiment envie d'être avec toi. Je t'en prie, crois-moi. Ce qu'il y a… » Elle plisse le visage de sorte que les lumières de Claddaghduff se brouillent et dansent devant ses yeux. Le seul fait d'envisager de dévoiler son secret lui réclame un effort physique considérable. Elle se hausse sur la pointe des pieds, contracte les épaules comme si elle se préparait à recevoir un coup. « Ce qu'il y a, c'est que… j'ai un problème… un problème avec la lecture. »

Pendant un instant, elle n'arrive pas à croire qu'elle l'a dit. Que ces mots aient vraiment été prononcés lui semble stupéfiant. Ils volettent dans l'espace confiné et chaud de la cabine, tournent autour de sa tête. Elle a envie d'entrouvrir la porte pour les laisser sortir, comme les abeilles d'une ruche. *J'ai un problème avec la lecture*. Puis elle se demande si elle ne doit pas les répéter parce que le temps s'écoule, parce que ses pièces sont avalées par le téléphone, et que Gabe ne répond toujours pas. Se peut-il qu'il ne l'ait pas entendue ?

Enfin, il se manifeste. « Euh… un problème avec la lecture. Bon. D'accord. Tu veux que je te dise une chose ? » Chaque mot est prononcé avec précaution. « Mon grand-père avait des difficultés avec l'écriture. »

Aoife inspire, expire. Elle a du mal à croire qu'il a vraiment dit avec « l'écriture ». Elle l'aime pour ça : il n'a parlé que de l'écrit. Les mots prennent tant de formes différentes. Ce sont seulement ces fichus mots écrits qui ne marchent pas pour elle, qui la font trébucher, comme si elle avait du fil tout entortillé, tout emmêlé, dans la tête. Les autres formes, elle s'en débrouille.

« C'est vrai ? s'écrie-t-elle.

— Ouais. Il a passé toute sa vie à faire semblant. Il trouvait tout un tas de prétextes pour s'en sortir. Il racontait qu'il ne savait lire qu'en russe, qu'il avait perdu ses lunettes, qu'il avait mal à la tête, et il me demandait alors de lui lire le journal. Mais ce n'était pas vrai. Nous savions tous qu'il ne savait pas lire. »

La retenue prudente de Gabe, les paroles qu'il prononce soulagent Aoife d'un tel poids qu'elle a l'impression que des ailes puissantes la soulèvent du sol.

« Quand est-ce que tu reviens ? demande Gabe au bout d'un moment. Tu me manques. Tu nous manques à tous… aux rats, aux cafards, tous ces trucs infâmes qui grattent dans les murs la nuit.

— Bientôt, très bientôt, répond Aoife en regardant l'île d'Omey.

— Tu me le promets ?

— Oui, je te le promets. » Les mots forment de la buée sur le verre. « Tu sais quoi ?

— Quoi ?

— Je pense que nous devrions venir passer quelque temps ici.

— Ici ?

— Où je suis en ce moment. Sur l'île d'Omey. J'aimerais tant que tu voies ça. C'est magnifique. Ma famille a une maison ici. Nous pouvons y habiter, toi et moi, jusqu'à ce que les choses se tassent. »

Elle l'entend déglutir, bouger les doigts sur le micro. « Euh… peut-être. Tu crois que ça me plairait ? C'est sûrement différent de Manhattan. »

Elle se met à rire. « Ça ne pourrait pas être plus différent, je t'assure. C'est aussi une île, voilà la seule chose qui les rapproche.

— Aoife…

— Réfléchis-y.

— D'accord. Rapporte-moi une photo, et j'y réfléchirai. »

Appuyée à un mur de pierre, Monica attend. Il est plus de minuit, presque 1 heure du matin. Une lune incroyablement ronde et lumineuse est suspendue au-dessus de l'île, on dirait une fausse lune, une lune hollywoodienne truquée, en papier et lumières électriques.

Monica sent plusieurs fois le sommeil approcher, tel un courant d'air qui passe sous une porte. Ses paupières s'abaissent, sa tête se met à dodeliner, mais, d'un sursaut, elle s'oblige à se réveiller.

Quand, contrairement à Michael Francis et à Claire, Aoife n'est pas rentrée après la tombée de la nuit, Gretta n'a cessé de se lever de son fauteuil pour aller voir à la fenêtre en se tordant les mains et en demandant : « Où est-ce qu'elle a pu aller, vous croyez qu'elle est tombée à l'eau, pourquoi les gens n'arrêtent pas de disparaître ? » Monica l'a envoyée se coucher, c'est elle qui allait partir à sa recherche. Tout le monde était fatigué par la nuit passée sur le ferry. On aurait pu croire qu'Aoife aurait elle aussi envie de récupérer, avec le décalage horaire, en plus, mais c'est vrai qu'elle n'avait jamais été une grosse dormeuse.

Monica est donc sortie dans le noir, s'est dirigée vers le nord de l'île, a contourné la pointe par l'ouest, et est arrivée au sud. Elle n'a cessé d'appeler sa sœur, de chercher dans tous les endroits auxquels elle pensait. Ça lui a rappelé l'époque où, enfant, Aoife était somnambule.

Ces crises de déambulations nocturnes arrivaient par vagues. Plusieurs semaines pouvaient s'écouler sans un seul incident, puis Monica se réveillait en trouvant le lit voisin vide, les draps repoussés, et elle comprenait qu'un étrange besoin avait obligé Aoife à se lever. Monica fouillait alors la maison, salle de bains, escalier, salle de séjour, cuisine. Une nuit, elle l'a trouvée recroquevillée devant les braises mourantes. Parfois, elle était assise sur le lit de Michael Francis. Ou elle essayait d'ouvrir la porte de la remise, dans le jardin de derrière, les yeux mi-clos, hébétée, plongée dans un drame somnambulique. Pour éviter qu'elle ne sorte dans la rue, leur père avait équipé les portes de verrous vissés en hauteur, qu'elle ne pouvait atteindre.

Voilà que Monica, de nouveau, est sortie en pleine nuit pour chercher une Aoife vagabonde qu'elle est prête à ramener doucement au lit.

Du haut de la falaise sableuse, elle l'aperçoit, minuscule silhouette sur la route luisante au clair de lune. Elle descend la rejoindre – elle a enfilé ses bottes en caoutchouc sous sa chemise de nuit – et l'attend devant le mur.

Au moment où Aoife arrive à la côte, Monica l'appelle.

« Aoife ! »

Sa sœur sursaute, pose une main sur son cœur. « Qui est là ? demande-t-elle, et Monica est étonnée de percevoir de la peur dans sa voix.

— C'est moi.

— Oh ! Tu m'as fichu une trouille de tous les diables. Qu'est-ce que tu fais ici ?

— Je t'attendais. D'où viens-tu ?

— De là-bas, explique Aoife en passant devant sa sœur sans s'arrêter.

— Où ça, là-bas ? »

Aoife lève un bras vers Claddaghduff, derrière elle. « Là-bas. »

Malgré l'obscurité qui les enveloppe, Monica distingue les traits renfrognés de sa sœur, les commissures de sa bouche tournées vers le bas, comme au temps de son enfance. Avec une prudence maladroite, ses bottes se prenant dans les pierres qui dépassent, Monica saute par-dessus le mur et court pour la rattraper. « T'es allée téléphoner à ton copain ? »

Le grognement d'Aoife ne veut dire ni oui ni non.

Sans le vouloir, Monica s'immobilise. « Aoife, écoute. »

Le dos tourné, Aoife s'arrête elle aussi quelques pas plus loin.

Monica se surprend elle-même. Elle ne sait pas ce qu'elle veut dire, ne sait pas ce qu'elle veut qu'Aoife écoute. « Je… pour Joe… » Elle s'interrompt. « C'est juste que j'étais… tout était tellement… après ce qui s'était passé, tu comprends… » Elle respire un grand coup et réussit à dire : « Après ce que j'ai fait… je… bon…

— Vas-y, dis-le, lance Aoife, le dos toujours tourné.

— Quoi ? »

Aoife soupire. « Putain, c'est pas vrai ! »

Monica tressaille. Voilà une expression affreuse, une chose horrible à dire à quelqu'un. C'est celle que Joe a employée quand…

« C'est un mot que tout le monde connaît, sauf toi, apparemment. Il commence par un *e*. »

Il y a un silence. Elles écoutent le gazouillis aigu d'un oiseau, le bruit du vent qui fouette l'ourlet de Monica, la pulsation lointaine des vagues.

« Excuse-moi, dit Monica dans l'île d'Omey en s'adressant au dos rigide de sa sœur.

— Pour quoi ?

— Pour tout. Pour avoir cru que tu l'avais dit à Joe. Bien sûr que tu n'aurais jamais fait ça. Je ne sais pas comment j'ai pu penser une chose pareille. Et aussi… » Monica hésite, tire sur les poignets de sa chemise de nuit. « Je t'ai dit des choses terribles ce jour-là dans la cuisine. Des choses affreuses. Depuis, je n'ai cessé de le regretter.

— Ah bon ?

— Oui. Je n'aurais jamais dû te jeter ça à la figure, ce n'est pas vrai et…

— Ah ! maintenant, je sais que tu mens.

— Comment ça ?

— C'est pas vrai, peut-être, ce que tu as dit sur maman et moi quand j'étais bébé ? Je sais que c'est vrai.

— Bon. » Monica ouvre les mains et les referme. « De toute façon, je n'aurais jamais dû t'en parler. Les trois ans qui viennent de passer ont été horribles sans toi. » Monica soupire et se rend compte qu'elle le pense vraiment. Pas question qu'elle retourne dans le Gloucestershire, c'est terminé. Elle ne veut plus habiter cette ferme, plus jamais. Jenny et les enfants y reviendront. Après tout, cette maison ne lui a jamais appartenu. Monica considère la situation avec un calme étrange. Elle ne va pas retourner là-bas, c'est un fait qui ne nécessite ni qu'on s'énerve ni qu'on tergiverse. « Oui, horribles », reprend-elle.

Aoife lui fait alors face. « Tu le penses vraiment ?

— Je… je n'arrive pas à prendre les bonnes décisions quand tu n'es pas là. Tiens, la robe que je portais pour mon mariage. Je l'ai achetée juste une semaine avant, dans l'affolement. Je savais qu'elle était trop courte, qu'elle me découvrait les genoux de façon disgracieuse, bref, qu'elle ne m'allait pas. La vendeuse m'a assuré qu'elle était ravissante, maman aussi, et j'avais envie de les croire. Mais, dès que j'ai vu les photos, j'ai tout de suite pensé : Si Aoife avait été là, elle m'aurait dit : Non, pas celle-là, elle te va horriblement mal. Tu ne m'aurais pas laissée faire cette bêtise.

— Je suppose.

— C'était une robe très moche.

— Sans blague ?

— En soie moirée turquoise, jupe en tulle et manches bouffantes. »

À présent, elles avancent côte à côte, leur pas parfaitement réglé l'un sur l'autre. Monica avait oublié qu'elle pouvait marcher exactement au même rythme que sa sœur, ce qu'elle n'a jamais pu faire avec quelqu'un d'autre. Ça doit découler de toutes les années passées à marcher ensemble sur le chemin de l'école, des magasins, de l'arrêt du bus, de la station de métro, de la bibliothèque.

« Dis donc, elle devait être assez hideuse.

— Elle l'était. »

Au portail du cottage, Aoife s'arrête. « Alors, tu t'es mariée déguisée en petite bergère ? »

Monica se met à rire. Elle a envie de confier à sa sœur : C'est décidé, je ne retourne pas avec lui, c'est fini. Elle sait qu'Aoife comprendrait, ne demanderait pas d'autre explication. Mais elle aura le temps de le faire plus tard. « Oui.

— Sans moi.

— Sans toi.

— Bon, nous faisons tous des erreurs. »

Monica soupire. Quand elle pose la main sur le bras de sa sœur, celle-ci ne se dégage pas. « Oui. C'est bien vrai. D'ailleurs, à ce propos...

— Oui ? »

Monica se mord la langue. « Bon, maman croit que tu es… »

Aoife s'écarte maintenant, revenant à l'un de ses anciens gestes d'humeur. « Je sais ce qu'elle croit.

— Et alors ?

— Alors quoi ?

— C'est vrai ? Tu es… » Monica s'aperçoit qu'elle n'arrive pas à prononcer le mot « enceinte ». Autour d'elles, l'air est agité, le bruissement des feuilles troublant, et elle sait qu'elles pensent toutes les deux à la même chose, voient le même lit d'hôpital avec deux personnes qui se penchent l'une vers l'autre.

« Oui, répond Aoife sans croiser son regard.

— Oh ! Aoife !

— Qu'est-ce que ça veut dire, Oh ! Aoife ?

— Je ne sais pas. C'est juste que… » Sa voix est tendue, haut perchée. Monica attire sa sœur à elle, surprise, comme toujours, par son corps frêle, son squelette menu, bien qu'elle soit à présent une adulte. Qu'il serait facile de lui faire mal. « C'est juste… que…

— Que quoi ? »

Monica lève les bras, agacée par ses yeux qui piquent, par sa gorge nouée. « Il va y avoir un autre bébé ! » s'écrie-t-elle.

Aoife incline la tête, ouvre le portail et s'engage dans l'allée.

« Et le père ? demande Monica en la suivant. Il… s'implique, je suppose ? Il est avocat, c'est ça ? Bon, c'est déjà quelque chose. Un boulot stable, des revenus appréciables. Mais je pense que tu devrais revenir à Londres. Tu ne peux pas accoucher à New York, loin de nous tous. Tu pourrais vivre quelque temps à Gillerton Road, avoir le bébé, et ensuite…

— Tu es folle ou quoi ? lui lance Aoife en ouvrant la porte d'entrée. Je n'y résisterais pas. Je mourrais littéralement.

— Ne dis pas de bêtises.

— J'aimerais encore mieux accoucher dans un fossé. »

Monica se met à rire pendant qu'elles se bousculent dans le vestibule en retirant bottes et cardigans. « Aoife…

— J'aimerais encore mieux accoucher dans un poulailler, dans de la litière pour chat, n'importe où. »

Monica tire sur sa botte gauche récalcitrante. Elle a toujours eu le pied gauche plus fort. « J'arrive pas à enlever celle-là, souffle-t-elle.

— Dans un wagon de chemin de fer, un hangar à outils, un seau à charbon, continue à marmonner Aoife. Donne-moi ton pied. » Elle tire sur la botte. « Allez, viens, saleté. » De toutes ses forces, elle arrache la botte qui s'envole avec un bruit de succion et envoie Aoife valdinguer en arrière. Sa tête heurte une lanterne accrochée au mur. « Hé merde ! » s'exclame-t-elle en se frottant la tête.

La voix tonnante de leur mère leur arrive dans l'obscurité. « Vous voulez bien mettre une sourdine, toutes les deux ? Y a des gens qui essaient de dormir. »

Monica et Aoife avancent dans le couloir et entrent dans la chambre qu'elles partagent. Aoife s'effondre sur son côté du lit.

« Tu crois qu'on peut vraiment mourir de fatigue ? demande-t-elle, les yeux déjà fermés.

— Je n'en sais rien, mais je suis sûre que tu as déjà dû essayer », répond Monica avant de se glisser entre les draps.

Le lendemain matin, Gretta et Monica ont préparé du pain qu'elles mangent dans le jardin de devant, tartiné avec du beurre acheté la veille à l'endroit où ils se sont arrêtés pour prendre de l'essence. Elles sortent les chaises de cuisine au soleil et Claire étale une couverture sur l'herbe pour les enfants. Mais ils ne veulent pas s'y installer. Hughie se perche comme un oiseau sur le mur et Vita s'enroule dans la couverture. On dirait le chaton des histoires enfantines, songe Gretta.

« Tu n'as pas trop chaud là-dedans ? » demande-t-elle, assise sur sa chaise.

Vita louche de son côté, les joues bien rouges. « Non. »

Gretta hausse les épaules et boit sa deuxième tasse de thé de la journée. Elle l'aime brûlant, bien infusé, noir, sans la moindre goutte de lait. Depuis toujours.

Le soleil cogne. Quand ce temps va-t-il changer ? Ça ne peut plus durer bien longtemps.

Michael Francis et Claire sont assis côte à côte dans l'herbe. Il a un bras passé autour des épaules de sa femme. Les yeux tournés vers l'Irlande proprement dite, Hughie demande où sont tous les gens, pourquoi ce pays est-il aussi vide ? Michael Francis commence à lui parler de la famine, du mildiou de la pomme de terre, des milliers et des milliers de gens qui sont partis en bateau pour ne jamais revenir. Hughie l'écoute, une tartine dans chaque main. Vita chantonne tout bas « diaspora » en boucle et se roule par terre dans sa couverture.

Vers 10 heures, Aoife passe la porte en titubant et s'effondre sur la marche de seuil. Elle gémit, met des lunettes de soleil et se colle une cigarette à la bouche.

« Quelle heure est-il ? » lâche-t-elle d'une voix grinçante en cherchant un briquet dans ses poches.

D'un bond, Monica se lève et lui arrache la cigarette des lèvres. « Ne t'amuse pas à ça ! » lui dit-elle.

Aoife la regarde, les traits tout plissés. Monica se penche pour attraper paquet de cigarettes et briquet. Aoife gémit une nouvelle fois et enfouit le visage dans ses bras.

Gretta entend Michael Francis demander : « Qu'est-ce qui lui prend ? »

Claire le fait taire d'un : « T'occupe pas.

— Tu veux une tranche de pain ? demande Gretta à sa benjamine.

— Non. » Aoife lève la tête et semble reconsidérer la chose. « En fait, oui.

— C'est bien. » Contente d'avoir quelque chose à faire, Gretta se lève. Elle n'aime pas rester assise, même quand ça ne va pas très fort dans la vie. Ça fait du bien d'avoir un but, aussi minime soit-il.

Elle est dans la cuisine et détache des tortillons de beurre quand elle entend Hughie s'exclamer : « Regardez ! »

Le couteau lui glisse des doigts.

« Quoi ? demande Michael Francis.

— Regarde qui arrive. »

Déjà, Gretta a franchi la porte, se retrouve au soleil et descend l'allée. Au portillon, elle s'arrête et s'abrite les yeux à deux mains. Quelqu'un quitte la route pour emprunter le chemin en pente qui mène à l'île. Voûté, tête baissée. Pendant qu'ils l'observent, l'homme agite la main.

« C'est lui ? » Monica a toujours été myope mais refuse de l'admettre.

Gretta ouvre le portail, sort du jardin, lève elle aussi la main pour retourner le salut.

« Oui, c'est lui », dit-elle.

Remerciements

Merci, Mary-Anne Harrington et Victoria Hobbs.

Merci, Emily Griffin, Hazel Orme, Georgina Moore, Helena Towers, Emily Kitchin et tout le monde aux éditions Headline.

Merci, Jordan Pavlin.

Merci, Ruthie.

Merci, Bridget.

Merci à ma mère pour, entre autres choses, le prêt d'une carte du Connemara, et à mon père pour tous les détails d'ordre météorologique ; s'il y a des inexactitudes, elles sont bien entendu de mon fait…

Merci, Wendy McMurdo, pour m'avoir renseignée sur la vie d'une assistante photographe.

Merci, Carly Pattinson et Rebecca Tamas, pour votre patience et votre imagination.

Merci, Juno. Merci, Iris. Merci, Saul.

Et merci, Will, pour… tout.

Collection « Littérature étrangère »

ADAMS Poppy
Le Temps des métamorphoses

ADDERSON Caroline
La Femme assise

AGUÉEV M.
Roman avec cocaïne

ALI Monica
Sept mers et treize rivières
Café Paraíso
En cuisine
La Véritable Histoire de Lady L.

ALLISON Dorothy
Retour à Cayro

ANDERSON Scott
Triage
Moonlight Hotel

ARLT Roberto
Les Sept Fous
Les Lance-Flammes

ARPINO Giovanni
Une âme perdue
Le Pas de l'adieu
Mon frère italien

AUSLANDER Shalom
La Lamentation du prépuce
Attention Dieu méchant
L'Espoir, cette tragédie

BALLANTYNE Lisa
Un visage d'ange

BAXTER Charles
Festin d'amour

BENIOFF David
24 heures avant la nuit

BEZMOZGIS David
Le Monde libre

BLOOM Amy
Ailleurs, plus loin

BROOKNER Anita
Hôtel du Lac
États seconds
La Vie, quelque part
Une chute très lente
Une trop longue attente
Fêlures
Le Dernier Voyage

BROOKS Geraldine
Le Livre d'Hanna
La Solitude du Dr March
L'Autre Rive du monde

BROWN Clare
Un enfant à soi

CABALLERO Antonio
Un mal sans remède

CAICEDO Andrés
Que viva la música !
Traversé par la rage

CAÑÓN James
Dans la ville des veuves intrépides

CASH Wiley
Un pays plus vaste que la terre

CONNELL D. J.
Julian Corkle est un fieffé menteur
Sherry Cracker et les sept voleurs

CONROY Pat
Le Prince des marées
Le Grand Santini

COURTENAY Bryce
La Puissance de l'Ange

CUNNINGHAM Michael
La Maison du bout du monde
Les Heures
De chair et de sang
Le Livre des jours
Crépuscule

DORRESTEIN Renate
Vices cachés
Un cœur de pierre
Sans merci
Le Champ de fraises
Tant qu'il y a de la vie

DOUGHTY Louise
Je trouverai ce que tu aimes

DUNANT Sarah
La Courtisane de Venise
Un cœur insoumis

DUNMORE Helen
Un été vénéneux
Ils iraient jusqu'à la mer
Malgré la douleur
La Faim
Les Petits Avions de Mandelstam
La Maison des orphelins

EDELMAN Gwen
Dernier refuge avant la nuit

ELTON Ben
Nuit grave
Ze Star

FERRARIS Zoë
La Disparue du désert
Les Mystères de Djeddah

FEUCHTWANGER Lion
Le Juif Süss

FITZGERALD Helen
Le Don

FLANAGAN Richard
La Fureur et l'Ennui
Désirer

FREY James
Mille morceaux
Mon ami Leonard

FROMBERG SCHAEFFER Susan
Folie d'une femme séduite

FRY Stephen
L'Hippopotame
Mensonges, mensonges
L'Île du Dr Malo

GALE Patrick
Chronique d'un été
Une douce obscurité

Tableaux d'une exposition
Jusqu'au dernier jour

GARLAND Alex
Le Coma

GARTSIDE Mark
Ce qui restera de nous

GEE Maggie
Ma bonne

GEMMELL Nikki
Les Noces sauvages
Love Song

GILBERT David
Les Normaux
Les Marchands de vanité

GUSTAFSSON Lars
La Mort d'un apiculteur

HAGEN George
La Famille Lament
Les Grandes Espérances du jeune Bedlam

HODGKINSON Amanda
22 Britannia Road

HOMES A. M.
Mauvaise mère

HOSSEINI Khaled
Les Cerfs-Volants de Kaboul
Mille soleils splendides
Les Cerfs-Volants de Kaboul (roman graphique)
Ainsi résonne l'écho infini des montagnes

HUTCHINS Scott
L'Amour comme hypothèse de travail

JOHNSTON Jennifer
Petite musique des adieux
Ceci n'est pas un roman
De grâce et de vérité
Un Noël en famille

JONES Kaylie
La fille d'un soldat ne pleure jamais
Dépendances

JORDAN Hillary
Mississippi
Écarlate

KAMINER Wladimir
Musique militaire
Voyage à Trulala

KANON Joseph
L'Ultime Trahison
L'Ami allemand
Alibi

KENNEDY Douglas
La Poursuite du bonheur
Rien ne va plus
Une relation dangereuse
L'homme qui voulait vivre sa vie
Les Désarrois de Ned Allen
Les Charmes discrets de la vie conjugale
Piège nuptial
La Femme du Ve
Quitter le monde
Cet instant-là
Cinq jours

KLIMKO Hubert
La Maison de Róża
Berceuse pour un pendu

Les Toutes Premières Choses

KNEALE Matthew
Les Passagers anglais
Douce Tamise
Cauchemar nippon
Petits crimes dans un âge d'abondance
Maman, ma sœur, Hermann et moi

KOCH Herman
Le Dîner
Villa avec piscine

LAMB Wally
Le Chant de Dolorès
La Puissance des vaincus
Le Chagrin et la Grâce

LAW Benjamin
Les Lois de la famille

LAWSON Mary
Le Choix des Morrison
L'Autre Côté du pont

LEONI Giulio
La Conjuration du Troisième Ciel
La Conspiration des miroirs
La Croisade des ténèbres

LI YIYUN
Un millier d'années de bonnes prières
Un beau jour de printemps

LISCANO Carlos
La Route d'Ithaque
Le Fourgon des fous
Souvenirs de la guerre récente
L'Écrivain et l'Autre
Le Lecteur inconstant suivi de *Vie du corbeau blanc*

LOTT Tim
Frankie Blue
Lames de fond
Les Secrets amoureux d'un don Juan
L'Affaire Seymour

MADDEN Deirdre
Authenticité

MARCIANO Francesca
L'Africaine
Casa Rossa
La Fin des bonnes manières

MCAFEE Annalena
Le Doux Parfum du scandale

MCCANN Colum
Danseur
Les Saisons de la nuit
La Rivière de l'exil
Ailleurs, en ce pays
Le Chant du coyote
Zoli
Et que le vaste monde poursuive sa course folle
Transatlantic

MCCOURT Frank
Les Cendres d'Angela
C'est comment l'Amérique ?
Teacher Man, un jeune prof à New York

MCGARRY MORRIS Mary
Mélodie du temps ordinaire
Fiona Range
Un abri en ce monde
Une douloureuse absence
Le Dernier Secret

*À la lueur
d'une étoile distante*

MERCURIO Jed
*La Vie sexuelle d'un
Américain sans reproche*

MILLS Jenni
Le Murmure des pierres

MORTON Brian
Une fenêtre sur l'Hudson
Des liens trop fragiles

MURAKAMI Haruki
*Au sud de la frontière,
à l'ouest du soleil*
Les Amants du Spoutnik
Kafka sur le rivage
Le Passage de la nuit
La Ballade de l'impossible
L'éléphant s'évapore
*Saules aveugles,
femme endormie*
*Autoportrait de l'auteur
en coureur de fond*
Sommeil
1Q84 (Livre 1)
1Q84 (Livre 2)
1Q84 (Livre 3)
*Chroniques de l'oiseau
à ressort*
*Les Attaques
de la boulangerie*
Underground

MURRAY Paul
Skippy dans les étoiles

NICHOLLS David
Un jour
Pourquoi pas ?
Pour une fois

O'CONNOR Scott
Ce que porte la nuit

O'DELL Tawni
Le Temps de la colère
Retour à Coal Run
Le ciel n'attend pas
Animaux fragiles

O'FARRELL Maggie
Quand tu es parti
La Maîtresse de mon amant
La Distance entre nous
*L'Étrange Disparition
d'Esme Lennox*
*Cette main qui a pris
la mienne*

OWENS Damien
Les Trottoirs de Dublin

OZEKI Ruth
*En même temps,
toute la terre et tout le ciel*

PARLAND Henry
Déconstructions

PAYNE David
*Le Dragon et le Tigre :
confessions d'un taoïste
à Wall Street*
*Le Monde perdu
de Joey Madden*
Le Phare d'un monde flottant
Wando Passo

PEARS Iain
Le Cercle de la Croix
Le Songe de Scipion
Le Portrait
La Chute de John Stone

PENNEY Stef
La Tendresse des loups
Le Peuple des invisibles

PICKARD Nancy
Mémoire d'une nuit d'orage

PIZZOLATTO Nic
Galveston

POLLEN Bella
L'Été de l'ours

RADULESCU Domnica
Un train pour Trieste

RAVEL Edeet
Dix mille amants
Un mur de lumière

RAYMO Chet
Le Nain astronome
Valentin, une histoire d'amour

ROBERTIS Carolina De
La Montagne invisible

ROLÓN Gabriel
La Maison des belles personnes

ROSEN Jonathan
La Pomme d'Ève

SANSOM C. J.
Dissolution
Les Larmes du diable
Sang royal
Un hiver à Madrid
Prophétie
Corruption

SAVAGE Thomas
Le Pouvoir du chien
La Reine de l'Idaho
Rue du Pacifique

SCHWARTZ Leslie
Perdu dans les bois

SEWELL Kitty
Fleur de glace

SHARPE Tom
Fumiers et Cie
Panique à Porterhouse
Wilt 4 – Le Gang des mégères inapprivoisées, ou Comment kidnapper un mari quand on n'a rien pour plaire
Wilt 5 – Comment enseigner l'histoire à un ado dégénéré en repoussant les assauts d'une nymphomane alcoolique

SHIPSTEAD Maggie
Plan de table

SHREVE Anita
Le Poids de l'eau
Un seul amour
La Femme du pilote
Nostalgie d'amour
Ultime rencontre
La Maison du bord de mer
L'Objet de son désir
Une lumière sur la neige
Un amour volé
Un mariage en décembre
Le Tumulte des vagues
Une scandaleuse affaire
Un jour après l'autre

SHRIVER Lionel
Il faut qu'on parle de Kevin
La Double Vie d'Irina
Double faute
Tout ça pour quoi

SILVESTRE Edney
Si je ferme les yeux

SMILEVSKI Goce
La Liste de Freud

SMITH Tom Rob
Enfant 44

SOLER Jordi
Les Exilés de la mémoire
La Dernière Heure du dernier jour
La Fête de l'Ours
Dis-leur qu'ils ne sont que cadavres

SPELLER Elisabeth
Le Retour du capitaine Emmett

SWARUP Vikas
Les Fabuleuses Aventures d'un Indien malchanceux qui devint milliardaire
Meurtre dans un jardin indien

TOBAR Héctor
Printemps barbare

TOLTZ Steve
Une partie du tout

TSIOLKAS Christos
La Gifle
Jesus Man

ULINICH Anya
La Folle Équipée de Sashenka Goldberg

UNSWORTH Barry
Le Nègre du paradis
La Folie Nelson

VALLEJO Fernando
La Vierge des tueurs
Le Feu secret
La Rambla paralela
Carlitos qui êtes aux cieux

VREELAND Susan
Jeune fille en bleu jacinthe

WARD Jesmyn
Bois Sauvage

WATSON Larry
Sonja à la fenêtre

WEBB Katherine
L'Héritage
Pressentiments

WEISGARBER Ann
L'Histoire très ordinaire de Rachel Dupree

WELLS Rebecca
Fleurs de Ya-Ya

WEST Dorothy
Le Mariage

WINGFIELD Jenny
Les Ailes de l'ange

WOLF Jack
Misericordia

ZHANG Xianliang
La mort est une habitude
La moitié de l'homme, c'est la femme

ZWEIG Stefan
Le Monde d'hier. Souvenirs d'un Européen

Composé par Nord Compo Multimédia
7, rue de Fives, 59650 Villeneuve-d'Ascq

N° d'impression : 121718
Dépôt légal : janvier 2014
Imprimé en France

Cet ouvrage a été imprimé par

CPI
FIRMIN-DIDOT

à Mesnil-sur-l'Estrée (Eure)
en février 2014